Sonja Wölfle

Abgefackelt

Ein blasmusikalischer Allgäukrimi

Bibliografische Information der Deutschen Nationalbibliothek
Die Deutsche Nationalbibliothek verzeichnet diese Publikation in der Deutschen Nationalbibliografie; detaillierte bibliografische Daten sind im Internet über http://dnb.ddb.de abrufbar.

www.dvo-verlag.de

3. Auflage, August 2016

Coverfoto: Photo Ruth, Buchloe

Herstellung, Satz und Druck:
DVO Druck und Verlag Obermayer GmbH

ISBN 978-3-943037-29-6

Über mich

Mein Name ist Sonja Wölfle und ich bin schon seit ein paar Jahren neunundzwanzig Jahre alt. Ich bin im Allgäu aufgewachsen und lebe mit meinem Mann und unseren drei Kindern sehr gerne hier!

Schreiben ist meine Leidenschaft. Meinen ersten „Krimi“ habe ich in der vierten Klasse verfasst. Damals durfte ich jeden Montag ein weiteres Kapitel vor der Klasse vorlesen und letztens habe ich das alte Heft erst wieder in der Hand gehalten. Es ist unglaublich, dass ich jetzt bereits meinen zweiten „richtigen“ Krimi geschrieben habe. Das Schreiben ist für mich eine so tolle Sache, weil es allein in meiner Hand liegt, wie meine Personen sich entscheiden und was passieren wird. Meine Dimmelwanger möchte ich nicht mehr missen, sie sind mir inzwischen sehr ans Herz gewachsen.

Ich plädiere dafür, dass wieder mehr Bücher gelesen werden, weil nur so entstehen Bilder im Kopf, nur so kann man der Fantasie freien Lauf lassen. Neulich habe ich meinen Kindern Michael Endes „Wunschpunsch“ als Gute-Nacht-Geschichte vorgelesen.

Ich hatte das Glück und durfte Michael Ende bei einer Lesung live erleben. Damals fragte ihn jemand, ob er es toll findet, dass seine „Unendliche Geschichte“ verfilmt wurde. Sofort schüttelte er vehement den Kopf und meinte, dass es ihm lieber ist, wenn sich jeder seine Figuren so vorstellt wie er es eben tut. Ein Film liefert einem keinen Raum für Fantasie. Vor Kurzem nun las ich beim

„Wunschpunsch“ die Stelle, in der die Elementargeister in Beelzebub Irrwitzers Villa rebellieren und abhauen. Ich zeigte den Kindern das dazugehörige Bild und alle drei sagten: „Hä? So schauen die aus? Ich hab mir die ganz anders vorgestellt!“

Also liebe Leser, lassen Sie Ihrer Fantasie wieder freieren Lauf. Gönnen Sie sich den Luxus, sich eine Welt (oder ein Dorf samt Bewohner) so vorzustellen, wie SIE es möchten!

In diesem Sinne wünsche ich Ihnen ganz viel Spaß beim Lesen!

Besuchen Sie mich auch gerne auf www.sonja-woelfle.de

Dimmelwang, Freitag, 31. Oktober, Halloween

Heute ist Halloween. Ich kann ja gar nichts mit diesem Tag anfangen. Meine Schwester Eva spinnt aber völlig drauf. Sie hat ihrer Tochter Jasmin auch extra ein Hexenkostüm gekauft, damit sie mit ihr um die Häuser ziehen kann.

„Tante", die kleine Hexe schaut mich von unten herauf mit großen Augen an, „kommst du auch mit?"

Ich lache herzhaft.

„Nein, Mäuslein, wirklich nicht. Ich ruhe mich jetzt noch aus und wenn ihr zurück seid, muss ich dann los."

Jasmin zieht eine Schnute. Da kommt Eva ums Eck. Ihre Haare sind jetzt schon wieder halb normal. Das heißt, das Rot, das sie sich vor ein paar Monaten färben hat lassen, wächst so langsam raus. Sieht zwar katastrophal aus, aber für Halloween ist es eigentlich perfekt. Sie braucht kaum Schminke, und schon schaut sie aus wie ein Monster.

„Was wird denn das, wenn's fertig ist?", frage ich sie gespielt neugierig.

Sie wirft sich einen Umhang über die Schultern und fletscht die Zähne. Ihre Eckzähne sind gruselig spitz.

„Ah, du bist ein Gremlin! Vorsicht, geh nicht zum Wasser!"

„Ich bin doch kein Gremlin", empört sie sich.

„Oh, verstehe, du gehst als Vampirlady."

„Richtig."

„Na dann viel Spaß euch und denk dran, um viertel vor sieben muss ich los."

„Ja, wir kommen schon rechtzeitig. Rebecca ist frisch gewickelt und gestillt, da sollte es jetzt nichts brauchen."

„Alles klar. Wir kommen schon zurecht."

Ein letzter Blick in den Spiegel, und die beiden machen sich auf den Weg. Ich schließe nachdrücklich die Tür. Na endlich. Jetzt habe ich erst einmal meine Ruhe. Rebecca liegt im Laufstall und brabbelt quietschend vor sich hin. Da klingelt mein Handy. Es ist Sebastian.

„Hi Louisa, bleibt es dabei? Ich hole dich um Viertel vor sieben ab, o. k.?"

„Hi! Ja klar, ich bin dann fertig. Komm einfach her."

„Bis nachher. Ich freue mich schon!"

„Ich mich auch. Bis dann."

Ich lege auf. Sebastian, Miriams Bruder, dieser unglaublich gut aussehende Typ, ist seit guten zwei Monaten mein Freund. Ich bin ziemlich verliebt in ihn, muss ich zugeben. Und das erklärt auch, warum ich mich bereiterklärt habe, mit ihm zum Treffen der Dimmelwanger Gaudiwürmchen zu gehen. Ja, es hört sich echt bescheuert an, ist aber der allseits bekannte Faschingsverein von Dimmelwang. Ich habe mir sagen lassen, dass es keinen besseren Gaudiwurm allgäuweit gibt als in Dimmelwang. Riesige und ausgefallene Festzüge rollen da wohl am Faschingssonntag durch den Ort, und jeder will mit dabei sein.

Und ausgerechnet mein Freund Sebastian ist der Vorsitzende. Irgendeinen Haken hatte bisher jeder meiner Freunde. Ich habe beschlossen, dass dies nur ein kleiner Haken ist, weil Fasching ja eine relativ kurze Zeitspanne hat und wir somit den Großteil des Jahres ja vernünftig miteinander verbringen können. Jedenfalls hat er mich gefragt, ob ich nicht mitkommen möchte, da wird jede Hand gebraucht und ich könnte auch mit Rat und Tat zu Seite stehen, falls jemand etwas Rechtliches wissen möchte. Also gut. Wie gesagt, ich bin ziemlich verliebt. Fasching ist nämlich gar nicht meins. Aber für Sebastian …

Es klingelt an der Tür. Nanu, es ist doch noch gar nicht Viertel vor sieben? Ich öffne und schaue erst mal ins Leere. Dann wandert mein Blick nach unten, wo zwei Gespenster, ein Zombie und ein kleiner Marienkäfer, stehen.

„Gib mir Süßes oder ich geb dir Saures", piepst da der Marienkäfer.

Der Zombie gibt seltsam röchelnde Geräusche von sich, und die Gespenster stehen recht statisch da.

„Oh, hallo", ich bin etwas aus der Fassung. Mist, wo hat Eva denn die Süßigkeiten? Ich weiß, dass sie irgendwo welche hat, sie aber vor Jasmin und mir versteckt hält.

„Moment", ich knalle den Gestalten die Tür vor der Nase zu und mache mich auf die Suche. Da fängt Rebecca wie aufs Stichwort zu röhren an.

„Ja, ist ja gut", ich werfe einen Blick in den Laufstall, streiche ihr über den Bauch und gehe dann weiter auf die Suche. Ich reiße Schublade um Schublade auf, aber nichts. Ich gebe auf und gehe wieder zur Haustür.

Doch als ich sie öffne, steht niemand mehr davor. Umso besser. Ich gehe wieder zu Rebecca, nehme sie auf den Arm und laufe mit ihr herum. Das mag sie und schon hört sie zu weinen auf. Da klingelt es schon wieder an der Tür. Dieses Mal ist es ein Zauberer, der mit forscher Stimme Süßigkeiten fordert.

„Hör mal zu, du Zwerg, ich hab nichts da, außerdem wird man von dem süßen Zeug dick und fett und bekommt schlechte Zähne. Also sei froh, dass ich dir nichts gebe."

Ich werfe die Tür ins Schloss und tröste Rebecca, die schon wieder weint. Wahrscheinlich fand sie das Kostüm genauso schlecht wie ich. Schon wieder klingelt es. Ein Gespenst, zwei Hexen und ein undefinierbares Etwas stehen da.

„Süßes oder Saures!“

„Ich hab nichts für euch, tut mir leid.“

„Ach Menno, du bist die Einzige hier in der Straße, die nichts für uns hat. Du bist voll blöd!“, sagt das undefinierbare Etwas.

„Ey, Kleiner, führ dich hier nicht so auf, du hast ja wohl schon genug in deinem Säckchen, oder?“

„Das geht dich gar nichts an!“

Ich mache die Tür zu. Die werden sich schon wieder verziehen. Es ist erst halb sechs! Hoffentlich kommen nicht so viele Kinder! Jetzt ist zum Glück erst einmal eine Viertelstunde nichts los. Ich spiele mit Rebecca, verstelle ganz doof meine Stimme und knuddele sie. Richtig süß ist sie jetzt mit ihren viereinhalb Monaten. Es klingelt und ich seufze. Auf in den Kampf. Ich habe die Tür noch nicht ganz geöffnet, da trifft mich auch schon ein Wasserstrahl mitten ins Auge.

„Aua! Hey, was soll das?“

Der Marienkäfer von vorhin steht zusammen mit dem Zombie da und zielt mir mit seiner Wasserpistole mitten ins Gesicht.

„Sag mal, geht's noch?“

„Du hast uns vorhin nichts gegeben, du hast es nicht anders verdient!“

Bevor ich den Marienkäfer zu fassen bekomme, rennen die beiden auch schon weg.

Ich wische mir das Wasser aus dem Gesicht und will gerade fluchend wieder reingehen, da höre ich ein „Na was is denn mit dir passiert? Haste denen nüscht jejeben?“

Oh nein, Sabine! Ganz kurz überlege ich, ob ich so tun soll, als hätte ich sie nicht gehört. Ich könnte einfach die Tür hinter mir zumachen. Aber meine Höflichkeit siegt.

„Sabine, hallo.“

„Hallo Louisa, na, haste nüscht Süßes mehr? Franzi würde sich so freuen, wenn sie was von dir bekäme. Ach schade, schau Franzi, Louisa hat heute jar nich ihre schnieke Uniform an."

Franziska steht völlig verängstigt neben ihrer Mutter. Ist auch kein Wunder, denn Sabine hat sich als Spinne verkleidet. Als ziemlich hässliche, dicke, haarige Spinne. Franziska daneben sieht in ihrem Mumienkostüm richtig harmlos aus.

„Tut mir leid, ich habe wirklich nichts Süßes da. Dann wünsche ich euch noch viel Spaß beim Rumlaufen."

„Ach du, wir sind schon am Ende anjekommen, dachte, wir könnten uns bei euch noch oofwärmen."

Und schon drängelt sie sich an mir vorbei ins Haus. Eines ihrer acht Beine bleibt in der Tür hängen. Ratsch.

„Och nö, jetze muss ich dat Bein wieder annähen."

„Sag mal, Sabine, hast du Größeres vor?"

„Na, ich dachte, wir trinken zusammen een Käffchen, ich und die Eva?"

Die Spinne nennt sich immer zuerst, denke ich bei mir.

„Eva ist nicht hier."

„Na dann trinken eben wir beede een Käffchen zusammen."

Sie sieht mich aufmunternd an.

„Wo hast du eigentlich Kevin-Pascal gelassen?"

„Och, der is schon dabei."

Sabine ist im September Mutter ihres „Stammhalters" geworden. Kevin-Pascal ist ihr ganzer Stolz. Jetzt schält sie sich aus ihrem Spinnengewand und mir wird klar, warum sie so eine dicke Spinne war – Kevin-Pascal hängt in ein Tragetuch eingewickelt vorne an ihr dran.

Es gibt Dinge, die möchte ich eigentlich gar nicht sehen. Und das gehört definitiv dazu. Unter ihrem Spinnenkostüm und dem

Tragetuch trägt sie nur einen BH und so eine Schwangerschaftsunterhose.

„Bitte, Sabine, du kannst dich doch hier nicht so einfach ausziehen."

„Ach? Warum nich? Mir is so heiß, das glaubste jar nich."

Zum Glück klingelt es wieder. Ich lange in Franziskas Körbchen nach einer Handvoll Süßigkeiten und schenke sie bereitwillig den Kindern, die vor der Tür stehen. Als nächstes stelle ich die Klingel ab. Langsam nervt mich dieser Schmarrn nämlich gewaltig.

Widerwillig kehre ich in die Küche zurück. Ich muss ja nach Rebecca sehen, nicht, dass sie noch ein Trauma erleidet. Franzi steht noch genauso da wie vorher, und Sabine hat es sich auf einem Stuhl gemütlich gemacht.

„Magste uns nüscht zu trinken anbieten?"

Na, das ist ja wohl die Höhe!

„Sabine, ich habe euch nicht eingeladen. Ich muss mich auch fertig machen, ich muss dann nämlich gleich los."

„Na, wo musste denn noch hin?"

„Ich habe eben was vor."

Ich höre ein komisches Geräusch. Irgendwie so schmatzend. Ich lausche.

„Was ist denn das für ein Geräusch? Hört ihr das auch?"

Ich lausche. Sabine lacht.

„Aber ja, das ist Kevin-Pascal, der trinkt jerade."

Ach du Schreck. Tatsächlich. Wie praktisch, Kevin-Pascal kann direkt aus dem Tragetuch nuckeln. Puh, jetzt habe ich mich bei Eva gerade daran gewöhnt, jetzt kommt Sabine auch noch mit dieser Stillerei daher.

„Sabine, bitte, ich habe jetzt wirklich keine Zeit für dich."

„Ja, is ja schon jut. Komm Franzi, wir gehen dann ma wieder."

Sie hievt sich auf, zieht den Reißverschluss hoch, so dass gerade noch Kevin-Pascals Kopf ein bisschen heraus schaut und trollt sich zur Tür.

„Schönen Gruß an Eva."

„Richte ich aus. Und tschüss."

Ich atme erst einmal tief durch. Auf Sabine kann ich gut und gerne verzichten.

Jetzt ist es auch schon höchste Zeit, dass ich mich fertig mache. Mit Rebecca unter dem Arm sprinte ich nach oben und inspiziere meinen Kleiderschrank. Was zieht man zur ersten Versammlung der Dimmelwanger Gaudiwürmchen an? Soweit ich weiß, kommen heute Abgesandte von allen Vereinen, die am Gaudiwurm mitwirken wollen. Ich finde das ja alles völlig übertrieben, aber die werden es schon wissen. Es hat schon Tradition, dass man dieses Treffen am einunddreißigsten Oktober abhält. Gehen die da auch als Gespenster verkleidet hin? Nein, kann ich mir nicht vorstellen. Außerdem hätte Sebastian mir das gesagt. Aber es ist ein Faschingsverein. Ich beschließe, wenigstens ein bisschen originell zu sein und ziehe meine Uniform an. Ja, das ist gut. Und falls ich damit auffalle, kann ich immer noch sagen, ich muss dann auf die Wache. So mache ich das.

Rebecca ist auf meinem Bett eingeschlafen, und ich schaffe es doch tatsächlich, sie schlafend in ihr eigenes Bett zu verfrachten. Eva und Jasmin kommen zurück und haben sogar Sebastian im Schlepptau.

„Schau, Tante, ich hab voll viel Zeugs!"

Freudestrahlend hält sie mir ihren prall gefüllten Korb unter die Nase.

„Aber iss nicht alles auf einmal, das gibt Bauchweh“, ermahne ich sie. „Hi“, ich gebe Sebastian einen Kuss.

„Iiiiii, Tante“, Jasmin verzieht ihr Gesicht und wir lachen alle.

„Also, gute Nacht, Rebecca schläft schon oben. Bis morgen früh!“

Sie verabschieden uns noch, dann machen wir uns auf den Weg ins Musikerheim, wo das Treffen stattfindet.

Als wir dort ankommen, stehen Xaver, Irmgard und die neue Dirigentin Diana Bosch schon da. Der Ferdinand Liebig hat uns ganz spontan zum Ende des letzten Schuljahres sitzen gelassen, weil er ein besseres Angebot in München bekommen hat. Wie es der Zufall so wollte, war die Diana gerade mit ihrer Dirigentenausbildung fertig und auf der Suche nach ihrer ersten eigenen Kapelle. Ich mag sie sehr. Sie ist sehr aufgeschlossen, lustig und nicht so pingelig wie der Liebig es immer war.

„Guten Abend die Herrschaften“, grüßt Sebastian fröhlich und sperrt auf.

„Griaß euch, ihr zwei“, brüllt die Irmgard und wuselt gleich hinter Sebastian her nach oben.

Wir stellen die Stühle um die Tische und nach und nach trudeln alle ein. Um viertel nach sieben sind alle da – immerhin dreizehn Leute – und Sebastian eröffnet das Treffen.

„Ich darf euch alle ganz herzlich zu unserem ersten Gaudiwürmchen-Treffen heuer begrüßen und wünsche uns allen ganz viel Spaß und gutes Gelingen, dass auch diesen Fasching unser Umzug wieder ein ganz Besonderer wird. Dürfte ich ganz kurz jeden bitten sich vorzustellen, es hat ja doch ein paar personelle Veränderungen gegeben. Ach so, ja, mich kennen ja alle. Ich bin Sebastian Zink, der Vorsitzende des Faschingsvereins. Ich habe euch alle angerufen bzw. angeschrieben. Sonst gibt es eigentlich auch schon nichts mehr zu sagen. Louisa, würdest du gleich weitermachen?"

Er zwinkert mir zu, und ich fühle mich völlig überrumpelt. Was sagt man denn da so?

„Äh, ja, hallo, ich bin die Louisa Städele und bin eigentlich nur da, weil der Sebastian mein Freund ist."

Gelächter. Ich merke, wie mir das Blut in den Kopf steigt.

„Ach ja, und ich bin bei der Polizei, also zieht hier keine krummen Dinger ab."

Noch mehr Gelächter.

„Jo, Liesl, dann mach i doch glei weiter", erlöst mich Xaver. „I bin der Xaver Hartmann, frisch gebackener Bürgermeister unserer schönen Marktgemeinde, und i möcht mi wie jeds Johr selbstverständlich wieder am Fasching beteiligen. Des gfreit mi immer wieder, wenn i sig, wos für Massen wir hier anziehn, des is super."

„Jo, Xaver, langt scho. Also i bin die Irmgard Hartmann, die Frau Bürgermeister", fällt ihm Irmgard ins Wort und platzt fast vor Stolz, „und i wuill oifach olle bei ollem unterstützn."

„Ich bin Frau Edith Kreuther, die Leiterin des Kindergartens, und hoffe, dass wir auch dieses Jahr wieder mit dabei sein können. Letztes Mal hatten wir ja einen Wagen, das hat den Kindern sehr viel Spaß gemacht."

„Danke, Frau Kreuther, das sollten wir wieder hinbekommen", Sebastian nickt einem Herrn zu, den ich bisher hier in Dimmelwang noch gar nicht gesehen habe.

„Gut, dann mache ich weiter. Ich bin Dr. Rolf Wengener, der Direktor der Grundschule und ich würde ab diesem Jahr gern die Schulkinder mit einbinden, wenn schon so ein großer Festumzug hier stattfindet. Bisher habe ich mich ja immer dagegen gesträubt, aber das Interesse von Seiten der Eltern war zu groß, um es länger zu ignorieren."

Er zwinkert und ein paar lachen.

„Ich bin der Schorsch, und wir Veteranen werkeln schon jede freie Minute an unserem Festwagen. Wir sind wieder mit dabei, auf alle Fälle."

„Super, Schorsch, da freu ich mich, dass ihr schon so fleißig seid. Ingolf, magst du weitermachen?"

„Ja, gut, also ich bin der Ingolf Brückmann vom Maibaumverein, und wir sind natürlich auch wieder mit von der Partie."

„Lydia Merk, ich bin zuständig für die Minigarde und wir proben seit letzter Woche."

„Super, dass ihr auch schon angefangen habt, Lydia. Margarete, magst du dich kurz vorstellen?"

„Aber mich kennt doch jeder hier!", entrüstet sich die Dame neben mir. „Na gut. Mein Name ist Margarete Diller und werde wie schon die letzten zweiunddreißig Jahre zuvor die Oberaufsicht über die Essens- und Getränkestände haben."

„Wow, machst du das schon so lange? Was würden wir nur ohne dich tun?", fragt Sebastian und lächelt sie an.

„Na, also Sebastian, das ist doch Ehrensache."

Man merkt, dass sie sich äußerst geschmeichelt fühlt.

„Gut, dann fehlt nur noch ihr drei."

„Ich bin Daniel Graf, Vorsitzender vom Dimmelwanger Schützenverein, und auch wir werden heuer wie immer wieder dabei sein. Danke."

„Mein Name ist Michael Unger, Chef von den Fußballern, und wir haben auch schon ganz tolle Ideen für unseren Festwagen, aber da verrate ich nichts. Na gut, es hat natürlich mit dem Weltmeistertitel zu tun."

Wir grinsen alle und freuen uns auch Monate später noch, dass Deutschland den Pott endlich mal wieder heim geholt hat.

„Danke, dann bleibt nur noch ein ganz neues Gesicht, und zwar die Diana Bosch. Diana, würdest du dich bitte kurz vorstellen?"

„Klar. Hallo zusammen, ich bin die Diana und neue Dirigentin bei der Musikkapelle und ich freue mich riesig darauf, mit meinen Musikern beim Umzug mitwirken zu dürfen. In Marktoberdorf, wo ich herkomme, gibt es ja auch einen Faschingsumzug und ich denke, ich habe da schon so einiges an Erfahrungen sammeln können, was hier vielleicht auch hilfreich ist. Also wenn es irgendwo brennt, dürft ihr mich gern anrufen, ich helfe gern überall mit aus."

Sie strahlt in die Runde und ich finde, man muss sie einfach mögen.

„Also an Erfahrung mangelt es uns sicher nicht", wirft Margarete spitz in die Runde.

„So habe ich das ja auch nicht gemeint", Diana wendet sich ihr zu, „aber ich bin so faschingstechnisch auch schon ein paar Jahre aktiv und ich denke, da ist jeder Einzelne wertvoll und man kann ja auch mal andere Ideen einbringen. Aber natürlich nur, wenn euch das recht ist."

Margarete zieht nur die Augenbrauen nach oben und verkneift sich jeden weiteren Kommentar. Wofür ich ihr wirklich dankbar bin. Die alte Ratschkattl. Jetzt wo die Anne Fehner weg ist, hat sich wohl etwas Frust bei ihr aufgestaut. Immer wenn ich mit ihr zu tun habe, ist sie so grätig. Aber mal sehen, ich will ja ganz unvoreingenommen sein.

„Gut", ergreift Sebastian wieder das Wort, „dann kennt ja jetzt jeder jeden und ich würde sagen, wir handhaben das so wie jedes Jahr, wir duzen uns einfach alle, das ist doch viel einfacher. Oder hat jemand was dagegen?"

Er schaut in die Runde und ich sehe, dass es Margarete so gar nicht recht ist, aber sie sagt nichts.

„Sehr schön, also, wo fangen wir an? Lydia, unter was für einem Motto probt ihr denn?"

„Wir gehen als Schlümpfe, und ich habe da ganz tolle Lieder so im Schlumpf-Style, die Mädels sind ganz begeistert. Wir würden wieder den Traktor samt Hänger von letztem Mal nehmen und ihn dieses Mal als Wald herrichten mit so kleinen Schlumpfhäuschen an den Ecken und die Mädels tanzen in der Mitte. Ich hab schon ein paar Leute, die mir da helfen wollen, vor allem die Eltern."

„Super, das hört sich doch schon mal gut an. Ich sehe schon, ihr habt euch Gedanken gemacht. Rolf, wie würdest du denn die Schulkinder in den Umzug einbauen wollen?"

Rolf Wengener räuspert sich.

„Nun gut, konkret habe ich mir da noch keine Gedanken gemacht, ich wollte das mal beim Lehrerkollegium nächste Woche ansprechen, da haben wir einige kreative Köpfe. Nach unserer nächsten Sitzung weiß ich dann mehr."

„In Ordnung. Wir müssen nur die Zeit im Auge behalten, die paar Monate vergehen rasend schnell. Wenn dann erst mal Adventszeit ist, stehen immer andere Dinge im Vordergrund, da dürfen wir unseren Gaudiwurm nicht vergessen. Edith, was hat sich denn der Kindergarten ausgedacht?"

„Nun ja, ich würde ein Motto für den gesamten Kindergarten vorgeben und die Kinder laufen mit. Wir nehmen wieder Leiterwägen für die ganz Kleinen, das hat beim letzten Mal auch gut geklappt."

„Stimmt. Habt ihr schon ein Motto?"

„Ich hatte da an Tiere gedacht. Jedes Kind kann sich als irgendein Tier verkleiden. Sonst haben wir wieder Ärger mit den Eltern, die ihren Kindern nicht extra nur für diesen Tag ein besonderes Kostüm kaufen möchten. Und als irgendein Tier werden sie ihre Kinder schon verkleiden können."

„Das wird bestimmt ein süßer Anblick", Sebastian lächelt sie an.

„O. k., gut, Margarete, du kümmerst dich um das leibliche Wohl. Hast du noch deine Listen, wer was wann macht? Die haben uns beim letzten Umzug schon ziemlich was gebracht."

„Selbstverständlich habe ich meine Listen noch! Außerdem weiß ich ganz genau, wen ich für was einteilen kann. Irmi, wärst du so gut und würdest mir helfen? Jetzt, wo die Anne ja nicht mehr da ist…"

Wehmut breitet sich in ihrem Gesicht aus.

„Jo aber freilig höif i dir, Margarete, des is doch Ehrensach!"

Irmi strahlt. Sie ist wirklich wie gemacht für ihren Posten als Frau des Bürgermeisters. Gut, dass sich alles so ergeben hat.

„Wie schaut's bei den Schützen und Fußballern aus? Wer richtet denn dieses Jahr den Rosenmontagsball aus?"

„Das machen wir", meldet sich Daniel zu Wort.

„Habt ihr schon ein Motto? Klappt das dieses Mal mit den Karten?"

„Das hoffe ich doch. Wir müssen sie echt begrenzen, das war viel zu voll letztes Mal. Die Turnhalle ist ja jetzt auch nicht so riesig. Doch, ich denke, das kriegen wir hin. Und wenn die Karten weg sind, sind sie nun mal weg. Motto, hm, da sind wir uns noch nicht ganz sicher. Wir wollen aber gern so was Ähnliches wie in Buchloe machen, so eine Art Rote-Meile-Ball, der kommt da immer super an. Vielleicht was mit Vampiren? Ich weiß es noch nicht hundertprozentig. Beim nächsten Treffen weiß ich aber auch mehr."

„Ich sehe, die Planung läuft. Sehr schön. Diana, was würdest denn …"

Doch Sebastians Worte ersterben, weil genau in dem Augenblick die Sirene losgeht. Und weil die Sirene hier auf dem Dach vom Musikerheim montiert ist, fallen uns schier die Ohren ab.

Sebastian springt auf, ruft: „Ich muss los!“ und rennt auch schon raus. Außer ihm ist wohl hier sonst niemand bei der Feuerwehr, also warten wir alle, bis die Sirene aufhört zu heulen. Wir könnten uns sowieso nicht unterhalten. Dann endlich verstummt sie.

„Jo mei, nachad geh ma halt heim, wenn unser Häuptling weg is“, sagt der Xaver, weil irgendwie alle ihn anschauen.

„Jo dann leit halt du die Sitzung, du bist ja schließlich au der Bürgermeister“, fordert Irmi ihn auf.

„Naaa, des is dem Sebastian sei Zeug, i denk, es is doch scho mal soweit alles geklärt, oder?“

Wir nicken alle, weil was bleibt uns übrig? Da klingelt mein Handy. Ich entschuldige mich und gehe raus.

„Louisa, Larissa hier, du sollst mal in der Fichtenallee vorbeischauen, da brennt's“, höre ich Barbies Tussistimme.

„O. k., alles klar. Bis dann.“

„Bis dann und pass auf dich auf.“

Als ob ich ein Kleinkind wäre. Also echt. Ich verabschiede mich von den anderen, die auch alle schon in Aufbruchsstimmung sind und mache mich auf den Weg in die Fichtenallee.

Dort angekommen, sehe ich schon das LF16 dran stehen. Sebastian kommt mir entgegen. In seiner Feuerwehrmontur sieht er wirklich zum Anbeißen aus.

„Was ist passiert?“

„Ach, die Hecke hier hat gebrannt. Wir haben aber alles unter Kontrolle. Kannst du mal mitkommen?“

„Klar.“

Ich folge ihm zu besagter Hecke. Zwei seiner Feuerwehrkollegen löschen noch die letzten Glutnester.

„Schau mal. Ich glaube, das hier hat den Brand ausgelöst."

Er deutet auf etwas Verkohltes am Rand der Hecke. Ich bücke mich und erkenne das Gerippe einer Laterne. Man erkennt noch das Drahtgestell vom Stab und dieses Metallding, in das man die Kerze reinsteckt.

„Hm, ja, wahrscheinlich hat ein Kind die hier aus Versehen stehen gelassen. Hat man an Halloween Laternen dabei?"

„Ja, ich hab schon ein paar Kinder mit Laternen rumlaufen gesehen. Also ich würde sagen, Brandursache geklärt, oder?"

„Ja, ganz offensichtlich. Wir schauen einfach, wer an Sankt Martin keine Laterne hat und schon haben wir unser Täterkind."

Ich grinse ihn an und er grinst zurück.

„Also, Jungs, packen wir's."

Es dauert noch eine Weile, bis alles wieder verstaut ist. Sebastian spricht noch mit den Leuten, deren Hecke abgebrannt ist. Ich helfe seinen Feuerwehrkollegen beim Einräumen und werfe noch einen Blick auf die Hecke. Die eine Seite ist wirklich total niedergebrannt. Aber es ist ja doch nur eine Hecke. Zum Glück ist kein Mensch zu Schaden gekommen. Wir fahren zurück zum Feuerwehrhaus.

„Sind die anderen noch im Musikerheim?"

„Nein, die sind schon alle weg. Xaver wollte die Sitzung nicht leiten, also sind sie heimgegangen."

„Na gut, ich werde morgen mal rumtelefonieren."

Er schaut müde aus.

„Komm, lass uns heimgehen, der Brand ist gelöscht."

Und schon auf dem Nachhauseweg lachen und scherzen wir wieder so viel miteinander, dass die brennende Hecke schon gar nicht mehr an unseren Gedanken kratzt.

Dimmelwang, Dienstag, 11. November, Sankt Martin

Ich kann es nicht fassen, dass ich mich von Eva dazu breitschlagen habe lassen, mit Jasmin zum Sankt-Martins-Umzug in den Kindergarten zu gehen. Es schneit und ist eiskalt. Ich stehe hier mit unfassbar vielen Eltern, Großeltern, Paten und Kindern im Kindergarten-Garten und schaue mir mit tief ins Gesicht gezogener Kapuze das Martinsspiel an, das ein paar Kinder eingeübt haben.

Jasmin sitzt direkt vor mir auf einer kleinen Bank und schaut völlig fasziniert dem Jungen zu, der auf seinem Steckenpferd im Kreis herum hoppelt und den Martin spielt. Die ganze Zeit frage ich mich, ob es Absicht ist, dass links und rechts an ihm zwei Stücke roter Stoff herunterhängen. Doch da ist er beim Bettler angekommen und alle versuchen ganz leise zu sein, damit man überhaupt ein Wort verstehen kann.

„Oh hilf mir doch in meiner Not“, brüllt das Kind, das den armen Bettler spielt und in einer dicken Winterjacke von Esprit auf einer Decke im Matsch kniet.

Der Martin-Junge steigt von seinem Stecken herunter, schleudert ihn auf den Boden und zieht ein Holzschwert aus dem Gürtel.

„Ich, der heilige Martin, helfe dir schon, du Bettler“, krakeelt er und reißt sich einen der roten Stofffetzen von der Seite und drischt mit seinem Schwert drauf ein. Hilfe, was ist denn mit dem los? Ach, das soll der halbe Mantel sein! Jetzt kapiere ich das.

Der Martin-Junge hebt nun den roten Fetzen auf und legt ihn dem Bettler-Kind um die Schultern. Anscheinend die Mutter von dem Bettler-Kind stürzt in den Kreis und reißt das matschige Stoffknäuel von ihrem Kind herunter. Zu spät, die Jacke ist schon dreckig.

„Jetzt schau dir diese Sauerei an!“, fährt sie das Martin-Kind an.

Frau Kreuther geht beherzt dazwischen und redet beschwichtigend auf die Mutter ein. Ach je, die kenne ich ja. Das ist doch die Frau in dem Leoparden-Mini, die mich so blöd angemacht hat, als ich Jasmin im Kindergarten angemeldet habe. Jetzt trägt sie ein weißes Eisbärenkostüm. Na gut, es ist eine weiße Felljacke, sieht aber fast aus wie ein Eisbär. Und die Schicht Schminke sehe ich bestimmt fünf Kilometer weit weg noch leuchten. Meint sie vielleicht wirklich, dass irgendjemand glaubt, dass ihre Wangenknochen so weit oben sind, nur weil sie so viel Rouge aufträgt? Und die viel bessere Frage: Findet das tatsächlich irgendjemand schön?

Ich stehe noch so da und grüble, als mir jemand von hinten ins Ohr flüstert: „Ist der kleine Martin nicht bezaubernd?"

Ich drehe mich um und sehe in Sebastians lachendes Gesicht.

„Oh ja, der ist super. Was machst du denn überhaupt hier?"

„Eva hat mir gesagt, dass du hier bist und da dachte ich, du brauchst bestimmt Beistand."

„Ach, es ist doch ganz lustig hier. Bloß saukalt."

„Pscht", ertönt es um uns herum.

Also grinsen wir uns an und schweigen. Mittlerweile haben sich noch einige Kinder mehr in den Kreis gestellt und fangen an zu singen. Ein Quartett aus unserer Kapelle begleitet sie. Johannes, Andreas, Berti und Diana stehen so gut es geht geschützt unter einem kleinen Vordach und spielen „Laterne, Laterne".

„Ja sag mal, was ist denn mit deinen Musikerkollegen los? Das höre ja sogar ich, dass sich das schief anhört", stellt Sebastian fest.

„Mich wundert das nicht. Bei der Kälte sind bestimmt die Ventile eingefroren. Schau, wie sich der Berti mit seiner Posaune abmüht, die Züge gehen auch nicht so geschmeidig wie sonst."

Die Armen, sie tun mir ja wirklich leid. Ganz rote Finger haben sie, und es stimmen leider bei Weitem nicht alle Töne.

„Tanteeee", Jasmin, die dick in ihre Jacke gemummelt ist und sich die Mütze tief ins Gesicht gezogen hat, schaut zu mir hoch.

„Jetzt laufen wir hinter der Edith her durch Dimmelwang!"

Sie freut sich wie eine Schneekönigin, und ich hoffe, dass ich nicht wie auf dem Herweg alle zwei Minuten ihre Kerze neu anzünden muss und dass ihre Laterne nicht abfackelt. Aber wenn ich mich hier so umsehe, bin ich mit meiner Sorge bestimmt nicht allein.

„Halt die aber schön gerade", „Wackel nicht so rum", „Pass auf, dass die Kerze immer schön in der Mitte bleibt", höre ich von allen Seiten. Na, wird schon schief gehen.

Die Kinder verlassen gruppenweise den Kindergarten-Garten, und ich schlüpfe zu meinen Musikern.

„Na, Leute, alles klar bei euch?"

„Servus, Louisa, hast nicht gehört, wie wir gespielt haben? Das war ja eine Katastrophe!"

„Was war denn los?"

„Ja die dummen Ventile, die saudummen", Johannes ist richtig grantig.

„Ist doch nicht so schlimm", versucht Diana ihn zu beschwichtigen.

„Ja toll, was sollen denn die Leute von uns denken?"

„Ach, die haben doch sowieso nur Augen für ihre Kinder."

„Warum ist es auch so kalt, dass gleich die Ventile einfrieren?"

„Ja schau, mein Zug ist auch ständig am Einfrieren. Das ist halt so im November, da können wir auch nichts dafür!"

„Aber schau, du könntest wenigstens in den Zug reinbieseln, damit er warm wird."

„Ja bist du deppert, die Diana kann doch net in ihre Posaune bieseln!"

„Doch könnte sie. Mich ärgert das schon an der Trompete, dass ich da so gut wie nichts machen kann."

„Johannes, ich weiß doch, was für ein guter Trompeter du bist. In den Proben bist du immer spitze."

„Danke. Aber trotzdem. Schau, dir geht es ja mit deinem Horn auch nicht anders, oder?"

„Ich puste halt dauernd rein. Bissl was bringt das schon."

„Komm, Johannes, lass doch gut sein, jetzt ist es doch eh schon vorbei", sage ich und gucke, ob ich Jasmin irgendwo entdecken kann. Sebastian läuft Hand in Hand mit ihr die Straße entlang.

„Ich muss dann mal wieder los. Wir sehen uns ja dann in der Probe."

„Es müsste mal einer was erfinden, dass die Ventile nie wieder einfrieren", mault der Johannes.

„Ja Herrschaftszeiten, jetzt lass es halt endlich mal gut sein!", fährt ihn der Andi an. „Dann sabber halt net so viel rein in dein gutes Instrument. Sapperlott!"

Ich verziehe mich lieber. Einem Streit zwischen Johannes und Andi mag ich jetzt wirklich nicht beiwohnen.

Schnell habe ich Sebastian und Jasmin eingeholt und wir laufen gemütlich hinter den anderen her durch Dimmelwang. Ein paar Feuerwehrler haben die Straßen abgesperrt, damit wir hier ungestört unseren Umzug abhalten können.

Als wir gerade so lachend und singend durch die Straßen ziehen, bemerken wir ein Stück vor uns helle Aufregung. Sebastian schaltet als erster, was los ist.

Zwanzig Meter vor uns hat doch tatsächlich eine Laterne Feuer gefangen. Er rennt hin und tritt das Feuer aus. Sämtliche Erwachsene stehen unschlüssig herum und schauen zu. Ein kleines Mädchen steht da und plärrt was das Zeug hält. Die Mutter redet beruhigend auf es ein.

„Meine Laterneeeee", brüllt die Kleine.

Ach Gott, das arme Ding. Sebastian wendet sich ihr zu und erklärt ihr, dass sie ganz viel Glück gehabt hat und ein sehr schlaues Kind ist, weil sie die brennende Laterne gleich losgelassen hat.

„Schau, jetzt kannst du allen Kindern erzählen, dass deine Laterne gebrannt hat."

Er lächelt sie an, und langsam versiegt der Tränenstrom. Na, ob das jetzt so pädagogisch wertvoll war? Egal, das Mädchen nimmt jetzt die Hand ihrer Mama und läuft weiter. Sebastian nimmt die kaputte Laterne und wirft sie in den nächsten Abfalleimer.

„Schau, so schnell kann es gehen", sagt er zu Jasmin.

„Ich will nicht, dass meine Laterne brennt."

„Aber die brennt doch gar nicht. Mach dir keine Sorgen. Ist doch alles in Ordnung."

Wir setzen unseren Weg fort.

„Auf alle Fälle wissen wir jetzt, dass dieses Mädchen nicht die Brandstifterin von der Hecke war."

Sebastian lacht laut und ich stimme ein.

„Oh ja, stimmt, aber ich hätte es ihr zugetraut."

„Ja, sie hat schon wie ein kleiner Feuerteufel ausgeschaut."

„Was ist ein Feuerteufel?"

„Ach, nichts, das haben wir nur so gesagt."

Hätte ich da schon gewusst, was in den nächsten Wochen und Monaten in Dimmelwang so alles passieren würde, hätte ich besser mal keine Scherze gemacht.

Dimmelwang, Freitag, 5. Dezember, Tag vor Nikolaus

Heute kommt der Nikolaus! Jasmin ist schon ganz aus dem Häuschen und rennt wie eine Irre die Treppe herunter.

„Tante", schreit sie, „der Nikolaus kommt gleich in den Kindergarten. Ich freu mich ja schon soooooooooo!"

„Warst du auch immer schön brav?"

Jetzt zieht sie einen Schmollmund.

„Aber klar."

Sie stemmt die Hände in die Hüfte.

„Du weißt ja, nur brave Kinder bekommen was vom Nikolaus."

„Ja, weiß ich."

„Und zu den bösen Kindern kommt der Knecht Rupprecht und haut sie mit seiner Rute."

Jasmin reißt die Augen auf.

„Echt?"

„Mhm", ich setze eine bedeutungsschwere Miene auf.

„Mamaaaa", ruft sie und rennt in die Küche. „War bei euch immer der Knuprecht?"

„Hä?"

„Die Tante hat gesagt, zu den bösen Kindern kommt der Knuprecht und nicht der Nikolaus."

„Was hat die Tante gesagt?"

„Ach, Eva, ich wollte Jasmin doch nur ein bisschen Angst machen."

„Aber der Nikolaustag ist nicht zum Angst machen da", tadelt sie mich mit vorwurfsvollem Blick.

„Aber ein bisschen Respekt hat noch keinem geschadet", verteidige ich mich.

„Tante, war jetzt der Knuprecht immer bei euch? Kennst du den

Nikolaus gar nicht? Komm mit in den Kindergarten, dann zeig ich ihn dir."

Sie blinzelt mich auffordernd an.

„Nein danke, ich muss in die Arbeit."

Wieder der kleine Schmollmund.

„Weißt was, erzähl mir doch dann einfach wie es war, o. k.?"

„Das werden wir. Und jetzt zisch ab, bevor du dem Kind noch mehr Unsinn beibringst."

„Hey bitte, was war denn daran jetzt schon wieder Unsinn?"

„Na, dass zu uns der Knecht Rupprecht gekommen ist. Das stimmt doch gar nicht."

„Das habe ich auch nie behauptet."

„Aha, magst du damit sagen, dass Jasmin lügt?"

„Nein, sie hat das falsch verstanden. Ach weißt du was? Ich gehe jetzt. Tschüss ihr drei und viel Spaß mit dem Nikolaus."

Ziemlich pünktlich komme ich an der Wache an.

„Hiiii", zwitschert mir Barbie ihren Morgengruß entgegen.

„Hiiiii", äffe ich sie nach, und sie merkt es noch nicht einmal. Harald bricht hinter seinem Monitor in Gelächter aus.

„Der Harald ist heute aber lustig", lacht Barbie.

„Ja, der Harald ist ein alter Scherzkeks", sage ich und kneife ihm auf dem Weg zu meinem Schreibtisch in die Wange.

„Aua", quiekt er.

„Und das war nur ein Vorgeschmack."

„Duuuu, Louisa?", Barbie nähert sich mir unaufhaltsam.

„Jaaaaa?" Jetzt setzt sie sich auf meinen Schreibtisch.

„Louisa, es ist doch gar nicht mehr so lang hin bis Silvester …"

Mir stellen sich sämtliche Nackenhaare auf.

„Ja und?"

„Ach, du weißt doch, dass ich hier niemanden kenne und ich bin so ungern allein an Silvester."

„Ja und was habe ich damit zu tun?"

„Na ja, ein Vögelchen hat mir gezwitschert, dass es bei dir eine Riesenparty geben wird."

Sie strahlt mich an. Ich drehe ganz langsam meinen Kopf in Richtung Harald, der sich wieder hinter seinem Monitor versteckt, dieses Mal aber hoffentlich aus Scham.

„Ich verstehe immer noch nicht, was dein Alleinseinproblem mit mir zu tun hat."

„Ach komm schon, Louisa, kann ich da nicht auch kommen? Ich esse auch nur ganz wenig und meine Getränke kann ich auch selber mitbringen."

Sie haut mir in die Seite und lässt ihr glockenhelles Lachen ertönen.

„Du, ich weiß nicht so recht, du kennst da doch keinen."

„Ach, das stimmt nicht. Ich kenne deinen Freund und ich kenne Harald und Hannes. Bitte, Louisa, ich bin auch ganz artig."

Ihre falschen Wimpern klimpern zu und wieder auf. Ich seufze.

„Ich überlege es mir."

Sie quietscht.

„Du bist meine Lieblingskollegin, ich wusste, dass du einverstanden bist!"

„Ich hab doch noch gar nicht ja gesagt!"

„Ach, Louisa, glaub mir, ich bin eine richtige Partylöwin. Darf ich verkleidet kommen?"

„Nein."

„Aber Harald hat gesagt, es ist eine Kostümparty."

„Ach, hat er das gesagt?"

„Ja, hat er!", schreit sie und nickt wie wild mit dem Kopf.

Ich sehe von Harald nur einen kleinen Gesichtsausschnitt und der ist knallrot.

„Ich werde es mir überlegen, wie ich schon sagte. Und jetzt geh und tu mal was für dein Geld."

Barbie zwinkert mir zu und geht tatsächlich auf ihren Platz zurück. Harald werde ich mir später vornehmen. Ich schaue erst einmal, was sich so getan hat. Nicht viel seit gestern. Ich gruschtel gerade in meiner Schublade, als Mario Deutler, unser Chef, zur Tür hereingeschneit kommt.

„Brrr, ist das kalt draußen." Er hat eine ganz rote Nase und trägt eine große Kiste unter dem Arm. „Wenn ich kurz um Aufmerksamkeit bitten dürfte."

Wir horchen alle auf und versammeln uns bei Harald, weil der Deutler bei ihm am Schreibtisch stehen geblieben ist.

„Ich wollte Ihnen allen ‚danke' sagen für das vergangene Jahr. Ich weiß, dass ich mich immer auf Sie alle verlassen kann, und ich freue mich, dass wir so ein tolles Team sind. Als kleines Dankeschön habe ich für jeden von Ihnen etwas besorgt."

Er greift umständlich in seine Kiste und befördert einen Nikolaussack zutage.

„Hier, Herr Lausser, das ist für Sie."

Harald bedankt sich und nimmt seinen Sack in Empfang. Grinsend zieht er eine Flasche Glühwein raus.

„Super, Chef, den trinke ich natürlich erst nach Feierabend."

„Na, das will ich aber auch hoffen."

Der Deutler verteilt reihum seine Säcke, bis nur noch Barbie übrig ist.

„Und weil ich mich so sehr freue, dass wir seit diesem Jahr von Frau Frosch unterstützt werden, habe ich für Sie etwas Besonderes."

Fast wird er ein bisschen rot, als er ihren Sack aus dem Karton zieht. Ich muss gleich zwei Mal hinschauen.

Barbie hüpft und quiekt: „Herr Deutler, das ist ja super-süß von Ihnen."

Sie fällt ihm um den Hals und nimmt ihr Geschenk an sich. Ja was ist denn da in den Deutler gefahren? War er im Prinzessinnen-Shop? Hat er von einer Fee Feenstaub über den Nikolaussack streuen lassen? Barbie hält ein knallpinkes Säckchen in der Hand. Ein rosa Nikolaus guckt daraus hervor. Sie ist immer noch ganz aufgeregt, als sie den Inhalt auf Haralds Schreibtisch kippt. Ich fasse es nicht! Parfüm, Nagellack und Bodylotion kullern heraus. Vorsichtshalber greife ich mal in meinen Sack. Oh gut, nur Nüsse, Mandarinen und ein Schokonikolaus.

Barbie steht mit leuchtenden Wangen vor ihren Schätzen. Harald und Hannes schauen erst sich gegenseitig, dann mich an, zucken dann aber mit den Schultern und wenden sich schließlich wieder ihrer Arbeit zu. Ich schaue mit hochgezogenen Brauen den Deutler an. Der räuspert sich.

„Öhöm, tja, ich hoffe, das gefällt Ihnen alles, Frau Frosch. Betrachten Sie es als ein kleines Willkommensgeschenk."

„Da hat der Nikolaus aber genau meinen Geschmack getroffen", quietscht sie hocherfreut.

Sie packt das Parfüm aus und nebelt sich dermaßen ein, dass ich mich auch wieder an meinen Platz verziehe. Puh, sogar bis hierher riecht man diesen süßen, aufdringlichen Gestank.

„Jungs, was meint ihr, fahren wir Streife?" Dankbar schauen die zwei mich an.

Kurz darauf sitzen wir zu dritt im Auto und diskutieren darüber, wohin wir fahren sollen.

„Ich will mir 'ne Leberkässemmel holen", sagt Hannes.

„Hast du nicht gesagt, du magst nicht mehr so viel essen?", fragt Harald belustigt.

„Egal, ich brauch jetzt was. Mann, das war mir echt zu viel. Warum schenkt der Deutler der Larissa so viel Zeug? Wir sind schon seit Jahren da, und Louisa, du bist ja auch erst seit diesem Jahr da und auch eine Frau. Warum schenkt er dir nicht auch so Frauenkram?"

„Mensch, Jungs, kapiert ihr es echt nicht?", frage ich und lenke den Wagen in Richtung Metzgerei.

„Der Chef ist eindeutig in die Larissa verknallt. Das sieht doch ein Blinder mit Krückstock."

Harald, der neben mir sitzt, dreht sich verwundert zu Hannes um.

„Was? Awa, das glaube ich nicht."

„Nein, ganz bestimmt nicht. Er ist doch der Chef."

„Ach so, stimmt, als Chef kann man sich ja nicht verlieben."

„Ja, doch, schon, aber doch nicht der Deutler!"

Harald ist entsetzt.

„Glaubt es oder nicht. So, wir sind da."

Wir steigen aus und betreten die Metzgerei. Ich fasse es nicht. Immer, wenn ich zum Metzger gehe, steht Irmgard gerade an der Theke und ratscht mit der Verkäuferin.

„Ja, Liesl!", ruft sie hell erfreut und kommt gleich auf mich zu. „Guat schaugst aus." Sie kneift mich in die Wange. „Der Sebastian tut dir halt guat."

Sie grinst mich an und wendet sich dann wieder der Verkäuferin zu.

„Also, was i gmeint hob, des ka doch koi Zufall sei, oda?"

„Das glaube ich auch nicht", die Verkäuferin nickt bedeutungsschwer und linst dann über Irmis Schulter.

„Das Übliche?“, fragt sie uns.

Wir bejahen und verlassen ein paar Minuten später die Metzgerei. Als wir schon im Auto sitzen, kommt Irmgard heraus gestürmt. Sie klopft wie wild an die Scheibe, und Harald lässt selbige herunter.

„Liesl, i woaß net, ob du des scho ghört host, aber mia treffn uns morgen Obend zum Festwogn herrichtn. Kimmst a?“

Um Himmels Willen, das hatte ich ja völlig verdrängt. Sebastian hat es mir schon gesagt, aber ich habe eigentlich keine Lust darauf, da mitzuhelfen.

„Mal sehen, ob ich es schaffe. Morgen habe ich Spätschicht, da wird es mir wahrscheinlich zu knapp.“

„Aber du hast doch morgen frei“, fällt mir Harald ins Wort.

Ich bestrafe ihn mit einem bösen Blick.

„Ja dann passt’s ja, nachad seh ma uns morgen. I gfrei mi scho, bis dann!“

Irmi winkt mir noch zu und verschwindet dann wieder in der Metzgerei.

„Warum sagst du der Frau vom Bürgermeister, dass du morgen Spätschicht hast, wenn es doch gar nicht stimmt?“, fragt Harald verwirrt.

„Mensch Harald, ich weiß doch, dass ich morgen frei habe. Ich habe einfach nur keinen Bock, da hinzugehen!“

„Aber du bist doch mit dem Sebastian zusammen.“

„Ja, ich weiß, aber ich hasse Fasching. Das ist das Einzige, was mich an ihm stört. Ich will mich so gut es geht da raushalten, verstehst du? Oh Mann, und jetzt muss ich morgen da hin. Super, danke Harald.“

Ich bin jetzt echt ein bisschen sauer. Und dabei mag ich Harald doch so gern. Aber er hat mir meinen freien Abend morgen vermasselt. Ich will gerade rückwärts aus dem Parkplatz rausfahren, da geht ein Funkspruch bei uns ein. Im Roggenweg brennt es.

Wir fahren gleich mal hin. Gleichzeitig mit uns trifft die Feuerwehr ein. Sofort sehen wir den Brandherd. Eine Holzbeige brennt lichterloh. Eine Frau rennt aufgeregt hin und her und versucht mit langen Stecken die Holzscheite vom Feuer wegzuschieben, was ihr aber nicht wirklich gelingt. Die Feuerwehrler schicken sie weg, und widerwillig nimmt sie Abstand.

Es dauert keine Viertelstunde und das Feuer ist aus. Der halbe Garten schwimmt im Löschschaum, und die Frau ist völlig aufgelöst.

„Ich hatte solche Angst, dass das Feuer aufs Haus übergeht."

Sie ist immer noch völlig neben sich. Ich führe sie ins Haus hinein, während die anderen draußen aufräumen.

„Wie haben Sie das Feuer bemerkt?", frage ich sie so beiläufig wie möglich.

Sie runzelt die Stirn.

„Das weiß ich gar nicht mehr."

Das kann doch gar nicht so schwierig sein, sich zu erinnern, ist doch erst so eine halbe Stunde her. Ich glaube, sie steht noch unter Schock.

„Ich kam aus dem Keller mit meinem Korb voll Wäsche", sagt sie da plötzlich. „Ja, ich erinnere mich. Ich bin die Treppe in den ersten Stock gelaufen, da ist mein Bügelzimmer, wissen Sie. Und da habe ich die Flammen gesehen. Erst dachte ich, was ist das denn? Ich habe irgendwie gar keinen Zusammenhang zwischen Feuer und unserer Beige gesehen. Verstehen Sie das? Das war total unsinnig. Aber dann habe ich begriffen, dass es wirklich brennt bei uns. Oh Gott, das war so furchtbar. Ich habe gleich die Feuerwehr angerufen. Und dann konnte ich ja nicht mehr machen, als zu warten."

„Ist Ihnen irgendwas aufgefallen?"

„Wie meinen Sie das?"

„Na ja, ich meine, haben Sie gesehen, warum das Holz zu brennen angefangen hat?"

Jetzt schaut sie mich ganz erschrocken an.

„Wie meinen Sie das?", fragt sie mich noch einmal.

„Bitte beruhigen Sie sich. Wir müssen das untersuchen. Wir müssen die Brandursache finden. Aber keine Panik, überlassen Sie alles uns, es kann sich um einen dummen Zufall handeln, einen Zigarettenstummel, so etwas in der Art."

„Sie meinen doch nicht, dass jemand mit Absicht unsere Holzbeige angezündet hat?"

„Nun ja, Sie verstehen, wir müssen dem nachgehen. Wie gesagt, vielleicht ist einfach nur jemand an Ihrem Garten vorbeigegangen, hat seinen Zigarettenstummel weggeworfen, und das Holz hat sich ganz unglücklich entzündet und dann eine Weile geschwelt, bevor sich dann das Feuer so richtig entzündet hat."

Ich schaue in ängstliche Augen. Was ich da rede, ist auch wirklich sehr weit hergeholt. Es ist Dezember, es liegt etwas Schnee, alles ist feucht und nass und kalt, da braucht es schon eine Menge ungünstiger Faktoren, damit ein solches Feuer zufällig entstehen kann.

„Bleiben Sie hier, ich werde mal nach draußen schauen. Möchten Sie vielleicht Ihren Mann anrufen?", schlage ich ihr vor.

Sie nickt gedankenverloren.

Draußen stehen Harald und Hannes zusammen mit den Feuerwehrlern um die Holzbeige. Oder besser gesagt um das, was davon noch übrig ist. Einer von ihnen schüttelt den Kopf.

„Ich weiß nicht, ich mag immer nicht gleich an Brandstiftung denken, wenn so was passiert."

„Ja aber schau mal, aus heiterem Himmel gibt es doch nicht so ein Feuer", wirft ein anderer ein.

Harald stellt sich zu mir.

„Was meinst du? Kann das Brandstiftung gewesen sein?"

Ich hebe die Augenbrauen und schaue mir die verkohlten Reste mal genauer an.

„Habt ihr irgendeine Art von Brandbeschleunigern entdeckt? Irgendwas Verdächtiges?"

„Es wird uns wohl nichts anderes übrig bleiben, als Asche mitzunehmen und ins Labor zu bringen", meint Hannes.

„Findet ihr das nicht übertrieben?", entgegnet der eine Feuerwehrler.

„Wie heißt du?", frage ich ihn.

„Moritz Grabner, wieso?"

„Ach, nur so."

„Bist du nicht die Freundin vom Kommandant?"

„Ja, bin ich."

„Ach so, ja dann sag ihm einen schönen Gruß von mir."

Er schaut mich ganz komisch an.

„Los, Jungs, packen wir's", fordert er die anderen auf und läuft zum LF16.

„Wir nehmen eine Probe von der Asche mit", flüstere ich Hannes zu, der auch gleich pflichtbewusst zum Wagen geht, um eine Tüte zu holen.

„Mir gefällt das hier nicht", raune ich Harald zu. „So eine Holzbeige fängt doch bei so einem Wetter nicht lichterloh zu brennen an, bloß weil einer seine Kippe hier reinwirft."

Harald zuckt mit den Schultern und hilft dann Hannes, etwas Asche einzusammeln.

Nachdem wir Frau Biehl, so heißt die Hausbesitzerin, beruhigt und ihr unsere Karten dagelassen haben, ziehen wir wieder Richtung Wache.

„Da seid ihr ja endlich!", ruft Barbie uns zu, kaum dass wir die Tür aufgemacht haben.

„Es hat gebrannt", berichtet sie uns mit weit aufgerissenen Augen. „Ich konnte nicht hin, ich war hier ja ganz alleine. Und wenn jetzt einer kommt, der vergewaltigt worden ist?"

„Oh ja", sage ich mit sarkastischem Tonfall, „das ist doch eher unwahrscheinlich, oder? Normalerweise werden Frauen vergewaltigt. Und hier in Dimmelwang hat es so etwas noch nie gegeben. Schon gar nicht am helllichten Vormittag."

„Na, aber wenn doch gerade jetzt was passiert und dann ist hier niemand?"

„Ja, bleib mal cool, wir beide waren bei dem Brand hautnah dabei."

Ich hebe zum Beweis die Tüte mit der Asche hoch.

„Oh mein Gott!" Sie wird kalkweiß im Gesicht. „Ich muss mich setzen. Oh Gott, oh Gott."

Schwach sinkt sie auf den nächsten Stuhl und klemmt ihren Kopf zwischen die Knie.

„Was ist denn los?", fürsorglich kniet sich Hannes neben sie und streicht ihr über den Rücken.

„Ich hab gehört, dass es gebrannt hat, aber dass jemand umgekommen ist dabei … also nein … puh …"

Sie verfällt in Hechelatmung.

„Hä?"

Verständnislos schaue ich Hannes an. Der zuckt auch nur mit den Schultern.

„Wie meinst du das? Wer ist da umgekommen?"

„Na, der Mensch in der Tüte."

Barbie atmet jetzt ganz schwer und wischt sich mit dem Handrücken über ihre Augen. Weint sie?

„Aber da ist doch gar niemand umgekommen. Was meinst du denn?"

„Ja aber ... Was hast du denn dann da in der Tüte?"

Vorsichtig schaut sie rauf.

„Das sind nicht die Überreste von einer Leiche, das ist einfach nur Asche von einem Holzhaufen. Wir überprüfen die auf Benzinreste oder ähnliches. Mensch, jetzt reiß dich doch zusammen!"

Ganz langsam kehrt etwas Farbe auf ihre Wangen zurück.

„Also ist da gar kein Mensch drin?"

„Natürlich ist da kein Mensch drin."

Ich muss mich wirklich beherrschen, dass ich sie nicht anschreie. Manchmal raubt sie mir den letzten Nerv. Und dabei habe ich sie heute so gut wie nicht gesehen.

„Da bin ich aber mal erleichtert."

Hannes streicht ihr immer noch über den Rücken. Ich kann da gar nicht hinschauen. Ich gehe lieber zu meinem Schreibtisch und wähle die Nummer von Patrick Wolf.

„Spusi hier, servus", grüßt Patrick fröhlich.

„Hi Patrick, hier Louisa. Kann ich dir Asche bringen? Nur mal schauen, ob da irgendein Brandbeschleuniger drin ist."

„Hm, mal sehen. Bis morgen müsste ich es schaffen, wenn du sie mir gleich bringst."

„Ja, mach ich. Bis gleich."

Ich mache mich auf zu Patrick Wolf, unserem Spurensicherer.

Der kurze Weg nach Kaufbeuren zieht sich heute ziemlich. Es schneit und alle meinen, sie müssten mit dreißig Stundenkilometern fahren. Vielleicht sollte ich mal ein paar anhalten und mir die Reifen anschauen. Unfassbar, dass manche im Dezember noch nicht auf Winterreifen umgerüstet haben.

Nach über einer halben Stunde komme ich bei Patrick an. Ich finde seinen Arbeitsplatz ja sehr lustig. Er hat wirklich einen seltsamen Humor. Alles hängt hier voller Bilder von Superhelden und Micky Maus. Und zwischendrin hockt er inmitten seiner Mikroskope und sonstigen Gerätschaften und kritzelt ständig was auf irgendwelche Zettel.

„Ah, Louisa, servus", grüßt er mich, als ich eintrete.

„Patrick, hallo. Na, alles klar bei dir?"

„Logo. Was hast du denn jetzt genau für mich?"

„Eine Holzbeige hat gebrannt und jetzt wollen wir wissen, ob es sich um Brandstiftung gehandelt hat."

„Alles klar. Gib mir die Tüte."

Ich reiche sie ihm. In dem Moment klingelt mein Handy. Es ist Harald. Er berichtet mir, dass Frau Biehl gerade angerufen und erzählt hat, dass ihr Mann zwischen Zaun und Beige einen Zigarettenstummel gefunden hat. Jetzt spekulieren sie natürlich, ob nicht doch das der Auslöser für das Feuer war. Ich lege auf.

„Ich wäre ja froh, wenn es so wäre. Untersuchst du mir trotzdem die Asche?"

„Mach ich, ich ruf dich gleich an, sobald ich was rausgefunden habe, okay?"

„Ja, okay."

Grübelnd mache ich mich auf den Rückweg. Wieder auf der Wache läuft mir natürlich gleich mal Barbie über den Weg.

„Louisaaaaa!"

Ich atme tief durch.

„Ja?"

„Ich hab gehört, du gehst morgen Abend zum Festwagen bauen. Darf ich mitkommen?"

Ich schaue sie schräg an.

„Bitte", setzt sie noch hinzu und faltet die Hände wie zum Gebet.

„Meinetwegen."

Dann habe ich vielleicht sogar was zu lachen. Ich kann mir sie beim besten Willen nicht mit einem Hammer in der Hand vorstellen.

„Ich hole dich ab."

Sie schaut so verzückt drein, dass ich mir schon wie ihr Held des Tages vorkomme. Na dann hat diese ganze Wagen-Bau-Geschichte ja doch noch etwas Gutes. Meine gute Tat des Tages habe ich somit vollbracht.

Dimmelwang, Samstag, 6. Dezember, Nikolaustag

Am nächsten Abend bringe ich noch Jasmin ins Bett, die mir schon wieder mit knallroten Wangen vom Nikolaus erzählt.

„Der war soooo groß", sie breitet ihre kleinen Ärmchen aus und ihre Augen funkeln. „Der ist fast nicht durch die Tür gekommen. Und den Knuprecht hat er im Wald vergessen. Ich hab ihn gefragt. Der ist ja sooooo nett!"

„Süße, das freut mich. Schön, dass er bei euch war."

Ich fürchte, sie ist jetzt immer noch viel zu aufgeregt, um einzuschlafen. Gestern konnte sie bis nach neun Uhr nicht schlafen. Ich drücke ihr ein Bussi auf die Stirn und decke sie zu.

„Schlaf gut."

Ich höre sie noch kichern und jauchzen. Toll, wenn man sich so freuen kann. Eva steht am Fuß der Treppe und schaut mich vorwurfsvoll an.

„Sag mir doch bitte, wenn du Besuch bekommst", herrscht sie mich an und verdreht die Augen, weil Rebecca schon wieder weint. Was ist denn gerade mit ihr los? Vielleicht bekommt sie ja Zähne. Also Rebecca, nicht Eva. Die bekommt höchstens Haare auf den Zähnen. Manchmal ist sie schon echt von jeder Kleinigkeit genervt.

„Wieso? Ich erwarte gar keinen Besuch."

„Eine Frau ist für dich da, hab vergessen wie sie heißt."

Ich hüpfe die letzten Stufen runter und Eva schaut mich tadelnd an.

„Du bist erwachsen, Louisa. Benimm dich doch auch so."

„Meine Güte, ich bin bloß die Treppe runter gesprungen."

Sie sieht mich nur wieder mal vorwurfsvoll an und verschwindet dann in der Küche. Ich linse ins Wohnzimmer und sehe wie Barbie die Bilder an der Wand betrachtet. Die hatte ich ja ganz vergessen.

„Hi Larissa."

Sie dreht sich um, und ich schaue in ein freudestrahlendes Gesicht.

„Was hast du denn an?", frage ich leicht erstaunt.

„Wieso? Wir müssen doch arbeiten, oder?"

„Aber deswegen brauchst du dir doch keine Latzhose anziehen."

„Guck mal, ich habe mir diesen Werkzeuggürtel gekauft und ein Starterset für Handwerker. Ist das nicht toll?"

Ich beiße mir auf die Zunge. Das Werkzeug, das an ihrem Gürtel baumelt, schaut nicht gerade qualitativ hochwertig aus.

„Ja, super, dann können wir ja losgehen, oder?"

„Ich bin ja schon so aufgeregt", zwitschert sie, als sie mir zur Garderobe folgt. „Ob wir da auch was anstreichen dürfen? Ich habe Glitzerspray dabei."

„Ich glaube, heute bauen wir wirklich nur den Festwagen."

Ich bin fertig, habe meine Mütze auf und den Schal um und rufe meiner Schwester noch ein „tschüss" zu. Draußen hakt sich Larissa bei mir unter. Ich mag so was ja gar nicht. Frau beim Mann, okay, aber wenn sich eine Frau bei einer Frau unterhakt, finde ich das schon immer etwas seltsam. Wie kann man nur so viel reden? Sie redet und redet und ich beschleunige meine Schritte, damit wir endlich bei dem Stadel ankommen, in dem wir den Wagen bauen werden.

Gefühlte hundert Episoden aus Larissas Leben später klopfen wir endlich an der großen Holztür an.

„Das Losungswort", höre ich den Xaver.

„Xaver, jetzt mach schon auf, ich bin's, Louisa."

Knarrend öffnet sich die Tür und Xaver grinst mich an.

„Servus, des woar bloaß a Spaß. Jo, host deine Kollegin a dabei? Des is ja schee. Kimmt's eini!"

Barbie öffnet ihre Jacke und zeigt voller Stolz ihren Werkzeuggürtel. Xaver lacht und führt sie nach hinten. Ich habe wirklich überhaupt keine Lust, da jetzt zu helfen. Sebastian sieht mich und winkt mich zu sich.

„Schön, dass du da bist. Wir können jede helfende Hand gebrauchen."

Ich ringe mir ein Lächeln ab.

„Das soll der große Festwagen werden?"

Vor uns steht ein uralter Hänger, dem sogar ein Rad fehlt. Er ist ziemlich lang, aber das Holz ist schon morsch.

„Wir richten das alles her. Mach nicht so ein Gesicht. Der Wagen ist doch für deine Kapelle und glaub mir, er wird richtig cool."

Das möchte ich bezweifeln.

„Und was genau soll das werden?"

„Schau, wir haben uns gedacht, wir gestalten einen Avatar-Wagen mit Wald. Und diese funkelnden Bäume machen wir mit Glitzerspray und dann malen wir uns alle blau an, also, ich jetzt nicht, aber die Musiker und dann könntet ihr ja vielleicht die Filmmusik einstudieren. Wäre das nicht was?"

Sebastian ist total begeistert. Er unterstreicht jedes Wort mit einer ausladenden Geste.

„Oh ja, klar. Blau anmalen. Sonst noch was?"

„Aaaaa, Louisa, hast du das auch schon gehört?", quietscht Barbie mir entgegen. „Wie toll, wir verkleiden uns als Avatare! Ich wollte mich blau anmalen, seit ich früher immer die Schlümpfe gesehen habe! Ich finde das total supi!"

„Mhm, total super, ja. Nur gehen wir nicht als Schlümpfe, sondern als Avatare!"

„Schlümpfe, Avatare, wo ist denn da der Unterschied?“, quäkt sie. „Ich wollte mich schon immer mal als Avatar verkleiden. In Leggins schaut mein Hintern total sexy aus!“ Sie dreht sich um und läuft tänzelnd wieder weg.

Ich hasse Fasching. Und ich werde mich ganz bestimmt nicht als Avatar verkleiden.

„Also, auf geht’s, packen wir’s an.“

Sebastian zieht mich mit zum Wagen. Zum Glück sind ein paar Leute da, die im Gegensatz zu Larissa etwas von ihrem Handwerk verstehen, und nach ein paar Stunden muss ich zugeben, dass der Hänger schon ganz schön was hermacht. Das fehlende Rad wurde ersetzt, das morsche Holz so angestrichen, dass man nicht mehr sieht, dass es morsch ist, und Xaver hat Barbie hoch und heilig versprochen, dass sie die Bäume mit dem Glitzerspray ansprühen darf, wenn es denn dann soweit ist.

Erledigt aber glücklich, so viel geschafft zu haben, laufen wir nach Hause.

„Habt ihr schon was erfahren wegen der Asche?“

„Oh, ich weiß gar nicht, Patrick wollte sich heute melden, aber ich hatte ja heute frei. Weißt du was?“

„Hm?“

Larissa scheint in ihre eigenen Gedanken vertieft zu sein.

„Ob du was von der Asche gehört hast? War da Brandbeschleuniger drin?“

„Oh, das weiß ich nicht.“

„Was ist denn los? Bist du müde?“

„Was? Ach so, nein, ach Louisa, da war so ein süßer Typ.“

„Hä? Wo denn?“

Sebastian und ich schauen uns fragend an.

„Na gerade eben beim Wagen bauen."
„Aha. Hab ich nicht gesehen. Du?"
Sebastian muss lachen.
„Nein, ich hab den auch nicht gesehen."
„Wen meinst du denn?"
„Ich weiß nicht wie er heißt."
Sie schaut mich ganz verträumt an.
„Lässt du mich nächstes Mal wieder mitgehen, ja? Vielleicht ist er dann wieder da."
Hoppla, sieht wohl so aus, als hätte sich Barbie in einen verguckt.
„Aber klar."
Ich grinse Sebastian an, und er drückt als Erwiderung meine Hand.
„So, wir sind da. Gute Nacht."
Ich sage das so locker über die Schulter und sperre die Haustür auf. Da stupst mich Sebastian an. Ich blicke mich um und merke, dass Barbie gar keine Anstalten macht, wegzugehen.
„Gute Nacht wünsche ich dir. Wir sehen uns ja morgen."
„Was? Ach so", sie kichert ganz doof. „Ja klar. Ich geh dann mal. Tschüssi."
Sebastian winkt ihr hinterher: „Tschüssi."
Wir gehen rein. Es ist alles stockdunkel. Die Mädels schlafen wohl alle schon. Kichernd schleichen wir uns rauf. Wir haben es uns gerade gemütlich gemacht und sind im Begriff, uns die Klamotten vom Leib zu reißen, da geht auf einmal ein ohrenbetäubendes Piepsen in Sebastians Hose los. Ich zucke zusammen.
Er springt auf und schreit: „Feueralarm. Ich muss los!"
„Ja ja, geh du nur", sage ich mehr zu mir als zu ihm, als er die Treppe hinunter stürmt.

Ich muss wohl eingeschlafen sein, denn urplötzlich reißt mich etwas aus meinem Georg-Clooney-Traum. Etwas schuldbewusst schaue ich in Sebastians rußgeschwärztes Gesicht und rubble mir die Augen. Er sieht wirklich sexy aus. Ich will ihn zu mir herunter ziehen, als er sagt: „Komm bitte mal mit, das schaut jetzt mal echt nach Brandstiftung aus."

Noch schlaftrunken stehe ich ein paar Minuten später an den Überresten von einem Stadel. Genauer gesagt an einem Stadel vom Lorenz Bendiger. Der springt ganz aufgeregt umeinander, und nicht einmal sein Trutscherl, das, wie wir inzwischen alle wissen, Josefine heißt, kann ihn beruhigen.

„Frau Städele", brüllt er, als er mich erblickt und kommt mit hochrotem Kopf auf mich zugerannt. Ich hebe schon mal beschwichtigend die Hände.

„Herr Bendiger, ja sagen Sie mal, was ist denn bei Ihnen passiert?"

„Ja sehn'S des net? Brannt hat's. Mei ganzer Stadel is abg'fackelt!"

Fassungslos schaut er auf die noch schwelenden Überreste seines einst protzigen Stadels. Sebastian zieht mich zur Seite.

„Wir haben den dringenden Verdacht, dass hier jemand gezündelt hat. Bisher konnten wir aber keine Spuren finden. Kannst du wieder Asche mitnehmen und analysieren lassen?"

„Was war denn drin in dem Stadel?"

Der Bendiger, der in Hörweite steht, sagt mit Tränen in den Augen: „Mei Pflug und mei neues Mähwerk und mei ganzes Heu."

Ich lege ihm den Arm um die Schultern und führe ihn in Richtung Haus. Ich glaube, er hat einen Schock. Josefine übernimmt und bringt ihn ins Haus.

„Männer, die Arbeit ist getan. Wer kann zur Brandwache bleiben? Thomas, du?“

Einer nickt. Da kommt dieser Moritz angelaufen.

„Chef, ich könnte bleiben.“

„Einwandfrei, dann haben wir ja schon unsere beiden Männer.“

Wir wenden uns zum Gehen.

„Der war doch letztes Mal auch schon da, oder?“

„Ja klar, der Moritz ist einer von den Fleißigen, der kommt jedes Mal, wenn es brennt. Finde ich gut, wenn so junge Kerle so ehrgeizig sind.“

Nachdenklich schaue ich noch einmal zurück. Thomas und Moritz richten sich ein Plätzchen für ihre Feuerwache her. Ich kann mich ja täuschen. Ich sammle etwas Asche ein und rufe den Sachverständigen an. Es dauert keine halbe Stunde und schon ist er da. Sebastian geht mit ihm um die Überreste vom Stadel. Moritz läuft mit einer großen Taschenlampe hinterher und beleuchtet die Szene, was wirklich gruselig aussieht.

Nach einer Weile schickt uns der Sachverständige nach Hause, da wir ihm bei seiner Arbeit nicht helfen können. Außerdem meint er, wenigstens wir sollten in dieser Nacht noch etwas Schlaf abbekommen, wenn er selbst schon nicht zum Schafen kommen wird.

Dimmelwang, Montag, 8. Dezember

Nach einer kurzen Nacht schleppe ich mich mit Kopfschmerzen auf die Wache. Barbie sitzt ganz verträumt an ihrem Schreibtisch und guckt Löcher in die Luft. Ich bitte Hannes, Patrick die Asche zu bringen. Ich muss erst einmal meine Gedanken sortieren. Eine brennende Hecke, eine brennende Holzbeige und jetzt der Stadel vom Bendiger. Das geht doch wirklich nicht mit rechten Dingen zu. Wir haben offenbar einen Pyromanen in Dimmelwang. Mir läuft es eiskalt den Rücken runter.

Ich bekomme Angst um meine Schwester und die Kinder. Was, wenn diesem Deppen mal einfällt, er könnte ein Haus anzünden? Ich greife gleich mal zum Hörer und rufe Eva an. Keiner zu Hause. Ach, heute ist ja Babyschwimmen. Aber dass sie da jetzt schon weg ist? Ich versuche es auf ihrem Handy. Es meldet sich nur ihre Mailbox. Ich seufze und lege auf.

„Magst nicht doch mitkommen zu Patrick?“, fragt mich Hannes über die Schulter. „Vielleicht weiß er was von der gestrigen Asche?“

Das ist ein Argument. Also fahren wir zu zweit nach Kaufbeuren und hoffen, dass niemand kommt, der etwas wirklich Wichtiges braucht. Ich fürchte, Barbie ist heute nämlich zu nichts zu gebrauchen.

Patrick hat tatsächlich schon das Ergebnis der Untersuchungen vorliegen. Er hat nichts Auffälliges in der Asche gefunden. Da er im Moment nichts Eiliges zu tun hat, können wir bleiben und das Ergebnis der neuen Asche abwarten. Nach einer Dreiviertelstunde ist klar: wieder nichts Auffälliges. Kein Benzin, kein sonstiger Brandbeschleuniger. Von ihm erfahren wir auch, dass unser Sachverständiger leider auch keinen Erfolg hatte. Anscheinend hat er den Bendiger noch ins Kreuzverhör genommen, ob es in seinem Stadel Strom gegeben hat, feuchtes Heu, Korn. Aber dabei ist nichts rausgekommen. Schlussendlich hat er wohl gemeint, dass das vorkommen könne. Manchmal würde die Brandursache für immer ungeklärt bleiben. So auch bei Bendigers Stadel. Enttäuscht ziehen wir wieder ab. Ich hatte mir mehr erhofft. Können diese drei Brände wirklich nur dumme Zufälle gewesen sein? Ich mag nicht daran glauben, Hannes schon.

„Schau mal, wenn es echt richtig dumm zugeht, dann könnten diese drei Brände wirklich völlig unabhängig voneinander entstanden sein."

„Aber das wäre schon echt ein arger Zufall, oder?"

Er zuckt nur mit den Schultern.

„Manchmal gibt es solche Zufälle. Komm, wir fahren zurück."

Mario Deutler sitzt mit übereinander geschlagenen Beinen auf Larissas Schreibtisch und unterhält sich angeregt mit ihr.

„Oh, Louisa, deine Schwester hat angerufen. Du erreichst sie aber erst wieder ab elf Uhr, sie ist beim Babyschwimmen. Ach, und ich wollte fragen, ob unser lieber Herr Deutler auch zu unserer Silvesterparty kommen kann?"

Mir bleibt kurz mal die Luft weg. Was fällt ihr eigentlich ein, mich vor unserem Chef so etwas zu fragen? Außerdem habe ich wohl den Zeitpunkt verpasst, an dem meine Party zu unserer Party geworden ist.

„Ich weiß nicht, Herr Deutler, Sie haben doch sicherlich anderes zu tun als Silvester bei mir zu verbringen."

„Ach, Frau Frosch meinte, das wird eine Riesensause, da kommen ganz viele Leute. Und eigentlich ist es ja schon beschlossene Sache, dass ich komme, nicht wahr Frau Frosch?"

Er blinzelt ihr zu und sie kichert wie ein kleines Schulmädchen.

„Stimmt, Herr Deutler, aber wir wollten pro forma noch die Louisa fragen, gell?“

„Du meinst wohl pro forma“, sage ich mit zusammengebissenen Zähnen.

So ein Mist. Ich wollte mich an Silvester endlich mal wieder richtig besaufen und Party machen. Da kann ich doch meinen Chef nicht gebrauchen. Widerwillig stimme ich zu. Mensch, jetzt bin ich meine Schwester da schon mal los, dann kommt mein Chef. Vom Regen in die Traufe. Echt wahr.

Dimmelwang, Dienstag, 9. Dezember

„Leute, Ruhe bitte!", Diana klopft mit ihrem Dirigentenstab aufs Notenpult und strahlt in die Runde.

Hier noch ein Stühlerücken, da noch ein angefangener Satz zu Ende gesprochen und dann sind endlich alle leise.

„Bevor wir anfangen, möchte ich noch auf etwas hinweisen bzw. Freiwillige suchen."

Wir schauen uns alle recht skeptisch an. Das ist ungefähr so wie damals, als meine Eltern immer zu mir gesagt haben: „Ich hab 'nen Job für dich." Dann musste ich immer im Haushalt helfen. Oder im Garten.

„Jetzt schaut nicht so", lacht Diana. „Dieses Jahr ist wohl die Musikkapelle dran, sich um die Abzeichen für den Gaudiwurm zu kümmern. Da ich das hier vor Ort ja leider noch nicht miterlebt habe, wäre ich sehr dankbar, wenn mir jemand von euch da zur Seite stehen würde. Ich habe kein Problem beim Entwerfen und Bestellen von den Abzeichen, aber ich brauche jemand Ortskundigen, der weiß, was da drauf muss und der weiß, wer sonst immer beim Verkaufen hilft."

„Ich würde dir sehr gerne helfen."

Wir alle drehen uns um und schauen Lutz an, der, den Finger in der Luft, in Sekundenschnelle rot anläuft.

„Das finde ich ja super, danke Lutz!" Diana strahlt noch mehr. „Ich hatte schon Angst, dass sich niemand findet. Lass uns nach der Probe dann darüber reden, ja?"

Lutz lässt ganz langsam seinen Finger sinken und hängt Diana an den Lippen. Ein paar von uns können sich ein Kichern nicht verkneifen.

„Gut, gut, also dann, stimmen wir uns ein."

Nach dem Einstimmen folgen die obligatorischen Tonleitern.

„Einwandfrei, das habt ihr echt drauf, da könnte sich meine Heimatkapelle wirklich mal eine Scheibe abschneiden! Zuerst spielen wir den Marsch, das wird ja auch das Eröffnungsstück im Konzert sein."

Jetzt muss ich kurz was erklären. Die Diana ist ja mitten unter dem Jahr zu uns gekommen, also war es zu spät, ein Jahresabschlusskonzert zu geben, wie das sonst in Dimmelwang so üblich ist, also haben wir uns kurzerhand dazu entschlossen, ein Frühjahrskonzert zu geben. Das ist ziemlich praktisch, weil dann können wir gleich die Stücke fürs Wertungsspiel auch beim Konzert spielen. Ich merke schon bei den ersten Takten, dass irgendwas komisch ist. Diana bricht auch bald ab und klopft mit etwas Ungeduld auf ihr Pult.

„Was war denn da los? Also bitte noch einmal von vorn."

Sie gibt den Einsatz und wir fangen noch einmal an. Dieses Mal spielen wir bis zur Hälfte, dann bricht sie wieder ab.

„Was ist denn mit unserem Bass heute los?"

Sämtliche Blicke wandern hinter mich zum Lutz. Der versteckt sich hinter seiner Tuba.

„Nichts, ich hab bloß nicht so viel Luft heute, bin ein bisschen erkältet."

„Na gut, wenn's nicht mehr geht, mach bitte Pause, bevor du uns hier noch zusammenbrichst."

Diana zwinkert ihm zu. Er versteckt sich gleich noch mehr.

„Der wird sich schon so auf nachher freuen, dass er sich gar nicht mehr aufs Spielen konzentrieren kann", höre ich den Rüdiger wispern.

Die, die es gehört haben, lachen. Beim dritten Versuch ist der Marsch ganz annehmbar, und wir gehen zum zweiten Stück über.

Irgendwann schaut die Diana forschend in die Runde.

„Ihr seid heute nicht so ganz bei der Sache, gell? Wisst ihr was? Wir machen eine kurze Pause. Vielleicht geht es nachher besser."

Die Raucher freuen sich und gehen geschlossen runter zum Rauchen. Wir anderen ratschen. Ich geselle mich zu Berti und Xaver, die sich über eine mögliche Auffahrt zur B 12 unterhalten.

„Oiso i find scho, dass mia des brauchn kenntn", klingt Xavers laute Stimme durch den Probenraum. Ich weiß, wenn er so extra laut spricht, möchte er unbedingt, dass jeder mitbekommt, was er redet.

„Finde ich nicht, es gibt doch hier eh schon genug Auffahrten auf der Strecke. Noch eine mehr wäre doch der Wahnsinn", widerspricht Berti. „Da könntest du doch gleich noch einen Bahnhof bauen und beantragen, dass hier die Züge halten!"

„Des hob i mir au scho docht."

Ich schaue mich um, ob ich nicht jemand anderen finde, zu dem ich mich gesellen kann, und da springen mir Rudi und Annette ins Auge, die abseits von den anderen im Eck stehen.

„Na, alles klar bei euch?", frage ich.

„Ach, Louisa, mein Junior macht mir grad ein bisschen Sorge", sagt Rudi und schaut wirklich etwas bedrückt aus seinem sonst so netten Gesicht.

„Warum, was ist denn los?"

„Ja, das wenn ich wüsste."

„Er schließt sich stundenlang in sein Zimmer ein", erklärt mir Annette, die wohl schon informiert ist.

„Aber Rudi, das ist doch nichts Außergewöhnliches bei einem Jungen in seinem Alter. Er ist doch so um die sechzehn, oder?"

„Im Januar wird er siebzehn. Aber das ist so untypisch für ihn. Sonst war er dauernd bei uns, hat mit uns Fernsehen geschaut, hat immer mit uns gegessen...", er lässt den Satz in der Luft und seine Schultern hängen.

Annette und ich schauen uns ratlos an.

„Aber das kommt halt irgendwann in der Pubertät, da mag man sich selber vielleicht nicht so recht und schottet sich halt ab. Gerade gegen die Eltern", versuche ich ihn aufzumuntern.

„Das stimmt", hilft mir Annette, „schau, bei mir ist das ja auch noch nicht so lange her und ich war dann auch gern einfach nur allein, weil alle mich genervt haben. Und manchmal ist das auch heute noch so", setzt sie lachend hinzu.

Ich schaue mir Annette einmal genauer an. Es stimmt wirklich, sie ist über den Sommer eine richtige Frau geworden. Als ich hier angefangen habe, war sie eine ständig nörgelnde Jugendliche, die ihre Mundwinkel kaum oben hatte. Jetzt hat sie diese Phase überwunden und ist richtig freundlich.

„Es ist ja nicht nur das", fährt Rudi fort, „er ist auch in der Schule so schlecht geworden, und wenn er dann doch mal mit uns zu Abend isst, da ist er irgendwie so abwesend." Er schaut von Annette zu mir und fügt dann leise hinzu: „Ich mach mir halt Sorgen um meinen Bub. Er war sonst gar nicht so."

Ich lege tröstend meinen Arm um ihn, weil ich merke, dass ihn das wirklich sehr beschäftigt.

„Das wird schon wieder, wirst sehen!"

„Na, dein Wort in Gottes Ohr!"

Als hätte Diana einen Riecher für unpassende Momente, höre ich sie „Also packen wir's wieder" rufen.

Ich drücke Rudi noch einmal kurz und tippe ihm mit dem Finger auf die Nase. Das mache ich normalerweise nur mit Jasmin, aber er muss auch lachen.

Der Rest der Probe verläuft sehr harmonisch, man hört nur hier und dort jemanden husten. Der viele Schnee und die Eiseskälte hinterlassen eben ihre Spuren.

Als wir um halb elf von einer zufriedenen Diana entlassen werden, spuken mir Rudis Worte im Kopf herum. Aber wie soll ich ihm bei seinem pubertierenden Sohn nur helfen? Beim Gehen erhasche ich einen Blick auf Lutz, der sich nervös durch die Haare fährt. Ich winke und rufe ihm „viel Spaß noch" zu, was ihn schon wieder erröten lässt.

Dimmelwang, Sonntag, 14. Dezember, dritter Advent

Eva, die Kinder und ich besuchen heute den Dimmelwanger Christkindlmarkt. Ich finde ihn richtig malerisch. Der viele Schnee passt ausnahmsweise einmal perfekt dazu, die Lichter glänzen an den Buden, es duftet nach Bratwurst, Waffeln und Glühwein und es ist richtig was los hier.

„Hey, Louisa", ruft mir Sebastian aus einer Bude zu. Ich winke und ziehe Jasmin hinter mir her. „Na, habt ihr Lust auf eine Steaksemmel? Oder lieber eine Bratwurst?"

„Ich will Schnupfnudeln!" Jasmin verschränkt ihre dicken Schneeanzugarme vor dem Körper.

Sebastian lacht.

„Ja gut, aber ich gebe dir besser Schupfnudeln statt Schnupfnudeln."

Großzügig befüllt er eine Pappschale und reicht sie uns immer noch lachend herüber.

„Ihr müsst unbedingt bei den Veteranen vorbeischauen, die haben tolle geschnitzte Sachen", rät er uns.

Ich finde die Idee von diesem Christkindlmarkt super. Fast alle Vereine, die es hier so gibt, beteiligen sich mit einer Bude. Die Feuerwehrler kümmern sich um das deftige leibliche Wohl, die Schützen um das süße mit Waffeln und Plätzchen, meine Musiker schenken Getränke aus, die Veteranen haben eine riesige Bude mit Basteleien aller Art, die Fußballer haben eine lebende Krippe, hinter der sie noch einen Essensstand mit heißen Maronen und sonstigen Schleckereien betreiben. Es mangelt einem also an nichts, und die Kinder können sogar noch mit einer Ponykutsche fahren.

Wir Musiker werden nachher zum Einzug des Nikolauses spielen. Da freue ich mich schon besonders drauf. Ich liebe Weihnachtslieder und hoffe nur, dass uns die Finger und Instrumente nicht einfrieren werden.

„Was magst denn du essen?“, reißt mich Sebastian aus meinen Gedanken.

„Eine Steaksemmel wäre super. Danke.“

„Na, haste dir och schon wat zu essen jeholt?“, nölt eine mir nur allzu gut bekannte Stimme direkt hinter mir.

Ich verfluche mich innerlich dafür, dass ich mir nicht zuerst den Glühwein geholt habe.

„Ja, habe ich. Alles klar bei dir, Sabine?“

Zum Glück scheint sie nicht zu bemerken wie gequält mein Lächeln ist, sondern bestellt sich bei Sebastian auch gleich dasselbe, was ich habe.

„Dat sieht ja echt lecker aus.“

„Ist es auch.“

„Hast du Kevin-Pascal wieder vorne dran?“

„Na logo, der is immer mit dabei.“

Sie klopft sich auf den Bauch, und wie auf Kommando fängt ihre Jacke zu quäken an.

„Ja, is ja jut, mein Schatz, Mami isst nur noch schnell nen Happen. Ach, Louisa, würdest du Franzi mitnehmen? Ich möchte kurz den Kleenen versorgen.“

Warum nur trifft es immer mich? Verzweifelt halte ich nach Eva Ausschau, kann sie aber nirgendwo entdecken.

„Na gut. Aber in einer Viertelstunde holst du sie wieder ab, ja? Ich gehe mit ihnen zur lebenden Krippe.“

„Ja, is jut. Bis gleich.“

Sie verschwindet in Richtung der Toiletten, und ich schaue missgelaunt auf Jasmin und Franzi hinunter.

„Wollt ihr zum Basteln gehen?“, wage ich einen Vorstoß.

Beide schütteln synchron die Köpfe.

„Tante, wir wollen den Esel anschauen!"

Jasmin hüpft voller Vorfreude auf und ab und verteilt dabei munter ihre halbe Portion Schupfnudeln auf dem Boden.

„Na gut. Da treffen wir uns ja eh gleich mit deiner Mama. Tschüss Sebastian, bis nachher."

Er zwinkert mir zu und spitzt die Lippen.

„Das Bussi bekommst du, wenn ich die Kinder wieder los bin", flüstere ich ihm zu.

Die Mädchen folgen mir brav zur lebenden Krippe. Ein ziemlich dicker Esel steht geduldig am Zaun und lässt sich seine borstigen Haare streicheln.

„Ist der süüüüüß", jauchzen die Mädchen.

Ich lasse sie da mal stehen und esse meine Semmel auf. Hier wimmelt es ja nur so von Kindern. Gut, dass drei Jugendliche um das Feuer sitzen und aufpassen, dass kein kleines Kind zu nahe kommt. So langsam finde ich es hier richtig gut. Ich kann gemütlich am Zaun lehnen und die Leute um mich herum beobachten. Einigen sieht man an, dass sie genervt sind, andere gucken sich hier nur kurz um und verschwinden gleich wieder.

Eine Mutter bleibt mit ihrem Sohn gleich neben mir stehen und pult ihn aus seinem Schneeanzug.

„Ja und was ist das?", fragt sie mit hysterischem Unterton.

Ich kann es mir nicht verkneifen und riskiere einen Blick. Es ist offensichtlich, dass der Bub in die Hose gebieselt hat. Seine hellblaue Hose zieren mittig dunkle Flecken, die fast bis zu den Füßen reichen.

Der Junge schaut seine Mutter mit riesengroßen Augen an und sagt dann ganz laut: „Ich hab nicht in die Hose gemacht, mein Schniedel hat geschwitzt!"

Ich muss lachen. Das ist mal eine außergewöhnliche, aber äußerst glaubwürdige Ausrede. Natürlich fange ich mir sofort einen bösen Blick von der Mutter ein und beschließe kurzerhand, mit den Mädchen das Weite zu suchen.

„Ui, Fanzi, der Esel war so süß, gell? Der war voll struppig vorne am Kopf, gell?"

„Ja, voll."

Die beiden schwärmen und ich halte Ausschau nach Sabine. Ein Blick auf die Uhr verrät mir, dass die Viertelstunde schon seit fünf Minuten vorbei ist. Wo bleibt sie nur? So etwas nervt mich wirklich. Wenn ich ausmache, dass ich zu dieser und jener Uhrzeit zurück bin, dann bin ich dann auch zurück. Wahrscheinlich steckt Kevin-Pascal noch ein Pups quer und sie muss ihn schaukeln und betütteln bis er rauskommt.

„Tante", Jasmin zieht mich am Bein, „wo gehen wir jetzt hin? Können wir mit der Kutsche fahren?"

„Wir warten auf Franzis Mama."

„Aber schau, da kommt die Kutsche. Dürfen wir? Bitte!"

Ich schaue in zwei erwartungsvolle Gesichter und gebe schließlich nach. Während die zwei mit der Kutsche fahren, besuche ich meine Musikerkollegen.

„Louisa, magst einen Glühwein?", fragt mich Andi, noch bevor ich am Tresen stehe.

„Einen doppelten, bitte, wenn du hast."

Er lacht und schenkt mir eine Tasse ein.

„Aber verbrenn dich nicht, ist heiß."

Dankbar nehme ich meine Tasse entgegen und bekomme ganz langsam wieder ein Gefühl in meine eiskalten Finger.

„Der Johannes dreht schon fast durch wegen seiner Trompete", erzählt mir Andi.

„Wieso das denn?“

„Na, weil ihm die Ventile gleich wieder einfrieren, meint er. Wie im Kindergarten, beim Sankt-Martins-Fest.“

„Ach so.“

„Ja, und jetzt sitzt er oben im Probenraum und wärmt sie.“

Andi lacht los und haut sich auf die Schenkel.

„Kein Wunder, dass der keine Frau hat. Ich glaub, der ist mit seiner Trompete verheiratet.“

„Du, apropos verheiratet, schau mal, wer da kommt.“

Andi dreht sich um und sieht Sepp und Uli am Stand der Veteranen stehen.

„Wie meinst jetzt das?“

„Na, die beiden machen einen vertrauten Eindruck, findest du nicht?“

Andi schaut jetzt grimmig drein.

„Ganz ehrlich, ich würde mich nicht so an eine Witwe ranschmeißen. Vor allem nicht, nach dem, was passiert ist.“

„Aber es ist ihre Sache.“

„Ja, schon. Aber es gehört sich doch nicht, oder?“

„Ja, sind die jetzt ein Paar, weißt du da was?“

„Nein, weiß ich nicht. Aber man sieht die beiden in letzter Zeit ziemlich häufig zusammen.“

Er wischt mit einer fahrigen Bewegung mit einem Lappen über den Tresen.

„Auf alle Fälle ist der Glühwein ein Traum“, lenke ich ab.

Da strahlt er mich an.

„Ja, gell, es ist dieses Mal ein gekaufter mit dem gewissen Etwas.“

„Oh, das hört sich gut an.“

Er zwinkert mir zu.

„Geheimrezept.“

Da höre ich Hufgetrappel und bitte Andi, gut auf meine Tasse aufzupassen, ich müsse mal eben schnell die Mädchen holen.

Als ich die beiden eingesammelt habe, ist von Sabine immer noch keine Spur zu sehen. Wo steckt sie nur? Ich bugsiere die beiden zu den Holzschnitzereien und deute begeistert auf die Krippenfiguren, die die zwei auch gleich gutgelaunt bestaunen. Da höre ich, wie sich zwei der Veteranen über die Brände unterhalten.

„Dass die Polizei so völlig untätig bleibt, kann ich gar nicht nachvollziehen", sagt der eine.

„Genau, wofür werden die überhaupt bezahlt? Da passiert ja gar nichts!", entgegnet der andere.

So etwas macht mich wütend. Woher wollen denn diese älteren Herrschaften wissen, dass wir so gar nichts unternehmen? Was gibt ihnen das Recht dazu, sich so zu äußern? Aber es geht noch weiter.

„Damals, da hätte man schon Mittel und Wege gefunden, die Leute zum Sprechen zu bringen!"

Der andere nickt heftig. Ja was für Leute denn? Sollen wir ganz Dimmelwang und Umgebung mal sicherheitshalber einbuchten und foltern? Bevor ich noch etwas sage, was mir hinterher nur leid tun würde, lotse ich Jasmin und Franziska wieder in Richtung Getränkestand. Die Kirchenglocken läuten, und ich stelle mit Entsetzen fest, dass es nur noch eine halbe Stunde bis zu unserem Auftritt ist. Ich muss schleunigst Sabine und Eva finden.

„Ach, Louisa, hallo", grüßt mich da eine Stimme. Diana steht lächelnd hinter mir und hebt ihre Tasse.

„Servus! Na, alles klar?"

„Immer doch. Außer dass mir kalt ist."

„Das geht uns allen so. So einen strengen Winter hatten wir ja ewig nicht mehr."

„Hoffentlich stimmen wir nachher zusammen.“

Jetzt huscht doch ein kleiner Schatten über ihr Gesicht.

„Ach du, wenn gleichzeitig der Nikolaus kommt, haben die Leute für uns doch sowieso keine Ohren.“

Ich stupfe sie in die Seite und wir beide lachen.

„Tante“, stupft mich wiederum ein ganzer Ellbogen ins Bein.

„Ja?“

„Uns ist langweilig.“

„Ihr beiden, es tut mir wirklich leid, aber ich kann weder deine noch deine Mama irgendwo sehen. Ihr müsst leider bei mir bleiben.“

Diana schaut mich mitleidig an.

„Ich musste immer auf meinen kleinen Bruder aufpassen. Der ist fünfzehn Jahre jünger als ich, das war vielleicht nervig.“

„Wir sind nicht nervig“, entrüstet sich Franziska und schaut Diana feindselig an.

„Ihr doch nicht, aber mein kleiner Bruder war es.“

Zweifelnd schauen sich die Mädchen an. Da höre ich wieder den alten Mann von vorhin reden. Er muss sich mittlerweile bis hierher durchgeschlagen haben. Ich will flüchten, stutze aber dann, als ich das Wort „Klarinettist“ höre. Ich wende meinen Kopf in seine Richtung, und Diana folgt meinem Beispiel.

„Aber ganz bestimmt nicht“, sagt er gerade zu demselben Mann wie schon ein paar Minuten zuvor.

„Wenn mir eines zuwider ist, dann angeben, du kennst mich ja, Gotthard, aber nun mal im Ernst. Niemals wieder wird es hier in Dimmelwang so einen begnadeten Klarinettisten wie mich geben.“

„Das steht außer Frage, mein Lieber“, entgegnet der Mann, der wohl Gotthard sein muss.

„Eben. Ich war sozusagen der Star. Mein Vater, Gott hab ihn

selig, der ja Gründungsmitglied der Kapelle war, hat mir immer gesagt, welch außerordentliches Talent ich doch hätte. Und er hat etwas von seinem Fach verstanden, möchte ich behaupten."

„Sicher hat er das."

„Eben. Ich muss schon sagen, dass die Kapelle jetzt so neumodisches Zeug spielt, gefällt mir ganz und gar nicht. Hast du sie zuletzt mal spielen gehört? Kein einziges klassisches Stück mehr, sage ich dir, Gotthard, kein einziges."

„Ganz furchtbar, ehrlich."

„Eben."

Dianas Gesichtsausdruck wirkt von Wort zu Wort versteinerter. Der alte Mann weiß wohl gar nicht, dass die aktuelle Dirigentin in Hörweite ist, sonst würde er so etwas bestimmt nicht von sich geben. Oder vielleicht gerade deshalb?

„Komm, Diana, lass uns weggehen."

Widerwillig folgt sie mir zur lebenden Krippe, wo immer noch keine Sabine auf uns wartet.

„So, ich sag dir jetzt was", fängt sie an, „genau deshalb bin ich Dirigentin geworden, weil ich Aktuelles und Fetziges spielen möchte. Musizieren soll doch Spaß machen. Und nur durch Modernes kommen auch wieder junge Musiker."

Sie ist richtig aufgebracht.

„Ich suche die anderen und werde eine kleine Motivationsrede halten. Kommst du mit?"

„Ich muss auf die Mädchen aufpassen."

„Dann nimm sie mit."

Diana packt Franziska an der Hand und stapft mit ihr davon. Eilig ziehe ich Jasmin hinter mir her. Diana läuft in Richtung Musikerheim, wo wir uns alle treffen wollen. Auf dem Weg dorthin sammeln wir schon mal ein paar Musiker ein und am Heim direkt warten auch schon ein paar. Hier wird uns Eva niemals finden! Aber ich finde es schon eine Zumutung, dass sie mir einfach ihre Tochter überlässt und dann gar nicht mehr nach uns schaut. Egal, da müssen wir jetzt durch.

Wir drängen uns jetzt alle in den kleinen Vorraum, und Diana berichtet von dem Gespräch, das wir unfreiwillig mit angehört haben.

„Ich weiß ja nicht, wie es euch mit so etwas geht, aber ich finde diese Kritik völlig unbegründet und ich bin dafür, dass wir ihnen allen zeigen, dass wir es echt drauf haben und auch moderne Stücke richtig gut spielen können! Was meint ihr?"

Ein lautes „Ja" erfüllt den Raum.

„Ich kann euch nicht hören", brüllt Diana und sofort schreien alle dreimal so laut.

„Und auch wenn wir nur Weihnachtslieder spielen, gebt euer Bestes!"

„Das werden wir", rufen ein paar inbrünstig.

„Gut, wir müssen auch schon los, in zehn Minuten kommt der Nikolaus", sagt Diana nach einem kurzen Blick auf die Uhr.

Wir holen unsere Instrumente und machen uns auf den Weg. Ich habe immer noch Jasmin und Franziska an mir kleben.

„Ihr müsst bei mir bleiben, habt ihr mich verstanden?", schärfe ich ihnen ein.

„Gleich kommt der Nikolaus und ihr dürft erst zu ihm, wenn ich es euch sage, ja?"

Sie nicken ehrfürchtig. Zum Glück dürfen wir Musiker unter einen Pavillon stehen. Ein eisiger Wind hat eingesetzt und die Besucher des Christkindlmarktes scharen sich in die windstillen Ecken. Gerade rechtzeitig positionieren wir uns, da hören wir auch schon die Glöckchen erklingen.

Eine Kutsche, herrlich dekoriert mit roten Schleifen, Engelshaar und künstlichem Schnee, gezogen von zwei Haflingern, kommt ums Eck gebogen. Ein dicker Nikolaus sitzt auf dem Kutschbock und ruft laut „Ho ho ho" in die Menge. Die Kinder jubeln und auch in den Augen von so manchem Erwachsenen sieht man ein Leuchten aufblitzen.

Diana zwinkert uns zu und wir legen los mit „Morgen Kinder, wird's was geben". Ich spüre richtiggehend die Inbrunst, mit der wir alle dieses Stück spielen.

Die ganzen Kinder haben sich mittlerweile um die Kutsche geschart, und der Nikolaus steigt schwerfällig herunter. Ächzend hievt er einen riesigen Rupfensack heraus und schiebt sich seinen langen Bart zurecht.

„Jo wos seid's denn ihr für nette Kinder?", fragt er laut in die Runde. „Drauß vom Walde, do kimm i her, jetzad, es weihnachtet scho a sehr!"

Unsere Kapelle ist gespalten, die eine Hälfte bekommt vor lauter Ungläubigkeit den Mund gar nicht mehr zu, die andere Hälfte ist in schallendes Gelächter ausgebrochen.

„Pscht, ich will doch wissen, was der Nikolaus sagt", kichert Diana und legt den Finger an den Mund.

„Also wirklich, er soll sich halt wenigstens ein bisschen bemühen, ohne Dialekt zu sprechen, oder?"

Marlies schüttelt den Kopf.

„Ist doch lustig, jetzt horch mal, was er so sagt", sagt Rudi und hält sich an seiner Trommel fest.

Wir gucken wieder zum Ort des Geschehens. Der Nikolaus hat sich mittlerweile auf einen Stuhl gesetzt, und das erste Kind erklimmt seinen Schoß.

„Na, Kloane, wos mogst'n du mi frogn?"

Das Mädchen schaut ihm direkt in die Augen und zieht urplötzlich an seinem Bart. Der Nikolaus reagiert erstaunlich schnell und schubst die kleine Hand beiseite.

„Jetzad sog scho, wos mogst'n du?"

Sein Tonfall ist deutlich ungeduldiger geworden.

„Ich mag ein Pferd!"

„Naa, also a Pferd hob i ned dabei, duad ma leid, do, nimm dir a Schoklad aus'm Sackl."

Er stellt sie auf den Boden und deutet auf seinen Sack, der ziemlich achtlos am Boden liegt. Das Mädchen lässt sich das nicht zwei Mal sagen, greift in den Sack und sagt dann laut zu seinem Papa: „Der ist echt doof, der Nikolaus!" Dem Vater ist das offensichtlich sehr unangenehm, denn er zieht seine Tochter rasch beiseite.

„I find, jetzad kennt ma amol meah a weng Musik hearn."

Oha, wir sind dran. Diana hebt den Dirigentenstab, und wir spielen ein beschwingtes „All I want for Christmas is you" und anschließend „Kling Glöckchen, klingelingeling". Giuseppe lässt zum Schluss noch ein Trompetensolo erklingen, das mir eine Gänsehaut über den Rücken jagt. Ich bin ja der totale Weihnachtsfreak. Wenn ich sehe, wie hier in der Dämmerung die Lichter leuchten, die Bäume weihnachtlich dekoriert sind, es nach Lebkuchen und Punsch duftet, da geht mir das Herz auf. Doch da fällt mein Blick auf den Xaver-Nikolaus, und meine Stimmung friert augenblicklich ein. Xaver ist völlig überfordert, die Kinder zerren und zurren an ihm und die Eltern schauen auch schon genervt.

„Ah, wisst's wos? Nehmt's eich doch oafach söiba, wos ihr woits!"

„Also na, des kost jetzad doch a ned mochn!", brüllt Irmi aus einer Bude raus.

„Und ob i des ko!"

Diana schaut uns entsetzt an und wir versuchen, das Desaster mit „Oh Tannenbaum“ und „Last Christmas“ zu übertönen, das jeder leugnet, gern zu hören, es aber doch jedes Jahr rauf und runter laufen lässt.

Leider höre ich jetzt nicht mehr, was Xaver und Irmgard reden, aber der Streit scheint sich weiter entfaltet zu haben, denn Diana leitet uns gleich weiter zu „Ihr Kinderlein kommet“.

„Tante, ich mag auch zum Nikolaus“, zwitschert mir Jasmin ins Ohr.

Ich nicke und zwinkere ihr zu. Sie und Franzi rennen vor und erhaschen fast sofort einen Schokonikolaus. Ich kann es nicht glauben, endlich sehe ich Eva, die samt Kinderwagen etwas abseits steht. Ich könnte ausflippen, denn natürlich kann ich ihr schlecht mit meinem Tenorhorn an den Lippen zurufen, sie soll die Kinder endlich nehmen.

Da kommen Franzi und Jasmin schon wieder zu mir zurück und wedeln mit ihrer Beute vor meiner Nase herum. Jasmin zupft mich am Arm, so dass ich mich gleich verspiele. Zum Glück sind wir schon fast fertig.

„Was ist denn“, frage ich sie nach dem letzten Ton.

„Tante, was heißt, wir sollen uns schleichen?“

„Wieso fragst du?“

„Das hat der Nikolaus zu uns gesagt“, Franzi schaut mich mit riesigen Augen an.

„Äh, das heißt, dass man weggehen soll. Es waren doch so viele Kinder da, er wollte wahrscheinlich, dass die auch noch in den Sack langen dürfen.“

Mensch, was ist denn in den Xaver gefahren? Da fällt mir wieder Eva ein. Ich darf keine Zeit verlieren und muss schnell die Kinder zu ihr bringen.

„Kommt mit“, ich nehme jede bei der Hand und zerre sie hinter mir her in Richtung Eva.

„Ach, da seid ihr ja“, ruft sie mir entgegen. „Ich hab euch schon überall gesucht.“

„Hast du nicht!“, behaupte ich.

„Und ob ich das habe. Oh, ihr wart ja schon beim Nikolaus! War es schön?“

„Nein, gar nicht, der ist gar nicht lieb, der sagt, wir sollen uns schleichen.“

Eva schaut mich erstaunt an.

„Tja, keine Ahnung. Ach ja, Sabine wollte sich vor ungefähr zwei Stunden mit uns bei der lebenden Krippe treffen. Bitte such du sie, ich muss wieder zum Spielen.“

Mir entgeht Evas genervter Blick nicht, aber ich finde, ich hatte die beiden jetzt lange genug an der Backe. Sebastian fängt mich auf dem Weg zurück ab.

„Na, wenigstens brennt heute nichts.“

„Ja, eigentlich ein Wunder, hast du gesehen, welche Funken vom Feuer bei der Krippe wegfliegen? Das ist wirklich gefährlich. Und die paar Halbstarken, die da rumsitzen, machen mir auch nicht gerade einen Vertrauen erweckenden Eindruck.“

„Ach was, das können die schon. Sei mal nicht immer so kritisch.“ Er drückt mir ein Bussi auf die Wange und geht wieder zum Feuerwehrstand.

Meine Musikerkollegen warten schon ungeduldig auf mich.

„Los, komm, wir müssen spielen, es artet gerade wieder aus“, Diana versucht ernst zu bleiben, aber sie kann sich das Lachen doch nicht ganz verkneifen.

Ich linse zur Kutsche rüber, wo Irmi am Boden kniet und irgendetwas in den Sack steckt, und Xaver sich die Mitra zurecht rückt. Ein paar Kinder stehen noch auf ihren Schokonikolaus wartend herum.

„Sag mal“, raune ich Andi zu, „macht Xaver das heuer zum ersten Mal?“

„Nein, das ist ja das Schlimme. Es läuft jedes Jahr so ab. Ganz schlimm. Aber er will das Amt ums Verrecken nicht abgeben.“

Er zuckt mit den Schultern und deutet dann zu Diana, die schon wieder den Stab hoch hält. „O du fröhliche“ erklingt und ich treffe fast die Töne nicht. Zum einen, weil es wirklich saukalt ist, zum anderen, weil dieses Lied gerade jetzt so dermaßen ironisch ist, dass ich einfach lachen muss. Nach „Süßer die Glocken nie klingen“ und dem Abschlusslied „Stille Nacht, heilige Nacht“ haben wir es geschafft und Xaver, Irmi und die Kutsche sind verschwunden.

Beim Zusammenpacken höre ich einzelne Satzfetzen und bin froh, dass Xaver das nicht hören kann. So einen miserablen Nikolaus gibt es wohl auch nur in Dimmelwang. Plötzlich rammt mir Diana den Ellbogen in die Seite.

„Schau, da steht der alte Mann wieder“, raunt sie mir zu und deutet mit einem Kopfnicken nach links.

„Na, der verfolgt uns heute aber wirklich“, gebe ich zurück und schließe meinen Instrumentenkoffer.

„Susi, Bianka, Marlies, kommt doch mal schnell her“, ruft sie den Klarinetten-Mädels zu, die sich schon in Richtung Waffelstand aufgemacht haben. Die drei schauen sich kurz an und kommen dann widerstrebend zu uns zurück.

„Was ist denn?“, fragt Marlies unsicher.

„Ihr drei“, sagt Diana sehr laut und dreht sich in die Richtung des alten Mannes, „ich wollte euch nur noch einmal explizit sagen, wie toll ihr heute gespielt habt! Also wirklich, das war ja ein wahrer Ohrenschmaus!“

Die drei meinen wohl, sie hören nicht recht und ziehen allesamt die Augenbrauen nach oben.

„Wirklich?", fragt Bianka ungläubig.

„Ganz ehrlich! Unter solchen Bedingungen so gut zu spielen, das kann nicht jeder!"

Dianas Blick wandert ständig zwischen uns und dem alten Mann hin und her. Und tatsächlich muss er sein Hörgerät auf ‚Lauschen' eingestellt haben, denn Schritt für Schritt nähert er sich unserer kleinen Gruppe. Je näher er kommt, desto größer werden Dianas Lobreden.

„Ja, und das Pianissimo beim vorletzten Stück, das war perfekt! Ganz zu schweigen vom Crescendo bei der Stillen Nacht."

„Entschuldigen Sie mich bitte", mischt sich der Mann nun ein, nachdem er eine Weile unübersehbar mitgehört hat.

„Ja bitte?", scheinbar völlig überrascht wendet Diana ihm ihren Blick zu und sieht ihn herausfordernd an.

„Sie müssen wissen, ich habe selbst jahrzehntelang Klarinette gespielt und das sehr erfolgreich."

„Und?"

„Wenn ich das anmerken darf, würde ich mehr Fokus auf die klassischen Stücke legen."

„Entschuldigen Sie bitte, ich bin die Dirigentin und suche die Stücke aus, die die Musiker auch gern spielen."

„Es tut mir leid, dass ich Ihnen widersprechen muss, aber schauen Sie sich doch einmal um, die Leute wollen nichts Modernes hören."

Jetzt plustern sich Bianka, Marlies und Susanne aber auf.

„Das ist doch gar nicht wahr! Es sind Leute jeden Alters da und die hören gern auch mal was Modernes!", ruft Bianka empört. „Spielen *Sie* doch was Klassisches, wenn Sie wollen!"

„Nichts leichter als das. Ich habe nur leider meine Klarinette nicht dabei."

Bedauernd schüttelt er den Kopf.

„Kein Problem, Sie können meine haben", Marlies holt ihre Klarinette aus dem Koffer, steckt sie zusammen und hält sie ihm hin.

„Ich soll mit Ihrem Blatt spielen?"

„Ich habe leider kein desinfiziertes dabei", pampt sie ihn an.

„Nun gut."

Der alte Mann begutachtet unter unseren Blicken Marlies' Klarinette und spielt dann kurz eine Tonleiter an. Dann schließt er die Augen. Ganz ehrlich, auch wenn ich natürlich auf Dianas Seite bin, aber was ich dann höre, das jagt mir eine Gänsehaut über den Rücken. Er spielt ‚Stille Nacht, heilige Nacht' so voller Emotionen, dass sogar der Diana der Mund runter klappt. Als er fertig ist, ertönt um uns herum Applaus.

„Das war … großartig", japst Marlies und nimmt ihre Klarinette wieder entgegen.

„Oh, danke sehr."

Er deutet eine leichte Verbeugung an.

„War mir ein Vergnügen. Glauben Sie mir jetzt, dass in den klassischen Stücken mehr Gefühl steckt?"

„Wissen Sie, das war wirklich sehr eindrucksvoll, aber bei mir zählt eben auch die Meinung meiner Musiker. Und die wollen eben lieber modernere Stücke spielen. Neben den klassischen", fügt sie noch schnell hinzu.

Der Mann mustert die drei Klarinettistinnen eingehend.

„Wenn Sie möchten, könnten wir einmal eine Stunde zusammen proben. Einfach nur so, ein paar einfache Übungen für die Geläufigkeit vielleicht."

Die drei hängen ihm an den Lippen und nicken ganz begeistert.

„Sehr gerne. Das wäre mir eine Ehre", Bianka hält ihm die Hand hin. „Ich bin Bianka Haug, ich könnte Ihnen meine Nummer geben, und Sie sagen uns einfach einen Termin, der Ihnen passt, ja?"

„Gerne. Oh, entschuldigen Sie mich bitte, ich habe mich noch gar nicht vorgestellt. Mein Name ist Friedhelm Maier, mein Sohn spielt auch in Ihrer Kapelle."

„Ach was? Sie sind Bertis Vater?", entfährt es Marlies.

„Adalbert ist mein jüngster Sohn, ja, das ist wahr."

Jetzt reden alle durcheinander. Letztendlich vereinbaren wir, dass Bertis Papa uns einmal bei einer Probe besuchen und davor den Klarinetten-Mädels eine kleine Extrastunde geben wird. Das beweist wieder einmal, dass man nur mit den Leuten zu reden braucht.

Völlig durchgefroren komme ich ein paar Stunden später endlich nach Hause. Wir haben noch mächtig was ausgeschenkt, ich glaube, fast alle Erwachsenen konnten nach diesem Nikolauserlebnis etwas Hochprozentiges gebrauchen.

Als es dann aber wieder heftig zu schneien angefangen hat und auch noch ein fieser Wind aufgezogen ist, der buchstäblich die Leute weggefegt hat, haben wir beschlossen, es für heute gut sein zu lassen und die Buden eine Viertelstunde vor offiziellem Schluss schon zu schließen. Jetzt freue ich mich nur noch auf ein heißes Bad, damit ich endlich meine Zehen wieder spüre.

Mit klammen Fingern sperre ich die Tür auf, als ich auch schon Evas aufgebrachte Stimme höre.

„... fasse es einfach nicht! Da musst du mir doch Bescheid geben!"

Ich klopfe mir den Schnee von der Jacke und ziehe die Schuhe aus.

„Ja, natürlich waren wir da, aber deswegen kannst du doch nicht einfach davon ausgehen, dass wir Franzi überall hin mitnehmen!"

Vorsichtig schiele ich ums Eck.

„Natürlich ist sie da! Ja, mach das, aber bitte sofort!" Energisch drückt sie aufs Telefon und lässt dann einen Schrei los.

„Was ist denn los?"

„Ach, du bist wieder da! Stell dir vor, Franziska ist immer noch hier!"

„Äh, das war so aber nicht geplant, oder?"

„NEIN, WAR ES NICHT", brüllt sie.

„Ist ja gut, ich kann doch auch nichts dafür."

„Hat Sabine zu dir irgendwas gesagt, dass wir auf Franzi aufpassen sollen?"

„Gar nicht, nein."

„Siehst du! Hätte sie gefragt, wäre das ja überhaupt kein Problem gewesen, aber nein, sie hat gemeint, wir werden uns schon um sie kümmern. Und weißt du was? Sie hat nie bei der lebenden Krippe gewartet! Ist das nicht eine Frechheit!"

Da fehlen mir die Worte.

„Kevin-Pascal hat auf einmal soooo arg zu weinen angefangen, dass sie lieber nach Hause gegangen ist. Tja, wenn ihr Prinzensohn schreit, dann sind ja alle anderen egal. Sogar ihre eigene Tochter. Ich könnte sie erwürgen. Wirklich", setzt sie noch hinzu, als ich ihr einen ungläubigen Blick zuwerfe. „Bitte geh du dann an die Tür, sonst musst du mich heute noch einsperren."

„Oh, so schlimm gleich? Ja gut, ich mach das. Aber ich wollte eigentlich baden, ich bin total durchgefroren."

Ihr bitterböser Blick lässt mich sofort zurückrudern.

„Ja, gut, ich mach das wirklich gerne. Geh lieber du baden."

In dem Moment fängt Rebecca im Nebenzimmer zu weinen an.

„Louisa, ich dreh noch durch!“ Eva wirbelt herum und verlässt das Zimmer.

Ratlos bleibe ich zurück. Natürlich wird man da verrückt. Aber wie könnte ich Eva nur helfen? Im Moment muss ich erst einmal mir helfen. Ich mache mir einen Tee und stelle mich an die Heizung, um meinen Hintern aufzuwärmen. Ganz langsam kehrt Gefühl in meine Beine und Hände zurück.

Rebecca weint immer noch. Ich stelle meine Tasse ab und gehe rüber, wo Eva die Kleine schaukelt und beruhigend auf sie einredet.

„Komm, gib sie mir. Leg du dich in die Badewanne, du hast es wirklich nötiger als ich.“

Eva schaut mich aus rot geränderten Augen an.

„Du willst mich veräppeln, oder?“

„Nein. Geh du, ich kümmere mich um alles.“

„Louisa, ich weiß gar nicht, wie ich dir danken soll.“

„Ich mache das gerne. Und jetzt geh.“

Eva drückt mir die strampelnde Rebecca in die Arme, wirft mir einen erleichterten Blick zu und geht dann tatsächlich die Treppe rauf.

„Na, was hast du denn, meine Süße“, ich hebe Rebecca hoch.

In dem Moment läutet es an der Tür. Ach herrje, Sabine kommt ja! Bevor ich bei der Haustür angelangt bin, sind Jasmin und Franziska schon da und haben sie aufgerissen.

„Mama, Mama“, ruft Franzi und hüpft vor Sabine umher. Die drückt sich rein und haut die Tür hinter sich zu.

„Is dat een Sturm da draußen, nee, unfassbar“, jammert sie.

„Sabine, hallo, na endlich, es ist schon ewig spät“, fahre ich sie an, weil die Frau mir einfach nur durch ihre bloße Anwesenheit den letzten Nerv raubt.

„Is Eva nich da?“, fragt sie statt mich erst einmal zu begrüßen.

„Eva ist oben. Also dann, tschüss und noch einen schönen Abend“, will ich sie über Rebeccas Gebrüll hinauskomplimentieren.

„Weeste, ick hab mir jedacht, weil et ja eh schon so spät is, da will ick die Kleene unjern mit raus in die Kälte nehmen, da soll se doch besser gleich hier übernachten, wa?“

Ich glaube, mir fallen die Ohren ab. Doch bevor ich irgendetwas entgegnen kann, kommt meine liebe Schwester wie eine Furie die Treppe herunter gepoltert. Sie steckt in ihrem uralten türkisen Bademantel und hält ihn sich gerade mal so weit zu, dass man diese Szene noch als jugendfrei durchgehen lassen kann.

„Ich glaube ich spinne!!! Ja sag mal, du bist aber auch nicht mehr ganz dicht, oder?“, brüllt sie Sabine an. „Den ganzen Nachmittag hab ich schon auf dein Kind aufgepasst, du warst nicht zu erreichen und jetzt soll sie auch noch hier übernachten? Ja sag mal, da fällt einem ja wirklich nichts mehr ein!“

Eva ist knallrot im Gesicht. Jetzt ist sogar Rebecca verstummt.

„Hier, zieh dich an“, Eva reißt Franzis Jacke von der Garderobe und zeigt auf ihre Schuhe. „Und dann raus hier und glaub ja nicht, dass ich das noch einmal mitmache!“

Sie reißt die Tür auf und schiebt Sabine samt Franzi, die erst einen Schuh anhat, unsanft in die Kälte raus.

„Aber Eva, wat haste denn? Hab ick wat Falsches jesagt?“

„Aaaaaaaarrrrrggggg“, brüllt Eva zwecks Ermangelung irgendwelcher Worte auf so eine dumme Frage und knallt die Tür zu.

Da sieht sie Franzis zweiten Schuh da liegen, zieht die Tür nochmal kurz auf und wirft den Schuh raus. Das „Aua“, das wir von draußen hören, wird schon halb durch das Türknallen verschluckt. Ich kann nicht anders und fange laut zu lachen an.

„Der hast du’s aber gezeigt!“

Sie reibt sich die Hände aneinander.

„Das war ja auch echt mal nötig, oder? Komm, darauf trinken wir einen!“

Zwei Stunden später sitzen wir gemütlich auf der Couch, Jasmin schläft oben, Rebecca ist auf meinem Bauch eingeschlafen und Eva trägt immer noch den Bademantel. Wir hatten selten so einen lustigen Abend, dieser Ausbruch hat Eva richtig gut getan. Sie sollte öfter mal aus sich rauskommen und sagen, was sie nervt. Aber bitte nur bei anderen Leuten.

Dimmelwang, Freitag, 26. Dezember, zweiter Weihnachtsfeiertag

Eva, die Mädels und ich kommen heim. Wir waren bei unseren Eltern zum Weihnachtsessen und sind jetzt dermaßen satt, dass wir beide erst mal unsere Hosenknöpfe aufmachen müssen, als wir die Tür hinter uns schließen. Eigentlich ist ja für Jasmin schon Bettgehzeit, aber Eva ist über die Feiertage sehr großzügig und erlaubt ihr, noch eine Weile zu spielen. Rebecca ist bei der Autofahrt im Maxi-Cosi eingeschlafen. Wir beide lassen uns auf die Couch plumpsen.

„Mann, bin ich voll. Die Gans hätte ja schon gereicht, aber dann noch die vielen Plätzchen", stöhnt Eva und hält sich ihren Bauch.

„Stimmt. Aber die waren so lecker. Schade, dass sie dann keine mehr hatten."

Wir nicken beide und lehnen unsere Köpfe zurück. Ein paar Minuten verharren wir so in einmütigem Schweigen. Mitten in die Stille hinein klingelt das Telefon.

„Ist für dich", sagt Eva und rührt sich kein bisschen.

„Nö, bestimmt für dich", gebe ich zurück. Das Klingeln ist ganz schön penetrant. Irgendwann verstummt es.

„Schau, war für dich, sonst würde es jetzt noch klingeln", grinse ich Eva an. Da klingelt es schon wieder. Jetzt grinst sie.

„Doch für dich."

Schwerfällig erhebe ich mich und suche das Telefon. In der Küche werde ich fündig.

„Städele", melde ich mich.

„Louisa, Gott sei Dank!"

Es ist Sebastian und er hört sich besorgt an.

„Was ist denn los?"

„Ich hab dich nicht erreicht."

Ach, ist das süß. Er hat sich Sorgen um mich gemacht.

„Oh, tut mir leid, ich habe mein Handy daheim vergessen."

„Es ist nur … Es hat schon wieder gebrannt. Und ich war echt in Sorge um dich."

„Was? Es hat schon wieder gebrannt? Wo denn?"

„Das ist es ja eben. Gleich bei euch in der Nachbarschaft. Dieses Mal war es ein Auto."

„Ein Auto? Sebastian, das kann kein Zufall sein. Ein Auto brennt doch nicht einfach so!"

„Ja, das meine ich auch. Kannst du kommen? Wir sind auf der Wache."

„Klar. Bin schon unterwegs. Bis gleich."

Kurz und knapp unterrichte ich Eva über die Geschehnisse und mache mich dann auf den Weg.

Im Revier erwarten mich Sebastian, zwei seiner Feuerwehrkollegen, Mario Deutler, Harald und sehr zu meinem Missfallen auch Barbie. Ich hatte gehofft, sie bis Silvester nicht sehen zu müssen und habe extra meinen Dienstplan so abgestimmt, dass das so ist, aber das passiert eben, wenn man außerplanmäßig zur Arbeit kommt. Die letzten Wochen hat sie mich wegen dieser Silvesterparty so genervt, dass ich drauf und dran war sie wieder auszuladen. Und jetzt steht sie vor mir. Was heißt, sie steht vor mir, sie kommt mit einem strahlenden Lächeln auf mich zugelaufen und umarmt mich.

„Hi Louisa. Wir haben uns ja schon so lange nicht mehr gesehen."

Ich schiebe sie regelrecht von mir weg und wende mich Sebastian zu.

„Erzähl mal, was ist genau passiert?"

„Wir erhielten den Anruf gegen sechzehn Uhr."

Er schaut auf einen Zettel.

„Jenny und Leopold Schmitz haben uns per Handy Bescheid gegeben, ein Geschwisterpaar, fünfzehn und siebzehn Jahre alt. Sie waren unterwegs, um, wie sie es nannten, an der Schule mit ein paar Kumpels abzuhängen. Jedenfalls sind sie da auch an der Weidgasse vorbeigekommen und haben gesehen, dass es aus dem Auto raus rauchte. Jenny hatte wohl Angst, selbst zum Auto zu gehen, aus Angst es explodiert, und hat dann bei uns angerufen. Als wir ankamen, hat es lichterloh gebrannt. Zum Glück stand es weit genug weg vom Zaun oder irgendwelchen entzündlichen Gegenständen. Wir konnten es relativ schnell löschen. In einer halben Stunde war das Feuer aus. Der Wagen ist natürlich völlig hinüber und der Teer darunter auch."

Ich bin geschockt. Die Weidgasse ist nur zwei Straßen von uns entfernt. Mir läuft es eiskalt den Rücken hinunter.

„Und wem gehört das Auto?"

Herr Deutler ergreift das Wort: „Franz Huber ist der Eigentümer. Er war mit seiner Familie bei den Schwiegereltern am anderen Ende von Dimmelwang. Weil es so ein schöner Tag war, hatten sie beschlossen, dorthin zu spazieren. Er ist am Boden zerstört. Das Auto war erst zwei Jahre alt, und sie hatten lang darauf gespart."

Er muss schlucken.

„Na, aber immerhin ist niemand verletzt worden", werfe ich ein. Alle nicken.

„Ja, aber jetzt müssen wir davon ausgehen, dass in Dimmelwang tatsächlich ein Pyromane sein Unwesen treibt. Auch wenn wir bei den vorigen Bränden keine Brandbeschleuniger gefunden haben, gehen wir davon aus, dass sie alle von einem oder mehreren Tätern gelegt wurden. Ein Auto brennt nicht einfach so. Schon gar nicht, wenn es minus drei Grad hat und Schnee liegt."

Mario Deutler fährt sich über die Stirn. Wir anderen schauen alle betreten drein.

„Was sagt denn die Spurensicherung?“, frage ich.

„Die sind noch am Werk, beziehungsweise werden sie sich morgen früh darum kümmern, sobald es hell wird. Wir möchten so gut es geht Aufsehen vermeiden.“

„Aber wir müssen doch die Leute warnen. Kommt da nichts in die Zeitung oder so?“

„Das ist die Frage. Doch, ich denke schon. Aber ich habe Angst, dass die Leute dann Panik kriegen.“

„Herr Deutler, lieber haben sie Panik und halten die Augen offen als dass sie völlig ahnungslos sind.“

„Sie haben ja Recht, Frau Städele. Also gut. Herr Lausser, kümmern Sie sich bitte darum.“

Harald nickt und wendet sich seinem PC zu. Sebastian und ich schauen uns an.

„Ich hatte solche Angst um dich.“

„Ich war doch bei meinen Eltern.“

„Ja, aber ich hätte nicht gedacht, dass ihr so lange dort seid. Und als ich nichts von dir gehört habe ... da dachte ich schon, dir ist was aufgefallen und du bist einfach hinter denen her.“

Ich lache. „Nein, glaub mir, das hätte ich nicht gemacht ohne Verstärkung zu rufen. Außerdem wusste ich ja gar nichts von dem Brand. Es ist alles gut.“

„Dann heißt es ab sofort: Augen auf. Wir müssen in jede Richtung ermitteln. Es scheint jemand von Dimmelwang zu sein. Vier Brände in einem Ort, ich weiß nicht, ob jemand Ortsfremdes sich jedes Mal das gleiche Ziel ausgesucht hätte. Vielleicht sind es ja ein paar Jugendliche, die sich einen Spaß daraus machen? Das würde auch erklären, dass alle Brände hier stattgefunden haben. Jugendliche haben noch keine Möglichkeit groß herumzukommen. Frau Städele, würden Sie bitte die beiden aufsuchen, die bei der Feuerwehr angerufen haben? Vielleicht wissen die ja was."

„Herr Deutler, ich habe heute eigentlich frei."

„Ich weiß schon. Hm. Frau Frosch, dann gehen Sie."

„Wohin soll ich gehen?"

Ich ringe innerlich mit mir.

„Ja, ist ja gut, ich gehe ja schon. Darf ich Sebastian mitnehmen?"

Der Deutler lächelt mich an: „Klar dürfen Sie das."

Sebastian hat die Adresse der beiden Schmitz-Kinder, und schon wenig später stehen wir vor dem Haus. Ein Herr mittleren Alters öffnet uns.

„Ja bitte?"

„Entschuldigen Sie die späte Störung. Ich bin Louisa Städele von der Polizei Dimmelwang und das hier ist Feuerwehrkommandant Sebastian Zink."

Ich wedle mit meinem Ausweis vor seiner Nase herum.

„Dürften wir einen kurzen Moment mit Ihren Kindern sprechen?"

Er zögert kurz, dann lässt er uns ein.

„Bitte seien Sie nicht so streng, Jennifer hat einen richtigen Schock."

Wir nicken verständnisvoll und folgen ihm ins Wohnzimmer. Dort sitzen die beiden Kinder vor einer Spielekonsole und spielen ein Ballerspiel. Aha, ja, man sieht, dass das Mädchen einen richtigen Schock hat. Wir räuspern uns. Genervt macht der Junge Pause.

„Was ist los?", fragt er.

„Ich bin von der Polizei und wollte euch ein paar Fragen stellen."

Das Mädchen reißt die Augen auf und schaut ihren Bruder erschrocken an.

„Wir haben gar nichts getan!“

„Das weiß ich doch“, beschwichtige ich sie, „wir wollten nur fragen, wie das war, als ihr das Feuer gesehen habt.“

Nervös schaut sie ihren Bruder an.

„Na ja, also, wir hatten keinen Bock darauf, daheim rumzusitzen, also haben wir uns gedacht, wir hängen ein bisschen mit unseren Freunden ab.“

„Ja, genau so war das“, fällt ihr der Junge ins Wort.

„Danke, ich spreche gerade mit deiner Schwester.“

Jennifer wirft ihrem Bruder einen hilfesuchenden Blick zu.

„Es stimmt schon. Wir hatten keine Lust daheim zu sein. Unsere Onkel und Tanten waren da und wir wollten noch unsere Freunde treffen.“

„An der Schule?“

„Ja, an der Schule.“

Jennifer pult an ihren Fingernägeln herum.

„Okay. Ihr seid also von hier aus losgelaufen. Wann war das? Weißt du noch wie spät es da war?“

„Keine Ahnung, vielleicht so halb vier?“

Unsicher schaut Jenny mich an. Ich seufze. Der muss man ja alles aus der Nase ziehen.

„Es war zehn vor vier“, sagt da Leopold.

Ich finde es hochinteressant, dass der Junge seine Schwester nicht sprechen lassen möchte. Ich beschließe, das Spiel vorerst einmal mitzuspielen und wende mich ihm zu.

„Und warum bist du dir da so sicher?“

„Na, weil ich von meinem Patenonkel eine neue Uhr bekommen habe.“

Er schiebt seinen Ärmel hoch und ich sehe eine Armbanduhr, die bestimmt nicht gerade billig gewesen ist.

„Aha, und da schaust du jetzt dauernd drauf?"

„Ja, das tue ich", gibt er trotzig zurück.

Jetzt mischt sich Sebastian ein: „Gut, dann wäre das ja geklärt. Ihr lauft um zehn vor vier hier los, um dem Familiennachmittag zu entgehen und geht in Richtung Schule." Er runzelt die Stirn. „Seid ihr auf dem kürzesten Weg zur Schule gelaufen?"

Ich weiß, worauf er hinaus will. Jenny schießt die Röte in die Wangen. Sie hat den Blick gesenkt.

„Ja, auf direktem Weg", antwortet Leopold mit vorgerecktem Kinn. Hier ist was oberfaul, da wette ich was!

„Aber die Weidgasse liegt doch gar nicht auf direktem Weg von hier zur Schule."

Sebastian hat seine Augen ganz fest auf Leopold gerichtet.

„Ja, meine Güte, dann haben wir halt einen kleinen Umweg gemacht. Wir haben so viel gegessen, da wollten wir uns eben noch ein bisschen bewegen."

Jetzt werde ich noch stutziger. Ein Teenager, der sich nach dem Essen freiwillig bewegt? So was gibt es doch nicht. Jennifers Wangen glühen jetzt geradezu.

„Stimmt das?", fragt da auch schon Sebastian ziemlich laut in ihre Richtung.

„Ja, das stimmt. Wir sind früher mit unseren Eltern immer viel spazieren gegangen", piepst sie.

Ich frage dann mal lieber weiter, bevor sich hier noch jemand in die Hosen macht.

„Gut, ihr habt also einen kleinen Verdauungsspaziergang gemacht und dabei habt ihr gesehen, dass das Auto brennt."

„Ja", Leopold nickt heftig, „wir sind da vorbei gekommen und haben schon von Weitem gesehen, dass es da brennen muss. Es gab da so diese Luft, diese flirrende."

Sebastian und ich schauen uns kurz an.

„Und dann?"

„Dann sind wir da hingegangen", fährt Leopold fort, „und haben dann die Feuerwehr gerufen. Im Haus war alles dunkel, wir konnten da auch nicht klingeln. Zum Glück hatten wir unsere Handys dabei."

„Ja, was für ein Glück. Ihr habt eure Handys doch bestimmt immer dabei."

Beide nicken.

„Gut, das war richtig von euch. Habt ihr irgendwas bemerkt? Ist euch irgendwas aufgefallen? Ist jemand weggerannt?"

„Ey, das hätten wir doch schon längst gesagt!" Leopold richtet sich auf. „Meinen Sie, wir sind blöd oder was?"

Jetzt wird er aber aufmüpfig, der kleine Pimpf.

„Nein, das glauben wir nicht. Danke für eure Zeit. Ihr könnt jetzt weiter diesen Ballerschmarrn da spielen."

Ich wende mich zum Gehen. Sebastian folgt mir. Jennifers und Leopolds Vater hat offensichtlich hinter der Tür gewartet, denn er ist gleich zur Stelle, als wir aus dem Zimmer kommen.

„Ich hoffe, Sie haben meine Kinder nicht zu sehr strapaziert. Es war wirklich eine Riesenaufregung. Sie stehen noch ganz neben sich." Er lächelt uns entschuldigend an.

„Ja, das haben wir gemerkt. Komm, Louisa, wir müssen zurück auf die Wache. Auf Wiedersehen."

„Auf Wiedersehen. Und wenn wir Ihnen noch irgendwie helfen können, kommen Sie einfach wieder vorbei."

„Das werden wir. Vielen Dank."

Draußen atmen wir beide erst einmal tief durch.

„Puh, irgendwas stimmt doch da nicht oder was meinst du?“, frage ich Sebastian.

„Ich kaufe ihnen die Story nicht ab, dass sie sich noch bewegen wollten. Hallo? Das sind Jugendliche, die tun keinen Schritt mehr als unbedingt notwendig. Komm, wir laufen die Strecke mal ab.“

Hand in Hand laufen wir in Richtung Weidgasse.

„Das ist ja echt ein ganz schöner Umweg.“

Wir erreichen den Platz mit dem ausgebrannten Auto und bleiben einen Moment stehen.

„Meinst du, sie haben den Brand gelegt?“

Ich möchte das nicht glauben, aber sie haben sich wirklich verdächtig verhalten.

„Ich weiß es nicht. Aber schau, erst brennen kleinere Sachen, die Hecke, die Holzbeige, dann die Scheune vom Bendiger. Aber alles brennt hier in der Gegend. Halbwüchsige haben keine so großen Möglichkeiten, rumzukommen, das hat Herr Deutler ja schon angedeutet. Es könnte doch so eine Clique sein, die vielleicht auch Mutproben als Aufnahmeritual macht. Glaub mir, so was kommt vor.“

Nachdenklich schaue ich mir das verkohlte Auto an. Ich erkenne kaum etwas, wirft die einzige Straßenlaterne hier doch wenig Licht an genau diese Stelle.

„Wir müssen uns das bei Tageslicht näher ansehen, jetzt erkennt man kaum was. Komm, gehen wir.“

Wir schlendern in Richtung Wache.

„Hast du morgen schon was vor? Wir könnten ins Kino gehen.“

„Oh, morgen Abend haben wir Musikprobe. Wir müssen doch üben für Xavers ersten Neujahrsempfang im Rathaus. Ich glaube, er ist schon ganz aufgeregt.“

Wir lachen. Ich finde ja, Xaver macht seine Sache als neuer Bürgermeister von Dimmelwang erstaunlich gut. Liegt aber halt eben auch daran, dass er einfach ein Dimmelwanger Original ist.

Zurück auf der Wache berichte ich meinem Chef und Barbie erst einmal von der Befragung.

„Aha, und Sie meinen, da ist irgendwas faul?"

„Es scheint so, ja."

„Hm. Gut, wir müssen dran bleiben. Auf alle Fälle könnten wir hier mehr Hinweise erhalten als bei den Bränden bisher. Ich glaube nämlich auch an keinen Zufall mehr. Das ist zu viel Feuer für meinen Geschmack."

„Oh, Herr Deutler, für meinen auch", zwitschert Barbie und schenkt ihm ihren vermeintlich unwiderstehlichen Augenaufschlag, „das ist mir viel zu heiß."

Der Deutler lächelt fast schon anzüglich, und wir beide verabschieden uns schnell. Den ganzen Nachhauseweg reden wir über die Brände. Sebastian war letzte Woche beim Bendiger und hat ihm geholfen, die Überreste von seinem Stadel in den Container zu verfrachten. Ganz schön geschimpft muss er haben, weil die Entsorgung so teuer war und er damals zu knickert für die bessere Brandschutzversicherung gewesen ist, die so was im Fall der Fälle übernimmt. Der arme Lorenz Bendiger. Der macht schon viel mit zur Zeit. Umso mehr freuen wir uns, dass er eine Freundin hat. Ich glaube ja, der wird noch richtig umgänglich. Viel zu spät gehe ich ins Bett und kann vor lauter Feuer-Gedanken auch zuerst gar nicht einschlafen.

Dimmelwang, Samstag, 27. Dezember

Ziemlich müde komme ich am nächsten Morgen auf die Wache. Harald kommt mir aufgeregt entgegen.

„Louisa, schaust du zu dem verbrannten Auto? Patrick ist grad da und er hat angerufen, sie haben was gefunden."

Oh, das sind ja mal Neuigkeiten!

„Klar, bin schon unterwegs."

Ich laufe also zu dem Autowrack. Was mag Patrick da gefunden haben? Hoffentlich etwas, das uns weiterbringt.

Auf meinem Weg kommt mir, wie könnte es anders sein, die Irmgard entgegen.

„Jo Liesl", brüllt sie mir schon von aller Weite entgegen.

„Guten Morgen, Irmi, auch schon unterwegs?"

„Jo freilig. Sog amol, stimmt des? Hot da a Auto brannt? Des is ja furchtbar."

„Woher weißt du das denn schon wieder?"

„Jo, die Margarete hot mir des verzählt."

Ich frage jetzt lieber nicht, woher denn die Margarete das schon wieder gewusst hat, sonst stehe ich morgen noch da.

„Du, Irmi, ich muss weiter."

„Jo, bist unterwegs zum Tatort?"

„Irmi, bitte lass mich einfach gehen, ich kümmere mich schon darum, ja?"

„Jo, is jo recht. Du, du woaßt scho von der Prob heit Obnd, oda?"

„Ja klar weiß ich von der Probe."

„Guat. Mei, da wird sich mei Xaver aber gfrein."

Irmis Augen leuchten. Sie ist die perfekte Dorfoberhaupt-Gattin. In Wahrheit hält ja sie die Zügel in den Händen, deswegen ist es ratsam, sich mit ihr gut zu stellen.

„Wir werden ihm einen wunderschönen Neujahrsempfang im Rathaus spielen, glaub mir. Ich hab extra dafür geübt."

Jetzt strahlt sie mich übers ganze Gesicht an.

„Ach, Liesl, i mog di scho bsonders gern."

„Du musst bestimmt noch viel herrichten für den Empfang, oder? Kann ich dir da bei irgendwas helfen?"

„I schaff des scho. Die Edeltraut huift mir bei den Häppchen, und dekorieren tu i morgn. Aber dankschee fürs Angebot. Des woaß i zu schätzn!"

„Gut, dann einen guten Rutsch und bis spätestens Neujahr."

„Ja, pfiati, Liesl."

Eilig wuselt sie davon.

Ich bin erleichtert, dass sie mich nicht begleiten wollte. Man weiß nie, was ihr so alles einfällt. Jetzt mache ich mich aber schleunigst auf in die Weidgasse. Patrick Wolf steht mit zwei seiner Kollegen um das abgebrannte Auto herum.

„Ah, Louisa, guten Morgen", begrüßt er mich.

Ich grüße meinerseits und frage dann, was sie denn gefunden haben.

„Schau her", er beugt sich über den hinteren linken Reifen und deutet auf etwas, was direkt neben ihm liegt. Ich gehe in die Knie und schaue angestrengt an die Stelle.

„Was soll da sein?"

„Schau, hier ist geschmolzenes Plastik. Es ist kein Gummi von den Reifen. Und hier", er zeigt jetzt direkt unter den Reifen, „siehst du diese kleinen Rückstände?"

„Ja, jetzt wo du es sagst, diese kleinen Partikel hier."

„Genau, das sieht mir nach den Resten von Grillanzündern aus. Ich habe so etwas schon einmal gesehen, deswegen habe ich gleich an den Reifen geschaut. Man muss dafür sorgen, dass etwas möglichst lange brennt, irgendwann frisst sich die Hitze durch zum Tank, zum Motor, und dann greifen die Flammen ganz schnell um sich."

„Das Feuer muss weit vor sechzehn Uhr gelegt worden sein. Da war es noch nicht dunkel."

„Na klar, im Dunkeln fällt ein Brand natürlich schneller auf. Und die Schmitz-Kinder haben ja auch um circa sechzehn Uhr schon angerufen, dass das Auto brennt. Habt ihr schon was zu einem möglichen Motiv herausgefunden? Wer könnte was gegen diese Familie gehabt haben?"

„Na du bist gut, ich weiß doch gerade erst seit jetzt, dass es tatsächlich Brandstiftung war. Und zu hundert Prozent weiß ich das auch erst, wenn das Ergebnis vom Labor da ist. Ich werde aber gleich mal mit Herrn Huber sprechen."

„Ja, mach das. Er steht schon die ganze Zeit am Fenster und schaut uns zu."

Patrick hebt die Hand und winkt in Richtung Haus. Ich folge seinem Blick und sehe einen Herrn am Fenster stehen und ziemlich schüchtern zurück winken.

„Danke Patrick. Ich geh dann mal zu ihm."

„Ich melde mich, sobald ich was weiß."

„Mach das."

Ich brauche gar nicht zu klingeln. Herr Huber steht schon parat und sieht mich mit bleichem Gesicht an.

„Grüß Gott, ich bin Louisa Städele von der Polizei Dimmelwang. Darf ich Ihnen ein paar Fragen stellen?"

„Natürlich. Kommen Sie doch bitte rein."

Ich trete ein und möchte schon weitergehen, als er sich räuspert.

„Könnten Sie bitte Ihre Schuhe ausziehen? Meine Frau ist da

immer nicht so begeistert, wenn jemand mit Schnee an den Schuhen durchs Haus läuft."

Fast entschuldigend lächelt er mich an.

„Aber klar, kein Problem. Ich kenne das von meiner Schwester, die ist da genau so."

Ich stelle meine Schuhe ordentlich auf den Schuhabstreifer und folge ihm ins Wohnzimmer. Dort steht massenhaft Spielzeug herum und eine junge Frau sitzt mit zwei noch ziemlich kleinen Kindern am Boden.

„Oh, guten Tag", sie erhebt sich umständlich und gibt mir die Hand.

„Ich möchte Ihnen ein paar Fragen stellen. Äh, sollen die Kinder hier bleiben?"

„Das macht doch nichts. Ich denke, sie verstehen gar nicht, worum es geht."

Ich schaue mir die beiden Kinder genauer an. Das eine ist vielleicht zwei Jahre und sabbert ganz gewaltig und das zweite ist wahrscheinlich noch kein Jahr alt und krabbelt unbeholfen auf einer Decke herum. Gut, sie hat Recht, die kapieren das alles wohl wirklich noch nicht.

„Herr und Frau Huber", beginne ich, doch sie verbessert mich gleich.

„Menkert, die Kinder und ich heißen Menkert. Wir sind nicht verheiratet."

„Oh, entschuldigen Sie, das wusste ich nicht. Also, Frau Menkert, Herr Huber, ich frage jetzt einfach mal drauf los: Gibt es jemanden, der einen Grund hätte, Ihnen etwas Böses anzutun? Jemanden, von dem Sie sofort sagen würden, ja, der hat unser Auto angezündet?"

Die beiden schauen sich erschrocken an.

„Nein, wir haben keinen Streit mit irgendjemandem. Gewiss nicht."

„Wir können uns das überhaupt nicht erklären. Glauben Sie uns, es war ein großer Schock für uns."

„Ja, natürlich war es das. Wann haben Sie davon erfahren, dass Ihr Auto brennt?"

„Wir waren bei meinen Eltern", beginnt Frau Menkert. „Sie wohnen am anderen Ende vom Ort. Es war so ein schöner Tag, dass wir beschlossen haben, zu ihnen zu spazieren. Wir waren ab halb drei weg und als wir gegen fünf wieder nach Hause kamen, da stand hier die Feuerwehr und …" Ihr versagt die Stimme.

„Wir haben das Blaulicht gesehen und uns schon gewundert, was los ist. Der Feuerwehrmann war wirklich sehr freundlich. Er hat uns gleich ins Haus geführt."

Frau Menkert hat sich offenbar wieder im Griff.

„Ja, er hat versucht, es uns schonend beizubringen, aber wir haben natürlich gesehen, dass unser Auto gebrannt hat. Es hat auch noch richtig gestunken. Es war schrecklich."

„Und Sie haben wirklich gar keine Ahnung, wer Ihnen das angetan haben könnte?"

Beide schütteln synchron ihre Köpfe.

„Falls Ihnen doch noch etwas einfällt, melden Sie sich bitte bei mir."

Ich gebe ihnen meine Karte und mache mich auf den Weg nach draußen. Vielleicht haben ja die Nachbarn etwas bemerkt.

Ich klingle an der nächsten Tür. Ein uralter Mann öffnet mir und versteht kein Wort, was ich von ihm will.

„Ob Sie gestern daheim waren?", brülle ich ihn an, als er mich zum vierten Mal nicht verstanden hat.

„Im Heim war ich noch nie. Und da will ich auch nicht hin. Ich kann mich gut selber versorgen, wissen Sie. Meine Kinder glauben mir das nicht, aber ich bin rüstig wie ein Sechzigjähriger. Ich fahre auch noch selber einkaufen, wissen Sie. Ich verstehe nicht, dass mir die Kinder jetzt sogar schon die Polizei auf den Hals hetzen. Enterben werde ich sie, enterben!"

Dann knallt er mir die Tür vor der Nase zu. Was war das denn jetzt? Ich glaube, der gute Mann hat nichts bemerkt. Ab zur nächsten Tür. Das sind die Nachbarn auf der anderen Seite. Keiner zu Hause. Ich gehe gerade den Gartenweg zurück zur Straße, als eine ältere Frau auf mich zu kommt.

„Die sind im Skiurlaub."

„Oh, danke für die Info. Seit wann sind sie denn weg?"

„Schon vor Heiligabend sind die auf und davon. Ich glaube, die flüchten vor Weihnachten. Sind irgendwo in den Französischen Alpen unterwegs, ganze zwei Wochen. Ich leere ihnen den Briefkasten und gieße die Pflanzen. Sie bringen mir dafür immer was mit, darüber freue ich mich. Komme hier ja nicht mehr raus."

Ich glaube, wenn jemandem etwas aufgefallen ist, dann so einer Frau wie ihr.

„Sagen Sie, Sie wohnen doch bestimmt auch hier in der Gegend, oder?"

„Ja, gleich da vorne." Sie zeigt auf das Haus direkt gegenüber von Huber-Menkerts. Perfekt.

„Ist Ihnen gestern irgendetwas Seltsames aufgefallen?"

„Ach, Sie meinen, weil das Auto gebrannt hat?"

„Genau."

„So ein Jammer, aber gerade gestern war ich bei meinem Sohn eingeladen. Er hat mich schon vormittags abgeholt. Wissen Sie, er wohnt mit seiner Familie in Steinholz. Sie haben da wirklich ein hübsches Reihenhäuschen, und jedes Jahr am zweiten Weihnachtsfeiertag holt er mich ab. Das ist schon so ein Ritual."

Ich bin zugegebenermaßen ziemlich enttäuscht. Keiner hat etwas bemerkt.

„Verstehe. Dann danke und einen guten Rutsch."

„Auf Wiedersehen."

Mist. Ich ärgere mich, dass ich nicht mehr herausbekommen habe. Immerhin wissen wir jetzt, dass es Brandstiftung war.

Mein Weg führt mich bei der Metzgerei Hinterwanger vorbei. Schon wieder die Irmi! Und weil ich sie zu spät gesehen habe, kann ich jetzt schlecht rückwärts rausgehen. Ich habe gar keine Zeit für ihre Gespräche.

„Jo servus, Liesl! Host wos rausgfundn? Woaßt, sie kümmert sich um des Auto, des wo abgfackelt is."

Verschwörerisch beugt sie sich über den Tresen.

„Wirklich? Ja, dann geht Ihre Leberkässemmel heute aufs Haus."

„Oh, das ist aber wirklich nett von Ihnen."

„Edeltraut, woaßt wos? Gib ihr doch no drei mit für ihre Kollegen, die gehn dann auf mi. Ihr brauchts doch eure Energie."

„Irmi, vielen Dank, das muss echt nicht sein …"

„Jetzt nimm die Semmeln und schleich di", sie zwinkert mir zu. Das lasse ich mir nicht zweimal sagen.

Beschwingt laufe ich zurück zur Wache. Harald freut sich über die Semmel, der Chef sowieso und Larissa schaut mich nur verträumt an.

„Jetzt nimm schon die Semmel, komm, die haben wir spendiert bekommen."

„Ach, Louisa", seufzt sie und ihre aufdringliche Parfümwolke umschwebt mich. „Ich muss diesen Typen unbedingt wiedersehen. Ich glaube, ich habe mich verliebt."

„Ja, aber da hilft es auch nichts, wenn du nichts isst. Also bitte."

Ich lege ihr die Semmel auf den Tisch und werfe Harald einen dieser Blicke zu, den nur wir beide miteinander wechseln können. Er grinst mit vollem Mund.

„Wenn ich nur wüsste, wie er heißt …"

Ich will da nicht hinhören, aber sie lässt mir keine Wahl.

„Du meinst den vom Wagen bauen?"

„Genau den."

„Ich werde Sebastian fragen, wer das war. Kannst du ihn mir beschreiben?"

„Oh ja, das kann ich. Er ist hübsch. Wunderschön trifft es wohl eher. Er ist sehr groß und hat richtige Muskeln an den Armen."

Harald und ich wechseln wieder diesen Blick.

„Und so schöne Augen hat er. So richtig dunkle Augen. Und lange Wimpern. Und sehr dunkle Haare."

„Ja super, mit dieser Beschreibung kann Sebastian bestimmt was anfangen."

„Bestimmt. Frag ihn einfach nach dem süßesten Typen, der da war."

„Oh ja, das werde ich, verlass dich drauf."

Es ist nicht auszuhalten, wie Larissa hier herumschmachtet. Ich gehe lieber zum Chef und statte ihm meinen Bericht ab.

„Vielleicht stoßen wir ja doch noch auf jemanden, dem etwas aufgefallen ist."

Er scheint nicht ganz bei der Sache zu sein.

„Herr Deutler, wir müssen mit Nachdruck ermitteln, hier geht ein Pyromane um. Bei uns in Dimmelwang!"

„Ja, das ist keine schöne Sache. Sagen Sie, wissen Sie zufällig, was Frau Frosch an Männern anziehend findet?"

Ich glaube, ich höre nicht recht.

„Bitte was?“

„Nun ja, Sie kennen sie ja nun besser als ich. Ich habe mich gefragt, meinen Sie, sie würde sich über Blumen freuen?“

„Warum? Ich meine, aus welchem Grund wollen Sie ihr Blumen schenken?“

„Wenn ich sie zur Silversterparty abhole, wollte ich ihr eine Kleinigkeit mitbringen. Meinen Sie, Rosen wären zu übertrieben?“

Ich fasse es wirklich nicht.

„Nein, Rosen sind bestimmt genau das, was sie möchte.“

„Meinen Sie?“

„Natürlich.“

„Danke, Sie haben mir sehr geholfen.“

„Aber immer doch.“

Ich verlasse sein Büro, nur um Larissa zu sehen, die mit ihren Gedanken offensichtlich ganz woanders ist. Ihre Semmel liegt unangetastet vor ihr. Ob ich dem Deutler stecken soll, dass sie frisch verliebt ist? Besser nicht. Ich werde mich da schön raushalten. Bevor ich noch länger überlegen kann, reißt mich mein Telefon aus den Gedanken.

„Ich bin's.“ Eva meldet sich wie immer.

„Hi Eva. Und, alles klar bei euch?“

„Nein, gar nichts ist klar!“, brüllt sie so laut, dass ich den Hörer weghalten muss.

„Was ist denn passiert?“

Ich höre nichts mehr. Doch, irgendwas höre ich doch noch. Weint sie?

„Eva? Eva! Jetzt sag schon, was ist los?“

„Christopher hat gerade angerufen.“

Ach du …

„Was wollte er denn?“

„Das Baby ist da."

Verdammt. Das hatte ich ja völlig verdrängt.

„Er hat mir Vorwürfe gemacht. Hat gesagt, wenn ich fähig gewesen wäre, einen Sohn von ihm zu bekommen, dann wäre er noch bei mir."

„Sag mal, spinnt der? Der hat in Biologie aber schon aufgepasst, oder? Eva, jetzt komm mal runter. ER ist für das Geschlecht vom Baby verantwortlich, nicht du. Außerdem, boah, so ein Arsch, du hast zwei wundervolle Töchter!"

Ich höre nur noch Schluchzen, dann ein Tuten.

„Harald, ich muss heim. Privater Notfall."

Harald nickt verständig. Larissa brauche ich nichts sagen, die guckt immer noch verliebte Löcher in die Luft.

Ich hetze nach Hause. Dass Christopher aber auch immer wieder alte Wunden aufreißen muss. Ich dachte, sie ist jetzt endgültig über ihn hinweg und dann – so was. Ich reiße die Tür auf und höre die Schluchzer schon von hier. Ich stürze ins Wohnzimmer, wo Eva zusammengekauert auf der Couch liegt.

„Eva!"

Ich umarme meine Schwester, die von Schluchzern regelrecht durchgeschüttelt wird.

„Jetzt lass doch den Depp keinen Einfluss mehr auf dein Leben haben. Leg gleich auf, wenn er anruft."

Ich schaue in aufgequollene Augen.

„Bitte, Eva, schließ endlich mit ihm ab."

„Er war richtig böse. Zuerst hat er mir erzählt, dass er endlich einen Sohn hat. Das war schon schlimm genug. Aber dann ..."

Ihre Augen füllen sich wieder mit Tränen.

„Dann hat er richtig losgelegt. Ich bin ja nicht fähig, ihm einen

Jungen zu schenken. Was kann denn ich dafür, dass wir nur Mädchen haben?“

„Jetzt reicht es mir aber“, schreie ich. „Sag mal, sind wir zwei *nur* Mädchen? Was soll das denn? Sind wir schlechter als Kerle? Und wenn ja, warum? Hör bloß mit so einem Schmarrn auf.“

Erschrocken schaut sie mich an.

„Aber wenn Jasmin ein Junge geworden wäre, dann wären wir noch zusammen.“

„Eva, sag mal, wärst du wirklich noch gern mit Christopher zusammen? Er verletzt dich, wo er nur kann. Wo sind eigentlich die Mädels?“

„Rebecca liegt im Kinderwagen. Wo Jasmin ist, weiß ich gar nicht.“

Diese Frage stoppt zumindest mal ihren Tränenfluss.

„Du weißt nicht, wo Jasmin ist?“

Erschrocken schaut sie mich mit großen Augen an.

„Sie waren noch hier, als Christopher angerufen hat.“

Ich springe auf und mein Blick fällt in den Flur. Hier steht normalerweise der Kinderwagen, wenn Rebecca beim Spazierengehen darin eingeschlafen ist, damit es ihr draußen nicht zu kalt wird.

„Wo ist der Kinderwagen? Hast du ihn draußen stehen?“

„Nein, bestimmt nicht. Oh Gott, Louisa, ist er weg?“

Noch während ich „ja“ rufe, renne ich schon raus. Draußen ist es trüb, im Schnee sind schon zu viele Spuren, als dass ich eine frische hätte ausmachen können.

„Jasmin“, rufe ich. Es muss sie gewesen sein, die ihn rausgeschoben hat. Wo würde sie nur hingehen?

„Hast du eine Ahnung, wo sie hingelaufen sein könnte?“

Eva hastet mit vor Schreck geweiteten Augen und bleichem Gesicht zur mir. Sie schüttelt den Kopf.

„Ich weiß es nicht. Vielleicht zum Spielplatz?“

„Los, wir teilen uns auf. Du gehst zum Spielplatz und suchst sie da. Nimm dein Handy mit. Wenn sie einer von uns findet, ruft er den anderen an.“

Eva steht immer noch unbewegt in der Tür. Ich renne zu ihr und packe sie an den Schultern, zwinge sie, mich anzuschauen.

„Eva, wir müssen die Kinder finden, jetzt mach schon!“

Endlich kommt Bewegung in meine Schwester. Sie wirbelt herum, greift sich ihre Jacke, schnappt sich ihr Handy und rennt an mir vorbei in Richtung Spielplatz. Ganz automatisch laufe ich in die andere Richtung. Immer wieder rufe ich „Jasmin“, bekomme aber keine Antwort. Leute, die mir entgegenkommen, frage ich, ob sie ein kleines Mädchen mit Kinderwagen gesehen haben. Noch während ich die Frage stelle, merke ich, wie doof sich das für sie anhören muss. Da klingelt mein Handy. Es ist Eva.

„Hast du sie gefunden?“

Ihre Verzweiflung ist fast greifbar.

„Nein, aber wir finden sie bestimmt. Überleg mal, wo würde sie hingehen?“

„Ich weiß es nicht, Louisa, ich weiß es einfach nicht.“

Da kommt mir ein Gedanke.

„Ich melde mich gleich wieder.“

Ich hoffe inständig, dass ich das Richtige vermute, und renne los.

Vor der Haustür der Familie Hanke steht der Kinderwagen. Bin ich erleichtert! Ich klingle. Sabine öffnet mir und wirft mir einen bitterbösen Blick zu.

„Louisa, sach ma, wie kannste bloß die Kinder alleene zu uns zum Spielen schicken?“

„Sabine, Gott sei Dank, die beiden sind bei dir."

Und jetzt tue ich etwas, worüber ich mich mein Leben lang wundern werde. Ich umarme und drücke sie. Sabine ist mindestens genau so baff wie ich. Erst ein „Tante Louisa" von Jasmin lässt mich die Umarmung lösen.

„Jasmin!"

Ich schließe meine Nichte in die Arme und bin heilfroh, dass es ihr gut geht.

„Sag mal, wie kommst du denn auf die Idee, einfach von zu Hause wegzulaufen?"

„Die Mama hat so geweint. Ich will nicht, dass die Becka die Mama weinen sieht."

„Ach Süße, und dann hast du Rebecca bis hierher geschoben? Du darfst nie wieder einfach alleine irgendwohin gehen ohne Bescheid zu sagen, hast du mich verstanden?"

„Ja, was war denn überhaupt los?", fragt Sabine.

Kurz und knapp umreiße ich ihr die jüngsten Christopher-Ereignisse. Bedauernd schüttelt sie den Kopf.

„Mensch, wat bin ich froh, dass wir eenen Stammhalter haben. Kevin-Pascal ist aber auch richtig jut jeglückt."

Ich fasse es nicht. Lauter Verrückte um mich herum. Ich rufe kurz bei Eva an und beruhige sie. Sie ist schon ganz krank vor Sorge. Dann packe ich Rebecca wieder ein und zurre Jasmin den Schal um den Hals.

„Lass uns nach Hause gehen."

„Und du rufst bitte das nächste Mal an, wenn die Kinder hier einfach ohne Eva oder mich auftauchen, ja?"

Meine Euphorie ist seit dem Stammhalter-Satz sehr zurückgegangen.

„Is ja jut, sie waren ja auch erst seit eener Viertelstunde hier."

„Ja dann", ich bewundere innerlich meine Selbstbeherrschung und schaffe es ohne Wutausbruch zur Tür hinaus.

Eva kommt uns entgegen gelaufen und beschwört Jasmin, so etwas nie wieder zu tun.

„Jetzt rate mal, warum sie das gemacht hat?", raune ich ihr ins Ohr. „Sie wollte nicht, dass Rebecca dich weinen sieht."

„Aha, jetzt bin also ich an allem schuld. War ja klar."

„Ja, das bist du."

Diese Christopher-Geschichte macht mich so unglaublich wütend, dass ich Eva nicht schonen möchte. Wird das jemals aufhören?

„Gut, du musst ja auch wieder auf die Wache zurück."

Dieses Gespräch ist dann wohl beendet. Ohne Verabschiedung gehe ich die nächste Straße nach rechts in Richtung Wache.

„Und, alles klar bei dir?", fragt Harald, als ich mich wütend und niedergeschlagen zugleich an meinen Schreibtisch setze.

„Ja klar. Ach Mann. Immer dasselbe, echt."

Ich erzähle ihm kurz, was passiert ist und wie sehr mich meine Schwester in dieser Hinsicht nervt.

„Ach Mensch, die Arme hat aber auch schon viel mitgemacht."

„Hallo? Hörst du mir nicht zu? Sie lässt sich immer wieder auf diesen Volldeppen ein, der kann man nicht mehr helfen."

Harald zuckt nur mit den Schultern und geht wieder zu seinem Platz. Mal sehen, ob in der Zwischenzeit etwas passiert ist. Ich wage es und gehe zu Larissa hinüber.

„Hat sich in Sachen Brandstifter was ergeben, als ich weg war?"

„Was?"

Anscheinend habe ich sie in ihren Gedanken gestört.

„Ob irgendwas passiert ist in der letzten Stunde, wollte ich wissen."

„Hm. Nein, nicht, dass ich wüsste."

War ja auch eine blöde Idee, ausgerechnet die verliebte Larissa zu fragen. Ich linse in Deutlers Büro.

„Chef?"

„Ja?"

„Irgendwelche neuen Erkenntnisse in Sachen Autobrand?"

„Nein, nichts. Frau Städele, wenn Sie möchten, können Sie für heute Schluss machen und ein paar Überstunden abbauen. Wir sind ja genug hier, und es ist nichts los."

„Ich wollte noch schauen, ob ich irgendwas bei den Nachbarn von Hubers rausbringe. Vielleicht hat ja doch jemand etwas gesehen."

„Sehr gute Idee. Machen Sie das mal. Und nehmen Sie den Herrn Lausser ruhig mit."

„Na gut, wenn Sie meinen."

„Gut, dann bis nachher."

Also schnappe ich mir den Harald und wir fahren zur Weidgasse. Das Autowrack ist inzwischen abgeholt worden, es sind aber natürlich noch überall die Brandspuren zu sehen. Wir klappern die umliegenden Häuser ab, bei denen ich bisher noch nicht war. Es ist wie verhext, es scheint, als sei an diesem zweiten Weihnachtsfeiertag kein Mensch in dieser Straße zu Hause gewesen. Unsere Befragungen ergeben absolut gar nichts.

Am Abend möchte ich mich möglichst unauffällig raus zur Musikprobe schleichen, aber Eva steht am Fuß der Treppe und wartet auf mich.

„Louisa", druckst sie herum.

„Ja?“

„Bin ich wirklich so schlimm?“

„Was meinst du? Wegen Christopher?“

„Ja, das meine ich.“

„Ich verstehe einfach nicht, was du an ihm findest. Warum kann er dich jetzt immer noch so runterziehen? Es wird Zeit, dass du dich mal mit einem anderen Mann triffst.“

„Also, das finde ich gar nicht. Ich hätte gar keine Zeit für einen Mann.“

„Musst du wissen. Ich muss jetzt los zur Probe.“

„Ja, schon klar. Lass mich mit meinen Problemen ruhig allein.“

„Darum geht es doch gar nicht. Aber du sitzt hier nur bei den Kindern rum, kein Wunder, dass du so wirst.“

„Ach so, wie werde ich denn?“

Es hat überhaupt keinen Sinn, mit meiner Schwester zu diskutieren. Erstens sieht sie ihre Fehler eh nicht ein und zweitens hat sie sowieso immer Recht. Da verzupfe ich mich lieber.

„Bis nachher. Hab einen schönen Abend.“

„Ha, ha.“

„Selber schuld“, rufe ich noch, dann mache ich die Haustür hinter mir zu.

Ich habe jetzt richtig Lust aufs Musik machen. Das entspannt mich immer ungemein. Beziehungsweise lenkt es mich ab. Mal sehen, was wir für Xavers ersten Neujahrsempfang als Bürgermeister üben werden.

Als ich ankomme, ist schon fast die ganze Kapelle versammelt. Und sie fallen über mich her, das glaubt man gar nicht.

„Was habt ihr denn wegen dem Auto rausgefunden? Hat das einer angezündet?“

„Habt ihr schon jemanden verhaftet?“

„Hoffentlich brennt es nicht wieder.“

„Ja, dem Bendiger sein Stadel hat auch gebrannt.“

„Hey, Leute, hört mal zu, ich darf euch da gar nichts sagen.“

„Aber komm, wir sind doch deine Kapelle, uns kannst du doch alles ganz im Vertrauen sagen“, der Andi stößt mir mit seinem Ellbogen in die Seite und blinzelt mir zu.

„Nein, selbst euch darf ich nichts sagen. Aber sagt mal, ist einem von euch irgendwas Verdächtiges aufgefallen?“

„Sind wir wieder so weit? Das ist ja furchtbar, wie vor einem halben Jahr, als wir alle auf einmal verdächtig waren“, Marlies erschauert. Manche von den anderen haben bei ihren Worten ganz große Augen bekommen.

„Sind wir jetzt verdächtig?“, fragt Rüdiger, der ziemlich lässig auf sein Flügelhorn gestützt auf einem Stuhl sitzt.

„Ja meine Güte, es ist keiner verdächtig und alle, wenn ihr so wollt. Ihr habt ja alle mitbekommen, dass es grad immer wieder brennt hier in Dimmelwang. Deshalb sage ich euch, dass ihr gut auf euch aufpassen sollt. Anscheinend geht hier ein Feuerteufel um.“

Ein erschreckter Aufschrei geht durch meine Musikerkollegen. Na ja, besser gesagt durch meine Musikerkolleginnen. Die Männer nehmen das ganz relaxt auf.

„Also wenn hier wirklich ein Feuerteufel sein Unwesen treibt, dann müssen wir ihn finden“, sagt Rudi.

„Bitte überlasst das der Polizei. Wenn euch was auffällt, sagt ihr es mir, aber lasst bitte die Finger von irgendwelchen eigenen Unternehmungen. Habt ihr mich verstanden?“

Ich will auf keinen Fall, dass einem von meinen Freunden etwas passiert.

„Einen wunderschönen guten Abend!"

Diana Bosch betritt den Probenraum und strahlt eine solche Energie aus, dass ich mich auch gleich ganz motiviert fühle.

„Na, dann wollen wir mal loslegen. Holt bitte eure Noten raus, wir werden folgende Lieder beim Neujahrsempfang spielen."

Sie nennt uns die fünf Stücke, und wir fangen zu proben an. Ohne Schmarrn, die macht das wirklich gut. Sie weiß, was sie will, aber spart auch nicht mit Lob.

Nach den ersten zwei Stücken lächelt sie in die Runde: „Ihr seid fabelhaft. Ganz ehrlich. Ich habe noch nie bei einer neuen Kapelle angefangen und alles hat so gut geklungen wie bei euch."

„Kein Wunder, wir sind ja auch deine erste Kapelle", ruft Andi vor.

„Stimmt", schmunzelt Diana. „Ich würde vorschlagen, wir spielen jetzt den Marsch, oder, habt ihr Lust?"

Alle blättern ganz geschäftig nach den Noten und freuen sich. Vor allem unsere Männer hier spielen sehr gerne Märsche. Hat bestimmt was mit den Genen zu tun. Das ist fast so, als würden sie auf die Jagd gehen. Wir setzen also zum Marsch an. Diana hat sich für „Schönes Prag" entschieden. Wir spielen, und es klingt recht gut. Ich meine recht gut, weil irgendwas mit dem Bass los ist. Lutz, der Tubist, der hinter mir sitzt, vergreift sich heute ständig. Als wir fertig sind, guckt Diana auch glatt in seine Richtung.

„Lutz, was ist denn mit dir los? Hast du überhaupt ein paar Töne getroffen?"

Alle lachen, und Lutz wird ganz rot. Diana lächelt ihn an und sagt: „An Neujahr sollte das aber besser klappen, vielleicht übst du noch ein bisschen."

Ich drehe mich zu ihm um und flüstere ihm, als die anderen schon wieder in ihren Noten blättern, zu: „Ja Lutz, was war denn los? Du kannst doch den Marsch sonst so gut?“

Er wird noch eine Schattierung roter und sieht sehr verlegen aus. Er beugt sich ganz nah zu mir her.

„Dass du das aber ja keinem verzählst, ja? Ich hab mich gar nicht aufs Spielen konzentrieren können, weil der Diana beim Dirigieren der Busen immer so rauf und runter gehüpft ist. Ich war, äh … abgelenkt.“

Ich kann mir gerade noch ein Lachen verkneifen. Der Lutz wird ja schon schüchtern, wenn eine Frau nur an ihm vorbei läuft. Und dann so was. Ich linse zu Diana. Oh ja, ihr Pulli ist auch gut weit ausgeschnitten, man kann den Ansatz von ihrem Busen sehen. Kein Wunder, dass der Lutz abgelenkt war.

Weiter geht's. Es ist heute eine sehr schöne Probe. Zum Schluss darf sich der Berti noch ein Stück wünschen, weil er Geburtstag hatte, und bei der „Laubener Schnellpolka“ vergreift sich der Lutz dank Dianas Oberweite wieder ganz gewaltig. Nach der Probe kommt sie auf mich zu.

„Hey Louisa. Wir müssen noch einiges am Festwagen dekorieren und bauen. Hast du an Heilig Drei Könige Zeit? Ich konnte ja letztes Mal leider nicht, aber da hätte ich Zeit, ist ja Feiertag. Wenn du auch kommst, könnten wir bestimmt einiges schaffen. Was meinst du?“

Ich zögere. Eigentlich habe ich ja auf diesen ganzen Faschingswahnsinn überhaupt keine Lust. Aber sie schaut mich so freundlich an, dass ich einwillige. Und noch mehr: Ich lade sie zu meiner Silvesterparty ein.

„Echt? Wow, das freut mich. Ich komme sehr gern. Ich hatte noch gar keine Pläne für Silvester. Das kommt für mich auch jedes Jahr immer wieder ganz überraschend, wenn Weihnachten erst mal vorbei ist. Vielen Dank. Soll ich was mitbringen?“

„Ja, wenn du magst. Lass mal überlegen, ich glaube, wir haben noch keinen Gurkensalat."

„Alles klar, den mach ich doch gerne. Und weißt du was? Nebenzu höre ich ‚Flash' von Queen, da kommt ja auch der Gurkensalat vor."

Sie lacht herzlich und ich muss gleich mitlachen. Sie mag Queen. Sehr sympathisch, die Frau.

„Du weißt aber schon, dass es eigentlich ‚Gordon's alive' heißt?", frage ich sicherheitshalber nach.

„Natürlich weiß ich das!", gibt sie entrüstet zurück, und wir lachen wieder beide.

„Super, dann sehen wir uns ja an Silvester."

Ich schreibe ihr noch meine Adresse auf. Dann laufe ich herum und wünsche allen einen guten Rutsch.

„Pfiati, Louisa, bis nächstes Jahr dann!"

Dimmelwang, Mittwoch, 31. Dezember, Silvester

Ich bin total aufgeregt. Vor ein paar Minuten ist Eva mit den Kindern endlich Richtung Landsberg aufgebrochen, und ich kann mich an die Vorbereitungen für meine Silvesterparty machen. Schon klingelt es und Sebastian steht vor der Tür.

„Hi. Na, bereit für die große Sause?"

„Noch überhaupt nicht. Schau mal, wir müssen noch die Möbel zur Seite schieben und die Biertische aufstellen. Zumindest die zwei, die wir haben. Dann brauche ich den großen Tisch aus dem Esszimmer fürs Büfett. Oder sollen wir das Essen lieber in die Küche stellen? Da wären halt schon die ganzen Teller und das Besteck und so. Hoffentlich liefert das Poseidon rechtzeitig."

Ich muss zugeben, es war meine Idee, den nagelneuen Partyservice des hiesigen Gasthauses „Poseidon" auszuprobieren. Es hört sich wirklich alles sehr lecker an, und ich hoffe inständig, dass auch wirklich alles so lecker schmeckt. In einem Anflug von Großzügigkeit gegenüber meinen Gästen habe ich so ziemlich jedes Gericht bestellt, das der Partyservice anbietet. Na gut, auf die Weinbergschnecken habe ich verzichtet. Die armen Tiere. Früher habe ich die im Garten von meinen Eltern gesammelt und ihnen Namen gegeben, die esse ich doch nicht!

Jedenfalls habe ich die Speisen für neunzehn Uhr geordert und muss bis dahin alles vorbereitet haben. Sebastian hilft mir tatkräftig beim Möbel verschieben und Bänke und Tische aufstellen, stellt eine Auswahl an CDs zusammen, die wir auflegen möchten und bringt die Getränke zum Kühlen raus in den Schnee. Um kurz vor halb sieben sind wir fertig und ich eigentlich reif fürs Bett. Ich schwitze und bin völlig erledigt.

Nach einer kalten Dusche fühle ich mich fit, und da klingelt es auch schon an der Tür. Es sind ein paar von Sebastians Feuerwehrkollegen, darunter auch dieser Moritz, den ich irgendwie nicht leiden kann. Es klingelt wieder. Bin ich froh, es ist der Partyservice. Ich helfe, die vielen Behältnisse in die Küche zu tragen, überwache, wie sie alles aufstellen, und lasse mir genau sagen, was wo drin ist. Ich muss zugeben, es duftet hervorragend. Neben einigen griechischen Spezialitäten gibt es auch die berühmt-berüchtigten Spareribs, die es dank Lutz auf die Karte geschafft haben. Der wird sich freuen, ich hoffe, er kommt auch. Es klingelt schon wieder. Dieses Mal sind es mein Chef und Barbie, äh, Larissa.

„Kommt doch rein", ich nehme ihnen ihre Jacken ab.

Jetzt haut es mir fast die Augen aus den Höhlen. Larissa trägt unter ihrer Jacke ein Bunny-Kostüm!

„Larissa, was soll das denn?"

„Was meinst du? Oh, zeige ich zu viel Haut?"

Sie kichert dümmlich und dreht sich zu mir, streckt mir ihren Allerwertesten entgegen und offenbart mir ihr Puschelschwänzchen. Dem Deutler stehen die Augen noch weiter auf als mir und ich werfe ihr ihre Jacke zu.

„Bitte zieh dir was anderes an, das hier ist kein Kostümfest."

Das fehlt mir ja gerade noch, dass sie hier alle Männer verrückt macht. Weil ausschauen tut es ja schon nicht schlecht. Sie hat ja eine Traumfigur, das muss ich schon zugeben. Aber das hier geht nun einmal zu weit.

„Du hast doch gesagt, dass ich mich verkleiden darf."

„Habe ich gar nicht. Bitte geh und zieh dir was Gescheites an."

„Ach, Louisa, es macht mir aber nichts aus, weißt du, ich bin exhibitionistisch veranlagt."

Ich staune. Sie hat tatsächlich ein Fremdwort richtig ausgesprochen.

„Aber Frau Städele, ich finde Frau Frosch sehr reizend in ihrem Outfit. Lassen Sie ihr doch den Spaß.“

Dank meiner sagenhaften Selbstbeherrschung nehme ich Larissa wieder die Jacke ab und hänge sie etwas ruppiger als beabsichtigt an die Garderobe.

„Na dann – viel Vergnügen. Getränke gibt es in der Küche oder besser gesagt im Garten, gleich wenn man zur Terrassentür rausgeht, stehen da die Kisten, bitte einfach bedienen. Du geh besser nicht raus, es ist kalt, da wirst du nur krank, und ich kann allein nach dem Pyromanen suchen“, sage ich zu Larissa gewandt.

„Aber Frau Städele, ich werde natürlich die Getränke für Frau Frosch hereinholen, nicht wahr?“

Würg. Es ist wirklich kaum zu ertragen wie er sich ihr anbiedert. Sie kichert schon wieder so dämlich und läuft ihm dann voraus in die Richtung, die ich ihnen gezeigt habe. Jetzt geht es Schlag auf Schlag. Innerhalb von zwanzig Minuten kommen fast alle. Harald und Hannes bringen mir Pralinen mit und lachen sich über Barbie kaputt.

„Oha, hab ganz vergessen, meinen Superman-Dress anzulegen“, lacht Harald.

„Du hast sie doch überhaupt erst auf die Idee gebracht! Jetzt schau, was du angerichtet hast. Jeder Kerl hier begafft sie, und ihr scheint das auch noch zu gefallen.“

„Sei doch nicht eifersüchtig.“

„ICH BIN NICHT EIFERSÜCHTIG.“

„Oha, das war deutlich.“

Hannes klopft sich vor Lachen auf die Schenkel, und Harald stimmt sofort mit ein.

„Jungs, verzieht euch.“

Zum Glück klingelt es dann schon wieder und wieder und

wieder, und auf einmal finde ich mich inmitten von vielen jungen lustigen Leuten wieder, die alle zusammen Silvester feiern. Das Essen kommt saugut an, die Musik wummert durchs Haus und alle machen einen zufriedenen Eindruck.

Da kommt Sebastian auf einmal mit einem Mann herein, den ich irgendwoher kenne. Er ist groß, hat dunkle Haare und schaut recht gut aus.

„Louisa, kannst du dich noch an Joachim erinnern? Er war doch dabei, als wir den Festwagen angefangen haben zu bauen."

„Aber ja, natürlich. Hallo Joachim. Feierst du mit uns Silvester? Es ist noch genug zu essen da, bedien dich ruhig."

Er gibt mir die Hand.

„Cool. Vielen Dank. Basti hat erzählt, dass hier was los sein wird, ich dachte, ich schaue mal vorbei. Und ich habe tatsächlich Hunger. Also, dann mal danke."

„Gerne."

Ich schaue ihm nach, wie er in der Küche verschwindet. „Du, schau mal nach deinen Feuerwehrkumpels, die lassen sich ziemlich volllaufen."

„Aber dafür ist die Party doch da. Komm, trink doch auch was."

„Ich hab schon was getrunken."

Jetzt bekomme ich aus heiterem Himmel einen Lachflash. Ich kriege mich gar nicht mehr ein.

„Harald macht super Caipis."

„Verstehe. Komm, wir gucken mal rum."

Im Wohnzimmer sitzen die Feuerwehrler auf der Couch und haben die Herrschaft über die Stereoanlage an sich gerissen. Nur einer sitzt ziemlich teilnahmslos herum – Moritz.

„Hey Kumpel, alles klar bei dir?"

Sebastian klopft ihm auf die Schulter.

„Ja klar."

„Warum trinkst du denn nichts?"

Er guckt auf das Glas Apfelschorle, an dem sich Moritz festhält.

„Du bist gut, wenn es brennt, dann bin ich hier wohl der Einzige, der noch fahren kann."

„Da hast du auch wieder Recht. Ach komm, Moritz, es ist Silvester, gönn dir auch ein bisschen Spaß."

„Danke, den habe ich schon."

Sebastian schaut mich an, und ich will gerade aufs Klo gehen und mindestens drei meiner inzwischen sechs Caipis wieder loswerden, als mich das Bunny am Ärmel zupft.

„Louisa", zischt Larissa mir ins Ohr.

„Huch, was ist denn los?"

„Louisa, warum hast du mir nicht gesagt, dass dieser absolut süße Typ heute da ist?"

„Welcher Typ?"

„Na, der Typ, von dem ich dir erzählt habe."

Ihre Tonlage ist wieder so schrill, und meine Blase platzt gleich.

„Du, ich muss wirklich aufs Klo, sonst passiert noch ein Unglück."

Ich laufe einfach zum Bad und bin völlig irritiert, dass sie mir folgt.

„Was willst du denn hier?"

„Na, wir gehen doch aufs Klo."

„Nein, *ich* gehe aufs Klo, nicht *wir*."

Oh Mann, ich halte es nicht mehr aus!

„Bitte geh raus!"

„Aber ich muss dir doch von dem süßen Typen erzählen."

„Kann das nicht warten?"

„Louisa, bitte, du bist meine beste Freundin …"

Gut, nach diesen Worten muss ich mich einfach aufs Töpfchen setzen und alles laufen lassen. Ich bin zu geschockt. Und es ist dank meines Alkoholpegels gar nicht so schlimm, dass mir meine Kollegin beim Bieseln zuschaut. Doch so richtig schaut sie mir auch gar nicht zu, sie ist völlig in Gedanken.

„Was mach ich denn jetzt nur? Meinst du, es ist gut, wenn ich ihn anspreche? Meinst du, Sebastian würde uns einander vorstellen? Oder du? Ach bitte, bitte mach das!"

„Du hast schon kapiert, dass ich gerade was anderes zu tun habe, oder?"

„Ja, aber du kannst doch nicht ewig Pipi machen."

Jetzt lacht sie auf einmal ganz hysterisch.

„Verstehst du nicht? Wir sind bestimmt füreinander bestimmt."

Jetzt muss ich aber lachen.

„Ja, ganz bestimmt hat er nur auf dich gewartet."

„Ja, schau, das meinst du doch auch. Also bitte stell uns vor. Oh Gott, oh Gott, ich bin so aufgeregt."

Sie holt ihr Schminkzeug aus ihrem Karottentäschchen und zieht sich die Lippen nach.

„Was soll ich nur sagen?"

„Sag einfach, dass du normal auch so rumläufst. Dann hat er bestimmt Mitleid mit dir und lädt dich mal auf einen Kaffee ein."

„Meinst du echt?"

„Meine Güte, Larissa, stell dich doch nicht dümmer als du bist!"

„Wie meinst du das?"

„Vergiss es."

Diese Frau raubt mir noch den letzten Nerv. Ich schaue auf die Uhr. Es ist gerade mal kurz nach zweiundzwanzig Uhr. Das kann noch was werden. Eine brünstige Barbie hier im Haus. Und ich habe Eva doch versprochen, dass die Couch fleckenlos bleibt. Aber vielleicht hat sie ja Recht und Joachim ist ihr Traumprinz. Ich seufze und beschließe, dass Flucht nach vorne meine einzige Möglichkeit ist, aus der Sache irgendwie rauszukommen.

„Also gut. Dann gehen wir jetzt da raus und du versprichst mir nicht in Ohnmacht zu fallen, wenn ich ihn dir vorstelle."

„Oh, das kann ich nicht versprechen, ich habe jetzt schon ganz weiche Knie allein bei dem Gedanken, dass ich ihm gleich gegenüberstehen werde."

Wie zum Beweis lehnt sie sich schwer ans Waschbecken.

„Komm schon, ich bin es, die schon sechs Caipis intus hat, nicht du."

„Oh, aber ich habe schon acht B 52 getrunken."

Jetzt wundert mich nichts mehr.

„Na dann, auf in den Kampf."

„In was für einen Kampf?"

Ich schiebe ihre grenzenlose Dummheit jetzt einfach mal auf ihren Alkoholpegel und weise ihr den Weg zur Badtür hinaus. Suchend blicken wir uns um. Da sehe ich Joachim mit Sebastian in der Küche ratschen. Ich lenke sie dorthin und lasse sie erst los, als sie direkt vor ihm steht.

„Joachim, darf ich vorstellen, das ist Barbara, äh nein, Larissa, 'tschuldigung, und Larissa, das hier ist Joachim."

Larissa reicht Joachim zaghaft die Hand. Er packt zu und sagt: „Hi, nett dich kennen zu lernen."

Sie geht, vermutlich wegen seines Händedrucks, gleich mal in die Knie. Ich kann mir ein Lachen nicht verkneifen.

„Hallo", haucht sie.

Sebastian und ich glucksen beide.

„Möchtest du was trinken?", fragt Joachim höflich, und sie nickt nur.

„Ich empfehle dir B 52, darin hat sie Übung", ich zwinkere ihm zu, greife mir dann meinen Freund und ziehe ihn ins Wohnzimmer auf die Tanzfläche.

Eine Weile versuchen wir unser Bestes, irgendwie zu den Hits der 90er zu tanzen, aber dann sehe ich meinen Chef ganz allein an einem Biertisch sitzen und ich nicke mit dem Kopf rüber.

„Ja, geh ruhig zu ihm", brüllt mir Sebastian zu und geht seinerseits zu seinen Feuerwehrlern.

Mittlerweile haben sich kleine Grüppchen gebildet. Das Rauchergrüppchen, das einen Großteil der Gäste bildet (wohl auch die Gelegenheitsraucher, denn Hannes und Harald kann ich auch nirgends sehen) ist wohl gerade im Garten, und hier drinnen ist nicht viel los. Umso mehr tut es mir leid, dass ich den Deutler da so einsam am Tisch sitzen sehe. Kann er nicht auch mal über seinen Schatten springen und eine rauchen gehen? Ich geselle mich zu ihm.

„Na, Chef, alles klar bei Ihnen?"

Er schaut mich mit glasigen Augen an.

„Ich weiß nicht so recht."

„Aber was ist denn? Sie waren doch so gut drauf."

„Ja, aber meine Begleitung ist nicht mehr da. Und ich bin müde."

Aha, da drückt der Schuh.

„Möchten Sie sich ein bisschen hinlegen? Sie könnten sich oben auf meiner Couch ausruhen. Ich hole Sie dann auch kurz vor Mitternacht."

„Ich weiß nicht so recht."

Er wiederholt sich.

„Soll ich Harald zu Ihnen schicken? Möchten Sie ein Männergespräch führen?"

„Nein, nein, vielleicht haben Sie ja Recht und ich sollte mich ein wenig aufs Ohr legen. Muss ja morgen auch wieder auf die Wache."

„Ich bringe Sie nach oben, ja?"

Hoppla, ich wanke bedenklich beim Aufstehen, versuche das aber mit einem Krampf im Bein zu vertuschen.

„Geht schon wieder, danke."

Zusammen steigen wir die Treppe in mein Reich hinauf. Als wir schon auf der Treppe zum zweiten Stock hinauf sind, höre ich seltsame Geräusche. Sie scheinen aus Evas Schlafzimmer zu kommen.

„Moment bitte", sage ich mit erhobenem Zeigefinger zum Deutler und drehe noch einmal um.

Was tut denn da so? Ich stoße die Tür auf und mache das Licht an. Ich wünschte, ich hätte es einfach nicht getan, sondern die Tür lieber geschlossen.

„Waaaaaaaaiiiiiiiiii", kreischt es mir entgegen.

In meinem zum Glück schon ziemlich besoffenen Zustand sehe ich nur Hasenohren und hochhackige Schuhe.

„Tut mir leid, tut mir leid."

Huch, da ist ja auch Joachim. Jetzt schiebt er gerade Larissa zur Seite. Ihr sorgfältig aufgetragener Lippenstift ist verschmiert.

„Ich bin schon weg", ruft er.

„Nein, nein, bleib ruhig. Schau, ich mach euch das Licht auch gleich wieder aus."

Ich knipse den Schalter aus und schließe verständnisvoll die Tür.

„Was war denn das für ein Gekreische", fragt der Deutler, der mittlerweile auch wieder die Treppe heruntergekommen ist.

„Ach, nichts, kommen Sie, Sie wollten doch ein Nickerchen machen."

Ich schiebe ihn nachdrücklich die Treppe hinauf. So weit arbeitet mein Verstand noch. Das, was ich eben gesehen habe, darf er nicht sehen. Er ist so dermaßen in die Barbie verknallt, das würde ihm das Herz brechen. Irgendwie schaffen wir es bis zu meiner Couch, wo er sich anscheinend gleich wie zu Hause fühlt und seine riesigen Füße gleich mal rauf legt.

„Ich bin völlig erledigt, Frau Städele."

Das sieht man ihm an, er ist ganz blass um die Nase.

„Wecken Sie mich gegen Mitternacht?"

„Aber natürlich, und jetzt ruhen Sie sich ein bisschen aus."

„Danke".

Er schnappt sich meine Decke, kuschelt sich ein und fängt schon fast zu schnarchen an. Ich gehe wieder runter. Ein kleiner Hunger treibt mich in die Küche, wo ich Lutz vorfinde, der sich genau in diesem Moment die letzten Spareribs nimmt.

„Oh, Louisa, magst du die?"

„Nein, iss du sie ruhig."

Er wird rot und beißt rein.

„Coole Party hier", schmatzt er.

„Oh, freut mich, wenn es dir gefällt."

„Schade, dass die Diana nicht da ist."

Jetzt erst fällt mir auf, dass ich sie ja noch gar nicht gesehen habe.

„Oh, stimmt. Weißt du, warum sie nicht da ist?"

„Keine Ahnung, vielleicht kommt sie ja noch."

„Ja, vielleicht. Würde mich freuen."

„Hast du die großen Neuigkeiten von Bianka schon gehört?"

„Nein, was denn?"

„Frag sie doch selber, sie ist gerade gekommen."

Er nickt in Richtung Garten, und tatsächlich sehe ich sie da stehen und wild mit den Armen fuchteln. Sie sieht wirklich furchtbar aufgeregt aus.

Ich gehe mal raus und schaue, was das für aufregende Neuigkeiten sind.

„Louisaaaaa", schreit sie mir schon entgegen, kommt auf mich zu und drückt mich, dass mir schier die Luft wegbleibt.

„Bianka, hallo, was ist denn mit dir los?"

„Heute ist mein größter Traum wahr geworden."

„Oh, du hast einen Mann gefunden?"

Ganz kurz friert ihr Lächeln ein.

„Nein, das nicht. Aber stell dir vor, ich werde im Frühling das Café Breitschuh übernehmen!"

„Was? Das ist ja toll, das hast du dir ja schon so lange gewünscht! Und wie kommt's?"

„Ich bin doch da zur Aushilfe, und heute, vor ein paar Stunden, da ruft mich die Frau Breitschuh zu sich und sagt, sie hat sich das jetzt lang genug überlegt und so und sie findet, ich wäre wohl geeignet, ihr Café zu übernehmen. Ist das nicht der Wahnsinn?"

„Wow, ja, das ist es. Ich gratuliere dir."

„Oh, danke! Marliiiiiiieeeeesssss" schreit sie mir da über die Schulter und fängt gleich an, ihr von den großen Neuigkeiten zu berichten.

Das ist ja mal was. Ich freue mich wirklich für sie und ich denke, dass sie das richtig gut machen wird. Mein Freund fällt mir wieder ein und ich gehe mal auf die Suche nach ihm. In ungefähr jedem Eck hier sitzt oder steht ein knutschendes Pärchen. Sebastian hockt wieder ganz gemütlich bei seinen Feuerwehrlern und stößt gerade mit ihnen an.

„Hi Jungs. Na, alles klar bei euch? Wart ihr nicht mal ein paar mehr?"

„Ja, der Alarm ging und es waren nur noch drei von uns nüchtern. Wir halten hier die Stellung."

„Oh, Mist, ich hab meinen Piepser gar nicht da. Brennt es?", fragt Sebastian erschrocken.

„Nein, nur eine Ölspur, nichts Dramatisches."

„Ach so."

Wir ratschen und trinken – und plötzlich ist es halb zwölf. Die Männer machen sich auf nach draußen und richten das Feuerwerk her, und ich gehe den Deutler wecken. Er schläft tief und fest, und fast tut es mir ein wenig leid, ihn wecken zu müssen, aber es hilft ja alles nichts. Schlaftrunken folgt er mir nach unten. Wir laufen ausgerechnet Barbie über den Weg.

„Nur noch ein paar Minuten bis Mitternacht, ich bin ja so aufgeregt!", ruft sie uns entgegen.

„Warum? Freust du dich schon so aufs Feuerwerk?"

„Woher weißt du das?", quietscht sie fröhlich und wankt an uns vorbei, raus in den Garten. Der Deutler schaut ihr sehnsüchtig hinterher.

„Vielleicht ergibt sich ja nachher die Gelegenheit, dass Sie sie küssen können."

Hoppla, das ist mir jetzt wirklich so rausgerutscht. Ich rechne mit einer wütenden Reaktion, aber er sagt nur: „Meinen Sie?"

„Oh ja, bestimmt. Sie stoßen mit ihr an, wollen sie auf die Backe küssen, und schwupps landet Ihr Mund auf ihrem Mund."

Was rede ich da nur? Bin ich völlig bekloppt? Er bekommt einen ganz verträumten Blick. Zum Glück kommt Lutz und schiebt uns raus.

„Gleich ist Mitternacht, kommt Leute."

Wir stehen, jeder mit einem Sektglas bewaffnet, draußen und schreien alle ganz laut, als die Kirchenglocken läuten. Es gibt ein lautes „Hurra" und „Gutes neues Jahr", Gläser klirren aneinander, die ersten Raketen werden gezündet.

Nachdem ich Sebastian angemessen geknutscht habe, schaue ich in die Runde und traue kaum meinen Augen. Da steht doch tatsächlich der Deutler mit der Barbie im Arm und küsst sie. Und sie wehrt sich nicht einmal dagegen! Ja was ist denn da los? Und Joachim, mit dem sie ja offensichtlich mehr als geknutscht hat, ist nirgendwo zu sehen. Ich kann gar nicht wegschauen. Sebastian folgt meinem Blick und grinst.

„Schau, dein Chef ist glücklich."

„Das sehe ich."

Mir ist das ja schon irgendwie peinlich. Jetzt bin ich auch noch schuld an diesen blöden Verwicklungen, die sich zweifelsohne ergeben werden.

„Komm, jetzt lass ihnen doch den Spaß", will mich Sebastian ablenken, aber mir ist die Lust am Feiern vergangen. Ich hätte mich von Barbie gar nicht erst weichklopfen lassen sollen, dass ich sie einlade. Oder besser gesagt, dass sie sich einfach so selbst einladen kann.

Ich verziehe mich nach drinnen, schreibe Eva eine SMS und schaue mich um. Hier schaut es ziemlich wüst aus. Leere Bier- und sonstige Flaschen, überall Teller mit Essensresten. Ich fange an aufzuräumen. Nach einer Weile kommt Lutz und hilft mir.

„Das brauchst du nicht", ich nehme ihm einen Teller aus der Hand.

„Ich helfe dir doch gerne. Ich glaube, alle anderen sind zu besoffen, um dir zu helfen."

„Ach Lutz, du bist echt ein lieber Kerl. Aber geh ruhig raus."

„Nur, wenn du mitkommst."

Er lächelt mich an und zusammen gehen wir nach draußen, wo die letzten Raketen in den Himmel steigen. Larissa steht da in ihrem Bunny-Kostüm und kichert in einer Tour. Wer weiß, was die alles intus hat.

So langsam gehen die Ersten rein, und ich höre wieder die Musik wummern. Die Party geht weiter. Wir feiern und so gegen ein Uhr sind wir sogar wieder komplett, da kommen nämlich die paar von ihrem Ölspur-Einsatz zurück. Sie waren noch auf einer kleinen Zwischenstation im Poseidon, wo heute auch eine große Party steigt. Ich stoße, glaube ich, mit jedem an, der mir begegnet und finde alles immer lustiger. Sogar als Barbie sich in Evas Gummibaum übergibt, lache ich herzlich darüber. Und noch mehr lache ich über meinen Chef, der ihr die Haare im Nacken zusammen hält. Ich stoße sogar mit Harald und Hannes auf unseren Chef an. Leider sind wir so laut, dass es ihm auffällt. Sein böser Blick ist nur kurz, denn Barbie richtet sich wieder auf und wankt in seine Arme. Da müssen wir gleich noch mehr lachen.

„Oh oh, was meint ihr? Passiert das auf der Wache jetzt dann auch, dass der Chef ihr bei allem helfen muss? Sogar beim Laufen?"

Harald brüllt vor Lachen und sein Bier schwappt über auf Evas heiligen Teppich.

„Ups, Harald, also weisch, Eva killt mich, wenn sie das hier sieht."

Lachend hole ich ein Küchenkrepp und rubble unbeholfen am Teppich herum, was nicht wirklich was hilft. Mir ist ganz trimselig, als ich mich wieder aufrichte.

„Huch", ich halte mich an Haralds Hosenbein fest und rutsche wieder runter. Wie in Zeitlupe sehe ich, dass ich dem Harald die Hose runterziehe, und plötzlich steht er in Unterhosen da. Das ist so lustig, dass ich mich auf dem Boden kugele vor Lachen. Da packt mich Sebastian und hilft mir auf.

„Ich glaube, du solltest langsam ins Bett gehen", zischt er mir ins Ohr. Hoppla, das klang gar nicht mal so freundlich.

„Nein, warte, ich muss Harald die Hose wieder anziehen."

„Nein, musst du nicht."

„Och, der hat sie ja schon wieder an."

Ich kichere und kann mir mein Verhalten gerade selber nicht erklären.

„Louisa, komm mit, ich werde die Leute nach Hause schicken."

„Aber wir feiern doch eine Party!"

„Morgen um zehn ist Neujahrsgottesdienst und danach musst du beim Neujahrsempfang spielen, da tun dir ein paar Stunden Schlaf bestimmt gut."

Mein Blick fällt auf die Uhr hinter ihm.

„Aber es ist doch erst viere."

„Ja eben. Komm, ich kümmere mich um die Leute und du gehst schlafen."

„Aber ich sage noch zu allen tschüss."

„Meinetwegen."

Ich gehe artig zu meinen ganzen sieben noch verbliebenen Gästen, verabschiede mich und lasse mich dann von Sebastian ins Bett bringen. Ich merke noch, wie er mich zudeckt und liebevoll anschaut.

„Eigentlich bist du ganz süß, wenn du betrunken bist. Aber auch nur eigentlich. Schlaf gut."

Dimmelwang, Donnerstag, 1. Januar, Neujahr

Irgendwas nervt. Ein Geräusch. Es kommt von irgendwoher. Aber woher? Oh nein, es wird lauter. Sehr verschlafen und noch verkaterter hebe ich den Kopf. Es ist mein Wecker. Mit einem Wisch fege ich ihn von meinem Nachtkästchen.

Mist. Er piept immer noch. Neben mir raschelt es und dann sehe ich aus den Augenwinkeln einen hübschen Mann, der dankenswerterweise den Wecker ausschaltet. Ui, das ist ja mein Freund. Aber da fallen mir schon wieder die Augen zu.

„Louisa, du musst aufstehen."

Er rüttelt mich an der Schulter.

„Neeeein."

„Doch, nachher spielst du doch bei Xavers Empfang. Komm, steh auf. Noch hast du Zeit für eine Dusche und ein paar Kopfwehtabletten."

„Ich will nicht."

Aber da hebt er mich schon aus dem Bett und trägt mich ins Bad.

„Du Sadist", kommt es schwer über meine Lippen.

Er stellt mich neben das Waschbecken und spritzt mir kaltes Wasser ins Gesicht. Eigentlich sollte ich jetzt sofort mit ihm Schluss machen.

„Lass das!"

„Nein, du wolltest eine Party machen, du hast eine Party gemacht. Aber jetzt musst du fit sein. Komm, Xaver hat es verdient, dass du gescheit für ihn spielst."

Er hat ja Recht. Na gut. Ich stelle mich unter die Dusche, die er auf ziemlich kalt eingestellt hat. Das weckt aber zumindest etwas meine Lebensgeister. Danach gehen wir runter und mich trifft schier der Schlag. Hier sieht es aus, dass es der Sau graust! Offenbar haben sich einige Gäste zu später beziehungsweise früher Stunde meinem Im-Haus-ist-Rauchverbot-Gebot widersetzt. Es stinkt nach kaltem Rauch, und auf einigen Tellern liegen Zigarettenstummel.

Ich reiße sofort die Fenster auf. Draußen schneit es schon wieder. Gut, dann sieht man den Müll im Garten schon mal nicht. Und ich hatte Eva versprochen, dass hier alles so wie vorher wäre.

„Oh Gott, oh Gott, Eva bringt mich um!"

„Ach Quatsch. Ich helfe dir. Aber jetzt müssen wir uns erst mal fertig machen. Komm, nimm noch ein paar Tabletten und iss was. Ein Brot vielleicht. Wann kommt Eva denn wieder?"

„Sie wollte am späten Nachmittag heim kommen."

„Na also, das schaffen wir doch locker. Wir sind doch so um eins wieder da."

Ich glaube ihm jetzt einfach mal. Mir ist wirklich übel. Ich werde nie wieder einen Tropfen Alkohol anrühren. Aber das habe ich mir schon ein paar Mal geschworen und tue es doch trotzdem immer wieder.

Nach einem klitzekleinen Stück Baguette und vier Kopfwehtabletten fühle ich mich zwar nicht gewappnet, aber immerhin bereit, in Richtung Kirche zu gehen. Die Zeit drängt auch schon, es ist kurz vor zehn Uhr.

„Hast du nicht was vergessen?"

„Nö."

„Vielleicht deine Tracht?"

Verdammt. Stimmt. Aber die ist oben im Schrank. Ich erläutere Sebastian kurz mein Problem und er sprintet rauf, um sie mir zu holen. Mein Blick wandert wieder über den Saustall. Puh, und da steht noch das restliche Essen. Von dem Geruch wird mir wieder übel. Zum Glück kommt Sebastian mit meinem Dirndl und hilft mir sogar noch rein. Jetzt aber los.

Auf halbem Weg zur Kirche fällt mir ein, dass ich mein Tenorhorn vergessen habe. Sebastian rennt zurück. Und, so blöd das auch ist, aber es ist wirklich so, sobald er außer Rufweite ist, fällt mir ein, dass ich es ja im Probenraum gelassen habe.

Aber da läuten die Glocken schon und ich schaue, dass ich zur Kirche komme. Sebastian wird schon merken, dass das Tenorhorn nicht daheim ist. Außer Atem komme ich an. Alle sind schon in der Kirche. Mein Magen ist kurz davor, sich umzudrehen, und ich muss erst einmal einen klaren Kopf bekommen. Als ich merke, dass das eh nichts wird, mache ich vorsichtig die große Kirchentür auf. Sie quietscht, und natürlich drehen sich alle zu mir um. Ich winke kurz in die Runde und rutsche dann mit hochrotem Kopf in die letzte Reihe. Mir ist jetzt richtig übel. Ich verfluche mich für meinen gestrigen Alkoholkonsum und versuche mich auf die Worte von Pfarrer Schwenninger zu konzentrieren. Es gelingt mir insofern, als dass ich mitbekomme, dass er es heute vom Josef hat. Aha. Der Josef, der Papa vom Jesus. Gut, dann kann ich mitreden. Ich schalte ab und winke Sebastian, der es seltsamerweise schafft hereinzukommen, ohne dass diese Tür so quietscht.

„Ich hab dein Tenorhorn nicht gefunden“, raunt er mir zu.

„Es ist im Probenraum.“

Er wirft mir einen vorwurfsvollen Blick zu.

„Und da renn ich extra zurück? Hast du das nicht vorher gewusst?“

„Mir ist es erst hinterher eingefallen.“

Eine Frau dreht sich zu uns um und guckt uns strafend an.

„Wir sind ja schon leise“, beschwichtigt er sie.

Mir wird es immer wieder schlecht. Schubweise kommt diese Übelkeit. Ich hoffe, ich halte durch bis nach dem Empfang. Und müde bin ich, als hätte ich seit Wochen nicht mehr geschlafen.

Ich genehmige mir eine kurze Auszeit und schließe die Augen. Urplötzlich rammt mir Sebastian den Ellbogen in die Seite.

„Jetzt komm, der Gottesdienst ist aus. Du musst ins Rathaus!"

Drängend schiebt er mich aus der Bank. Die halbe Dimmelwanger Prominenz läuft an mir vorbei, ein paar von denen kenne ich ja von dem Gaudiwurm-Treffen. Oh, mein Kopf schmerzt. Sebastian umarmt mich und schiebt mich nach draußen. Die kalte Luft trifft mich wie ein Schlag ins Gesicht.

„Ich kann jetzt nicht spielen."

„Xaver, servus, na, alles klar?", sagt da Sebastian laut.

„Jo servus ihr zwoa. Ois kloar, jawoll und bei eich?"

„Alles bestens. Wir freuen uns auf den Empfang."

„Jo freilig, i mi a. Also dann, bis glei!"

„Louisa, jetzt reiß dich bitte zusammen. Schau, Xaver freut sich so. Vermassel ihm das bitte nicht, ja?"

„Tut mir leid. Ich hätte nicht so viel trinken dürfen."

Mit Mühe und Not kann ich mich aufrecht halten. Mein Dirndl drückt und mich friert es. Ach herrje, ich muss ja noch mein Tenorhorn holen. Ich schließe mich Andi an, der mit ein paar anderen Musikern zum Musikerheim läuft. Lutz zwinkert mir zu.

„Na, Louisa, alles in Ordnung?"

„Oh, Lutz, ich weiß nicht so recht. Mir ist echt schlecht. Und mein Kopf dröhnt so."

„Dann wirst du am Musizieren viel Freude haben."

Er lacht und ich verziehe das Gesicht.

Um halb zwölf stehen wir alle im großen Sitzungssaal im Rathaus. Xaver hat seine goldene Amtskette umgelegt, und Irmgard steht mit hochrotem Kopf neben ihm und zupft ständig an ihm herum. Jetzt geht es los. Wir richten unsere Noten her.

„Dass du fei beim Marsch auf die Noten und nicht auf der Diana ihren Ausschnitt schaust“, sage ich leise zu Lutz.

Der wird jetzt fast so rot wie die Irmi und blättert ganz wichtig in seinen Noten rum. Anscheinend wirken meine Tabletten, denn mein Kopf fühlt sich so langsam wieder einigermaßen normal an. Diana hebt ihren Dirigierstab, und wir spielen das erste Stück. Mann, sind die laut heute. Mein Kopf dröhnt wieder und ich muss mich sehr konzentrieren, dass ich vernünftig spiele. Wie durch ein Wunder halte ich das ganze Stück durch.

Was ich trotz allem ziemlich lustig finde, ist, dass man hier in den Musikerreihen genau sieht, wer auf meiner Party war. Bianka beispielsweise strahlt zwar, wohl immer noch wegen dieser Café-Geschichte, aber sie hat mal richtig dicke Augenringe. Lutz stehen die Haare in alle Richtungen, aber trotz Übermüdung kann er die Augen nicht von Diana lassen. Anscheinend verlieben sich in meinem Umfeld gerade alle. Der Chef, die Barbie, Lutz. Ich darf gar nicht daran denken. Ich fürchte, das wird ein peinliches Wiedersehen in der Arbeit geben für die beiden.

Pfarrer Schwenninger reißt mich aus meinen Gedanken. Seine Stimme hallt hier noch mehr als in der Kirche.

„ … möchte ich unserem neuen Bürgermeister Gottes Segen mit auf den Weg geben. Möge er die Geschicke in und um Dimmelwang stets leiten und all seine Schäfchen ins Trockene bringen.“

„Seit wann hat denn der Xaver Schafe?“ Lutz rammt mich in die Seite. Er grinst von einer Seite zur anderen.

„Jo dankschee, Herr Pfarrer, jetzad bin i ja ganz grührt. Möcht’n Sie sich no a Stückl aussuchen, des die Musik spuiln soi?“

„Aber sehr gerne, Herr Hartmann."

Der Herr Pfarrer wuselt zu uns her und sagt der Diana irgendwas leise ins Ohr.

„Nein, also wirklich, Herr Schwenninger, die ‚Vogelwiese' haben wir schon an Heiligabend in der Kirche gespielt, jetzt suchen Sie sich mal was anderes aus."

Die Hälfte meiner Musikerkollegen, ich eingeschlossen, muss herzhaft lachen. Eine kleine Enttäuschung macht sich auf Schwenningers Gesicht breit. Die geladenen Gäste warten.

„Wäre ‚Die Hände zum Himmel' eine Alternative?", fragt er vorsichtig.

Diana lächelt.

„Ja, das ist eine Alternative. Ihr habt gehört, der Herr Pfarrer wünscht sich ‚Die Hände zum Himmel'."

Sie wendet sich den Gästen zu. „Und dass jeder mitmacht, ja?"

Also die Diana ist schon eine Wilde. Dem Liebig wäre das niemals eingefallen. Die Leute schauen sich irritiert an, und dem Xaver scheint das erst recht unangenehm zu sein. Er hat sich seinen ersten Neujahrsempfang wohl anders vorgestellt.

Wir fangen an zu spielen. Der Pfarrer hat ja wirklich eine sehr schöne und vor allem eine sehr laute Stimme. Und weil halt jeder dem Pfarrer immer alles recht machen will, stimmen so nach und nach doch fast alle mit ein.

Xaver klatscht, als wir fertig sind. Na dann ist das ja doch noch gut gegangen. Xaver nimmt jetzt schon mal den ersten Schwung Ehrungen vor, damit die zu ehrenden Senioren nicht allzu lang warten müssen. Danach spricht er zu uns.

„Meine lieben Gäste. I gfrei mi, dass ihr olle do seids. Und i wuill jetzt au gar nimmer lang rumreden, jetzt stärken wir uns erst amol, weil i glaub, des können wir alle vertragen, oder? Links und rechts stehen Häppchen, nehmtt'ss euch so vuil ihr wollt's. Die Irmi und die Margarete schenken jedem gern noch an O-Saft oder an Sekt aus. Also seid's net schüchtern und greift's zua!"

Wir applaudieren. Dann stürmen die Leute ans kalte Büfett. Ich schaue mir das aus sicherer Entfernung an, weil mir allein vom Anblick der wirklich liebevoll hergerichteten Schnittchen schon wieder schlecht wird. Lieber schaue ich, wer so alles da ist. Sebastian tritt zu mir.

„Magst nichts essen? Da vorne gibt es Lachs. Fisch ist doch immer gut bei einem Kater, oder?"

„Nein danke, ich esse besser gar nichts."

„Schau mal, da vorne stehen die ganzen Vereinsvorstände zusammen. Soll ich sie an unser nächstes Gaudiwurm-Treffen erinnern?"

„Wenn du magst."

„Komm mit."

Er schleift mich rüber zu den Stehtischen, an denen Ingolf Brückmann, Michael Unger, Georg Schwarz und Daniel Graf beisammen stehen und ihre Häppchen essen.

„Ein gutes neues Jahr", begrüßt Sebastian die vier Herren und gibt jedem die Hand. Ich mache es ihm brav nach.

„Auch so, auch so. Was tut sich an der Gaudiwurm-Front?"

„Es läuft bestens. Was ich so mitbekomme, sind alle fleißig am Proben, Wagen herrichten, die Essensstände werden geplant. Alles bestens. Ihr denkt an unser nächstes Treffen jetzt am 5. Januar?"

Alle nicken. Wir bleiben noch eine Weile bei ihnen stehen und reden über dies und das. Dann kommt Diana und fordert mich auf, wieder nach hinten zu gehen, wir spielen unser nächstes Stück und danach werden die nächsten Ehrungen für die Verdienste in und um Dimmelwang vorgenommen.

Wir spielen und ich höre, wie oft sich Lutz wieder vergreift. Mitten in unseren Marsch hinein wird die Tür vom Saal aufgerissen, und ein Mann kommt atemlos hereingestürmt. Wir brechen ab, und alle Köpfe wenden sich zur Saaltür.

„In der Bank …", der Mann muss nach Luft schnappen.

„Was is denn in der Bank", fragt Xaver laut über die Köpfe hinweg.

„Da ist … da ist der Automat aufgesprengt worden!"

„Was?"

Alle rufen durcheinander.

„Moment! Ruhe!", brüllt Xaver.

„Ja, es stimmt. Ich wollte grad Geld abheben, und da ist der Geldautomat völlig demoliert und alles drumrum ist ganz schwarz!"

Der Mann ringt immer noch um Luft. Anscheinend ist er den ganzen Weg hierher gerannt.

„Warum waren Sie denn nicht bei der Polizei?", frage ich in die Stille hinein.

„Da war ich, aber da war keiner!"

„Was?" Das kann doch nicht sein.

„Ja, da war keiner, dann hab ich mir gedacht, dass wohl alle hier beim Neujahrsempfang sein werden und bin hierher gekommen."

„Ja, das war absolut richtig."

Ich bin mittlerweile zu dem Mann hingegangen.

„Kommen Sie mit, wir gehen zur Bank. Ich werde meine Kollegen rufen."

„Sie sind von der Polizei?"

„Ja."

Alle sind schweigend unserem Dialog gefolgt, aber jetzt bricht ein unglaublicher Tumult aus.

„Jo Xaver, moch halt wos!", brüllt Irmi über alle hinweg.

Die ganze Dimmelwanger Prominenz ist in heller Aufregung. Zwei Veteranen halten sich an ihren soeben erhaltenen Medaillen fest, als könnten die sie irgendwo anders hinbeamen. Die einzigen, die trotz allem einigermaßen die Ruhe bewahren, sind meine Musiker.

„Lutz, bitte bring hier a bissl Ruhe rein, die drehen mir ja total durch. Sie sollen bitte alle erst mal da bleiben, polizeiliche Verordnung. Hast du mich verstanden?“

„Ja, hab ich. Ich kümmer mich drum.“

Ich folge dem Mann nach draußen, und sogleich schließt Lutz die Tür hinter mir. Und mein lieber Lutz, der immer so ruhig und besonnen ist, lässt einen Schrei los, dass erst mal alles ruhig ist da drinnen. Gut, ich denke, der macht das schon.

Wir eilen in Richtung Bank. Das ist ein ganz schönes Stück, quer durch Dimmelwang müssen wir laufen. Aber weil weder der Mann noch ich ein Auto dabei haben, müssen wir eben zu Fuß gehen. Außerdem würde ich mich, ganz davon abgesehen, noch gar nicht imstande fühlen, zu fahren. Zum Glück habe ich in den Untiefen meines Dirndls mein Handy. Während wir laufen, rufe ich in der Dienststelle an. Es klingelt und klingelt.

„Versuchen Sie, die Polizei zu rufen?“, fragt mich der Mann.

„Ja.“

„Da werden Sie kein Glück haben, das hab ich vorhin doch auch schon probiert.“

Mist, das gibt es doch nicht. Wo sind die denn alle? Zumindest der Deutler sollte doch da sein. Ich rufe Harald am Handy an. Er ist auch fast sofort dran.

„Guten Morgäääähn“, gähnt er.

„Gut, dass ich dich erwische. Komm bitte sofort zur Bank. Am besten in Uniform. Ich erreiche auf der Wache keinen. Kannst du da noch kurz vorbeischauen? Oder weißt was, komm doch lieber gleich direkt zur Bank."

„Ich verstehe nur Bahnhof. Was ist los?"

„Es sieht so aus als hätte jemand unsere Bank ausgeraubt."

„Waaaaaas?"

Na zum Glück hört er sich jetzt wenigstens wach an.

„Komm einfach hin, ja? Bis gleich."

Ich lege auf.

„Wie heißen Sie eigentlich?"

„Matthias Stucker."

„Louisa Städele, angenehm."

Ich gebe ihm die Hand. Er ist ganz käsig um die Nase.

„Wann sind Sie in die Bank gegangen?"

„Das muss so gegen viertel nach elf gewesen sein. Vielleicht auch später. Ich weiß es nicht mehr genau."

„Sie haben hoffentlich nichts angefasst?"

„Natürlich nicht. Ich schaue oft Krimis an und weiß, dass man die Finger von Tatorten lassen soll."

„Gut. Erzählen Sie mal, wie das war, als Sie in die Bank rein sind."

„Na also ich bin ganz normal vorne durch die Glastür rein. Ich geh da also so rein und gehe ums Eck zu dem Automaten, und da trifft mich schier der Schlag. Da ist kein Automat mehr da, den hat jemand gesprengt. Das würde ich zumindest sagen. Keine Ahnung wie, aber es schaut aus als hätte es da gebrannt. Ich weiß auch nicht."

„Ja, Sie sagten ja vorhin, dass es schwarz war."

„Ja, genau."

„So, gleich sind wir da. Wenn es Ihnen Recht ist, möchte ich gern allein da reingehen."

„Natürlich. Ich bin auch gar nicht so scharf drauf, das noch einmal zu sehen."

Ich atme noch einmal tief durch, dann gehe ich durch die Glastür. Was mir sofort auffällt, ist der Brandgeruch. Ich gehe ums Eck und sehe den Automaten. Oder besser gesagt: das, was davon noch übrig ist. Ich möchte nicht zu nah rangehen, bevor die Spurensicherung dran war.

Dort, wo bisher der einzige Geldautomat in Dimmelwang gestanden hat, sind jetzt nur noch dessen Überreste zu sehen. Das Gehäuse hängt zerstückelt in den Angeln und da, wo sonst die Geldkassetten stecken, ist gähnende Leere. Das ist ja mal ein Ding.

Dieser Anblick ist so ungewöhnlich, dass ich eine Weile brauche, bis ich wirklich registriere, dass tatsächlich unsere Bank ausgeraubt worden ist. Gut, das mag auch an meinem Restalkohol im Blut liegen.

Mein Blick wandert zu den Überwachungskameras. Hoffentlich ergeben die einen brauchbaren Hinweis. Doch meine Hoffnung wird jäh zerstört, als ich sehe, dass die zwei Kameras mit rosa Farbe angesprayt worden sind. Ich seufze tief. Wäre ja auch zu schön gewesen. Aber irgendwas müssen die Kameras ja noch aufgezeichnet haben. Jetzt erst fällt mir ein, dass wir ja bei dem Filialleiter anrufen müssten. Ich zücke mein Handy, und da steht auf einmal Harald neben mir.

„Ach du grüne …"

Er staunt auch nicht schlecht, als er die Überreste vom Automaten sieht.

„Das muss sich Patrick ansehen. Mensch Louisa, das ist ja krass, dass das keiner gehört hat. Das muss ja einen Riesenschepperer gegeben haben, als das explodiert ist."

Soweit funktioniert mein Gehirn noch.

Ich zähle eins und eins zusammen und sage dann: „Heute Nacht war doch optimal. Überall hat es gescheppert und gebumpert, als die ganzen Böller und Raketen losgegangen sind. Das hat doch kein Mensch gemerkt. Ach Mist, das war ein optimaler Hintergrund für eine solche Tat."

Harald schüttelt den Kopf.

„Ich kann das gar nicht glauben. Ich weiß noch, als dieser Automat aufgestellt worden ist. Damals war ich ein Teenager und voll stolz drauf, dass ich hier Geld abheben konnte. Ich werde mal Patrick anrufen."

„Ja, mach das."

Ich starre immer noch auf den Automaten. Und da sehe ich plötzlich etwas am Boden. Ich gehe etwas näher ran und knie mich hin.

„Harald, schau mal."

Ich winke ihn zu mir rüber.

„Kann das der Rest von einer Lunte sein?"

Harald beugt sich zu mir runter und kneift die Augen zusammen.

„Hm, ja, könnte sein. Wer kommt nur auf die Idee, einen Automaten zu sprengen? Und schau, die Geldkassetten müssen ja irgendwo sein. Die hat der Täter ja mitgenommen. Mensch, Louisa, wir müssen schauen, dass wir herausfinden, wer das war."

„Ach nee. Natürlich müssen wir das! Komm, ruf Patrick an!"

Irgendwann erscheint Patrick mit zwei weiteren Spurensicherern. Ich sehe ihm seinen Kater an, sage aber nichts. Die drei machen sich sofort gewissenhaft an die Arbeit und auf meine Frage hin, ob das denn eine Lunte sein könnte, reagiert er etwas gereizt.

„Du bekommst dann schon meinen Bericht. Du musst dich halt

bissl gedulden. So viel Zeit muss sein."

„Ja, entschuldige bitte, dass ich mitdenke."

„Sorry, Louisa, aber lass uns einfach unsere Arbeit machen, okay?"

Ich verziehe mich nach draußen.

„Ich hab die Personalien von Herrn Stucker aufgenommen", sagt Harald mit Blick auf seinen Notizblock.

„Lass uns hier draußen noch alles abriegeln und dann fahren wir auf die Wache. Patrick macht mit seinen Mannen den Rest."

Ich fühle mich total schlecht. Mein Kopf brummt und ich verspüre die ganze Zeit eine unterschwellige Übelkeit. Und ich bin wütend auf mich selbst. Hätte ich es gestern nicht so übertrieben, könnte ich jetzt vielleicht eine größere Unterstützung sein. Aber so bleibt mir nichts anderes übrig, als mit Harald das rot-weiße Band abzuwickeln.

Auf der Wache treffen wir unseren Chef an.

„Na, Herr Deutler, alles klar bei Ihnen?"

Er strahlt mich an.

„Ja, Frau Städele, alles bestens. Ich wollte mich noch bei Ihnen für Ihre tolle Party bedanken. Es war wunderschön!"

Ich hebe die Augenbrauen. Was ist denn da noch alles gewesen, was ich nicht mitbekommen habe?

„Sehr gern geschehen. Wir kommen übrigens gerade von einem Bankraub."

„Was?"

„Ja, Sie haben Louisa schon richtig verstanden. Die Bank ist heute Nacht ausgeraubt worden. Der Automat wurde gesprengt."

„Was?"

„Die Spusi ist noch da. Wir müssen deren Bericht abwarten."

„Und das sagen Sie mir erst jetzt?“

„Entschuldigen Sie bitte mal, aber der Mann, der den Raub melden wollte, ist hier auf verschlossene Türen gestoßen. Hier war niemand, als er heute am späten Vormittag kam.“

Jetzt wird der Deutler ganz rot.

„Nicht? Aber, äh, es muss doch immer jemand hier sein.“

„Ja, und ich dachte, Sie hätten gesagt, es macht Ihnen gar nichts aus, wenn Sie die Schicht übernehmen.“

„Hat es mir ja auch nicht gemacht. Ich bin ja hier, wie Sie sehen. Äh, also gut, wann ist mit dem Bericht zu rechnen?“

„Keine Ahnung. Ich gehe jetzt auch nach Hause, wenn Sie gestatten.“

„Natürlich, Sie haben ja auch erst morgen wieder Dienst.“

„Eben.“

Da fallen mir die Leute im Rathaus ein. Ob Lutz sie bis jetzt hinhalten konnte? Ich riskiere einen Blick auf die Uhr. Es ist schon nach sechzehn Uhr.

„Ich schau vorher noch im Rathaus vorbei.“

„Ja warum jetzt das?“

„Ich muss die ganzen Leute mal freilassen.“

„Bitte was?“

„Ach nichts. Wir sehen uns dann ja morgen, oder?“

„Sicher, sicher.“

Ich hebe noch meine Hand zum Abschied. Zu mehr fühle ich mich momentan gar nicht in der Lage.

Als ich im Rathaus ankomme, ist alles dunkel. Die Tür ist zugesperrt. Na dann konnte sich Lutz wohl doch nicht durchsetzen. Ich bin völlig erledigt und hundemüde. Ich möchte jetzt nur noch ins Bett. Reinlegen, alle viere von mir strecken und am liebsten zwei

Tage hintereinander schlafen. Na gut, mal kurz was zwischen den beiden Tagen essen, aber sonst einfach schlafen. Zum Spaß beschließe ich, dass mir die frische Luft doch gut tut und mache den kleinen Umweg über die Bank.

Aha, jetzt ist mir auch klar, wo die ganzen Leute aus dem Rathaus abgeblieben sind. Da stehen sie alle und glotzen neugierig in die Bank rein. Sehen können sie natürlich so gut wie nichts, der Automat ist ja ums Eck, und wir haben schließlich alles abgesperrt. Drinnen ist die Spurensicherung noch am Werk, die Autos stehen noch alle da.

„Jo Liesl", dringt eine mir wohlbekannte Stimme ans Ohr.

Mist, sie haben mich entdeckt. Jetzt werde ich von etwa zwanzig Leuten umringt und alle bombardieren mich mit Fragen.

„Ist die Bank ausgeraubt worden?"

„Stimmt das wirklich?"

„Habt ihr den Täter schon?"

Ich hebe die Hände und rufe: „Ich sage euch nichts. Einen schönen Abend noch."

Ich sehe, wie Sebastian sich den Weg zu mir bahnt.

„Louisa, da bist du ja. Wir haben bis vor einer halben Stunde auf dich gewartet. Dann sind wir hierher gekommen. Ist es wahr? Der Automat ist aufgesprengt worden?"

„Lass uns das nicht hier besprechen. Ich möchte heim ins Bett. Ich könnte hier umfallen vor Müdigkeit."

„Geht heim, hier gibt es nichts zu sehen. Ihr bekommt schon noch früh genug mit, was hier passiert ist."

Komischerweise hören die Leute auf Sebastian, und schon verlassen ein paar den Schauplatz. Wir schließen uns an und laufen nach Hause.

Im Haus brennt schon Licht. Ich schließe auf und ziehe meine Jacke aus. Sebastian hängt seine neben meine und zusammen gehen wir in Richtung Wohnzimmer.

„Louisa, bist du das?", ruft Eva.

„Jaha, ich bin da."

Und noch während ich antworte, geht mir ein Licht auf. Ein ganz ein helles Licht.

„Sag mal, was fällt dir eigentlich ein?"

Eva kommt wie eine Furie ums Eck und wedelt mit zwei leeren Chipstüten vor meiner Nase herum.

„Ich komme mit den Mädchen heim und glaube, mich trifft der Schlag!!!"

Von ihrem Gebrülle tut mir der Kopf wieder weh. Und das nicht zu wenig.

„Komm mit."

Sie schreitet voran ins Wohnzimmer.

„Jetzt schau dir das mal an."

Sie macht eine weit ausladende Handbewegung.

„Und wie es hier stinkt! Ich fasse es nicht. Du hast versprochen, dass es nicht ausartet."

Meine müden Augen brennen und ich fühle mich nicht fähig, alles aufzufassen. Ich erkenne verschwommen die Gläser voller Zigarettenstummel, sehe die vielen leeren Flaschen. Und ich bemerke einen wirklich ekelhaften Geruch.

„Bäh, was stinkt denn hier so?"

„Was Besseres fällt dir nicht ein? Was hier so stinkt? Tja, ich habe auch eine Weile gesucht, aber schau mal."

Sie nimmt meine Hand mit eisernem Griff und führt mich zu ihrem heiligen Gummibaum.

„Guck, *das* stinkt hier so."

„Wäää, da hat ja jemand reingekotzt."

„LOUISA, DAS IST JETZT ABER NICHT WAHR, ODER?"

Eva brüllt mich an, und jetzt endlich schreitet Sebastian ein.

„Eva, hör zu, es war eine super Party gestern und ja, wir haben es wirklich übertrieben, aber Louisa trifft doch keine Schuld, wenn sich hier jemand in deine Topfpflanze erbrochen hat. Wir werden das alles wieder aufräumen, ich verspreche es dir."

„Na dann aber sofort. Ich habe die Mädels ins Bett gebracht. Zum Glück waren die schon richtig müde. Ich hätte die hier nicht rein lassen dürfen, echt. Ich gehe jetzt für eine halbe Stunde spazieren, und wenn ich zurückkomme, dann will ich hier ein blitzeblankes Haus sehen, ist das klar?"

Ich nicke.

„OB DAS KLAR IST?", schreit sie wieder.

„Ja, klar", sage ich kleinlaut. „Und noch was, das hier habe ich in meinem Schlafzimmer gefunden!"

Sie hält angeekelt mit einem Tempo ein gebrauchtes Kondom vor unsere Nasen.

„Ui, ist das von dir", frage ich ohne nachzudenken ganz arglos.

„NEIN, IST ES NICHT! DAS IST JA GERADE DAS SCHLIMME!"

„Eva, hör zu, das tut mir wirklich leid, ich wusste nicht, dass das so ausarten würde."

Aber Eva lässt es einfach fallen, sagt nichts mehr, wirbelt herum und dann hören wir die Haustüre zuknallen.

„Wie sollen wir das nur schaffen?"

Ich schaue mich in dem Chaos um und es scheint mir eine unüberwindbare Aufgabe zu sein.

„Komm, räum du die Flaschen in die Kisten, und ich kümmere mich um das Geschirr, das hier so rumsteht. Auf geht's. Wir haben nur eine halbe Stunde. Dann sollte es hier schon anders ausschauen."

Sebastian fängt schon an aufzuräumen, also mache ich mich an die Flaschen. Mitten in die Aufräumerei klingelt es an der Tür. Ich habe hier ein paar Sachen liegen gesehen, die wohl jemand vergessen hat, also denke ich, es ist dieser jemand, der seine Sachen holen möchte und gehe öffnen.

Doch vor mir steht kein jemand, sondern Oma Inge.

„Liebe Louisa, ich wünsche dir ein gutes neues Jahr!"

Sie streckt mir ihre Hand entgegen.

„Inge, was tust du denn hier?"

Ich habe jetzt weder Zeit noch Nerv für sie, ergreife aber ihre Hand und schüttele sie kräftig.

„Ich wollte euch ein gutes neues Jahr wünschen, und nachdem ich erst vorher da war und keiner aufgemacht hat, komme ich eben jetzt vorbei. Darf ich reinkommen?"

„Äh, ja, schon, aber Eva ist gar nicht da und die Mädels sind schon im Bett."

„Ach, das macht doch nichts."

„Also gut, komm rein. Ich muss dich aber vorwarnen, hier herrscht ein ziemlicher Saustall."

Sie folgt mir nach drinnen und rümpft die Nase.

„Was stinkt denn hier so?"

„Hm, tja, ehrlich gesagt, das kannst du dir aussuchen. Meinst du den kalten Rauch, das verschüttete Bier oder die Kotze in Evas Gummibaum?"

Ihre Augen werden kugelrund und sie besieht sich die Bescherung.

„Was ist denn hier passiert?"

„Silvesterparty", ruft Sebastian aus der Küche und steckt auch schon gleich seinen Kopf herein. „Wir haben gefeiert und sind gerade am Aufräumen."

Wild entschlossen krempelt Inge ihre Ärmel rauf und sagt: „Wenn das so ist, dann helfe ich euch."

Ich weiß gar nicht, was ich sagen soll. Also drücke ich ihr einen Putzeimer samt Lappen und Putzmittel in die Hand und gebe Anweisungen, was alles zu tun ist.

Inge ist wirklich fleißig. Das muss man ihr lassen. Sie schrubbt und wischt sogar in Ecken, die es meiner Meinung nach gar nicht nötig hätten. Aber wenn sie schon mal da ist und das so gerne macht, verbiete ich ihr das natürlich auch nicht. Da wir alle mit anpacken, haben wir in einer guten halben Stunde wirklich viel geschafft.

Jetzt stehen wir zu dritt um den Gummibaum und beratschlagen, was wir am besten machen sollen.

„Den muss man umtopfen", rät Inge.

„Aber wir haben keine Erde da", wirft Sebastian ein.

„Und vor allem, also mal ehrlich, wollt ihr das anfassen?"

„Nein, aber irgendetwas müssen wir tun."

„Wir könnten ihn einfach rausstellen."

„Aber dann würde er eingehen."

„Ja eben."

„Eva bringt dich um. Sie liebt doch ihren Gummibaum."

„Ja, schon, aber der ist so retro, ich mag den gar nicht."

„Aha, das ist ja interessant."

Hoppla. Keiner von uns hat bemerkt, dass Eva reingekommen ist.

„So so, der ist dir ein Dorn im Auge. Warum sagst du mir das nicht einfach?"

„Äh, Eva, ja, blöd, dass du gerade jetzt reingekommen bist ..."

„Das finde ich gar nicht. Louisa, ich finde es echt blöd, wenn ich so was zufällig erfahre. Was gefällt dir hier denn sonst noch nicht?"

„Hör schon auf, das hab ich doch nur so gesagt. Und wir wissen nicht, wie wir den Baum wieder auf Vordermann bringen können. Das war gar nicht so gemeint."

„Liebe Eva, ich wünsche dir ein gutes neues Jahr", wirft sich Inge zwischen unser Streitgespräch und umarmt sie ganz heftig.

„Inge, ja, danke, gleichfalls. Was machst du denn überhaupt hier?"

„Na, ich wollte euch ein gutes neues Jahr wünschen."

„Das ist nett von dir."

„Was machen wir denn jetzt mit dem Baum?"

Eva seufzt.

„Liebes Schwesterlein, um den Baum kümmerst du dich bitte."

Sie sieht sich im Zimmer um und bringt doch tatsächlich ein kleines Lächeln zustande.

„Ihr habt es ja schon fast geschafft. Schön, dass hier wieder Ordnung ist."

Ich hoffe, sie schaut nicht raus. Wobei, der Schnee sollte ja inzwischen alles zugedeckt haben.

„Komm, Inge, ich mache uns einen Tee. Und ihr zwei verschwindet besser nach oben. Natürlich erst, nachdem ihr den Baum hier weggetragen habt."

Sie verschwindet mit Inge in Richtung Küche. Wir beide packen den Übertopf und schleppen ihn in die Garage raus. Soll es doch hier stinken, hier stört es wenigstens keinen.

Oben erst merke ich, wie k. o. ich eigentlich bin. Sobald ich auf meiner Couch liege, die Füße ausstrecke und zur Ruhe komme, überfällt mich die Müdigkeit. Und vor lauter Aufräumen fällt mir der Bankraub erst jetzt wieder ein. Ich grüble.

„Was meinst du, wer hinter dem Bankraub steckt?", frage ich Sebastian.

„Das ist mal eine Frage. Ich habe keine Ahnung. Hast du noch was von der Spurensicherung gehört?"

„Nö, die waren da wohl noch eine Weile. Da war ich schon längst weg."

„Hm. Morgen weißt du mehr."

„Mhm."

Ich höre, wie Sebastian noch etwas zu mir sagt, aber meine Augen sind zugefallen und ich fühle mich außerstande, etwas zu erwidern. Morgen wird er mir sagen, dass er kein Auge zugetan hat, weil ich so laut geschnarcht habe.

Dimmelwang, Freitag, 2. Januar

Verdammt, es ist 8.23 Uhr, als ich aufwache. Ich liege immer noch auf der Couch, Sebastian liegt irgendwie ganz verquer neben mir. Die Digitaluhr unter dem Fernseher leuchtet mich böse an. Mist, ich sollte seit dreiundzwanzig Minuten auf der Wache sein.

Vorsichtig schiebe ich Sebastian von mir weg. Er schmatzt und schläft weiter. Leise schleiche ich mich ins Bad und putze mir in Windeseile die Zähne. Dann suche ich unglaubliche drei Minuten nach meiner Uniformhose. Ich husche nach unten, rufe ein kurzes „Guten Morgen" in die Küche, aus der ich Stimmen höre und rutsche fast auf dem Schnee aus, der sich auf wundersame Weise über Nacht verdreifacht hat. Alles ist weiß, man hört kaum einen Laut, die Welt wirkt wie zugedeckt. Auch das noch. Die weiße Pracht reicht mir bis über meine Knöchel, und der Himmel ist schon wieder voller dunkler Wolken. Die nächste Ladung lässt wohl nicht mehr lange auf sich warten.

Ich bahne mir meinen Weg zur Wache, sehe sehr vereinzelt Leute die Gehwege freischippen und eine Mutter verzweifelt versuchen, ihren Kinderwagen durch den hohen Schnee zu schieben.

Zum Glück geht es meinem Kopf heute besser. Das wäre ja auch nicht auszuhalten, der Schnee, die Aufklärung eines besonders schweren Falls des Diebstahls in der Bank und auch noch Kopfweh? Da reichen mir die beiden anderen Faktoren ja schon.

Ich komme in der Wache an. Und ich habe noch nicht einmal die Tür ganz aufgemacht, da zieht mich schon jemand am Arm. Es ist Barbie und sie schaut mich mit weit aufgerissenen Augen an.

„Louisa", zischt sie mir zu.

„Ja sag mal, was ist denn?"

„Pscht", sie blickt sich um, ob uns jemand bemerkt hat.

„Kann ich kurz mit dir reden?"

„Äh, ja, wenn's unbedingt sein muss."

Ich lasse mich von ihr in Richtung Ausnüchterungszelle zerren und schaue sie dann fragend an.

„Jetzt sag, was ist los?"

„Louisa, bitte, du musst mir helfen."

„Ich gebe mein Bestes."

„Das ist jetzt wirklich mein Ernst."

Sie klingt fast ein wenig verzweifelt. Da bin ich ja mal gespannt.

„Hör zu, ich habe einen Filmriss. Ich habe keine Ahnung mehr, was auf deiner Party alles passiert ist."

Sie schaut mich mit ihren großen blauen Augen an und mir fällt auf, dass ihr linker Lidstrich nicht so schön ist wie ihr rechter.

„Hörst du mir überhaupt zu?", quietscht sie.

„Ja, ja, natürlich. Und wie kann ich dir jetzt helfen?"

„Du musst mir unbedingt erzählen, was alles gewesen ist. Es ist nämlich so …", sie schaut sich nach allen Seiten um. „Der Herr Deutler verhält sich so seltsam. Ich weiß schon, dass er da war, er hat mich ja abgeholt, aber was dann passiert ist, weiß ich nicht mehr."

„Soll das heißen, du weißt auch nichts mehr von Joachim?"

Jetzt bekommt sie einen ganz verträumten Blick.

„Ach, Joachim, doch, ich habe ihn bei deiner Party richtig kennen gelernt. Ich weiß noch, dass wir miteinander geredet haben. Ach, Louisa, ich hoffe, ich sehe ihn bald wieder."

In meinem Gehirn rattert es. Was ist nun besser, sie aufzuklären oder sie im Ungewissen zu lassen? Ich entscheide mich für eine Mischung.

„Du, Larissa, ich muss dir was erzählen, und zwar hast du mit Joachim rumgemacht."

„Echt jetzt?", quiekt sie und hält sich die Hände an ihre errötenden Wangen.

„Dann weiß ich jetzt auch, woher die Knutschflecken sind."

Sie zupft an ihrem Rollkragenpulli herum, und mir offenbaren sich drei riesengroße Knutschflecken. Aber sind die wirklich von Joachim? Was, wenn der Deutler für die verantwortlich ist?

„Du, ich muss dir noch was sagen."

Ihr Grinsen reicht ihr von einem Ohr zum anderen.

„Ja?"

„Äh, nun, also", ich bringe es einfach nicht über mich, „du hast in Evas Gummibaum gekotzt."

„Ach du meine Güte! Ist das wahr?"

„Sonst hätte ich es dir ja nicht gesagt."

„Oh, dann richte deiner Schwester doch bitte aus, dass ich ihr den natürlich ersetze. Ach Louisa, ich habe bei dieser Party den Mann meiner Träume gefunden, was ist schon so ein Gummibaum dagegen?"

„Da hast du auch wieder Recht. Komm, wir gehen vor, wir müssen uns um den Diebstahl kümmern."

„Welcher Diebstahl?"

„Na, der Bankautomat ist doch gesprengt worden!"

„Ach, ja, das."

Ich lasse sie stehen und gehe vor. Da kommt mir auch schon der Chef entgegen.

„Ach, Frau Städele, haben Sie denn das Fräulein Frosch irgendwo gesehen?" Er erblickt sie hinter mir und seine Augen leuchten. „Fräulein Frosch, wenn ich Sie kurz in mein Büro bitten dürfte? Ich habe etwas mit Ihnen zu besprechen."

„Aber klar."

Die beiden lassen mich einfach so stehen, und ich beschließe, etwas Sinnvolles zu tun. Ich rufe bei der Spusi an. Patrick ist nach dem zweiten Läuten dran.

„Ah, Louisa, guten Morgen. Du rufst bestimmt wegen der Bank-Geschichte an."

„Was hat mich verraten?"

„Also gut, hör zu. Es wurde vorne ein Loch reingebohrt und Propangas durch dieses Loch eingelassen. Wir haben Rückstände von irgendeinem Baumwolltuch gefunden. Das deutet darauf hin, dass der oder die Täter in dieses Loch einen Lappen gesteckt und ihn angezündet haben. Die Lunte, die du gefunden hast, muss als Verlängerung vorne in dem Tuch gesteckt haben. Anders kann ich mir das bisher noch nicht erklären. Ich weiß nicht, was sich dieser Mensch dabei gedacht hat, das hätte auch gut und gerne nach hinten losgehen können. Wenn das Gas ausgetreten wäre, wäre es nach vorne explodiert. Na auf alle Fälle hatte der Täter wohl Glück, denn es hat tatsächlich funktioniert, das Gehäuse hat es weggesprengt, und er konnte die Geldkassetten entnehmen."

„Sag mal, sind so Geldkassetten auch verschlossen?"

„Soweit ich weiß, nicht. Sie sind in diesem Tresor, der ja aufgesprengt wurde, aber die Kassetten an sich sind dann relativ leicht zu öffnen."

„Schon seltsam, dass keiner was gemerkt hat, oder?"

„Ach du, wir gehen ja davon aus, dass es ziemlich genau um Mitternacht geschehen ist. Die Böller, der ganze Lärm, fast jeder hat schon einiges an Alkohol getrunken, das fällt doch keinem auf."

„Ja aber wenn da jemand mit seinem Werkzeugkasten in die Bank marschiert, das hätte doch jedem auffallen können."

„Ja mei, lass den Täter einfach mit einer größeren Tasche da rein sein. Er musste ja auch die Kassetten irgendwo verstecken und das Gas in einer Gasflasche da unbemerkt reinkriegen. Er könnte auch einen Trolley hinter sich hergezogen haben. Das fällt doch keinem auf. Einer will verreisen und holt sich vorher noch Geld von der Bank. Da gibt es doch tausend Möglichkeiten. Und die Bank liegt ja auch eher am Ortsausgang."

„Was meinst du, war es ein Täter oder eher mehrere?"

„Das werden unsere Auswertungen vielleicht noch ergeben. Das Problem ist halt auch, dass in so einer Bank natürlich zig Spuren vorhanden sind, natürlich auch von ganz vielen anderen Leuten. Aber wir sind dran. Vielleicht finden wir ja noch was Eindeutiges. Ich melde mich auf alle Fälle bei dir, wenn ich was weiß."

„Gut, vielen Dank. Bis dann."

Ich werde gleich mal bei der Bank anrufen. Ich brauche Informationen über die Geldkassetten. Ich suche in unserem Verzeichnis nach der Nummer des Filialleiters der Dimmelwanger Bank. Aha, hier, ein gewisser Herr Udo Schropp. Ich wähle, und schon gleich geht er ran.

„Städele, Polizei Dimmelwang, Grüß Gott, Herr Schropp."

„Grüß Gott, meine Güte, das darf doch alles nicht wahr sein!"

„Das habe ich mir auch gedacht", entgegne ich. „Könnten Sie zu uns aufs Revier kommen? Wir hätten da ein paar Fragen an Sie."

„Och Gott, och Gott, ich habe doch nichts verbrochen!"

Seine Reaktion überrascht mich, muss ich zugeben.

„Das behauptet doch gar niemand. Wir haben nur einige Fragen, die geklärt werden müssen. Es geht zum Beispiel um das Überwachungsvideo. So etwas möchten wir mit Ihnen besprechen."

„Ach so, ja natürlich. Wissen Sie, ich bin erst seit einem guten halben Jahr der Filialleiter in Dimmelwang, und dann muss ausgerechnet so etwas passieren. Das geht mir nicht in den Kopf."

„Wann hätten Sie denn Zeit? Uns wäre es natürlich sofort am liebsten."

„Ja natürlich, sofort, ja, warten Sie, ich könnte in einer Stunde bei Ihnen sein."

„Das wäre perfekt. Bringen Sie etwas Zeit mit. Ach, und noch eine Frage, sind die Geldkassetten eigentlich verschlossen?"

„Wie meinen Sie das?"

„Na, ob man für sie einen Schlüssel braucht?"

„Nein, die haben so eine Art Klickverschluss."

„Das heißt also, wenn man das Hindernis des Tresors überwunden hat, kommt man ziemlich schnell ans Geld."

„So könnte man das sagen, ja, schon. Ach, Frau, äh …"

„Städele."

„Frau Städele, das ist wirklich furchtbar. Hier spielen sich wahre Dramen ab. Und ich bin dafür verantwortlich!"

„Aber Herr Schropp, dafür können doch Sie persönlich nichts. Machen Sie sich keine Vorwürfe."

„Das sagen Sie! Was meinen Sie, was hier los ist? Ich habe so lange dafür gekämpft, dass man mir die Stelle des Filialleiters gibt und jetzt? Aus der Traum."

Na, also ich kann mir ja Schöneres vorstellen, als Filialleiter der Dorfbank von Dimmelwang zu sein.

„Sie hatten zwei Mal die Woche die Bank auf, stimmt's?"

„Ja, am Dienstag und am Donnerstag. Und ich hatte alles im Griff."

„Das bezweifelt doch auch keiner. Herr Schropp, jede Bank läuft Gefahr ausgeraubt zu werden. Seien Sie doch froh, dass Sie nicht da waren, als die Räuber kamen. So ist jedenfalls kein Mensch zu Schaden gekommen."

„Also wirklich, wenn ich da gewesen wäre, hätte ich meine Bank mit jeder Faser meines Körpers verteidigt!"

Jetzt klingt Herr Schropp sehr entschlossen.

„Da haben Sie auch wieder Recht. Na gut, wir sehen uns dann in einer Stunde. Fragen Sie einfach nach mir."

„Gut, bis dann."

Ich bin froh, als ich den Hörer auflege. Und gespannt, wie er so in natura ist. Ein wenig komisch kommt er mir ja schon vor. Einerseits das totale Weichei, was seine Bank angeht, andererseits der verkannte Superheld, der sich zwischen den Automaten und die Verbrecher stellen würde.

Larissa kommt wieder aus Deutlers Büro und lächelt mich an.

„Louisa", sie setzt sich wieder mit einer Arschbacke auf meinen Schreibtisch, „stell dir vor, der Herr Deutler lädt mich heute zum Essen ein. Ist das nicht nett von ihm?"

„Oh ja, sehr nett."

Ich kann nicht anders und verdrehe die Augen.

„Aber was hast du denn? Bist du eifersüchtig?"

„Ich? Eifersüchtig? Nein, wirklich nicht."

„Wenn du nicht magst, dass ich hingehe, dann sage ich ihm ab."

Sie sieht mich ernst an.

„Larissa, nein, das ist es gar nicht. Geh mit ihm essen, das ist schon in Ordnung."

„Also gut."

Sie kichert und geht doch tatsächlich zu ihrem Schreibtisch. Ich schnaufe durch. Und noch während ich durchschnaufe, klingelt Larissas Handy. Ich werfe ihr einen bösen Blick zu. Sie weiß doch, dass wir die Handys auf lautlos haben sollen. Was macht denn das für einen Eindruck, wenn da jemand kommt?

„Ja, Larissa Frosch hier." Sie lauscht. „Joaaaaachim!", quietscht sie, „wie schön! Ich wusste überhaupt nicht, dass du meine Nummer hast!"

Sie schaut zu mir und hält ihren Daumen hoch.

„Ja klar, hol mich einfach um halb eins ab. Oh, ich freue mich! Bis dann, ja tschüssi.“

Sie legt auf und kommt zu mir rüber.

„Lass mich raten, das war Joachim.“

„Woher weißt du das?“

„Nur so.“

„Ja, er war es. Ach, Louisa, er möchte mich zum Essen ausführen. Um halb eins holt er mich ab.“

Sie hat einen ganz verträumten Blick drauf. Ich hoffe, ich schaue nicht so, wenn ich an Sebastian denke.

„Ich dachte, du gehst heute mit dem Deutler zum Essen?“

„Ach, das sage ich eben ab. Das wird er schon verstehen.“

Sie setzt sich mit glückseligem Gesichtsausdruck an ihren Platz. Ich kann da nur noch den Kopf schütteln.

„Komm, wir fahren zur Bank“, Harald stupst mich von hinten an. „Ich möchte mir das noch einmal genau ansehen.“

„Einverstanden. In einer Dreiviertelstunde müssen wir zurück sein, da kommt der Herr Schropp.“

„Das schaffen wir.“

Vor der Bank stehen ein paar Leute herum.

„Bitte lassen Sie uns durch.“

„Ja wo sollen wir denn jetzt unser Geld abheben?“, fragt eine Frau.

„Tut mir leid, da müssen Sie vorerst nach Kaufbeuren oder Buchloe fahren, das hilft jetzt nichts.“

„Ich habe aber gar kein Auto!“

Ich ignoriere sie einfach und folge Harald in die Bank hinein.

„Also, sehe ich das richtig, der oder die Täter hat bzw. haben ein Loch in den Automaten gebohrt. Danach hat er durch dieses

Loch Propangas eingeleitet, einen Lappen in das Loch gesteckt, eine Lunte in den Lappen reingesteckt, die angezündet und so den Automaten gesprengt. Vorher hat er noch die Überwachungskameras angesprüht. Als es den Deckel dann weggesprengt hatte, hat er die Geldkassetten entwendet und ist wahrscheinlich so schnell wie möglich hier raus. Das Stückchen Lunte, das du gefunden hast, hat der Täter wohl abgeschnitten. Warum, kann ich mir auch nicht erklären."

„So in etwa muss es wohl gewesen sein", stimme ich ihm zu.

„Den Rest der Lunte muss es bei der Explosion praktisch weggeschleudert haben. Der Lappen hat Feuer gefangen und das Gas entzündet."

Schweigend stehen wir beide vor den Überresten des Bankautomats.

„Wir müssen nach den Geldkassetten suchen. So was kann doch keiner lang verstecken, was meinst du? Das fällt doch sofort auf. Die muss der Täter doch loswerden so schnell es geht."

„Na ja, er kann sie auch im hintersten Winkel im Keller verstecken, das merkt doch keiner."

„Stimmt auch wieder. Trotzdem meine ich, dass das eine gute Spur wäre."

„Aber wo sollen wir anfangen zu suchen?"

„Fahren wir zurück. Ich bin auf diesen Herrn Schropp gespannt."

Zwanzig Minuten später steht uns eben dieser gegenüber. Er ist ein kleiner, recht dicker Mann, der nervös an seiner Krawatte herumfingert. Wir führen ihn in Herrn Deutlers Büro.

„So, Herr Schropp, wir haben uns die Videos von den Überwachungskameras angesehen. Man erkennt darauf eine vermummte

Person, die das Objektiv zusprüht. Danach ist nichts mehr zu erkennen."

Davon weiß ich ja noch gar nichts! Warum zeigt man mir diese Videos nicht?

„Entschuldigung", fahre ich dazwischen, „vielleicht ist allen geholfen, wenn wir uns das Video einmal zusammen anschauen?"

„Ja, natürlich, das wollte ich gerade vorschlagen."

„Dürfte ich fragen, wie viel Geld denn nun tatsächlich gestohlen wurde?", frage ich, weil das hat bisher auch noch keiner für nötig befunden mir mitzuteilen.

„Es waren ganz genau 76.435 Euro, die entwendet wurden."

Herr Schropp wischt sich über die Stirn, ihm bricht allein beim Gedanken daran der Schweiß aus. Herr Deutler wirft ihm einen Blick zu, setzt sich an seinen Schreibtisch und bedeutet uns, näher zu kommen, damit wir alle einen guten Blick auf seinen Bildschirm haben.

Nach ein paar Klicks sehen wir den Innenraum der Bank. Zunächst passiert nichts. Ich sehe an der eingeblendeten Uhrzeit, dass es 23:40:49 war. Da betritt jemand die Bank. Eine völlig in Schwarz gekleidete Person. Ich kneife die Augen zusammen.

„Hat der etwa … ?", fragt Herr Schropp.

Herr Deutler lässt das Bild einfrieren und nickt mit bedeutungsschwerer Miene.

„Ja, das ist eine Klausenmaske wie man sie bei den sogenannten Klausentreiben trägt. Ziemlich gruselig, finden Sie nicht?"

Wir nicken einträchtig. Diese Maske sieht ziemlich schwer aus. Zotteln hängen lang an beiden Seiten herunter, und man kann nur zwei Schlitze für die Augen und einen größeren Schlitz für den Mund erkennen.

„Weiter geht's", sagt der Deutler und lässt das Bild weiterlaufen.

Die maskierte Person nähert sich gezielt der Kamera, hebt den Arm, und ich sehe noch einen kurzen Moment eine Hand mit Spraydose, bevor alles schwarz wird.

„Gut, natürlich ist die Maske ein guter Hinweis", stellt der Deutler in den Raum.

„Puh, also wenn ich da ans Unterallgäu denke, da gibt es doch haufenweise solche Masken", entgegne ich. „Ich denke da nur an Türkheim, da finden doch um Nikolaus rum immer diese Klausentreiben statt. Da genau die zu finden, die in irgendeinem Keller oder Dachboden liegt, stelle ich mir ziemlich schwierig vor."

„Es ist immerhin ein Anhaltspunkt, dem wir nachgehen werden."

Herrn Schropp neben mir schüttelt es.

„Also, wenn ich nur daran denke, dass jemand mit einer solchen Gruselmaske in meiner Bank war, also nein, da bekomme ich gleich weiche Knie."

„Jetzt stellen Sie sich nicht so an", sage ich, bevor ich noch darüber nachdenken kann, „hinter der Maske steckt auch nur ein Mensch. Der wollte ja keinen erschrecken, der wollte nur nicht erkannt werden."

Der Deutler wirft mir einen strengen, Harald einen belustigten Blick zu.

„Wie dem auch sei. Herr Schropp, wie sieht es denn nun für die Bank hier in Dimmelwang aus?"

Herr Schropp wird käseweiß im Gesicht.

„Das ist wahrlich eine gute Frage. Mein erster Gedanke war, dass die Bank natürlich geschlossen wird."

„Warum das denn?"

„Na hören Sie mal, das hier ist eine Dorfbank mit zwei Öffnungstagen. Wer bitte braucht die eigentlich?"

„Na wir hier in Dimmelwang!“, mische ich mich in den Dialog zwischen Herrn Deutler und Herrn Schropp ein.

„Außerdem sind wir kein Dorf, sondern eine Marktgemeinde“, hilft mir Harald.

„Natürlich, natürlich. Entschuldigen Sie bitte, meine Nerven liegen noch völlig blank.“

Ich schaue Harald an und er linst im gleichen Moment in meine Richtung. Herr Schropp kommt uns beiden seltsam vor, das ist mal klar.

„Nun gut, aber das wird ja wohl hoffentlich nicht passieren, dass wir unsere Bank hier verlieren, oder?“

Der Deutler spürt wohl die komischen Energien, die hier im Raum hin und her flutschen und lächelt Herrn Schropp an.

„Und das auch noch, wo Sie doch gerade erst zum Filialleiter ernannt wurden. Das wäre ja nun wirklich ein Ding! Wissen Sie was, ich werde einmal mit Ihrem Vorgesetzten sprechen. Das sieht doch jeder, dass Sie mit diesem Diebstahl nichts zu tun haben.“

Erleichtert reicht Herr Schropp unserem Chef die Hand, der sie ganz erstaunt nimmt und zudrückt.

„Ich danke Ihnen, Herr Deutler.“

„Äh ja, gern geschehen. Sagen Sie, werden die Seriennummern der Banknoten, die in den Automaten sind, irgendwie erfasst?“

„Aber natürlich. Wenn sie in den Automaten kommen, durchlaufen sie einen Scanner.“

„Gut zu wissen. Könnten Sie uns die Daten so schnell wie möglich zukommen lassen?“

„Aber natürlich. Ich muss dann auch wieder weg. Termine, Sie verstehen?“

„Oh ja, natürlich. Wir wissen ja, wo wir Sie finden können. Und machen Sie sich keine Sorgen. Ein Bankraub kann überall vorkommen, sogar bei uns in Dimmelwang. Das ist keine Schande."

Herr Schropp lacht nervös und macht sich ans Gehen. Der Deutler bringt ihn noch vor.

„Das ist ja ein komischer Kauz, findest du nicht?", frage ich Harald, als sich die Tür hinter den beiden schließt.

„Ja, der war irgendwie auf der Hut. Aber dann doch total neben der Spur. Echt ein seltsamer kleiner Mann."

„Ich finde, wir sollten uns mal in seinem Umfeld etwas genauer umsehen. Er hat diesen Posten doch gerade erst bekommen. Vielleicht hatte er ja einen Nebenbuhler, und der will ihn jetzt wieder weg haben. Was meinst du? Könnte das sein?"

„Sein kann alles. Louisa, manchmal glaube ich, dass nur noch sein kann, was eigentlich gar nicht sein kann."

Ich lache. Harald bringt es mal wieder auf den Punkt.

„Wir müssen davon ausgehen, dass der Pyromane jetzt auch zum Diebstahl übergegangen ist."

Der Deutler stützt seinen Kopf in die Hände. Wir sitzen alle in seinem Büro und haben die Tür zur Wache auf, damit wir hören, wenn jemand kommt.

„Ach herrje, dann ist man ja hier nirgendwo mehr sicher", quietscht Barbie und schaut erschrocken in die Runde. Ich verdrehe die Augen.

„Aber das ist doch klar. Hier geht irgend so ein Psychopath um, der immer größere Sachen anzündet und jetzt sogar noch die Bank ausraubt. Und das Schlimmste ist, dass ganz Dimmelwang Angst hat", fasst Harald zusammen.

„Aber ich finde es gut, so sind die Leute auf der Hut und passen auf. Eigentlich müssten wir nur in die Zeitung schreiben, dass hier ein Brandleger umgeht, dann fangen wir ihn bestimmt bald."

„Aber nicht, dass die Leute gezielt nach ihm suchen, das ist unsere Aufgabe“, der Deutler schaut in die Runde.

„Das darf so nicht in die Zeitung.“

„Das war ja auch nur ein Witz.“

Wir hören, wie vorne die Tür aufgeht.

„Ich gehe“, der Deutler höchstpersönlich erhebt sich und geht rüber.

„Na jedenfalls wird der Täter immer draufgängerischer. Erst die Hecke, danach die Holzbeige, dann schon Bendigers Scheune und das Auto und jetzt noch die Bank. Er traut sich immer mehr und wird somit immer gefährlicher.“

Weiter komme ich nicht, weil der Deutler zurück kommt. Sein Gesicht ist starr.

„Frau Frosch, da ist ein gewisser Joachim für Sie.“

„Aaaaahhh, ja, der Joachim! Ja dann gehe ich jetzt mal in die Mittagspause, tschüssi!“

Larissa springt von ihrem Stuhl auf, winkt in die Runde und verschwindet durch die Tür. Der Deutler schaut ihr hinterher.

„Aber ich wollte doch mit ihr zum Essen gehen“, sagt er leise.

Er tut mir gerade wirklich leid.

„Hat sie Ihnen nicht gesagt, dass sie mit Joachim verabredet ist?“, frage ich vorsichtig.

„Nein, das hat sie wohl vergessen zu sagen.“

Niedergeschlagen setzt er sich zu uns. Ich merke schon, der ist jetzt zu nichts mehr zu gebrauchen. Deshalb schlage ich jetzt etwas vor, worüber ich schon die ganze Zeit nachdenke.

„Herr Deutler, wäre es nicht an der Zeit, uns einen Fallanalytiker zu holen? Wir treten auf der Stelle. Wir ermitteln seit einem Monat, ohne auch nur einen kleinen Schritt weitergekommen zu sein. Ich denke, wir brauchen Hilfe. Hilfe, nach welcher Art Täter wir suchen müssen. Was wohl seine nächsten Ziele sein werden."

Der Deutler seufzt und nickt dann langsam.

„Vielleicht haben Sie ja Recht, Frau Städele. Wir müssen den Täter finden, bevor er noch mehr Unheil hier anrichten kann."

„Ich rufe also mal in München an, oder?"

„Aber nicht, dass sie uns den Alex wieder schicken", Harald zwinkert mir zu und stößt mir den Ellbogen in die Seite.

„Um Gottes Willen, das wollen wir natürlich nicht. Ich kümmere mich schon drum, dass jemand Gescheites kommt."

„Gut, dann mal Mahlzeit."

Der Deutler steht schwerfällig auf und verlässt sein Büro.

„Liebeskummer."

Wir schauen uns an und lachen.

Ich erkläre mich bereit, hier zu bleiben, während Harald und der Deutler zum Metzger fahren, um sich eine Leberkässemmel zu holen. Es ist sehr ruhig, also setze ich mich ans Telefon und rufe bei den Kollegen in München an.

Ja, wir bräuchten bitte einen Fallanalytiker wegen Brandstiftung, und das so schnell wie möglich. Gut, wenn wir den Antrag noch schriftlich durchfaxen, schicken sie uns sofort jemanden her. Wobei sofort auch in einer Woche sein kann, es ist gerade sehr viel los. Bei uns ist auch viel los! Wir sind zwar keine Großstadt wie München, aber auch unsere Marktgemeindemitglieder haben ein Recht auf Sicherheit! Ja, ist ja schon gut, er sieht, was sich machen lässt. Ich lege auf.

Jetzt bekomme ich auch so langsam Hunger. Die beiden sind ganz schön lange weg, denke ich mir so. Zum Metzger und zurück ist man locker in einer Viertelstunde, und die sind schon über eine halbe Stunde weg. Ich schicke Harald eine SMS, dass ich auch

Hunger habe, aber er antwortet nicht. Nach geschlagenen eineinhalb Stunden kommen Harald und Herr Deutler endlich zurück. Mein Bauch ist inzwischen ein einziges Loch. Doch das vergesse ich kurzzeitig, weil sich die beiden wirklich seltsam verhalten.

„Schnell, schnell", ruft der Deutler, wirft seine Jacke gekonnt an den Haken und sprintet in sein Büro.

Harald reißt sich seine Mütze vom Kopf, windet sich aus seiner Jacke und setzt sich auffällig unauffällig an seinen Schreibtisch.

„Was zum Teufel ist denn mit euch los?", frage ich erstaunt.

„Pscht", zischt mir der Harald zu und klickt an seinem Computer rum.

„Jetzt sag halt, was ist denn los?"

„Gleich", flüstert er und deutet in Richtung Tür, zu der auch prompt Larissa reinkommt.

„Hallöchen", flötet sie und hat ganz rote Wangen von der Kälte.

„Wie war dein Essen mit Joachim?", frage ich höflich, obwohl es mich nicht wirklich interessiert.

„Ach, Louisa, es war soooo schön."

Sie schaut verträumt vor sich hin.

„Wir waren im Poseidon, und ich glaube, ich bin ein bisschen beschickert vom Ouzo."

Sie kichert und Harald wirft mir einen vielsagenden Blick zu. Ich lege den Kopf schief. Irgendwie bin ich nicht eingeweiht. Was ist hier los?

„Wir haben eine Platte für zwei gegessen, da hättet ihr alle noch mitessen können, das war viel zu viel. Nächstes Mal kommt ihr mit, ja?"

Aber natürlich, da wird sich Joachim freuen, wenn wir bei seinem Date mit Larissa dabei sind.

„Mal sehen", sage ich zeitgleich mit Haralds „Aber gern".

Ich werfe ihm einen fragenden Blick zu.

„Hach, der Joachim ist wirklich ein Traum von einem Mann!“, schwärmt Larissa. „Und das Beste ist, dass er mit Sebastian so gut befreundet ist. Er wollte ihn fragen, ob wir nicht mal zu viert was unternehmen wollen. Und ich wollte dich fragen, also, Louisa, wie sieht es aus? Habt ihr morgen Abend schon was vor? Wir könnten doch bei dir Fondue machen.“

Ich höre wohl nicht recht!

„Ich mag es gar nicht, wenn man sich bei mir einlädt. Also nein.“

Larissas Handy piepst.

„Moment... oh, Louisa, Sebastian ist einverstanden! Joachim hat mir gerade geschrieben, dass es klappt. Also dann morgen um sieben bei dir. Ich freue mich ja so!“

„Bitte was?“

Ich reiße ihr das Handy aus der Hand und überfliege die SMS. Tatsächlich. Da steht, dass sich Sebastian freut, dass wir morgen zusammen Fondue machen.

„Ich muss mal schnell telefonieren.“

Ich schnappe mir mein Handy, auf dem noch keine SMS von Sebastian ist, in der er mir Bescheid gibt, und gehe zur Ausnüchterungszelle.

„Hey Louisa, ich wollte dich gerade anrufen.“

„Ja, das hoffe ich. Sag mal, was fällt dir eigentlich ein, hinter meinem Rücken Larissa und Joachim einzuladen?“

„Beruhig dich. Komm schon, das wird bestimmt lustig. Wenn du willst, können wir das auch bei mir machen. Ich liebe Fondue, ach bitte, ich kümmere mich auch um alles.“

Zerknirscht gebe ich mein Okay. Wenn wir uns bei ihm treffen, kann ich ja zur Not eine Magenverstimmung vortäuschen und mich nach Hause verdrücken.

Zurück im Büro nehme ich mir Harald vor.

„Sag mal, was war denn vorhin mit euch los?"

„Nicht so laut. Hör zu", er beugt sich verschwörerisch zu mir. „Der Chef wollte unbedingt wissen, wen die Larissa da so trifft. Wir haben ihr, na ja, also irgendwie, äh, haben wir ihr hinterherspioniert."

„Was?"

„Ja, ich weiß, das ist total kindisch und so, aber der Chef wollte unbedingt herausfinden, wegen wem sie ihn sitzen lässt."

„Ach wie süß. Mann, ihr benehmt euch echt wie kleine Kinder. Dass euch das nicht peinlich ist?"

„Ja, mir ist das schon irgendwie peinlich. Sag es bitte niemandem, ja?"

„Ich versuch's."

Gegen halb fünf bekomme ich einen Anruf aus München. Nächste Woche wird uns ein Herr Hoffmann beglücken. Er sei sowieso in unserer Gegend unterwegs, dann könnten wir ihm mal den Fall bzw. die Fälle schildern. Wenn wir ihm doch bitte bis Montag alle wichtigen Unterlagen zusammengesucht hätten? Aber klar, das ist gar kein Problem. Ich bedanke mich artig für die Unterstützung und wünsche ein schönes Wochenende. Was es für mich ja keinesfalls werden wird, das steht jetzt schon mal fest.

Dimmelwang, Samstag, 3. Januar

Es ist kurz vor siebzehn Uhr und ich frage mich, was für Soßen Sebastian um Himmels Willen noch alle machen will. Die Küche schaut aus wie ein Schlachtfeld. Meinen Hinweis, er könnte doch den Biomüll zusammen in einer einzigen Schüssel sammeln anstatt ihn überall auf der Arbeitsplatte zu verteilen, ignoriert er völlig. Er ist voll in seinem Element und ich räume hinter ihm her.

„Sag mal", frage ich vorsichtig, „was meinst du, könnte der Feuerteufel nicht einer von der Feuerwehr sein?"

Überrascht hält Sebastian beim Schneiden inne und schaut mich an.

„Einer von uns? Wie kommst du denn da drauf?"

„Na, das hört man doch öfter, dass ein Feuerwehrler was anzündet, um dann als Erster vor Ort zu sein und so."

Er runzelt die Stirn.

„Kann ich mir jetzt nicht vorstellen. Mir fällt da echt keiner ein, dem ich das zutrauen würde."

Wir schweigen. Er schneidet die Kräuter weiter.

„Ich finde ja diesen Moritz etwas seltsam", sage ich so beiläufig wie möglich. Wieder schaut er auf.

„Moritz? Wieso? Der ist doch ganz normal."

„Na ja, ich weiß auch nicht. Der kommt mir eben komisch vor."

„Aha. Ich kann mir nicht vorstellen, dass es einer von meinen Leuten war."

Er schnibbelt weiter und ich fange an, abzuspülen.

„Lass uns heute Abend bitte nicht von den Bränden reden, okay?"

„Meinetwegen. Wann bist du denn fertig mit den Soßen?"

„Fünf Minuten brauch ich noch. Weißt du, ich kann mir ganz

generell schon vorstellen, dass einer von der Feuerwehr Brände legt, aber ich würde so was wirklich keinem von meinen Jungs zutrauen. Ich kenne die alle schon ewig."

„War ja auch nur so ein Gedanke. Ich decke mal den Tisch."

Pünktlich um neunzehn Uhr klingelt es. Larissas Kichern hört man schon durchs ganze Treppenhaus. Arm in Arm kommen Joachim und sie oben an.

„Louisaaaaa", Larissa umarmt mich und strahlt übers ganze Gesicht. „Danke für die Einladung. Schau, wir haben auch was zum Trinken mitgebracht."

Welche Einladung?

„Du solltest dich bei dir selber bedanken, du hast dich ja schließlich selbst eingeladen", sage ich und nehme den Sekt entgegen, den sie mir hinhält.

Sebastian wirft mir einen Blick zu, der wohl so viel sagen soll wie ‚Bitte reiß dich zusammen, wir wollen doch einen schönen Abend haben', aber ich konnte mir das gerade eben beim besten Willen nicht verkneifen.

„Grüß dich, Joachim, kommt doch rein."

„Hallo Louisa. Schön, dass wir kommen durften."

„Ja Waaaaaaahnsinnnnnn", kreischt Larissa, als sie den gedeckten Tisch sieht. „Da habt ihr euch aber eine Menge Arbeit gemacht."

Ich lächle nur schwach. Das kann ja was werden. Wobei ich Joachim wirklich sehr nett finde. Ich weiß nur nicht, was er an Barbie findet. Egal, jedenfalls sitzen wir uns gegenüber, also Barbie und ich. Sie hat sich heute ziemlich übertrieben geschminkt und erklärt mir ganz eifrig, dass sie immer viel Lippenstift anlegt, wenn sie weggeht, dann weiß sie auch später noch, welches ihr Glas ist.

„Aha“, sage ich, „ich merke mir das halt einfach.“

„Ja aber stell dir vor, wenn jetzt einer erkältet ist und du trinkst aus Versehen aus seinem Glas. Was dann?“

„Wie gesagt, ich merke mir, welches mein Glas ist.“

Demonstrativ wende ich mich den Männern zu, die sich über irgendeinen neuen Akkuschrauber unterhalten.

„Hahaha, davon verstehe ich nichts. Sag mal, Louisa, mit unserem Feuerteufel kommen wir auch nicht weiter, oder?“

„Larissa, man redet doch nicht in der Freizeit und noch dazu vor anderen Leuten über einen Fall.“

„Aber warum denn nicht? Das sind doch unsere Freunde, also ich habe kein Geheimnis vor Joachim.“

„Das hat nichts mit Geheimnis, sondern viel mehr mit Verschwiegenheitspflicht zu tun.“

Ich schenke mir Sekt ein. Nur mit viel Alkohol werde ich diesen Abend überstehen, das ist mal klar.

„Ganz Dimmelwang hat Angst“, Joachim hat wohl unser Gespräch mitbekommen und wendet sich uns zu. „Ihr solltet alles daran setzen, diesen Typen zu finden, bevor er noch richtig Unheil anrichten kann.“

„Natürlich ermitteln wir.“

„Wir bekommen sogar einen Analysten“, berichtet Larissa stolz, während sie ein Stück Fleisch aufspießt und im Topf versenkt.

„Larissa“, ermahne ich sie, „das gehört hier nicht her.“

„Aber wieso denn nicht? Das ist so was wie ein Profiler, ich freue mich schon, das wird bestimmt wahnsinnig aufregend.“

„Ich finde, wir sollten so eine Art Bürgerwache einführen. Die Brände sind das große Thema hier, jeder redet darüber. Vielleicht wären die Leute beruhigter, wenn sie wüssten, dass es eine Bürgerwehr gibt, die zusätzlich zur Polizei noch die Augen offen hält?“

„Du, das ist gar keine schlechte Idee, Joachim“, meint Sebastian. „Ich könnte mich mal bei meinen Feuerwehrlern umhören, ob sie bereit wären, da mitzumachen. Ich hoffe ja, dass ihr den Täter bald habt. Also ginge es ja nur um einen begrenzten Zeitraum. Ich kann mir schon vorstellen, dass da einige mitmachen würden.“

„Na, ich weiß nicht“, werfe ich ein, „das kann aber auch ganz schön gefährlich werden.“

„Iwo, wir sind doch erwachsene Männer. Und wir würden auch immer zu zweit rumgehen.“

„Ich finde die Idee immer besser“, sagt Sebastian. „Morgen werde ich gleich mal rumtelefonieren. So groß ist Dimmelwang ja nun nicht. Da reichen doch pro Abend acht Mann, immer zwei pro Himmelsrichtung. Wenn wir das schön publik machen, hat unser Zündler vielleicht doch Schiss, dass er entdeckt wird.“

„Joachim, ich finde das so toll, dass du dich so für die Sicherheit in Dimmelwang einsetzt. Du bist mein Held.“

Sie beugt sich zu ihm rüber und knutscht ihn dermaßen ab, dass ich mich nur noch abwenden kann. So in etwa hatte ich mir den Abend vorgestellt. Sebastian hat schon einen Zettel geholt und macht sich Notizen.

Am Ende des Abends, sprich um ein Uhr in der Nacht, brechen Larissa und Joachim endlich auf. Und das Konzept für die Bürgerwehr steht.

Dimmelwang, Sonntag, 4. Januar

Durch ein ohrenbetäubendes Piepsen werde ich frühmorgens aus dem Schlaf gerissen. Sebastian ist sofort aus dem Bett und auf den Beinen, zieht sich in Windeseile an und rennt aus der Wohnung. Schon höre ich die Sirene heulen. Jessas, was ist denn da passiert?

Schlaftrunken wanke ich ins Bad und schaue auf die Uhr. Es ist noch nicht einmal fünf Uhr. Der Feuerteufel!, schießt es mir durch den Kopf. Ich schlüpfe in meine Jeans und meinen Pulli und mache mich ebenfalls auf den Weg.

Es ist noch stockdunkel und ich habe keine Ahnung, in welche Richtung ich laufen soll. Doch da rast bereits das Feuerwehrauto an mir vorbei. Ich eile hinterher und kann schon bald die Ursache des Einsatzes erkennen. Und da zieht sich mir alles zusammen. Riesige Flammen züngeln in den Himmel. Das darf doch alles nicht wahr sein! Ich bin nicht die Einzige, die es auf die Straße gezogen hat. Aus einigen Häusern kommen Leute angelaufen und schauen wie ich auf das Inferno.

Die größte Scheune in Dimmelwang steht in Flammen. Und das ist nicht einfach irgendeine Scheune. Genau hier steht der fast fertige Festwagen der Musikkapelle. Hier treffen sich seit Jahren die Bauwütigen, um einen richtig coolen Wagen zu bauen. Ich denke an die vielen Stunden, die ich selbst hier in den letzten Monaten verbracht habe, um beim Bauen mitzuhelfen. Alles umsonst. In meine Enttäuschung mischt sich eine riesige Wut. Wer macht denn so etwas? Wer zerstört mutwillig jemand anderns Eigentum und das Werk so vieler helfender Hände?

Ich sehe, wie Sebastian und die anderen die Schläuche ausrollen und beginnen, den Brand zu bekämpfen. Da kommt auch mein

Chef mit Hannes und Blaulicht ums Eck gefahren. Kaum steht der Wagen, springen sie heraus.

„Frau Städele, Sie auch hier? Na, das ist ja ein Ding."

Fassungslos starren wir beide kurz aufs Feuer, bevor wir uns anschicken, mitzuhelfen. Hannes treibt die Schaulustigen zurück, und der Deutler und ich geben unser Bestes, alles, was sich noch entzünden kann, aus dem unmittelbaren Gefahrenbereich zu schaffen.

„Mist, Spuren können wir hier jedenfalls keine mehr sichern", schnauft mein Chef. „Überall sind Fußabdrücke von der Feuerwehr im Schnee."

„Da haben Sie leider recht."

Ich blicke mich um und mir treibt es fast die Tränen in die Augen. Durch die brennende Scheune erkennt man nur noch ein brennendes Gerippe, und mittendrin stehen der Hänger, der Traktor und noch ein Traktor. Alles Schrott. Verbrannt.

Wir müssen diesen Pyromanen finden, koste es, was es wolle. Ich bin nur froh, dass niemand verletzt ist. Aber wie lang wird es noch dauern, bis tatsächlich einmal ein Mensch zu Schaden kommen wird? Ich spüre eine Ohnmacht in mir. Was nur kann ich tun, damit dieser Saukerl endlich gefasst wird? Mir fällt Joachims Bürgerwachen-Idee wieder ein und ich finde sie nun auch ganz gut. Vielleicht schreckt den Täter das ja ab? Wir waren viel zu lange untätig, jetzt muss wirklich etwas passieren!

Ein Blick zur Scheune zeigt mir, dass sie momentan noch keine Chance haben, dem Feuer Herr zu werden. Ein paar Minuten später rückt die Buchloer Feuerwehr an.

Stunden später, es beginnt bereits zu dämmern, zeigen sich so langsam erste Löscherfolge. Sebastian kommt kurz zu mir rüber und brüllt mir durch den ganzen Lärm zu: „Wir können den Brand nicht löschen, wir kühlen die Seiten und hoffen, dass wir das irgendwie zumindest kontrolliert abbrennen lassen können. Mehr bleibt uns gerade nicht übrig. Ich schau wieder rüber. Bleibt bloß aus der Gefahrenzone raus."

Ich zeige ihm den erhobenen Daumen. Was sollen sie sonst machen? Das fackelt hier ab, das ist unfassbar. Zum Glück liegt sehr viel Schnee, der wenigstens weitestgehend verhindert, dass das Feuer noch mehr um sich greifen kann. Mir ist ganz flau im Magen, ich muss mich einen Moment setzen. Ich gehe also rüber zu Hannes und dem Polizeiauto und will mich kurz ausruhen.

„Liesl", höre ich da schon von aller Weite.

In der Menschentraube, die sich natürlich gebildet hat, steht Irmgard und winkt mir ganz hektisch zu. Ich seufze und gehe zu ihr rüber.

„Jo wos is denn des scho wieda? Jetzt werd's aber Zeit, dass ihr den Deifl findets!"

„Ich weiß. Irmgard, glaube mir, wir geben unser Bestes."

„Du woaßt scho, dass da euer Festwagn in dera Scheune drinnen gstandn hot?"

„Ja, das weiß ich", gebe ich eine Spur aggressiv zurück.

„Na, den Umzug könnts vergessn."

„Das fürchte ich auch. Aber jetzt muss erst mal der Brand gelöscht werden. Alles andere sehen wir dann."

„Du, i red amol mitm Xaver. Dem wird scho wos eifolln."

„Tu das. Danke, Irmi."

Immer gutstellen mit der Frau vom Bürgermeister, sage ich mir im Kopf wie ein Mantra vor. Das hilft mir wenigstens ein bisschen, meine Ruhe zu bewahren. Ich komme gar nicht dazu, mich kurz in den Wagen zu setzen, da kommt Hannes auf mich zu.

„Komm, lass uns mal rundum schauen, ob wir Spuren finden."

„Na du bist gut, hier sind doch sämtliche Spuren schon übertrampelt worden, ich glaube kaum, dass wir was finden."

„Aber schauen können wir doch mal, na los, auf geht's."

Innerlich rebellierend folge ich Hannes durch den Schnee. Ich habe eiskalte Füße und werde von einer plötzlichen Müdigkeit überfallen, die es mir schwer macht, das alles überhaupt zu realisieren. Die Flammen lodern, es knistert und knackt. Mir ist noch nie aufgefallen, dass Feuer so laut ist.

Hannes läuft einen Kreis rings um den Stadel. Er bückt sich immer wieder mal, geht in die Hocke und scheint alles abzuscannen. Ich trotte hinter ihm her und falle schier über ihn drüber, als er so mir nichts dir nichts stehen bleibt.

„Guck mal, da führt doch eine Spur weg, oder?"

Wir sind mittlerweile auf der Rückseite der Scheune angelangt. Dahinter erstreckt sich eine Wiese und dahinter dann schließlich der Wald. Hannes hat seine Taschenlampe aus der Jacke gezogen und leuchtet nun am Boden entlang. Tatsächlich sind Fußspuren zu erkennen. Wir gehen näher ran.

„Schau, das sind dieselben Schuhe, einmal hin, einmal weg." Hannes ist ganz aufgeregt.

„Komm, wir sagen dem Deutler Bescheid, dass wir eine Spur gefunden haben", ich zerre an Hannes Ärmel, aber den hat offenbar die Abenteuerlust gepackt.

„Ach was, das schauen wir uns selber an. Ich hab Funkgerät und Handy dabei, wenn was ist, dann können wir Verstärkung anfordern."

Skeptisch folge ich ihm. Es stimmt wirklich. Es ist eindeutig eine Spur, die hin- und dann wieder wegführt. Jetzt bin ich aber auch gespannt.

„Hannes, hast du deine Waffe dabei? Ich bin ja quasi in zivil hier.“

„Na logo, ich pass schon auf uns auf.“

Wir folgen der Spur. Hinter uns stürzt gerade ein brennender Balken nach unten. Es scheppert gewaltig. Ein Blick über die Schulter sagt mir, dass keinem etwas passiert ist. Aber erschrocken sind wohl alle. Ich sehe, wie die meisten von ihnen ein paar Schritte zurückweichen.

„Komm, weiter“, drängt Hannes.

Wir haben nun den Rand des Waldes erreicht. Hier wird es schon schwieriger, den Spuren zu folgen, zumal es stockdunkle Nacht ist. Ein kleines Stück können wir die Abdrücke noch sehen, doch dann enden sie völlig abrupt. Suchend schauen wir uns um. Hannes leuchtet im Kreis, aber es ist wie verhext, die Spur verliert sich.

„Das gibt es doch nicht!“

„Gib mir mal“, fordere ich ihn auf, und er reicht mir die Taschenlampe.

Man kann eindeutig einen Schuhabdruck erkennen, der in die eine Richtung und einen, der genau in die entgegengesetzte Richtung weist. Unsere Augen wandern nach oben. Nichts zu erkennen.

„Meinst du vielleicht, der ist vom Himmel gefallen? Mitten in den Wald, oder was?“

Hannes schüttelt den Kopf.

„Aber die Spuren fangen hier an und enden vorne am Stadel. Der muss doch irgendwo hergekommen sein!“

Ich muss einfach eine Lösung finden. Ich leuchte die Bäume ringsum genau ab, sehe aber nicht das Geringste.

„Lass uns zurück gehen. Ich glaube nicht, dass wir hier in der Dunkelheit noch was finden werden.“

Ich leuchte noch einmal auf den Schuhabdruck und schaue ihn mir genauer an. Das Profil sieht sehr markant aus. Wer auch immer hier gelaufen ist, hat tiefe Spuren hinterlassen.

„Meinst du, dass der Täter so blöd war und so offensichtliche Spuren zurückgelassen hat? Bisher hat er noch nie einen Fehler gemacht. Ich kann das gar nicht glauben."

Zweifelnd starre ich nach unten.

„Jeder Täter macht irgendwann mal einen Fehler. Vielleicht ist er gestört worden, wer weiß?"

Hannes zuckt mit den Schultern und wendet sich zum Gehen. Resigniert folge ich ihm. Wir achten natürlich darauf, nichts zu verwischen. Vor uns lodern die Flammen unbarmherzig und finden immer wieder Futter. Nahe beim Stadel verlieren sich die Fußspuren in ein Kuddelmuddel an sonstigen Spuren. Alles ist zertrampelt, natürlich, die Feuerwehrler laufen hier ja ständig um den ganzen Stadel herum.

Ich glaube, vorerst kann ich hier nicht mehr viel helfen und beschließe, nach Hause zu gehen. Ich winke Sebastian zu mir, der sich den Schweiß von der Stirn wischt.

„Ja, geh ruhig heim und nimm die ganzen Schaulustigen am besten auch gleich mit."

„Ich versuch's. Komm morgen zu mir auf die Wache, ja?"

„Mach ich. Bis dann, ich muss weitermachen. Siehst du, da vorne haben wir es fast unter Kontrolle. Bis morgen!"

Ich finde es ja toll, dass er nach diesen anstrengenden Stunden und vor allem nach so wenig Schlaf noch so viel Energie hat. Ich für meinen Teil bin hundemüde. Ich verabschiede mich vom Chef und von Hannes, rede auf die ganzen Leute ein, dass sie sich doch bitte nach Hause begeben sollen und schaffe es doch tatsächlich, dass sich die kleine Menge etwas lichtet.

Nach wenigen Stunden Schlaf wache ich auf. Zuerst einmal halte ich alles für einen bösen Traum. Doch als ich neben mir keinen Sebastian ausmachen kann, muss ich mir eingestehen, dass von einem Traum meine Klamotten unmöglich so verbrannt riechen können.

Dieser Pyromane treibt es langsam zu weit, finde ich. Da fällt mir die Spur wieder ein. Es ist inzwischen hell geworden, also ziehe ich mich an und gehe runter.

„Louisa, stimmt es? Der Stadel mit dem Umzugswagen hat gebrannt?"

„Woher weißt du das denn schon wieder?"

„Na, du kennst doch Dimmelwang. Die Irmi hat vorhin angerufen und gefragt, ob es schon was Neues gibt."

Unglaublich, die muss auch immer alles wissen.

„Ich werde gleich mal hingehen. Bleib du mit den Kindern bitte zu Hause. Und passt auf euch auf."

„Wie meinst du das?"

„Wir haben es hier mit einem Serientäter zu tun. Was er anzündet, wird immer größer. Ich hab Angst, dass er irgendwann mal auf die Idee kommen könnte ein Haus anzuzünden. Also wenn dir irgendwas auffällt, melde dich sofort bei mir, ja?"

Eva schaut mich erschrocken an.

„Ja klar, das werde ich."

Bei meinem kurzen Abstecher, bevor ich zum Stadel fahre, treffe ich nur Larissa in der Polizeidienststelle an.

„Louisa, das ist ja schrecklich! Gut, dass wir jetzt eine Bürgerwehr machen wollen. Joachim schreibt schon ganz eifrig Zettel mit den Dienstplänen drauf. Ich hoffe, es melden sich auch genügend Freiwillige."

„Aha. Gut so. Ja, wir müssen etwas unternehmen, das ist klar. Hast du schon was gehört wegen dem Brand?“

„Der Herr Deutler ist noch nicht da und Harald ist gerade mit der Spurensicherung draußen. Stell dir vor, der Hannes hat da gestern Spuren entdeckt!“

„Ist nicht wahr?“

„Doch, wirklich. Die gehen in den Wald rein. Ich finde das ja echt unheimlich.“

„Darf ich dich mal was fragen?“ Ich schaue Larissa an, die, sofern es ihre Uniform zulässt, von oben bis unten gestylt ist.

„Aber natürlich.“

„Warum in aller Welt bist du nur Polizistin geworden? Da darf man nicht so etepetete sein.“

Sie lächelt mich an und blinzelt ganz wild.

„Du darfst mich jetzt aber nicht auslachen, ja?“

Jetzt kichert sie.

„Bestimmt nicht“, versichere ich ihr.

„Ich finde meinen Hintern in der Uniformhose so wahnsinnig sexy.“

Jetzt lacht sie.

„Aber das hast du doch vorher nicht gewusst.“

„Na doch, ich hatte mal einen Freund, der war Polizist, und wir haben dann immer so Rollenspiele gemacht, darauf stand der total. Da war dann er der Böse und ich die Polizistin. Das solltest du mit Sebastian auch mal machen.“

„Nein danke. Außerdem mag ich nicht, wenn er meine Hosen anzieht.“

„Ach, meinem Ex war das egal. Er fand meinen Hintern darin auch so sexy. Also wenn ich es mir so recht überlege, ist eigentlich er schuld daran, dass ich zur Polizei gegangen bin.“.

Gedanklich notiere ich mir, sie bei Gelegenheit mal zu fragen, wo denn ihr Exfreund wohnt, damit ich ihm mal einen Besuch abstatten kann, denn jetzt habe ich dafür schlicht und ergreifend keine Zeit.

„Falls was ist, ruf an."

„Hihi, ja, das werde ich. Dein Hintern ist in der Uniform aber auch ganz schön knackig", ruft sie mir noch hinterher.

Womit nur habe ich das verdient?

Der Stadel schaut wirklich übel aus. Eine Seite schwelt immer noch stark, innen sieht man die Gerippe der Traktoren und des Anhängers, an den Seiten schwelen noch die Balken. Ich entdecke Sebastian, der mir zuwinkt. Sie hätten den Brand jetzt soweit unter Kontrolle, erst vor einer halben Stunde hat der Kreisbrandmeister mit ihm abgesprochen, dass die Buchloer heimfahren können. Den Rest würden die Dimmelwanger selber schaffen.

Sebastian schickt mich zu Harald und Patrick, die sich hinter der Scheune die Spuren anschauen.

„Guten Morgen, Jungs", begrüße ich sie.

„Guten Morgen. Du und Hannes, ihr habt doch heute Nacht diese Abdrücke entdeckt, oder?"

„Eigentlich war es Hannes. Sie führen in den Wald hinein und hören da dann auf. Vielleicht sehen wir jetzt ja mehr. Es war total dunkel heute Nacht."

„Gut, lass uns das mal anschauen."

Wir drei laufen nunmehr den selben Weg wie Hannes und ich heute Nacht. Doch auch wir können nur feststellen, dass die Spuren plötzlich enden.

„Ist doch ganz einfach, da ist einer vom Stadel aus in den Wald gelaufen und wieder umgekehrt", sagt Patrick ganz sachlich.

Ich schlage mir mit der flachen Hand an die Stirn. Natürlich! Das erklärt einiges.

„Aber trotzdem. Wer war es?"

„Schau dir das Profil mal an", Patrick deutet mit seinem Kugelschreiber in einen Abdruck. „Das sind Schuhe mit mächtig Profil, ich würde sagen, das war einer von den Feuerwehrlern. Kommt, wir überprüfen das gleich mal."

Klingt alles logisch. Jetzt müssen wir nur denjenigen finden und nach seinem Motiv fragen, was er denn da im Wald gesucht hat.

Doch unsere Suche gestaltet sich sehr schwierig, da ja mehr als die Hälfte der Feuerwehrler bereits weg sind und auf eine erste Anfrage hin keiner zugibt, dass er im Wald war.

Ich könnte durchdrehen. Wir kommen keinen einzigen kleinen Schritt weiter. Und morgen ist doch das Gaudiwürmchen-Treffen und übermorgen hätten wir unseren Festwagen vollendet. Larissa hatte sich schon so gefreut, dass sie endlich mit dem Glitzerspray alles besprühen hätte dürfen. Aus der Glitzer-Traum. Und sehr wahrscheinlich auch der Traum vom Gaudiwurm. Wobei ich das bei näherer Betrachtung eigentlich gar nicht so schlimm finde. Wäre ich nicht so sauer auf den Brandstifter, könnte ich jetzt eigentlich ganz glücklich sein. Aber ich bin es nicht. So viel Arbeit und Mühe im Eimer.

Meine große Hoffnung ist ja die Bürgerwehr. Ich werde heute gleich mal mit Joachim telefonieren, ob er schon Leute gefunden hat, die mitmachen möchten. Ich bin mir sicher, dass es viele gibt, die sich dazu bereiterklären. Alle haben Angst und auf noch mehr Brände können alle gut und gerne verzichten.

„Louisa, komm doch mal her", ruft mich da Harald zu sich. Neben ihm steht Moritz. „Ich habe ihn gefunden. Er war heute Nacht im Wald."

Moritz schaut auf den Boden und scharrt mit seinen Schuhspitzen im Schnee herum.

„Hallo Moritz", grüße ich ihn, woraufhin er nur undeutliches Gemurmel von sich gibt.

„Du warst also heute Nacht im Wald draußen? Warum bist du da reingelaufen?"

„Dachte, ich hätte was gesehen."

„Jetzt schau mich doch bitte an, wenn du mit mir sprichst", fordere ich ihn auf und tatsächlich hebt er seinen Kopf.

Er ist mir ja wirklich sehr unsympathisch. Und ich kann mir nicht helfen, es kommt mir so vor, als ob er mir nicht die Wahrheit sagt. Oder zumindest nicht die ganze Wahrheit.

„Was dachtest du denn, was du gesehen hast?"

„Hm. Da war so ein Licht."

„Ein Licht? Von einer Taschenlampe?"

„Kann sein."

„Lass dir doch bitte nicht alles so aus der Nase ziehen."

Ich werde langsam ungeduldig.

„Ich hab gedacht, ich hätte einen Lichtstrahl im Wald gesehen und wollte schauen, ob ich den Kerl erwische, der das Feuer gelegt hat."

„Das ist ja sehr heldenhaft von dir. Auf die Idee, jemanden mitzunehmen, bist du nicht gekommen? Immerhin könnte der Feuerleger ja gefährlich sein."

„Es ging alles so schnell. Hinter mir das Feuer, vor mir im Wald irgendein Licht. Ich wollte so schnell wie möglich da hin. Ich hatte doch keine Zeit, mir noch jemanden mitzunehmen. Außerdem waren alle beschäftigt."

„Na gut. Du bist also in den Wald gelaufen. Und dann?"

„Dann habe ich nichts mehr gesehen. Ich bin noch ein Stück in den Wald rein, aber es war zu dunkel da drinnen, da sieht man ja gar nichts. Ich fand es dann besser, zurückzugehen und meinen Kollegen zu helfen."

„Verstehe."

„Ich nehme mal deine Personalien auf", sagt Harald und zückt schon seinen Block.

„Louisa, du glaubst mir doch, oder?", fragt Moritz und klingt dabei fast ängstlich. Ich seufze.

„Manchmal weiß man nicht, wem man was glauben soll. Was war denn dann mit dem Licht?"

„Es war plötzlich aus. Erst bin ich ihm ja noch hinterhergelaufen, aber dann war es weg."

„Der Täter könnte bemerkt haben, dass man ihn verfolgt und hat eben seine Taschenlampe ausgeknipst", meint Harald.

„So könnte es gewesen sein. Gib Harald bitte deine Personalien, ich muss mir was anschauen."

Ich ziehe einen Kreis um den Stadel. Wenn tatsächlich jemand im Wald gewesen ist, dann muss derjenige entweder von der anderen Seite in den Wald gelangt sein und hatte mit dem Brand vielleicht gar nichts zu schaffen, oder aber er ist ein paar Meter weiter weg vom Wald aus zum Stadel gekommen und es gibt noch weitere Fußspuren. Das Problem ist leider nur, dass es einfach zu viele Spuren gibt. Mein Kreis wird größer und irgendwann stößt Harald zu mir.

„Auf Spurensuche?"

„Ja. Von irgendeiner Seite muss der Täter ja an den Stadel rangekommen sein. Wenn er natürlich von der Straße her kam, können wir seine Abdrücke unmöglich finden, da ist mittlerweile alles niedergetrampelt. Aber wenn er nun doch vom Wald her kam, könnten wir doch was finden. Glaubst du Moritz eigentlich?"

„Was sollte er sonst für einen Grund haben, in den Wald zu laufen und wieder umzudrehen?"

„Ich weiß es nicht. Ich traue dem Typen nicht so ganz."

„Ich glaube, du magst ihn nur einfach nicht."

„Da ist was dran."

„Schau mal, hier ist eine Spur. Die hat der Patrick vorhin auch schon gesehen."

„Seid ihr ihr gefolgt?"

„Nur ein Stück. Sie geht aber nicht zum Wald hin, sondern auf die andere Seite, hin zum Dorfrand. Und da vorne sind Hundepfotenabdrücke im Schnee. Da war wohl jemand noch am Vorabend mit seinem Hund spazieren."

Es scheint aussichtslos. Unser Feuerteufel hinterlässt nichts.

Da es inzwischen schon später Nachmittag ist, beschließe ich, noch mal auf der Wache vorbeizuschauen. Wie es der Zufall will, treffe ich auf Joachim, der offenbar Larissa besucht. Verlegen rutscht er von ihrem Schreibtisch herunter.

„Gut, dass ich dich treffe. Wie sieht es denn mit der Bürgerwehr aus?", frage ich ihn, bevor das hier noch peinlicher werden kann.

„Es läuft super. Gerade nach dem Brand heute Nacht ist fast jeder, den ich anrufe, bereit mitzuhelfen. Die Leute leben langsam wirklich in Angst und Schrecken. Jeder Mann will helfen, den Feuerleger zu fangen. Ich glaube, wir haben gute Chancen, dass wir ihn erwischen oder zumindest von weiteren Taten abhalten, wenn hier jeden Abend acht Mann oder mehr patrouillieren."

„Sehr gut. Das war echt eine gute Idee. Fangt ihr heute schon an?"

„Ja, um halb sieben treffen wir uns am Musikerheim. Da gebe ich jedem entsprechende Anweisungen, und wir schwärmen aus.

Für Sebastian, der ja heute mitgehen wollte, habe ich schon einen Ersatz. Ich glaube kaum, dass er nach einem ganzen Tag Brand bekämpfen noch Lust und Energie für die Bürgerwehr hat."

„Das glaube ich auch nicht."

„Joachim", fällt uns Larissa ins Wort. „Nimmst du mich dann mit? Das wäre doch total romantisch."

Sie lächelt ihn an und wirft ihre langen blonden Haare über die Schulter.

„Schatz, ich nehme dich gern mit. Aber nur, wenn du wirklich möchtest."

„Natürlich möchte ich", entrüstet sie sich. „Du musst halt gut auf mich aufpassen."

„Oh, das werde ich."

Sie sehen sich an und haben wohl vergessen, dass ich auch noch da bin, denn sie fangen wieder an sich zu küssen. Diskret ziehe ich mich an meinen Schreibtisch zurück. Mir fällt auf, dass ich ja eigentlich gar keinen Dienst habe. Also verabschiede ich mich und gehe nach Hause.

Zu Hause treffe ich auf eine ziemlich zerknirschte Eva. Jasmin hat sie wohl heute den ganzen Tag lang genervt, Rebecca hat Koliken und schreit in einer Tour und sie selbst hat von all dem dröhnende Kopfschmerzen.

„Louisa, wirklich, ich halte das nicht mehr aus", jammert sie, kaum, dass ich die Tür hinter mir zugemacht habe.

„Ich glaub's dir ja. Aber schau, ich muss einen Pyromanen dingfest machen und einen Bankräuber finden. Wenn es nicht sogar derselbe Täter ist. Wir kommen keinen Schritt weiter. Das ist auch hart."

„Ich weiß."

Ich höre, wie Jasmin oben in ihrem Zimmer tobt, Rebecca liegt im Laufstall und weint.

„Ich brauche mal eine Auszeit."

„Komm, leg dich hin, ich kümmere mich um die Mädels."

„Wirklich? Würdest du das für mich machen?"

„Na klar."

„Danke."

Eva erhebt sich schwerfällig von der Couch und verschwindet nach oben. Kurz darauf kommt Jasmin runter.

„Tanteeeee, was machen wir jetzt?"

„Wir gehen spazieren."

Beide Kinder sind dick eingemummelt und wir laufen durch Dimmelwang. Rebecca liegt im Kinderwagen und spielt, so gut es ihre Fäustlinge zulassen, an dem Bärchengebimsel über ihr. In jedem zweiten Fenster steht irgendein Weihnachtskitsch, in manchen Gärten sind Büsche und Bäume mehr oder weniger schön geschmückt. Auf einem Dach steht ein leuchtender Schlitten, auf dem ein aufblasbarer Schneemann sitzt und winkt. Jasmin ist fasziniert und hüpft wie eine Wilde herum. Sie wirft Schneebälle und kann an keinem Zaun vorbeigehen, ohne den Schnee runter zu schieben.

Mein Weg führt mich ganz unbewusst erst in die Weidgasse. Neuer Schnee hat den Brandfleck zugedeckt. Ich schaue mich um, versuche, irgendwie schlau aus dem Autobrand zu werden. Aber da ist nichts. Niemand hat etwas bemerkt. Vielleicht sollte ich noch einmal mit Jennifer und Leopold sprechen. Ich notiere mir das geistig.

Wir setzen unseren Spaziergang fort und erreichen wenig später die Bank. Das Absperrband flattert leise im Wind, kein Mensch ist da. Wahrscheinlich sind die alle am anderen Ende von Dimmelwang, dort, wo der Stadel gebrannt hat. Wir drehen um und gehen genau dorthin. Es qualmt immer noch an einigen Ecken. Jetzt steht da kein Gerippe mehr, sondern es liegt nur noch ein Haufen Asche herum.

Sebastian hat uns gesehen und kommt rüber. Jasmin klammert sich an mein Bein. Ihr ist das alles etwas unheimlich.

„Hey, ihr drei. Alles klar bei euch?"

„Ja. Schaut so aus als wäre das Feuer gelöscht."

„Wir haben alles unter Kontrolle, ja. Jetzt geht es um die Brandwache. Ich werde die erste Schicht mit ein paar anderen übernehmen. Vielleicht könntest du uns was zu essen besorgen. Wir verhungern schon fast."

„Mach ich."

„Unsere größte Sorge ist es, dass der Brandstifter heute Nacht wieder umgeht. Wir sind alle erschöpft und müde. Kannst du Joachim sagen, er soll sich um die Bürgerwehr kümmern. Ach, und für mich bräuchte er einen Ersatz."

„Hat er schon. Und viele wollen mitmachen. Alle haben Angst vor noch mehr Bränden. Wir finden ihn, glaube mir."

„Das hoffe ich. Ich muss dann mal wieder rüber schauen. Warte nicht auf mich. Geh früh schlafen, du brauchst deinen Schlaf auch."

Wir geben uns noch ein Abschiedsbussi, dann laufen wir in Richtung Poseidon, wo ich den Auftrag gebe, Pizzen an die Feuerwehrler zu liefern. Selbstverständlich würden sie sich sofort darum kümmern. Und das mit der Rechnung hätte ja Zeit.

Zu Hause ist es stockdunkel. Ich beschwöre Jasmin, leise zu sein. Vorsichtig schleiche ich mich in Evas Zimmer. Sie liegt im

Bett, hat die Decke bis zur Nase gezogen und schnarcht leise. Kurzentschlossen nehme ich Jasmin und Rebecca zu mir mit rauf. Wir machen es uns in meinem breiten Bett gemütlich, kuscheln uns aneinander, und bevor ich noch mit meiner Gute-Nacht-Geschichte fertig bin, sind wir alle drei auch schon eingeschlafen.

Dimmelwang, Montag, 5. Januar

Heute ist wieder Gaudiwürmchen-Treffen. Ich bin sehr gespannt, wie es ablaufen wird. Sebastian und ich sind schon eine halbe Stunde vor der Zeit im Musikerheim und stellen die Tische auf. Nach und nach trudeln alle ein, und großes Thema ist natürlich der Stadelbrand.

„Wir müssen den Umzug absagen, oder was meint ihr?", fragt Margarete, die sehr blass zwischen Ingolf und Irmi sitzt.

„Naa, grad net", ruft Xaver. „Des is doch genau des, wos der Deifl wuill. Den Gfalln tua ma eam net!"

Zustimmende Rufe ertönen, Sebastian versucht, sich Gehör zu verschaffen.

„Hört mal zu, ich finde ja auch, dass wir überlegen sollten, was unter diesen Umständen mit dem Umzug passiert, aber wir müssen sachlich bleiben. Der Festwagen der Musiker ist den Flammen zum Opfer gefallen, wie ihr alle wisst. Ich weiß nicht, ob wir es noch schaffen, in der kurzen Zeit nochmal einen Hänger zu bauen."

„Jo wenn olle zamhoifn, warum net?", wirft Irmi in die Runde.

„Aber mal im Ernst. Wir haben weder Anhänger noch Traktor. Wo sollen wir die denn jetzt auf die Schnelle hernehmen?"

„Der Oldtimer-Verein hat doch haufenweise Traktoren", sagt Georg von den Veteranen in die Stille hinein.

„Stimmt, und soweit ich weiß, hat der Bendiger auch noch einen Hänger hinter seinem Hof stehen, den er eh ganz selten benutzt. Vielleicht leiht er ihn uns ja?", meint Daniel.

Sebastian schaut von einem zum anderen.

„Ihr wollt das unbedingt, oder?"

„Ja klar, wir müssen doch zeigen, dass wir dem bösen Unbekannten die Stirn bieten, oder?"

Wieder Zustimmung.

„Ich hätte da eine Idee", Dr. Rolf Wengener, der Schuldirektor, hebt die Hand. „Wie wäre es denn, wenn ihr keinen Avatar-Wagen mehr baut, sondern aus dem Hänger einen Bankautomaten macht?"

Margarete schaut völlig entsetzt.

„Ich halte das für überhaupt keine gute Idee."

„Aber warum denn nicht? Schau, wenn wir uns über den Bankraub lustig machen, dann ärgert sich der Räuber vielleicht. Ich denke, schaden kann es doch nicht, oder?"

Ich sehe Sebastian an, dass er nicht überzeugt ist.

„Ich denke, da kann man doch einiges draus machen. Die Kapelle könnte sich als Panzerknacker verkleiden und vor dem Wagen herlaufen. Wir könnten witzige Lieder spielen", Diana legt den Finger an die Lippen. „Hey, zum Beispiel ‚Ba-Ba-Banküberfall' von der EAV, das wäre doch total lustig! Und jeder hier weiß, worauf wir abzielen. Rolf, ich stehe voll und ganz hinter deiner Idee."

Jetzt grinst Sebastian.

„Das hört sich wirklich ganz gut an. Wisst ihr was? Wir schauen, ob wir Hänger und Traktor bekommen, dann könnten wir morgen Abend gleich loslegen. Wie sieht es bei euch allen aus? Sind die Wägen fertig soweit?"

Alle nicken, bis auf Edith Kreuther.

„Es ist immer dasselbe. Die Eltern, die sich darum reißen mitzuhelfen, sind dann zu beschäftigt und es lässt sich kein gemeinsamer Termin finden. Ich hoffe wirklich, dass wir es noch rechtzeitig schaffen."

Michael und Daniel erklären sich sofort bereit, mit Rat und vor allem Tat zur Seite zu stehen. Frau Kreuther ist sichtlich erleichtert.

„Gut, dann kümmere ich mich um einen neuen Hänger und

Traktor. Dann bräuchten wir nur noch einen passenden Ort. Ich werde euch allen so schnell wie möglich Bescheid geben, ob es klappt. Drückt die Daumen! Gut, ich denke, dann sind wir für heute fertig. Ich schaue im Laufe der nächsten Woche mal bei jedem Verein vorbei. Wenn was ist, meldet euch."

„Jo, des moch ma. I hob jetzad no wos, wo i euch fragen wollt. Also, des is ja so, äh …" Xaver scheinen die Worte zu fehlen.

Irmi schaut ihn ganz komisch von der Seite an.

„Jetzt sog aber ned, dass du des Thema hier a no breittreten mogst!"

Xaver fühlt sich sichtlich unwohl in seiner Haut.

„I muass doch frogn, was die Bürger davon hoitn."

„Xaver, na, des mochst ned!"

„Worum geht es denn überhaupt", fragt Sebastian.

Alle sind ganz ruhig und schauen gebannt auf Xaver.

„Es is so, also, wir ham da so a Anliegen vorliegen. Also besser gsogt, a Bauanliegen."

„Xaver", ermahnt ihn Irmi mit bösem Blick.

Aber Xaver ignoriert sie und spricht weiter.

„Konkret gsogt, hamma a Anfrage wegen so am Etablissmo."

„Wegen was?", fragt Margarete spitz.

„Ja mei, die wollen da in der Germaringer Straße halt so a Gebäude hinstellen."

„In der Germaringer Straße?", entfährt es mir. „Aber das ist doch ein Neubaugebiet!"

„Ja natürlich ned mitten ins Neubaugebiet. Des würden wir ja niemals genehmigen. Aber do praktisch ganz hinten, hinterm Neubaugebiet, Richtung Industriegebiet. Nur so grob do hinten."

„Also ich weiß nicht", sage ich skeptisch. „Wenn ich das richtig verstehe, geht es hier um einen Puff, oder?"

Jetzt wird Xaver knallrot, und Irmi verschränkt beleidigt die Arme.

Einige Männer schmunzeln und Schorsch meint: „Also, ich fände das gut. Dann wäre hier mal was los!"

Er lacht recht dreckig, und einige stimmen in sein Gelächter mit ein.

„Dafür muss es ein Bürgerbegehren geben!", ereifert sich Margarete. „Ich werde höchstpersönlich mit Listen herumgehen und Unterschriften sammeln. So geht's ja schließlich nicht!"

„Aber was haben wir denn eigentlich jetzt damit zu tun? Das ist doch Sache des Bauausschusses, oder?", fragt Diana ganz sachlich.

„Jo, scho, aber i wollt halt eben Meinungen sammeln", sagt Xaver kleinlaut.

Irmgard hat sich demonstrativ von ihm weggedreht und spielt beleidigte Leberwurst.

„Und jetzt hast du schon die ersten Gegner gesammelt", schmunzelt Sebastian. „Na gut, lassen wir es dabei. Wichtig sind jetzt erst mal die Festwägen und der Gaudiwurm. Alles Weitere können wir ja besprechen, wenn da alles passt. Einverstanden? Gut, also, dann wünsche ich euch allen noch einen schönen Abend."

Langsam erheben sich alle und ich sehe, wie Schorsch dem Xaver aufmunternd auf die Schulter klopft. Das kann ja noch was werden.

„Das wird ja hoffentlich nichts", keift Margarete hinter mir.

Irmgard und sie haben die Köpfe zusammengesteckt. Der arme Xaver. Ich fürchte, er hat gerade nichts zu lachen bei ihr.

Ich finde es gut, dass wir den Gaudiwurm nicht absagen. Aber ich muss natürlich mit meinen Kollegen sprechen. Es muss höchste Sicherheitsstufe beim Umzug gelten. Das wäre ein Eklat, wenn ausgerechnet da was passieren würde.

Sebastian und ich bleiben noch kurz unten am Musikerheim stehen und ratschen ein bisschen, aber dann machen wir uns auf den Weg. Unterwegs ruft Sebastian bei Lorenz Bendiger an. Ob er denn noch einen Hänger hätte, den er gerade nicht braucht? Ja? Tatsächlich? Das wäre prima. Ja, gleich morgen. Was ich so mitbekomme, sieht es in Sachen Hänger schon mal gut aus. Sein Trutscherl macht ihn ein ganzes Stück umgänglicher. Man kann jetzt richtig reden mit dem Bendiger. Sebastian signalisiert mir mit Daumen hoch, dass es klappt. Er strahlt übers ganze Gesicht, als er das Gespräch beendet.

„Der Lorenz hat wirklich einen Hänger, den er jetzt im Winter nicht braucht. Stell dir vor, er freut sich, dass er uns da helfen kann. Ist das nicht super?"

„Jetzt fehlt nur noch der Traktor, der den dann zieht."

„Ach, das sollte kein Problem sein. Es stimmt schon, beim Oldtimer-Verein haben sie doch sicher einen, den sie uns leihen können. Außerdem haben wir da ja noch mehr Zeit als beim Hänger. Der Lorenz bringt ihn uns morgen zum Feuerwehrhaus. Es hilft nichts, wir müssen da den Hänger bauen. Oh, schau mal, wer da ist."

Vor uns tauchen Joachim und noch ein Mann aus dem Dunkeln auf.

„Servus, na, seid ihr in Sachen Brandwache unterwegs?"

„Servus. Ja, aber es schaut so aus, als würde heute nichts passieren. Wobei man das ja nie sagen kann."

„Vielleicht hat der Feuerteufel auch erst mal genug. Das hoffe ich zumindest. Gut, dass ihr unterwegs seid."

„Ja, wir sind acht Mann heute. Wie besprochen sind in jeder Richtung zwei Mann unterwegs. Ich glaube, das schreckt ihn ab."

„Hey, bevor ich's vergesse, morgen Abend um sieben treffen

wir uns im Feuerwehrhaus, um unseren neuen Wagen zu bauen", sagt Sebastian, und eine Spur Stolz schwingt in seiner Stimme mit.

„Ach was? Wie cool ist das denn? Das freut mich. Wenn ich darf, bin ich wieder dabei! Und Larissa bringe ich auch mit!"

Joachim ist begeistert und klopft Sebastian auf die Schulter.

„Gut gemacht, Kumpel. Schau, so ist es richtig: Man muss dem Bösewicht die Stirn bieten!"

Es geht noch eine Weile hin und her, dann verabschieden wir uns und steuern heimatliche Gefilde an.

Dimmelwang, Dienstag, 6. Januar, Heilige Drei Könige

Endlich konnte ich einmal richtig gut schlafen. Und genauso gut gelaunt hüpfe ich die Treppe runter, ignoriere Evas genervten Gesichtsausdruck und mache mir mal ein richtig gesundes Frühstück. Jasmin schaut mir fasziniert zu, wie ich Apfel und Banane klein schneide.

„Tante, weißt was ich voll fies finde?"

„Nö, was denn?"

„Bloß die Vorschulkinder dürfen beim Gaudiwurm auf dem Wagen stehen, alle anderen müssen laufen."

Sie zieht eine Schnute.

„Ach, Mäuslein, schau mal, so viele Kinder, wie bei euch im Kindergarten sind, passen doch gar nicht alle auf den Hänger. Klar müssen dann welche laufen."

Ich muss zugeben, mir leuchtet auch nicht ein, warum die Großen rumkutschiert werden und die Kleinen laufen müssen, ich werde mich aber hüten, Jasmin das zu sagen. Frau Kreuther wird schon ihre Gründe haben.

„Is aber trotzdem voll gemein."

Ich höre mir noch eine Weile ihre Schimpftirade an, esse mein Frühstück und verabschiede mich dann in die Arbeit. Manchmal bin ich wirklich froh, dass ich nicht den ganzen Tag zu Hause sein muss.

„Hey Louisa, lass uns raus fahren", sagt Harald zur Begrüßung.

„Guten Morgen erst mal. Was sollen wir unternehmen?"

„Ich möchte irgendwas machen, wir sitzen nur hier, und da draußen läuft ein Banken ausraubender Pyromane rum. Ich will nicht länger untätig bleiben."

Er hat ja Recht.

„Ja, aber in welche Richtung sollen wir ermitteln? Wir haben so gut wie keine Spur."

„Ich würde zu gerne mal die beiden Schmitz-Kinder besuchen. Du hast doch gesagt, die kamen dir komisch vor."

„Ja, schon, aber ich weiß nicht so recht, das sind doch nur Kinder."

„Ach komm, wir haben nichts zu verlieren."

„Na gut, fahren wir."

„Larissa und Herr Deutler halten hier so lange die Stellung", Harald zwinkert, als er das sagt, und ich werde natürlich hellhörig.

„Wie? Läuft da was zwischen denen?"

„Nein, die Larissa hat doch ihren Joachim. Aber ich glaube, das weckt nur noch mehr das Jagdfieber im Deutler. Er scharwenzelt die ganze Zeit um sie rum. Der wird froh sein, wenn wir eine Weile weg sind."

Wir wissen, dass heute Feiertag ist, aber trotzdem klingeln wir kurz nach neun bei der Familie Schmitz und bitten darum, noch einmal mit Jenny und Leopold sprechen zu dürfen.

Da hätten wir aber Glück, meint Herr Schmitz, die beiden seien gerade runtergekommen und säßen nun am Frühstückstisch. Wir folgen ihm in die Küche.

„Guten Morgen", grüßt Harald in die Runde und ich kann förmlich sehen wie Jenny der Bissen im Hals stecken bleibt.

Augenblicklich wird sie eine Schattierung blasser. Ihr Bruder hat sich da schon besser im Griff.

Er sagt ganz cool: „Hi, alles klar?"

„Leopold, so begrüßt man doch keine Polizisten", ruft Frau Schmitz, steht auf und gibt uns beiden die Hand.

„Bitte entschuldigen Sie, aber die beiden sind nun mal Teenager."

„Kein Problem. Könnten wir Ihre Kinder bitte einen Moment alleine sprechen?", frage ich ganz liebenswürdig.

„Natürlich, natürlich."

Frau Schmitz schiebt ihren Mann zur Küche raus und schließt nachdrücklich die Tür.

„Dürfen wir uns zu euch setzen?"

„Wenn's sein muss."

Wieder spricht Leopold. Jenny sitzt wie ein Häuflein Elend vor ihrem angebissenen Croissant.

„So, ihr zwei. Wir haben uns ja eine ganze Weile nicht gesehen. Geht es euch gut?"

„Logo."

„Und dir, Jennifer?"

Ich beobachte sie ganz genau und mein Eindruck bestätigt sich. Mit diesem Mädchen stimmt etwas nicht. Sie sagt „Ganz gut" zu ihrem Teller und kann mir nicht in die Augen schauen.

„Was habt ihr denn in der Zwischenzeit so gemacht? Ich meine, es waren ja Ferien bis jetzt. War euch da langweilig?"

Jetzt geht ein merkwürdiges Flackern durch Leopolds Augen.

„Wir haben gechillt. Mit unserer Konsole gespielt. Gegessen und geschlafen. Oh, und auf dem Klo war ich zwischendurch auch mal."

„Werd nicht frech, Bürschchen!", ermahnt ihn Harald. „Habt ihr mitbekommen, dass es noch mal gebrannt hat?"

Die beiden schauen sich an.

Dann sagt Leopold: „Klar haben wir das mitbekommen. Bloß weil wir noch keine achtzehn sind, heißt das noch lange nicht, dass wir uns für nichts hier interessieren."

„Brauchst nicht gleich so aggressiv zu sein", beschwichtigt ihn Harald. „Aber bei dem anderen Brand ist euch nichts aufgefallen, oder?"

„Was soll das denn jetzt heißen?"

Leopold ist nicht blöd, das ist klar. Aber ich habe den Eindruck, er fühlt sich etwas in die Enge getrieben.

„Nichts, gar nichts. Wir haben uns nur gefragt, ob ihr vielleicht Freunde habt, die Mutproben veranstalten."

Oha, Harald wagt sich aber weit vor. Wenigstens haben seine Worte zur Folge, dass Jennifer endlich mal aufschaut. Ihre Augen sind weit aufgerissen.

„Nein, wir haben keine Freunde, die Mutproben machen."

Leopold ist aufgestanden und ganz rot im Gesicht.

„Ich weiß genau, was Sie uns unterstellen wollen. Aber nein, wir sind nicht die Feuerteufel von Dimmelwang, auch wenn Sie unbedingt einen Täter brauchen."

Das hat gesessen. Haralds Halsader tritt hervor und ich weiß, dass er sich gerade wirklich beherrschen muss, um Leopold nicht anzuschreien.

„Jennifer, magst du uns was dazu sagen?", frage ich sie freundlich.

„Ich… Nein. Es stimmt, wir haben keine solchen Freunde."

„Na dann ist's ja gut. Aber lasst euch gesagt sein, dass solche Mutproben strafrechtliche Konsequenzen haben, auch wenn ihr noch nicht volljährig seid."

Ein unsicherer Blick wandert zu Leopold. Der stellt sich schützend vor seine Schwester und stemmt die Arme in die Seite. Jenny senkt ihren Blick.

„Wir haben Ihnen nichts mehr zu sagen. Ich finde es echt gemein, uns zu verdächtigen. Wir haben schließlich den Brand gemeldet. Und das ist der Dank. Warten Sie nur, bis ich das meinem Vater erzähle!"

„Reg dich ab, Kleiner, ist ja schon gut. Ich finde, unser Gespräch war ziemlich aufschlussreich. Was meinst du, Louisa?"

Ich zucke mit den Schultern und deute mit einem Kopfnicken in Richtung Tür.

„Lass uns gehen. Ich fürchte, das bringt hier nichts mehr."

„Wenn euch doch noch was einfallen sollte, wisst ihr ja, wo ihr uns findet."

Die beiden schauen wortlos zu, wie wir die Küche verlassen. Vor der Tür warten die Eltern und verabschieden uns. Ich bin ja mal gespannt, ob wir von denen was hören werden oder ob Leopold lieber seine Klappe hält. Beide Varianten wären bedeutungsvoll.

„Du kannst mir doch nicht erzählen, dass mit denen alles in Ordnung ist?"

Harald sitzt am Steuer und schaut verbissen auf die Straße.

„Nein, das hab ich dir ja gesagt, mir kamen die beiden beim letzten Mal schon so komisch vor. Aber meinst du wirklich, dass da Jugendliche dahinterstecken?"

„Ich weiß es nicht."

„Jedenfalls bin ich mal auf den Herrn Hoffmann gespannt, was der für ein Täterprofil macht."

„Soll der nicht sogar heute kommen?"

„Kann sein. Es hieß, dass er diese Woche Zeit hat. Ich habe sämtliche Unterlagen zusammengesucht, damit er einen Überblick bekommt."

Schweigend fahren wir die letzten paar Minuten zurück zur Polizeidienststelle.

Herr Deutler sitzt wieder bei Larissa auf dem Schreibtisch. Er ist sichtlich peinlich berührt, dass wir ihn da so sitzen sehen und rutscht ganz verlegen herunter.

Etwas lauter als normal sagt er: „Ja, gell, dass Sie mir das bitte heute noch fertig machen, Frau Frosch."

„Äh, ja was meinen Sie denn jetzt", fragt Larissa.

Harald und ich tun so, als hätten wir das gar nicht mitbekommen, können uns aber ein Lächeln nicht verkneifen.

„Wissen Sie, wann Herr Hoffmann kommt?", frage ich, um die Peinlichkeit zu überbrücken.

„Äh, ja, Herr Hoffmann, gutes Stichwort. Heute Nachmittag müsste er kommen. Wir werden ihm heute sämtliche Unterlagen mitgeben, und Sie alle halten sich bitte für eventuelle Fragen bereit, ja?"

„Klar, Chef."

Kurz nach drei am Nachmittag ist es dann so weit. Herr Hoffmann schneit im wahrsten Sinne des Wortes herein. Er klopft sich den Schnee von seinem langen schwarzen Mantel und lässt seinen Profiblick über uns schweifen.

„Hoffmann, angenehm."

Herr Deutler, der extra seine Bürotüre offen stehen gelassen hat, kommt angeflitzt und reicht Herrn Hoffmann die Hand.

„Deutler, ich freue mich, dass Sie da sind. Wir haben alles für Sie vorbereitet."

„Sehr gut. Ich habe auch gar nicht viel Zeit, muss noch zu drei Dienststellen. Vielen Dank."

Er nimmt die Unterlagen entgegen und blättert sie kurz durch.

„Gut, ich sehe schon, das wird wieder Arbeit für mich geben. Aber dafür bin ich ja da."

Er lächelt in die Runde. Ich finde den Herrn Hoffmann ziemlich sympathisch, muss ich sagen.

„Möchten Sie sich vielleicht ein bisschen aufwärmen bei uns?", frage ich ihn. „Wie wäre es mit einer Tasse Kaffee?"

„Da sage ich nicht nein", grinst er zurück und zieht sich den Mantel aus.

Wir sitzen im Besprechungszimmer und ich schildere ihm die Brände. Sogar den Heckenbrand an Halloween lasse ich nicht aus. Er hört mir aufmerksam zu und scheint sich gedanklich ein paar Notizen zu machen. Als ich fertig bin, wirft er noch einmal einen Blick in die Unterlagen.

„Hm, ich denke, das Wichtigste ist es im Moment, die Augen offen zu halten. Es kann sich durchaus um einen Pyromanen handeln, wobei ich da sehr vorsichtig bin. Pyromanie ist eine Krankheit, und oftmals flüchten sich Verdächtige, die von diesem krankhaften Zwang gar nicht betroffen sind, in dieses Bild eines Pyromanen, um schuldmindernde Umstände zu bekommen. Auf alle Fälle werden die Objekte, die er in Brand steckt, immer größer, das steht außer Zweifel."

„Aus diesem Grund haben wir hier auch eine Art Bürgerwehr gegründet", verkünde ich stolz. „Jeden Abend patrouillieren Freiwillige durch Dimmelwang."

Überrascht zieht er die Augenbrauen hoch.

„Das ist eine hervorragende Idee. Einerseits. Andererseits könnte genau so etwas den Täter noch viel mehr dazu anstacheln, weitere Brände zu legen, da er diese Bürgerwehr, wie Sie es nennen, austricksen möchte. Es scheint mir, als wäre der Täter genau darauf aus: Aufmerksamkeit um jeden Preis. Aber genau das kann ihm zum Verhängnis werden. Irgendwann wird ihn das zum Fallen bringen. Er wird sich dadurch verraten."

„Oh, na dann werde ich das mal den Männern mitteilen."

„Nicht so schnell. Sie könnten damit auch wieder die Hühner scheu machen. Momentan denken die ganzen Freiwilligen doch, dass der Täter Angst hat, entdeckt zu werden, weil sie unterwegs sind. Wenn Sie ihnen nun sagen, dass das den Täter anspornen könnte, werden sie entweder zu Memmen oder sie wollen den Helden markieren. Ich an Ihrer Stelle würde momentan einfach gar nichts sagen. Ich gehe so schnell wie möglich die Unterlagen durch, dann haben wir unser Täterprofil. Danach sehen wir weiter. Einverstanden?"

„Ja, da haben Sie auch wieder Recht. Also gut, einverstanden."

Es ist schon stockdunkel, als ich die Polizeistation verlasse. Zu Hause kann ich schon an der Haustür riechen, dass wohl erst vor Kurzem die Heiligen Drei Könige da gewesen sein müssen. Es riecht nach Weihrauch. Was sage ich, es stinkt nach Weihrauch.

„Oh, gut, dass du da bist", Eva steckt ihren Kopf aus der Küche. „Ich koche jetzt Fisch, vielleicht vertreibt das den Geruch. Ich mag Weihrauch ja ganz gern, aber die haben mir hier die ganze Bude eingeräuchert, das ist sogar mir zu viel. Kommst du?"

Ich ziehe meine Schuhe aus und halte die Füße kurz an die Heizung. Die Wärme tut gut. Der kurze Weg von der Wache hierher hat mich komplett einfrieren lassen. Draußen liegen gut dreißig Zentimeter Schnee und meine Füße sind Eisklötze. In der Küche brutzelt Fisch in der Pfanne, im Ofen sind Kartoffeln und es duftet herrlich nach Rosmarin. Der Tisch ist gedeckt und es brennt sogar eine kleine rote Stumpenkerze.

„Ist heute was Besonderes?"

„Irgendwie schon."

„Und was?“

Eva setzt sich zu mir an den Tisch, stützt den Kopf in die Hände und schaut mich eine Weile nachdenklich an.

„Weißt du, ich habe nachgedacht.“

Oh oh. So fangen normal keine guten Sätze an.

„Ich werde mein Leben ändern.“

„Aha. Und wie?“

„Weißt du, ich finde, ich bräuchte mal wieder einen Mann an meiner Seite. Ich möchte nicht nur Mutter sein, verstehst du?“

Ja, das verstehe ich nur zu gut.

„Klar. Hab mich sowieso schon gewundert, wie lange du noch warten willst.“

„Was soll das denn jetzt heißen? Ich habe ja gerade erst wieder ein Kind bekommen.“

„Ja, aber Christopher hat dich ja schon davor sitzen gelassen. Du bist schon viel zu lange allein.“

„Da muss ich dir ausnahmsweise einmal Recht geben. Also, hast du einen Mann für mich?“

„Wie bitte?“

„Du kennst doch einen Haufen Leute. Ist da keiner dabei, der was für mich wäre?“

„Äh, also, ich weiß nicht so recht …“

„Du kannst ja mal überlegen. Oh, ich glaube, der Fisch ist fertig.“

Der Fisch ist tatsächlich schon ziemlich fertig. Die eine Seite ist sogar schon hellschwarz. Aber Eva ist heute so gut drauf, dass ich das nicht erwähnen möchte. Ich denke mir einfach, dass mit Röstaromen alles viel besser schmeckt. Während wir essen, fällt mir auf, dass sich wirklich etwas an Eva verändert hat. Sie sitzt gerader und in ihren Augen ist wieder mehr Leben.

Um Punkt neunzehn Uhr stehe ich am Feuerwehrhaus. Drinnen ist alles hell erleuchtet und viele Leute wuseln überall rum.

„Ach, da bist du ja endlich", kreischt mir Barbie entgegen, als sie mich erblickt. Sie trägt ihren Bauarbeiteranzug, in dem wieder diverse Utensilien hängen.

„Na, hast du deine Nagelfeilen dabei?", frage ich sie scherzhaft, und sie zieht doch tatsächlich eine aus ihrem Gürtel.

„Man muss für alles gerüstet sein."

Sie kichert los und winkt mich dann ins Feuerwehrhaus. Da, wo normal das neue LF 16 steht, befindet sich nun ein Hänger vom Bendiger, der selber natürlich auch anwesend ist und alles überwacht, was mit seinem Wagen gemacht wird. Ich bin erstaunt, als ich auch Dr. Rolf Wengener sehe, der mit diabolischem Lächeln und verschränkten Armen etwas abseits steht. Ich geselle mich zu ihm.

„Ich bin ja gespannt, ob wir das in einem guten Monat noch alles hinbringen", beginne ich ein Gespräch.

Er streicht sich über seinen Schnauzbart und legt den Kopf schief.

„Ich denke schon. So eifrig, wie alle bei der Sache sind."

„Es liegt noch eine Menge Arbeit vor uns."

„Aber es wird sich lohnen."

„Das war eine tolle Idee. Ich bin gespannt, wie das bei den Dimmelwangern ankommt. Ich könnte mir denken, dass da die Meinungen ganz gewaltig auseinandergehen."

„Ganz bestimmt sogar. Manche werden es für geschmacklos halten. Aber ich freue mich schon. Auf manche Gesichter freue ich mich sogar ganz besonders."

„Ach ja?"

„Ja."

„Auf welche denn?"

„Na zum Beispiel auf das vom Udo. Ich könnte mir vorstellen, dass der das überhaupt nicht witzig findet."

„Udo, Udo... Meinst du Udo Schropp, den Filialleiter von der Bank?"

„Genau den."

„Das würde mich auch sehr wundern, wenn er das lustig finden würde."

Rolf lacht. „Dafür werde ich *sein* Gesicht umso lustiger finden. Meinst du, ich dürfte beim Umzug mit auf den Wagen?"

„Warum nicht? Es war ja auch deine Idee. Man braucht da bestimmt ein paar Leute."

„Kannst du das mit Sebastian abklären? Ich muss jetzt dann gehen, meine Frau wartet auf mich, wir möchten noch in ein Konzert gehen."

„Ja gut, ich kümmere mich darum."

„Dann noch einen schönen Abend."

„Ebenfalls."

Er geht und ich mache mich an die Arbeit. Stundenlang hämmern, schrauben und überlegen wir.

„Louisa", funkt mir Barbie mal wieder in meine Überlegungen hinein, „was meinst du? Sollen wir den Bankautomaten rosa oder blau streichen?"

Ich schaue sie entgeistert an.

„Ich würde sagen weder noch. So ein Bankautomat ist grau oder meinetwegen noch schwarz, aber doch nicht blau oder rosa!"

„Ja, aber es ist doch Fasching. Ups, Joachim, lass das", gekünstelt empört wendet sie sich Joachim zu, der sie in den Po gekniffen hat.

Ich schaue weg und suche verzweifelt einen Ort, an den ich schnellstmöglich verschwinden kann.

„Larissa meint doch nur, dass wir den Wagen auch bunter gestalten könnten. Ich finde die Idee gar nicht schlecht."

„Ich aber schon. Die Leute sollen schon erkennen, um was es sich handelt. Das hier soll kein Kaugummi- sondern ein Bankautomat werden."

„Ist ja gut, war ja nur 'ne Frage. Dann eben grau."

Joachim zuckt die Schultern und fängt an, Larissa zu knutschen. Jetzt wird es mir aber wirklich zu viel. Ich verzupfe mich zu Sebastian, der schwitzend über einer riesigen Holzkonstruktion hängt und von oben Nägel in selbige haut.

„Das Gerüst für den Automaten steht schon fast. Schau, es fehlen nur noch die Bretter auf der Seite hier."

„Sehr gut. Sorg aber dafür, dass das nicht in einem rosa Fiasko endet."

„Wieso?"

„Ach, nichts. Was kann ich tun?"

„Dir was für die Explosion überlegen", keucht Sebastian.

Das Über-Kopf-Hämmern ist anscheinend ziemlich anstrengend.

„Und wie stellst du dir das vor?"

„Na, es muss halt irgendwie was rauchen und puff machen oder so."

Sebastian hat schon einen ganz roten Kopf auf. Ich habe gar nicht bemerkt, dass Joachim hinter mich getreten ist.

„Das dürfte gar kein Problem sein. Ich kenne den Niclas, der ist Feuerspucker. Der macht auch in Kaltenberg manchmal mit, der ist klasse. Ich bin mir sicher, der gibt uns ein paar Tipps. Vielleicht kommt er auch selber mit, der mag doch so was, wo viele Leute sind."

„Dann mach dich mal schlau", sagt Sebastian, während er

einen weiteren Nagel einschlägt. „Geschafft. Heute mache ich nichts mehr, das ist mal sicher."

Er wischt sich den Schweiß von der Stirn und hangelt sich zu uns runter.

„Das sieht doch schon ganz gut aus."

Joachim klopft Sebastian anerkennend auf die Schulter.

„Ich hoffe, wir schaffen das alles bis zum Umzug. Es sind nur noch gute vier Wochen."

„Weißt du eigentlich was vom Faschingsball?"

„Ja, das ist alles in Planung. Daniel und seine Männer kommen gut voran."

„Was ist denn das Thema", quiekt Barbie mir von hinten direkt ins Ohr, was mich zusammenzucken lässt.

„Das wird euch gefallen. Das Thema lautet: der Märchenwald und seine Bewohner."

„Ui, Joachim, das ist ja super, dann bin ich Schneewittchen und du mein Prinz!"

Ich kann gar nicht hinschauen, jetzt knutschen sie schon wieder. Sebastian grinst mich an.

„Und du bist Rotkäppchen und ich der böse Wolf."

„Nein danke. Da bin ich lieber die Großmutter."

Habe ich schon einmal erwähnt, dass ich Fasching gar nicht leiden kann? Diese gespielte Fröhlichkeit und das sinnlose Besaufen sind gar nicht meins.

„Ach komm schon, das wird lustig, ich komme auch an Freikarten ran, da gehen wir hin."

Ich kann Sebastian einfach keinen Wunsch abschlagen, wenn er mich so anschaut.

„Au jaaaa, Louisa, das wird ein Spaß! Oder wir gehen als Schneeweißchen und Rosenrot, das wäre total supi!"

„Nein, wäre es nicht."

„Ach jetzt komm, sei kein Miesepeter, das wird voll gaudig!"

Ich kann nur noch innerlich den Kopf schütteln über Barbies Wortkreationen, willige aber letzten Endes dann doch ein, dass ich mitkomme. Aber nur Sebastian zuliebe, dass das mal klar ist.

Dimmelwang, Dienstag, 27. Januar

Heute ist mein freier Tag. Ich schlafe richtig lange aus. Na gut, es ist halb sieben, als ich Jasmin aus voller Kehle ein Barbie-Lied singen höre, aber ich kneife noch einmal die Augen zusammen und mache sie auch nicht mehr auf, bis Rebecca um viertel nach sieben lauthals schreit. Kurz geht mir durch den Kopf, dass ich mir langsam doch eine eigene Wohnung suchen oder zu Sebastian ziehen sollte.

Gestern Abend waren wir noch lange beisammen gesessen und haben uns den Kopf darüber zerbrochen, wie wir gegen unseren unsichtbaren Feind vorgehen wollen. Ein paar Männer von der Bürgerwehr waren noch da, doch im Grunde hätten wir uns die zwei Stunden Besprechung auch sparen können.

In den letzten Wochen sind wir verstärkt Streife gefahren, haben noch einmal sämtliche Häuser rund um die Tatorte abgeklappert – mit keinem Ergebnis. Es scheint so, als würde alles, was wir unternehmen, völlig für die Katz sein. Frustriert bin ich dann um halb zwölf todmüde ins Bett gesunken, aber an Schlaf war nicht zu denken. Ich bin gedanklich alles noch einmal durchgegangen, aber wie immer auf keinen grünen Zweig gekommen. Irgendwann, als die Glocken schon halb zwei geschlagen haben, bin ich dann doch mal eingeschlafen.

Und nun das! Kann Eva nicht mal für Ruhe sorgen? Aber ganz im Gegenteil, ein paar Minuten später wird die Tür zu meinem Reich aufgerissen und Eva steht im Türrahmen.

„Kannst du auf Rebecca aufpassen, ich bring Jasmin dann zum Kindergarten."

„Guten Morgen erst mal", murmle ich verschlafen. Ich bringe meine Augen noch gar nicht gescheit auf.

„Eva, ich bin erst lang nach Mitternacht eingeschlafen, kann ich nicht noch ein bisschen meine Ruhe haben?"

Eva schaut mich ungeduldig an.

„Du sollst ja nur mal kurz auf Rebecca aufpassen und das auch erst in einer halben Stunde. Das ist ja wohl nicht zu viel verlangt, oder?"

Ich seufze.

„Also gut. Bring sie zu mir rauf, wir kuscheln ein bisschen."

„Louisa, nein, das werde ich nicht machen. Sie hat Hunger. Du müsstest ihr ihren Brei geben. Also, in einer halben Stunde sehen wir uns unten."

Sie schließt nachdrücklich die Tür. Warum nur muss sie immer so bestimmend sein? Fünfundzwanzig Minuten später schäle ich mich aus dem Bett und ziehe mir meinen Jogginganzug an. Der müsste auch einmal wieder gewaschen werden. Vorne prangt ein großer Ketchupfleck. Was soll's? Ich bin ja nur daheim. Unten höre ich Eva schon nach mir rufen.

„Ist ja gut, ich komme ja schon", rufe ich zurück.

Ich schlurfe die Treppe runter. Bin ich müde!

„So, hier ist ihr Brei, ich hab ihn gerade schon angerührt. Gibst du dann bitte noch den geriebenen Apfel dazu?"

„Ja klar, mach ich alles. Geh ruhig."

„Tante?", Jasmin zupft mich am Hosenbein. Ich hebe sie zu mir rauf und sie strahlt mich an.

„Ich mal dir heute ein Bild, ja?"

„Unbedingt!"

Ich habe ja auch nicht schon zwei gerammelt volle Schubladen voller seltsamer Gemälde, füge ich in Gedanken hinzu. Aber natürlich freue ich mich jeden Tag wieder über ihre Kritzeleien.

„Was soll ich dir malen?", fragt sie mich ernsthaft.

Ich würde ihr gern sagen, dass mir das ganz egal ist, weil ich bei ihren Gemälden sowieso keinen Unterschied zwischen einem Schmetterling und einem Hochhaus erkennen kann, aber ich reiße mich gerade noch zusammen und sage: „Ein Clown wäre toll. Es ist doch Fasching."

„Jaaaaa, ein Clown!"

Sie drückt mir ein dickes Bussi auf die Wange, und schon brechen die beiden in Richtung Kindergarten auf. Rebecca sitzt mit ihrem Löffel in der Hand schon im Hochstuhl und gluckst fröhlich, als ich die Küche betrete.

„Jetzt sind nur noch wir beide hier, gell?"

Sie patscht erwartungsfroh mit ihren kleinen Händen auf den Tisch.

„Ja, ist ja gut, du bekommst gleich dein Essen."

Das Füttern macht mir wirklich Spaß. Ich schaue danach zwar noch dreckiger aus als sowieso schon, aber das macht mir nichts. Als ich ihr den letzten Löffel in den Mund schiebe, klingelt es.

„Hat die Mama ihren Schlüssel vergessen? Na komm, wir machen ihr auf."

Ich hebe Rebecca aus dem Stuhl und öffne, schon mit einem sarkastischen Spruch auf den Lippen, die Tür. Doch vor mir steht nicht Eva, sondern Margarete Diller.

„Ich wünsche dir einen guten Morgen."

Sie sieht mich von oben bis unten an.

„Was ist denn mit dir passiert?"

„Wieso?"

„Ich glaube, du solltest den mal in die Waschmaschine stecken", sagt sie etwas angewidert und zeigt auf mich.

„Das ist nur mein Jogginganzug für daheim. Was brauchst du denn eigentlich?"

„Ach so, ja, stimmt, ich bin ja aus einem bestimmten Grund hier."

Sie kramt aus ihrer riesigen Umhängetasche ein Klemmbrett samt Kugelschreiber hervor.

„Ich brauche deine Unterschrift", sagt sie sehr bestimmt und wedelt mit dem Brett vor meiner Nase herum.

„Aha, und für oder gegen was?"

„Gegen was? Da fragst du noch? Natürlich gegen den geplanten Puff!"

Ich kann mir ein Lachen nicht verkneifen.

„Was gibt es denn da bitte schön zu lachen?"

Ihre Mundwinkel wandern nach unten und sie hat Ähnlichkeit mit der bösen Stiefmutter von Aschenputtel. Bei dem Gedanken muss ich schon wieder lachen. Ich frage mich, wie sie wohl auf meine Frage reagieren würde, wenn ich ihr vorschlagen würde, sie könnte doch als ebendiese zum Faschingsball gehen.

„Ich wüsste schon gern, was es da jetzt zu lachen gibt."

„Ach nichts. Wie lang ist denn deine Liste schon?"

„Ich habe gerade erst angefangen. Ich dachte, wenn du eine der ersten wärst, die unterschreiben, zieht das schon viele mit."

„Ich? Warum denn ich? Mich kennt doch hier keiner."

„Sag das nicht. Dich kennen ziemlich viele. Du bist bei der Musik, bist die Freundin vom Faschingshäuptling, bist bei der Polizei. Und wenn du Sebastian noch überzeugen könntest, zu unterschreiben, wäre das natürlich sehr gut."

„Margarete, meinst du wirklich, diese Unterschriftenaktion bringt was?"

„Aber natürlich! Wenn wir Dimmelwanger uns auf die Beine stellen gegen so eine Verrohung der Sitten, dann muss das der Gemeinderat auch erkennen!"

Rebecca quäkt.

„Margarete, ich überlege mir das noch, ja? Ich glaube, das soll gar kein Puff im Sinne von Puff werden, wie du dir das vorstellst.“

„Ach nein? Was denn dann?“

„Xaver hat doch nur von einem Etablissement geredet. Vielleicht ist das ja auch ein Eskortunternehmen oder so was.“

„Aber das ist doch dasselbe, nur unter einem anderen Namen!“

„Was ist denn hier los?“

Eva taucht hinter Margarete auf.

„Ach, Frau Städele, ich bräuchte bitte Ihre Unterschrift.“

Margarete hält Eva ihr Klemmbrett so dicht vors Gesicht, dass Eva es ihr erst einmal aus der Hand nehmen muss, damit sie überhaupt erkennt, worum es geht.

„Oh, verstehe… Wo ist der Stift?“

Margarete hält ihr den Kuli hin und Eva unterschreibt. Dann hält sie mir beides hin.

„Hier, jetzt du. Warte, ich nehme die Kleine.“

Ich zögere. Aber dann ergebe ich mich meinem Schicksal. Den Blicken der beiden möchte ich mich nicht länger aussetzen.

Ich freue mich schon auf die Musikprobe. Heute kommt Bertis Papa und spielt mit uns mit. Genauer gesagt nimmt er jetzt im Moment schon die Klarinettistinnen unter seine Fittiche, und wir anderen stoßen dann zur gewohnten Probenzeit dazu. Mittlerweile bin ich sogar ausgeruht. Wir haben uns einen ruhigen Vormittag gegönnt, nachdem Margarete endlich weitergezogen war. Eva hat sich wieder einmal über den vielen Schnee aufgeregt. Aber daran können wir ja leider alle nichts ändern. Der letzte Winter hatte den Namen gar nicht verdient und der jetzige macht seinem Namen alle Ehre. So ist das nun einmal.

Ich habe mich dann sogar dazu bereit erklärt, Jasmin vom Kindergarten abzuholen, und habe mich in Selbstbeherrschung geübt. Zeitgleich mit mir kam nämlich ein Vater, um seine Tochter abzuholen. Die Kinder waren im Garten und haben Schneemänner und Iglus gebaut und waren infolgedessen voller Schnee und auch Dreck, wenn sie es geschafft hatten, sich bis zum Erdboden vorzuarbeiten. Jasmin kam auf mich zugerannt, sobald sie mich erblickt hat, und auch das andere Mädchen kam auf seinen Vater zugerannt und hat ihn an den Beinen umarmt, denn er hat sich nicht die Mühe gemacht, sich zu ihr runter zu beugen.

Jedenfalls hat das Mädchen gestrahlt und gesagt: „Papa, Papa, ich hab einen Schneehund gebaut!“ und wie wild zu einem unförmigen Schneeklumpen gedeutet, und der Vater hat das Mädchen gepackt und von sich weggeschoben.

„Schau nur, wie meine Hose jetzt aussieht!“, hat er sie geschimpft, was ihr das Lächeln vom Gesicht gewischt hat.

Ja du meine Güte, eine Hose kann man doch waschen, aber so wird er, wenn er so weiter macht, seiner Tochter in Erinnerung bleiben. Da frage ich mich doch, was wichtiger ist. Normalerweise hätte ich sofort was gesagt, aber heute habe ich mir gedacht „Öfter mal die Klappe halten“ lautet die Devise. Also habe ich Jasmin abgeknuddelt und sie schwer gelobt, was für einen tollen Schneemann (es war ein Schneehuhn, hat sie mir daraufhin erklärt) sie da gebaut hat. Sie hat mich dann zu ihrem Platz geführt, wo ungefähr ein Dutzend Clown-Bilder auf mich gewartet haben. Da habe ich gleich noch einmal ziemlich überschwänglich reagiert, was mir ein breites Lächeln von Edith Kreuther eingebracht hat.

„Jasmin malt so gerne, gell, Jasmin, du malst sehr gerne für die Tante?“

Wir haben noch ein bisschen über den bevorstehenden Faschingsumzug geredet und uns dann auf den Heimweg gemacht. Alles in allem war es ein sehr ruhiger und gemütlicher Nachmittag im Hause Städele.

Jetzt ist es aber Zeit, zur Probe aufzubrechen. Mein Tenorhornkoffer scheint heute eine Tonne zu wiegen, was aber auch daran liegen kann, dass ich mich durch den hohen Schnee kämpfen muss. Einmal in meinem Leben habe ich mir eingebildet, ich muss durch Sand joggen. So in etwa war das damals.

Erschöpft komme ich am Musikerheim an. Das warme Licht, das aus den Fenstern leuchtet, lädt ein hereinzukommen. Von unten höre ich schon die Klarinetten. Alle anderen, die schon da sind, warten vor dem Probenraum.

„Der nimmt die ganz schön hart ran", meint Rudi und grinst.

„So langsam könnten sie uns aber rein lassen", jammert Saskia. „Ich will bald wieder heim, es ist so ungemütlich draußen."

Wie aufs Stichwort wird die Tür geöffnet und Friedhelm Maier bittet uns äußerst höflich herein.

„Sie haben wirklich fähige Klarinettistinnen in Ihrer Kapelle", er schüttelt Diana die Hand.

„Oh, das freut mich zu hören, aber das habe ich auch vorher schon gewusst", sie zwinkert mit einem Auge.

„Adalbert, grüße dich", er gibt Berti die Hand, als wäre er ein Geschäftspartner.

„Servus, Vater."

„So, lasst uns anfangen, wir haben noch eine Menge vor bis zum Frühjahrskonzert."

Diana klopft mit ihrem Dirigierstab aufs Notenpult.

„Die Märsche zuerst bitte, lasst uns schwungvoll in diesen Abend starten."

Wir richten die beiden Märsche her und stimmen uns ein. Friedhelm hat neben Marlies Platz genommen und spielt mit. Der erste Marsch gelingt uns erstaunlich gut, auch wenn Lutz sich das ein oder andere Mal ordentlich vergreift. Zum Glück haben wir noch gute zwei Monate bis zu unserem Frühlingskonzert, da werde ich Diana mal noch raten, sich den Busen irgendwie festzubinden, wenn sie möchte, dass unser Bass stimmt.

Die Ouvertüre, die wir danach spielen, klappt sehr gut. Ich habe das Gefühl, Friedhelm möchte ein bisschen angeben, denn er hält die Töne immer ganz besonders lang ganz besonders laut aus, aber das sei ihm gegönnt.

Ich freue mich auf unser nächstes Stück „Phantom of the Opera Medley". Ich habe das Musical einmal gesehen und es jagt mir immer wieder eine Gänsehaut über den Rücken, wenn ich diese eingängige Melodie höre.

„Sehr gut, an ein paar Stellen müssen wir noch ein bisschen feilen, aber sonst macht ihr das im Großen und Ganzen schon richtig gut!"

„Wenn ich etwas sagen darf?", unterbricht Friedhelm Diana.

„Bitte."

„Die Damen, ich bin sehr angetan von Ihnen, Frau Bosch, Ihre Klarinettistinnen machen das erstaunlich gut."

Ich sehe wie Berti seinen Vater ungläubig anschaut. Unsere Klarinettistinnen werden durch die Bank knallrot, und Diana lächelt.

„Aber das weiß ich doch, Herr Maier."

„Mich hat er noch nie gelobt", raunt Berti Andi zu. Der raunt zurück: „Bei dir gibt es ja auch keinen Grund zu loben."

Berti rammt ihn nach diesen Worten mit der Faust in die Seite, und Andi lacht.

„Ich glaube, er hat mir immer noch nicht verziehen, dass ich als sein Sohn nicht in seine Klarinetten-Fußstapfen getreten bin. Aber ich bin eben lieber Blechbläser."

Er lacht leise und tätschelt liebevoll seine Posaune. Wir setzen die Probe fort. Während unserer kleinen Raucher- und Ratschpause verabschiedet sich Bertis Papa bei Diana. Ich schnappe nur auf, wie er sagt: „Und wenn Sie wieder einmal Hilfe brauchen, Sie haben ja jetzt meine Nummer."

Er packt seine Klarinette ein, und Diana zuckt mit den Schultern. Ich weiß, was sie meint: Er hat sich uns ja förmlich aufgedrängt, warum sollten wir ihn wieder zu uns holen?

„Adalbert, wir sehen uns Sonntag in zwei Wochen zum Mittagessen. Seid bitte pünktlich, ja?"

„Ja, Vater."

Berti schaut aus wie ein kleiner Schulbub, und sein Papa tippt sich zum Abschied an den Hut. Komischer Kauz. Gut, dass der Berti so ein normaler Mann geworden ist.

Nach der Pause machen wir uns an die Stücke, die wir beim Faschingsumzug spielen wollen. Ich muss sagen, es kommt richtig gute Stimmung auf und Lutz vergreift sich immer öfter. Seine Wangen glühen und die Augen leuchten. So stelle ich mir eine Musikprobe vor!

Als wir fertig sind, stehen wir noch lange zusammen und reden über die Kostüme, den Schnee, der hoffentlich bald schmilzt, und natürlich über den Brandstifter, der so gar keine Spuren hinterlässt.

„Aber Louisa, irgendeine Ahnung müsst ihr doch haben?", fragt Marlies aufgebracht.

Sie wohnt nur eine Straße weiter als da, wo die Hecke gebrannt hat. Es erscheint mir wie eine Ewigkeit, denn inzwischen ist so viel passiert.

„Ihr wisst genau, dass ich über den aktuellen Stand der Ermittlungen nichts sagen darf“, wehre ich ab.

„Woanders gab es aber keine Brände, oder?“, fragt Berti.

„Nein. Nur hier. Leute, bitte, wir werden ihn oder sie schon finden. Jeder macht mal einen Fehler. Und bis dahin gilt, seid vorsichtig und haltet die Augen offen. Ihr wisst, wie ihr mich erreichen könnt, zur Not auch in meiner Freizeit. Meine Handynummer habt ihr ja alle.“

„So, ich sperre jetzt zu. Es ist schon spät.“

Diana scheucht uns alle aus dem Probenraum und löscht das Licht.

„Wenn doch endlich mal der Frühling kommen würde“, seufzt Lydia. Ihr Wort in Gottes Ohr!

Dimmelwang, Dienstag, 10. Februar

Heute komme ich sehr pünktlich in der Wache an. Ich habe mir nämlich endlich mal ein paar Minuten mehr für meinen Fußmarsch eingeplant, weil man bei diesen Schneemassen ja wirklich kaum noch vorankommt. Und siehe da, es sind sogar noch zwei Minuten bis zum Dienstbeginn, als ich voller Stolz auf mich selbst ankomme.

Hannes kommt mir mit zwei Tassen voller dampfendem Kaffee entgegen.

„Guten Morgen, hier, kannst dich gleich mal aufwärmen."

Er drückt mir eine Tasse in die Hand.

„Es kam eine E-Mail vom Herrn Hoffmann. Heute Vormittag meldet er sich. Bin ja gespannt, was er zu berichten hat."

„Und ich erst. Danke dir."

Ich schäle mich aus meinem dicken Mantel. Da wird urplötzlich die Tür aufgerissen und Irmgard wirbelt herein.

„Also na, ja so a Sauerei, so a elendige!", brüllt sie und macht erst Halt, als sie schon fast über dem Tresen hängt.

„Irmi, was ist denn los?", frage ich sie und bin wieder einmal über ihre Präsenz erstaunt.

Irmgard hat etwas an sich, das jeden im Raum völlig vereinnahmt. Sämtliche Kollegen haben sich ebenfalls zu ihr umgedreht.

„Liesl, du muaßt sofort mitkemma", sie zupft mich am Ärmel.

„Warum denn? Was ist passiert?"

„I glaub's ned, da is so a Typ, so a komischer, der fährt allerweil mit seim Auto die Stroß auf und ab."

„Aha. Und?"

„Ja, woaßt scho, des is so a ganz a seltsame Gestalt. I glaub, des is a Zuhälter!"

Jetzt ist es raus. Sie schaut mich mit riesengroßen Augen erwartungsvoll und gleichermaßen schockiert an.

„Ui, sag bloß, der hat auch noch ein belgisches Kennzeichen gehabt?!"

Sie schaut mich ganz erschrocken an.

„Darauf hob i jetzad goar ned gachtet."

Ich lache.

„Das war doch nur ein Scherz. Und was soll ich da jetzt deiner Meinung nach machen?", frage ich sie ruhig.

„Na, verhaften!"

„Irmi, ich kann doch nicht einfach so jemanden verhaften."

„Wieso ned? Aber mitkemma konst doch, oda?"

Ich seufze, schaue Hannes an, der nur ratlos mit den Schultern zuckt.

„Also gut, ich komme mit. Aber ich werde niemanden verhaften, der nichts getan hat."

„Jo sigst du des ned? Die woin uns hier die Männer abspenstig mochn, des darf doch ned woahr sei!"

„Also komm, zeig mir, wo dieser Mann ist."

Zehn Minuten später haben wir uns bei Irmgard in der Küche auf die Lauer gelegt. Sie hat mir erklärt, dass dieser ominöse Kerl hier schon mindestens fünf Mal vorbei gefahren ist. Einige Minuten warten wir vergeblich, aber dann springt sie auf einmal auf und zeigt die Straße runter.

„Do, do kimmt er scho wieda!"

Ziemlich langsam kommt ein blauer Mercedes angefahren. Ich muss Irmgard Recht geben. Der Mann, der hinter dem Steuer sitzt, entspricht so ziemlich dem Klischee, das man von einem Zuhälter hat, zumindest was man von hier aus so erkennen kann.

„Und wos mochst jetzt?", raunt mir Irmi ins Ohr.

„Also gut, damit du deinen Frieden hast, werde ich hier eine Fahrzeugkontrolle machen. Irmi, du weißt schon, dass ich das alleine gar nicht machen darf? Ich mach das wirklich nur dir zuliebe, ja? Bleib du hier, ich stelle mich in Sichtweite, und wenn was ist, ruf sofort bei Hannes an. Hast du mich verstanden?"

„Ois kloar."

Ich gehe raus und fahre das Polizeiauto gut sichtbar an die Straße, direkt gegenüber von Irmis Küchenfenster. Es dauert auch gar nicht lang, da kommt der blaue Mercedes wieder angefahren.

Ich muss zugeben, ich habe Herzklopfen. Was mache ich denn, wenn der Typ wirklich gefährlich ist? Im Moment könnte ich mich wirklich dafür ohrfeigen, dass ich das nur einer hysterischen Irmgard zuliebe auf mich nehme. Aber jetzt ist es zu spät, ich winke ihn mit der Kelle bereits an den Rand.

„Führerschein- und Fahrzeugkontrolle", sage ich so cool wie möglich, als er sein Fenster heruntergelassen hat.

Ein tätowierter Arm hält mir einen Führerschein unter die Nase. Er ist in Ordnung. Dasselbe gilt auch für den Fahrzeugschein. Ich lehne mich ans Fenster und gebe ihm beide lächelnd zurück.

„Sie kennen sich hier wohl nicht aus?", frage ich möglichst unverfänglich.

Er lächelt zurück und streicht sich über seine ziemlich teuer aussehende Lederjacke. Ein großes goldenes T hängt ihm als Anhänger um den Hals.

„Noch nicht. Aber das wird sich wahrscheinlich bald ändern", entgegnet er mir.

„Oh, Sie ziehen hierher?"

„So wie es aussieht schon. Aber ich muss mir die Gegend noch ein wenig ansehen." Jetzt grinst er mich breit an. „Ja, ich komm mit meinen Mädels her. Hier sieht alles so brav aus."

„Das ist auch ein sehr beschaulicher Ort."

Er zieht die Augenbrauen rauf und streicht sich über seinen Pferdeschwanz.

„Ja, das sieht man. Wissen Sie, ich bin jetzt schon ein paar Mal hier herum gefahren, und wenn ich schon von so einer charmanten Polizistin angehalten werde, kann ich Sie ja gleich etwas fragen."

„Na klar, fragen Sie."

Jetzt bin ich aber gespannt.

„Wir werden uns wahrscheinlich beim Industriegebiet niederlassen, und mir ist da etwas aufgefallen."

„Was denn?"

„Ich weiß wirklich nicht, ob das wichtig ist."

„Egal, sagen Sie es mir und dann entscheide ich, ob ich es wichtig finde oder nicht."

„Wie gesagt, ich bin jetzt schon ein paar Mal hier herumgefahren und ich komme dabei immer an so einem kleinen Haus vorbei, das so ein bisschen versteckt hinter der Kreuzung steht. Sie wissen schon, da hinten beim Industriegebiet, Germaringer Straße ist das, glaube ich."

„Ja und?"

„Beim ersten Mal ist mir noch nichts aufgefallen, aber dann standen da zwei Kanister, und als ich gerade wieder vorbeigefahren bin, war einer weg und der andere lag umgestoßen dran. Soweit ich das sehen konnte, ist da was raus geflossen. Ich hoffe nicht, dass Sie hier einen Brandleger in Dimmelwang haben, weil dann überlege ich mir ernsthaft, ob es hier für mich und die Mädchen sicher ist."

Aber das höre ich schon gar nicht mehr. Das darf ja wohl nicht wahr sein! Ich schicke ein Stoßgebet zum Himmel, dass das nur ein dummer Zufall und nichts dran ist. Andererseits, warum sollte ein Ortsfremder solche Vermutungen anstellen, wenn nichts dran wäre? Ich renne schnell zum Auto und fahre mit quietschenden Reifen los.

Von unterwegs rufe ich Verstärkung. Ich weiß genau, welches Haus er meint. Es ist ein schnuckliges Einfamilienhaus, das Jasmin ganz toll findet, weil am Zaun bunte Holzköpfe befestigt sind. In meinem Kopf rasen die Gedanken. In wenigen Minuten habe ich mein Ziel erreicht. Ich springe aus dem Auto und sprinte den Gartenweg entlang zum Haus.

Was ich sehe, lässt mir das Blut in den Adern gefrieren. Hier liegt, genau wie beschrieben, ein umgeworfener Kanister und Benzingeruch steigt mir in die Nase. Zum Glück brennt es nicht.

Hastig schaue ich mich um. Der Täter muss noch ganz in der Nähe sein. Es ist nicht schwer zu erraten, dass er gestört wurde. Ich bin mir sicher, er möchte seine Tat zu Ende bringen. Wie krank muss man denn sein, ein Haus anzünden zu wollen?

Direkt über der Benzinpfütze, die den Schnee ringsum hat schmelzen lassen, sind Rankgitter für den wilden Wein befestigt. Mit etwas Hilfe wären die Flammen daran schnell nach oben gezüngelt. Ich mag mir gar nicht ausdenken, was passiert wäre. Da höre ich eine Autotür.

„Louisa, ist alles in Ordnung?“, ruft Hannes und kommt zusammen mit Harald den Gartenweg entlang gerannt.

„Ich fürchte, der Feuerteufel wollte wieder zuschlagen. Halt, bleibt stehen, wir müssen nach Fußabdrücken schauen.“

Die beiden stoppen und schauen sich um.

„Louisa, ich glaub, da werden wir nicht viel Glück haben, schau mal.“

Erst jetzt nehme ich den Weg genauer unter die Lupe. Ich kann nur meine eigenen Abdrücke ausmachen.

„Aber wie ist das möglich?“

Auf der anderen Seite ums Haus herum liegt eine Schneedecke, die nicht einmal der Pfotenabdruck einer Katze unterbricht. „Schau mal, da vorne liegt eine Schneeschaufel", Harald zeigt in Richtung Straße.

„Das gibt es doch nicht! Der Täter hat wohl gespannt, dass er beobachtet wird und hat die Zeit genutzt, seine Spuren zu verwischen!"

Wir drei starren jetzt auf den Gartenweg, der zwar geräumt wurde, weil der Schnee viel niedriger liegt als im Garten, der aber offenbar wieder mit Schnee zugeschüttet wurde.

„Mist! Und vorn an der Straße? Sieht man da irgendwas?"

Die beiden laufen vor. Ich folge ihnen.

„Nichts, hier sind so viele Spuren, schau, da ist ein recht frischer von einem Kinderwagen", stellt Hannes fest.

„Ich werde noch verrückt! Der hinterlässt nichts! Na immerhin haben wir einen Kanister, vielleicht hilft der uns ja weiter."

Resigniert hole ich die Kamera und schieße ein paar erste Fotos. Den Rest wird die Spurensicherung dann erledigen. Hannes und Harald klingeln derweil an der Haustür, aber niemand ist da.

„Sag mal, wie bist du denn eigentlich darauf gekommen, hierher zu fahren?"

Ich erzähle den beiden kurz, wie sich die Irmi-Geschichte entwickelt hat.

„Und wo ist der Mann jetzt?"

„Keine Ahnung, der wird weitergefahren sein."

Ich ärgere mich, dass ich ihn nicht gebeten habe, auf die Wache zu kommen, damit wir ihn als Zeugen vernehmen konnten. So ein Fehler darf eigentlich nicht passieren. Aber mir war es so wichtig, dass ich einen potenziellen Brand verhindere, da habe ich an nichts anderes mehr gedacht.

„Ach, denk dir nichts, wir hetzen einfach die Irmgard auf ihn", schlägt Hannes mit einem Zwinkern im Auge vor.

Das ist nur ein schwacher Trost. Ich kann mich nicht einmal mehr an den Namen erinnern. Irgendwas mit W, glaube ich. Resigniert fahren Harald und ich auf die Wache zurück, Hannes bleibt am Tatort bis die Spurensicherung da ist.

Auf der Polizeistation erwartet mich eine Überraschung. Der blaue Mercedes steht vor der Tür. Drinnen sitzen auch schon Herr Deutler, Larissa und der Mann um einen Tisch und unterhalten sich angeregt.

„Ah, Frau Städele, wir haben schon alles gehört. Herr Wolters hat uns bereits Bericht erstattet."

Er nickt ihm freundlich zu.

„Frau Frosch hat alles aufgenommen. Leider hat Herr Wolters keine Person gesehen, sodass wir in dieser Hinsicht keinen Schritt weiter sind."

Herr Wolters zuckt bedauernd mit den Schultern.

„Kann ich dann wieder gehen? Meine Personalien haben Sie ja, falls Sie mich noch einmal brauchen."

„Aber natürlich, Herr Wolters, vielen Dank, dass Sie gleich so bereitwillig hergekommen sind."

Mario Deutler schüttelt ihm kräftig die Hand zum Abschied.

„Aber natürlich, ist doch meine Pflicht als Bürger."

Herr Wolters verlässt die Wache, nicht ohne mir noch einmal freundlich zuzunicken. Seine Cowboystiefel klackern auf unserem Linoleumboden.

„Was halten Sie von dieser Geschichte?", fragt Herr Deutler.

„Ich muss das erst einmal sacken lassen", sage ich und überlasse Barbie somit das Wort.

„Also ich bin wirklich erschüttert“, quietscht sie. „Jetzt will der Feuerteufel schon ein Wohnhaus anzünden! Gut, dass der Herr Wolters so reagiert hat.“

„Ja unbedingt“, der Deutler hängt Barbie an den Lippen.

Harald und ich schauen uns an und verkneifen uns ein Lachen. Kurz berichten wir davon, dass der Täter den Schnee wieder auf den Weg geschaufelt hat, um seine Spuren zu verwischen. Unser Chef schüttelt nachdenklich den Kopf.

„Er ist nicht zu fassen, hinterlässt nichts. Vielleicht gibt der Kanister ja Aufschluss.“

„Ach bestimmt, da werden jede Menge Fingerabdrücke drauf sein“, ruft Larissa.

Ich muss lachen. Sie schaut mich ganz verwundert an.

„Ach, du meinst das ernst?“

„Natürlich!“

„Wahrscheinlich hat er sogar seine Visitenkarte im Kanister versteckt“, sage ich mit sarkastischem Ton.

„Meinst du wirklich?“

Ihre blauen Augen sind weit aufgerissen.

„Nein, natürlich nicht, so blöd wäre doch niemand!“

So viel Dummheit geht mir wirklich auf die Nerven! Harald lacht, und der Chef geht ganz sachlich dazwischen.

„Frau Frosch, wenn Sie mir die Zeugenaussage bitte gleich abtippen könnten? Das wäre ganz wunderbar.“

Sie beglückt ihn mit ihrem Augenaufschlag, was ihn gleich rot anlaufen lässt und haucht: „Aber natürlich, Herr Deutler, Chef.“

Vor lauter Aufregung habe ich völlig vergessen, die Mail von Herrn Hoffmann zu lesen. Er teilt uns nur in knappen Worten mit, dass er heute noch vorbeikommen möchte.

„Was meinst du, haben wir es mit einem oder mehreren Tätern zu tun?“

Harald hat sich zu mir gesellt.

„Ich weiß es nicht. Ich würde auch gern wissen, ob der Bankräuber der Brandstifter ist.“

Harald kräuselt die Stirn.

„Ganz ehrlich? Das glaube ich fast nicht. Aber mal abwarten, was Herr Hoffmann zu berichten hat. Ich gehe Brotzeit holen. Magst du auch was?“

„Ja, bring mir bitte eine belegte Semmel mit.“

„Alles klar. Bis gleich.“

Es ist schon nach vierzehn Uhr. Es passiert ständig etwas, aber wir kommen einfach nicht weiter. Es ist zum verrückt werden.

Als ich mir den letzten Bissen meiner Käsesemmel in den Mund stecke, kommt Herr Hoffmann zur Tür herein.

„Brrr, es ist wirklich eisig draußen“, brummt er und schließt schnell die Tür hinter sich.

Wir setzen uns ins Vernehmungszimmer, und Barbie serviert uns dampfenden Kaffee, den wir gerne entgegen nehmen. Sie selbst muss zum Glück wieder vor, damit die Wache nicht unbesetzt ist.

„Wo soll ich anfangen?“ Herr Hoffmann hat einen Ordner aus seiner Tasche gezogen und blättert die Papiere darin durch. „Was mir als erstes ins Auge gestochen ist, ist natürlich, dass die Objekte, die der Täter anzündet, immer größer werden.“

„Das können Sie aber laut sagen“, unterbricht ihn Harald. „Heute wollte er ein Wohnhaus anzünden!“

„Was sagen Sie da?“

Wir berichten ihm, was heute geschehen ist. Daraufhin schweigt er erst einmal eine Weile.

„Das bestätigt mich in der Annahme, dass wir es hier mit einem äußerst gefährlichen, wahrscheinlich sogar psychisch krankem Täter zu tun haben. Sie wissen ja, ich sage Täter, es kann sich aber auch durchaus um eine Frau handeln."

Wir nicken.

„Die Tatorte bzw. die von den Bränden betroffenen Personen haben, soweit wir das feststellen konnten, keinen Zusammenhang miteinander. Einzig und allein der Ort des Geschehens ist immer derselbe – Dimmelwang. Der Täter scheint immer selbstbewusster zu werden, was die Größe und Ausmaße der Brände angeht. Es wird nicht mehr lang dauern, bis Personen zu Schaden kommen. Wir suchen nach einem Täter, der viel von sich hält, höchstwahrscheinlich männlich ist. Mir sieht das sehr nach einem Pyromanen aus. Man muss wirklich vorsichtig mit diesem Begriff umgehen, Pyromanie ist eine Krankheit, eine psychische Störung. Aus den Tathergängen bisher scheint es mir so, dass der Täter die Brände nicht aus finanziellen Gründen gelegt hat. Auch ergeben sie keinen Sinn, was Rachegelüste angeht, da wie gesagt unterschiedliche Familien und Personen von den Bränden betroffen waren. Er scheint nicht jemandem bestimmten Schaden zufügen zu wollen. Ein Pyromane ist vor einer solchen Tat unter Umständen sehr erregt oder zumindest angespannt. Er freut sich, wenn das Objekt lichterloh in Flammen steht. Deshalb ist er auch oftmals noch in der Nähe, wenn die Feuerwehr anrückt. Ich denke, da müssten wir anpacken."

„Aber das hieße ja, dass wir keine Chance haben, ihn zu finden, außer wenn es wieder brennt", rufe ich entsetzt.

„Er wollte heute ein Wohnhaus anzünden! Vor was schreckt er eigentlich noch zurück?"

„Das ist genau die Frage. Wenn ich mir die Entwicklung ansehe, wird er immer mehr darauf erpicht sein, eine immer größere Show abzuziehen. Es gilt Warnstufe Nummer eins. Das ist mein voller Ernst, Sie müssen die Polizeipräsenz verstärken, inkognito durch die Straßen laufen, einfach alles unternehmen, dass er nicht wieder zuschlagen kann."

Ernst schaut er uns nun alle in die Augen.

„Ich fürchte, dass das ganz schnell eskalieren kann. Und gerade wenn er merkt, dass man ihm noch mehr Beachtung schenkt, dass man ihn unbedingt fangen will, wird ihn das umso mehr anstacheln."

Ich habe einen richtigen Knoten im Hals. Natürlich haben wir uns alle solche Gedanken bereits vor Herrn Hoffmanns Besuch gedacht, aber das von einem Außenstehenden ausgesprochen zu hören, ist noch einmal etwas ganz anderes.

„Wir werden unser Möglichstes tun."

Mario Deutlers Gesicht drückt Entschlossenheit aus.

„Und für den Gaudiwurm bekommen wir sowieso Verstärkung."

„Der Gaudiwurm?"

„Kennen Sie den gar nicht? Das ist eine der größten Faschingsveranstaltungen hier im Allgäu."

„Ich will Ihnen ja keine Angst machen, aber das wäre ein gefundenes Fressen für einen Pyromanen. Bitte halten Sie die Augen auf."

Nachdem uns Herr Hoffmann wieder verlassen hat, setzt sich Herr Deutler gleich ans Telefon und fordert noch mehr Verstärkung für Sonntag als wir sowieso schon zugesichert bekommen haben. Das wäre wirklich der Gau, wenn ausgerechnet da etwas passieren würde. Uns ist allen sehr mulmig zumute, aber Herr

Deutler beruhigt uns und meint, vielleicht geht ja alles gut, wir sollen uns nur nicht den Fasching vermiesen lassen. Na, der hat gut reden!

Am späten Nachmittag kommt ein Anruf von Patrick, dem Spurensicherer. Er hat am Kanister schwarze Fasern gefunden, die vermutlich von Handschuhen herrühren. Er stellt auch die Vermutung an, dass der Täter gestört wurde. So weit waren wir auch schon.

Mittlerweile haben wir die Bewohner des Hauses informiert. Die beiden sind den ganzen Tag in München in der Arbeit. Die zwei waren völlig geschockt und haben sofort den ersten Zug nach Hause genommen. Hannes ist mit Larissa vor Ort. Sie meinte, sie ist besonders feinfühlig und kann gut mit potenziellen Opfern umgehen. Mir soll's recht sein, ich möchte eigentlich nur noch nach Hause. Ich fühle mich so machtlos. Wir haben keinen Anhaltspunkt, keine Spur, nichts.

Dimmelwang, Donnerstag, 12. Februar

Hier ist ja die Hölle los! Ich stehe inmitten lauter Faschingswütiger in der Schulturnhalle und helfe, ebendiese in eine fantastische Märchenwelt zu verwandeln. Was gar nicht so einfach ist. Sogar die Irmi ist hier und wacht mit Argusaugen über das Tarnnetz, das aus dem Besitz ihres Xavers ist und somit unbedingt irgendeine Verwendung haben muss, ganz egal welche und ganz egal, ob es überhaupt hierher passt oder nicht.

Zwei Todesmutige klettern soeben die Stangen nach oben, jeder ein Eck des Netzes zwischen den Zähnen, weil mit den Händen müssen sie sich ja festhalten.

„Jo, guad, und jetzad mocht's des do obn gscheid fest!", schreit die Irmgard rauf.

Einer der beiden ist bereits oben angekommen und versucht verzweifelt, dieses Netz irgendwie zu befestigen, ohne selbst die Stange wieder runter zu rutschen. Der zweite hat es jetzt auch geschafft und hält sich krampfhaft an der Stange fest. Ich bin ganz ehrlich, ich möchte nicht mit ihm tauschen. In etwa acht Metern Höhe zu versuchen, ein Zwanzig-Kilo-Tarnnetz irgendwo zu befestigen, ist nicht gerade die leichteste Aufgabe. Wir sehen von unten wie die beiden im Schweiße ihres Angesichts am Netz, der Stange und an der Befestigung der Stange rumpfriemeln.

„Ach Mist", brüllt da einer, und wir sehen wie das Netz nach unten segelt.

„Mann, ich glaub's ja nicht!", schreit der andere, dem sein Zipfel auch entgleitet. Der andere rutscht schon die Stange runter.

„Waaaaaa", kreischt er.

„Reibung erzeugt Wärme", ruft der andere von oben. Er hält sich wacker an seiner Stange fest.

„Ja, du Depp, das merk ich auch."

Der eine steht jetzt unten und wedelt ganz wild mit den Händen rum, die knallrot sind.

„Jetzt will ich aber sehen, wie du da runterkommst", ruft er rauf.

„Verdammt, das ist echt hoch hier", kommt von oben.

„Komm du wieder rauf."

„Nie im Leben!"

„Jungs, lasst es gut sein, ich geh da rauf."

Diana schnappt sich das am Boden liegende Netz als wäre es federleicht und beginnt behände die Stange rauf zu kraxeln. Wir stehen mit offenen Mündern da und sind mordsmäßig beeindruckt, wie schnell sie oben ist und das Netz befestigt hat.

„Komm runter, schau so."

Sie macht vor, wie man es ohne rote Hände heil nach unten schafft.

„Diana, das ist ja der Wahnsinn!", empfange ich sie unten.

Sie zuckt nur mit den Schultern.

„Ich war früher im Turnen, da haben wir das öfter gemacht."

Der eine Held hat es inzwischen auch nach unten geschafft, rubbelt sich aber trotzdem die Hände. Sie schnappt sich das andere Ende vom Netz und macht sich wieder auf den Weg nach oben, dieses Mal an der anderen Stange. Ein paar Minuten später hängt das Netz. Wir schauen alle nach oben. Nach Märchen schaut das ja nicht gerade aus. Sogar Irmi sieht man die Zweifel im Gesicht an.

„Jo mei, also, des müss ma scho no a weng schmückn, moant's ihr ned?"

„Auf alle Fälle. Aber wie? Das hängt jetzt ganz schön weit oben."

„Jo mei, es is ja a bloß auf dera Seitn von der Turnhalln. Schau ma amol nüber, wos die so mochn."

Geschäftig wuselt Irmi davon. Und weil wir alle nicht wissen, was wir hier so sollen, folgen wir ihr unauffällig. Auf der anderen Seite wird gerade die Bar aufgebaut. Larissa ist gerade damit beschäftigt diese zu verzieren. Sie klebt goldene Sterne auf das dunkelblaue Samttuch, mit dem die Bar verhängt ist.

„Was ist denn das für ein Märchen?", frage ich.

„Ach, Louisa, du auch hier? Das ist ja schön! Hihihi, ja, das ist Sterntaler."

„Aber fallen beim Sterntaler nicht Taler vom Himmel?"

Ich muss zugeben, ich bin nicht ganz mit der Märchenmaterie vertraut.

„Ja, aber am Himmel leuchten doch die Sterne."

„Das ist ein Laternenlied, das die Kinder an Sankt Martin singen. Und unten da leuchten wir."

„Aber Sankt Martin ist doch auch ein Märchen", kontert Barbie mit überheblichem Blick.

Oh Mann, das Schlimmste ist ja, sie glaubt das auch noch.

„Aber es hat was von Tausend und einer Nacht", werfe ich ein.

„Ja, schau, alles Märchen!"

Jetzt strahlt sie wieder übers ganze Gesicht und ich freue mich, meine gute Tat des Tages hinter mir zu haben.

Mal sehen, was es noch zu tun gibt. Ich sehe Lutz beim Getränkekisten rein schleppen und helfe ihm. Da weiß ich wenigstens, was ich tue.

„Sag mal Lutz, weißt du, ob der Hänger jetzt wirklich fertig ist?"

„Ich glaube schon", keucht er und stellt scheppernd den Bierkasten ab. Er wischt sich den Schweiß von der Stirn. „Morgen Vormittag testen sie alles noch ein letztes Mal. Wegen dem Rauch und dem Feuer und so. Ich hoffe, da passiert nichts. Aber der Feuerschluckerfreund vom Joachim sagt, das klappt alles. Dann vertrau ich dem mal."

„Ja, der macht einen kompetenten Eindruck. Und den Traktor bekommen wir auch?“

Lutz lacht.

„Ja, die freuen sich, die Oldtimer-Freunde, dass sie auch was beisteuern können. Schau, es hat doch alles was Gutes.“

„Da hast du wohl Recht.“

„Weißt du, ob es hier was zu essen gibt? Ich hab echt Kohldampf.“

Ich schicke ihn in die Umkleide, wo ein kleines Büfett für die Helfer aufgebaut ist. Ich muss schon sagen, hier in Dimmelwang geht ja alles Hand in Hand. Jeder hilft, wo er kann, es ist immer alles bestens organisiert und für das leibliche Wohl ist sowieso immer gesorgt. Ein Riesenrumpler lässt mich herumfahren.

„Ja Herrschaftzeiten!“, brüllt Andi.

Er liegt unter einem Haufen dicker Matten, die er vorher kunstvoll aneinander gelehnt hat. Ich renne rüber und ziehe ihn unter dem Mattenberg heraus.

„Ist alles in Ordnung mit dir?“

Andi ächzt und schlägt dann die Hände vors Gesicht.

„Mein schönes Knusperhäuschen!“

„Äh“, ich schaue von ihm zu dem Mattenberg und wieder zurück. „Welches Knusperhäuschen?“

Jetzt schaut Andi recht sparsam.

„Na, mein Mattenhaus.“

„Das sollte ein Knusperhäuschen werden?“

„Das war schon ein Knusperhäuschen, bevor es über mir zusammengekracht ist.“

„Dann bin ich aber froh, dass es über dir zusammengekracht ist, sonst wäre es am Ende noch über den Partygästen zusammengebrochen.“

„Ach, und das wäre schlimmer gewesen, oder?"

Der scharfe Unterton in seiner Stimme entgeht mir nicht.

Ich nehme Andi in die Arme und schlage ihm vor: „Komm, wir machen ein neues Knusperhäuschen. Da drüben liegen jede Menge Dachlatten, da könnten wir ein Gerüst bauen und Tücher drüber hängen. Marlies hat ganz viele bunte Stoffe mitgebracht, da finden wir bestimmt was. Und du bist doch handwerklich begabt, du schaffst das doch mit links!"

Jetzt bekommen Andis Wangen einen leichten Rotton und er nickt.

„Ja, das bin ich schon. Also, wo sind die Dachlatten? Akkuschrauber und Schrauben hab ich bei der Bar gesehen."

Er wuselt davon und ich sehe mich nach passenden Stoffen um. Bei Marlies steht Bianka. Ihre Haare stehen ganz wirr vom Kopf ab und sie sieht wirklich gestresst aus.

„Alles klar bei euch?", frage ich und will mich schon auf die Stoffe stürzen.

„Louisa, vielleicht kannst du mir helfen", Bianka schaut mich mit einem Hilfe suchenden Blick an. „Ich habe mich doch bereiterklärt, das Catering zu übernehmen. Ich meine, wenn ich demnächst das Café Breitschuh übernehmen will, dann muss ich doch mit so was langsam mal anfangen, findest du nicht?"

Nein, das finde ich eigentlich nicht, sage das aber nicht, um sie nicht noch mehr zu verunsichern.

„Es ist eine völlige Katastrophe", jammert sie weiter. „Ich wollte Häppchen machen, die man halt einfach in die Hand nehmen kann, damit wir nicht so viel Geschirr haben. Aber ich bin total überfordert. Weißt du, an was man da alles denken muss?"

Biankas Augen füllen sich mit Tränen.

„Und ich kenne mich doch da nicht aus und habe keine Kundenkarte für den Großhandel, weil ich ja noch gar kein Gewerbe angemeldet habe und jetzt weiß ich nicht, wie ich das alles bis morgen schaffen soll."

Jetzt kullern ihr tatsächlich Tränen die Wangen herunter.

„Ach, Bianka", Marlies nimmt sie in die Arme.

„Gut, hör zu, wir schaffen das schon irgendwie. Wir wissen doch wie viele Leute kommen, oder?"

„Ja klar, es gab genau dreihundertfünfzig Karten im Vorverkauf, und mehr werden heuer nicht rausgegeben, weil es doch letztes Mal so ein Chaos gegeben hat."

„Gut, dann wissen wir ja das schon mal. Für die Getränke bist du aber gar nicht zuständig, oder?"

„Nein, das machen die Schützen selber, der Lutz hat doch vorhin schon ein paar Kisten rein getragen."

„Ach ja, stimmt. Das ist doch super. Und du wolltest was genau machen?"

„Häppchen, Fingerfood, so was auf so weißen Löffeln, die man sich auf einmal in den Mund schieben kann. Dass wir halt nicht so viel zu spülen haben, weißt du."

„Was hältst du davon, wenn wir ganz einfach stinknormale Leberkässemmeln anbieten? Das ist doch eine gute Grundlage, wenn die Leute dann so viel Alkohol trinken. Auf die Stehtische stellen wir Schüsseln mit Erdnüssen, Chips und Gummibärchen. Oder Spanferkel und Leberkäse? Semmeln, Brezen, fertig."

„Ach, ich weiß nicht, letztes Jahr beim Ball gab es ein Wahnsinns-Catering, wirklich, der hat total ausgefallene Sachen da hingestellt. Ich will nicht, dass die Leute denken, dass ich das nicht hinbekomme."

„Aber Bianka, ganz ehrlich, das schaffst du bis morgen doch auch nicht, oder? Ich finde so Häppchen ja eine tolle Idee, aber für über dreihundert Leute Häppchen vorzubereiten, das ist der Wahnsinn, wirklich! "

Jetzt schluchzt sie richtig los.

„Ich hätte das nie annehmen sollen."

Ich werfe Marlies einen Blick zu und sie zuckt mit den Schultern.

„Komm, wir fragen jetzt gleich mal bei der Metzgerei Hinterwanger nach, ob die bis morgen Spanferkel und Leberkäse organisieren können. Ich fände die Idee gar nicht schlecht, das passt doch irgendwie zu Märchen, oder? Vor allem Spanferkel."

„Ja, Bianka, das passt doch total gut zu Märchen", stimmt mir Marlies zu. „Da gehen doch die Prinzen immer auf die Jagd."

„Es ist besser als nichts. Und satt werden die Leute davon auch. So ein Steckerlschwein macht doch auch was her."

„Na, wenn ihr meint."

„Ja, meinen wir."

Marlies und ich nicken bekräftigend mit den Köpfen. Bianka seufzt und wischt sich die Tränen vom Gesicht.

„Gut, dann rufe ich mal beim Hinterwanger an."

Fast hätte ich vergessen, warum ich eigentlich hierher gekommen bin, doch da höre ich den Andi schon schrauben und mir fällt ein, dass ich ja bunten Stoff fürs Knusperhäuschen besorgen wollte. Schnell raffe ich ein paar bunte Stoffe zusammen und gehe ans andere Ende der Halle.

„Des schaugt doch scho richtig guat aus", lobt der Xaver den Andi, der schwitzend über den Dachlatten steht.

„Jetzt hilf mir die aufrichten, dann sehen wir gleich, ob das einen Taug hat", keucht der Andi und steht ächzend auf.

Xaver, Andi und ich lupfen die Konstruktion in die Höhe und begutachten das Werk.

„Die Querstreben und das Dach fehlen noch, aber man kann sich schon ein Häuschen vorstellen, meint ihr nicht?“, fragt Andi, während er sich den Schweiß von der Stirn wischt.

Für die paar Minuten Arbeit finde ich das auch gar nicht schlecht. Das wird ein schöner Rückzugsort für verliebte Pärchen. Zehn Paare haben da locker Platz, aber wer ist schon so exhibitionistisch veranlagt? Wir beschließen, das Häuschen an dem Tor anzulehnen, hinter dem der Geräteraum ist. So ist der Eingang etwas versteckt und somit noch geheimnisvoller.

„Huch, was wird denn das?“

Barbie ist hinter mich getreten und anstatt mir mit dem Tuch zu helfen, das ich schon seit ein paar Minuten alleine nicht über die obere Dachlatte bekomme, schaut sie mir ungerührt zu. Jetzt missversteht sie auch noch meinen bösen Blick und kichert.

„Was lachst du denn so dämlich?“

„Hihihi, wird das das Klo? Machen wir so ein Plumpsklo wie früher?“

„Ja genau und jeder kann die Tücher wegziehen und sieht dann, wer gerade auf dem stillen Örtchen sitzt.“

Ich kann wieder mal nur den Kopf schütteln vor so viel Dummheit.

„Na, da habe ich ja ins Schwarze getroffen“, quiekt sie und läuft davon.

Ich hänge hier immer noch mit meinem hellblauen Tuch, das mir immer wieder auf den Kopf rutscht, sobald ich es einigermaßen über die Latte geworfen habe. Langsam habe ich keine Lust mehr. Ganz kurz kommt mir der Gedanke, einfach nach Hause zu gehen. Aber das wäre nicht fair, Sebastian freut sich so auf diese Party, da kann ich ihn doch nicht einfach hängen lassen. Als hätte er meine Gedanken erraten, steht er plötzlich hinter mir.

„Komm, ich helfe dir. Alleine schaffst du das ja nie."

Dankbar lächle ich ihn an. Er hat Sägespäne in den Haaren und sieht zum Anbeißen aus. Mit wenigen Handgriffen schaffen wir es, dass Andis Holzkonstruktion etwas von einem Hexenhäuschen bekommt. An jeder Seite hängt nun ein bunter Stoff, und ich mache mich daran, mit Sicherheitsnadeln Süßigkeiten daran zu befestigen.

„Louisa, Louisa", höre ich da Bianka rufen. „Stell dir vor, das mit dem Spanferkel und dem Leberkäse klappt! Ich kann es gar nicht glauben! Da kommt sogar einer von der Metzgerei und hilft uns beim Abschneiden. Ist das nicht super?"

„Und ob das super ist! Ich freue mich für dich."

Bianka läuft zu Marlies, um ihr die Neuigkeiten zu verkünden. Na, was für ein Glück.

Nach gefühlten drei Stunden bin ich endlich mit dem Hexenhäuschen fertig. Ganz besonders stolz bin ich auf die Tür, die ich aus braun gemustertem Stoff und echten Lebkuchen ziemlich authentisch hinbekommen habe. Hoffentlich essen die Leute die ganzen Süßigkeiten auch auf, ich habe keine Lust, die alle hinterher wieder abzumachen.

Während ich an dem Häuschen gearbeitet habe, waren alle anderen auch sehr fleißig. Von dem Tarnnetz hängen inzwischen goldene Pappsterne, die Bar wurde orientalisch gestaltet, in der ganzen Halle stehen kleine Bäumchen in Kübeln, die mit braunen Tüchern umwickelt sind. Sämtliche Stehtische, die wir zur Verfügung haben, stehen am Rand, ebenfalls mit Tüchern umhüllt. Einige Leute haben ihre grübigen Holzbänke für die Party bereitgestellt, die zwischen den Bäumen stehen und so Sitzgelegenheiten bieten. Ich muss zugeben, wir haben es tatsächlich in wenigen

Stunden geschafft, eine miefige Turnhalle in ein kleines Märchenparadies zu verwandeln. Inzwischen sind lang nicht mehr so viele Leute da und die paar, die noch da sind, stellen hier und da noch eine Kleinigkeit hin und zupfen an Tüchern rum, bis alles perfekt ist. Bianka und Marlies schleppen noch Steine herein, die sie neben der Bar zu einem Kreis formieren. Dort wird es dann wohl das Spanferkel geben.

„Na, bist du zufrieden?"

Sebastian legt seinen verschwitzten Arm um mich, was mich in meiner Verliebtheit aber nicht weiter stört.

„Ja, es schaut super aus hier. Wo sind denn die ganzen Leute hin? Vorhin waren hier noch so viele und jetzt?"

„Es ist schon spät. Die meisten sind nach Hause gegangen, weil sie ja morgen fit sein wollen. Und acht Männer machen Brandwache. Wir sollten jetzt auch abzischen. Den Rest erledigen wir morgen."

„Einverstanden."

Dimmelwang, Freitag, 13. Februar, Tag des Faschingsballs

Zum Glück habe ich heute schichtfrei, denn es gibt noch jede Menge zu tun, an das natürlich niemand vorher gedacht hat. Das erste, was mir auffällt, als ich in der Früh in die Turnhalle komme, sind die Getränkekisten. Wo ich hinschaue, sehe ich nur Bierkisten. Und weit und breit keinen Lutz.

Eine nimmermüde Irmgard zieht aufgeregt an den Tüchern, die die Sprossenwände verkleiden, herum, und flucht vor sich hin.

„Guten Morgen, Irmi, du sag mal, es gibt aber schon auch antialkoholische Getränke?"

„Wos? Ja natürlich, wieso?"

„Na, weil ich keine sehe. Alles nur Bierkisten. Wir haben Bier in allen möglichen Variationen, Schnaps und Sekt habe ich auch gefunden, aber kein Wasser, Spezi, Apfelschorle, nichts."

„Aber des ko doch net sein", Irmgard streicht sich eine widerspenstige Strähne aus dem Gesicht. „I kimm mol mit".

Sie stapft mir voraus in Richtung Bar.

„Jo pfeilgrad, du host recht. Jo, wer kümmert sich denn um die Getränke?"

„Gestern hat der Lutz die Kisten rein getragen", helfe ich ihr auf die Sprünge.

Sie blickt sich um und entdeckt Lutz an der Tür zu den Umkleiden.

„Na warte, der ko wos erlebn. Der muass glei los und no wos zum Trinken organisieren."

Irmgard schießt auf den armen Lutz zu und macht ihn schon von aller Weite zur Schnecke. Der arme Kerl zieht den Kopf ein und wirkt ganz klein. Hätte ich Irmi doch nicht auf ihn gehetzt. Aber es hilft ja alles nichts, wir brauchen dringend Getränke, von denen nicht jeder sofort einen Rausch bekommt, sonst artet das hier noch völlig aus.

Meine nächste Baustelle ist das Knusperhäuschen. Es sieht zumindest noch aus wie gestern. Ich prüfe, ob alle Tücher sicher befestigt sind und bin letztendlich sehr zufrieden damit.

Daniel, Chef der Schützen, die den Ball ausrichten, kommt von hinten an mich heran und klopft mir auf die Schulter.

„Hey Louisa, alles klar?"

„Ja, alles klar. Schaut gut aus hier, aber es gibt trotzdem noch einiges zu tun. Ich dachte, ihr wolltet da hinten eine Diskokugel hinhängen."

„Hm, ja, ich weiß nicht, ob das so eine gute Idee ist. In Märchen gibt es ja auch keine Technik. Wir setzen eher auf Kerzenschein und indirekte Beleuchtung."

„Pass bloß auf, dass die Kerzen sicher stehen, wir können nicht noch ein Feuer hier in Dimmelwang gebrauchen."

Daniel lacht. „Keine Sorge, überall wo Kerzen flackern, ist ein Feuerwehrler postiert. Wir haben das völlig im Griff."

„Dann ist's ja gut. Ich schau mal hinter, ob ich noch was helfen kann. Weißt du, wo das Büfett hinkommt?"

„Bianka macht ja ein großes Geheimnis ums Essen. Aber sie wollte, dass wir fürs Essen da hinten Platz frei halten."

Er deutet hinter sich.

„Ah, gut, dann schau ich mal, ob ich sie finden kann."

Ich finde Bianka nach minutenlanger Suche schließlich in der Umkleide, wo sie eifrig Tische hin und her rutscht.

„Kann ich dir was helfen?"

„Louisa, gut, dass du kommst. Schau mal, hier möchte ich das normale Büfett machen, die Salate und so, und draußen gibt es dann das Spanferkel und Leberkäse."

„Das ist ja voll unpraktisch“, entgegne ich skeptisch.

„Wieso?“

„Sollte nicht alles Essen an einem Ort sein? Wenn sich die Leute ganz am anderen Ende ihr warmes Fleisch holen und du ihnen dann sagst, dass es die Salate dazu in der Umkleide gibt, ist das Essen ja kalt, bevor sie überhaupt mit essen anfangen.“

„Oh.“

Bianka legt die Stirn in Falten.

„Dann müssen wir die Tische hinter tragen.“

„Gute Idee.“

Ich zwinkere ihr zu.

„Wird schon alles werden, komm, packen wir's an.“

Gemeinsam tragen wir die Biertische quer durch die Turnhalle, laufen Parcours zwischen den Bäumchen und Sitzgelegenheiten und bauen sie dann neben dem Steinkreis auf, den Bianka schon liebevoll vorbereitet hat. Efeu rankt sich an einem Gitter nach oben, und wenn ich mich hier so umschaue, fühle ich mich fast ein bisschen verzaubert. Ich freue mich trotz meiner Faschingsaversion auf heute Abend.

Am frühen Nachmittag bin ich wieder zu Hause. Eva sitzt mit Jasmin im Wohnzimmer und spielt ein Brettspiel. Rebecca liegt auf ihrer Krabbeldecke und gluckst fröhlich vor sich hin.

„Bin wieder dahaaa“, rufe ich und lasse mich neben Eva auf die Couch plumpsen.

„Und, wie schaut's aus? Ist der Märchenwald bereit für die große Party heute Abend?“

„Ich denke schon. Ein paar Leute räumen noch bissl was hin und her, aber an sich müsste alles fertig sein. Ich hoffe, dass das mit dem Spanferkel und dem Leberkäse klappt, Bianka gibt sich solche

Mühe. Wäre ewig schade, wenn das in die Hose geht."

„Wird schon."

„Tante", Jasmin schaut mich mit gekipptem Kopf an. „Als was gehst du in den Fasching?"

„Als Gretel", sage ich stolz.

„Echt? Und wo ist dein Hänsel?"

„Sebastian wird mein Hänsel sein."

„Hää? Aber Sebastian ist doch so schön, der ist doch der Prinz!", ruft Jasmin ungläubig.

Mich schmeichelt es schon, dass Jasmin meinen Freund für so schön hält, dass er eigentlich der Prinz sein sollte, aber... Moment.

„Ja und ich? Sollte ich nicht eher eine Prinzessin als Gretel sein?"

Sie schaut mich lange an.

„Nö, Gretel passt schon."

Na danke.

Um Punkt neunzehn Uhr bin ich ausgehfertig. Ganz hinten im Schrank habe ich einen uralten beigen Rock gefunden und dazu trage ich ein braunes Oberteil mit Trompetenärmeln, von dem ich gar nicht mehr wusste, dass ich es überhaupt besitze. Mit einem Stück Kohle habe ich mich im Gesicht und an den Armen schmutzig gemacht und meine Haare sind auftoupiert. Ich habe Lederbänder um den Kopf und um meine Hüfte gebunden und finde, ich sehe sehr wie Gretel aus. Nur eben in groß. Eva leiht mir ihre alten braunen Schuhe, mit denen sie früher immer aufs Tänzelfest nach Kaufbeuren gegangen ist.

Als es klingelt, bin ich bereit. Mich nervt einzig und allein der viele Schnee, der den Weg nach draußen nicht gerade verlockend macht. Schnell verabschiede ich mich von Eva und den Kindern und begrüße meinen Hänsel. Ich könnte gleich über Sebastian herfallen, so umwerfend sieht er in seinen zerrissenen Hosen und verwuschelten Haaren aus. Arm in Arm stapfen wir durch den Schnee und haben ganz rote Wangen, als wir endlich an der Turnhalle ankommen.

Musik dröhnt uns entgegen und wir betreten eine verzauberte Welt. Im Dunkeln sieht alles wirklich noch einmal ganz anders aus. Die Bar ist sanft beleuchtet, die Sterne funkeln fast magisch und die Kerzen, die überall verteilt sind, tauchen die Szene in ein unwirkliches Licht. Es sind schon jede Menge Leute da, und soweit ich das beurteilen kann, fließt der Alkohol auch schon in rauen Mengen. Am Knusperhäuschen entdecke ich meinen Chef.

„Herr Deutler, was machen Sie denn hier?"

„Na, Polizeipräsenz ist doch ungemein wichtig!"

„Das mag ja sein, aber meinen Sie nicht, dass manchen dann eher die Lust am Feiern vergehen könnte?"

„Wir müssen die Augen offen halten, solche Festivitäten sind doch wie geschaffen für Verbrechen. Nicht auszudenken, wenn der Feuerteufel gerade heute zuschlagen würde!"

„Da haben Sie recht. Aber wissen Sie was? Ziehen Sie sich doch etwas anderes als Ihre Uniform an, inkognito, Sie verstehen?"

„Aber ich habe kein Kostüm. Außerdem müssen Sie mir nicht sagen, was ich tun soll."

Ich diskutiere noch eine Weile mit ihm, aber dann möchte ich mich doch unters Volk mischen.

„Herr Deutler, machen Sie, wie Sie meinen, ich werde dann mal…"

Etwas lässt mich verstummen. Mario Deutler schaut über meine Schulter. Sein Blick ist starr und seine Augen verengen sich. Langsam drehe ich mich um. Barbie und Joachim kommen auf uns zu. Larissa trägt ein äußerst knappes Jeannie-Kostüm, und ich muss mir wieder einmal neidisch eingestehen, dass sie so etwas verdammt gut tragen kann. Sie hat einfach die perfekte Figur. Aber das eigentlich Erschreckende ist Joachim. Er hat sich als Teufel verkleidet. Als Feuerteufel. Ein roter Umhang wallt um ihn herum, er trägt einen Dreizack, seine Haare hat er zu kleinen Hörnern gestylt und die Augen schwarz geschminkt. Er sieht wirklich gut aus, nur leider ist dieses Kostüm denkbar unpassend.

Mario Deutler stapft wütend an mir vorbei. Ich folge ihm auf den Fuß.

„Was bilden Sie sich eigentlich ein?", brüllt er Joachim an. Dieser hebt beschwichtigend die Hände.

„Was haben Sie denn?"

„Was ich habe? WAS ICH HABE? Sie können sich doch nicht als Feuerteufel verkleiden, wenn hier einer sein Unwesen treibt!"

Der Deutler bekommt ganz rote Flecken vor lauter Aufregung. Ich lege ihm die Hand auf den Arm, doch er schiebt sie grob weg.

„Das ist eine Provokation! Meinen Sie nicht, dass Sie ihn dadurch noch mehr anstacheln?"

„Na und ob ich das glaube, aber schauen Sie mal da rüber", Joachim deutet in Richtung Spanferkel.

Ich glaube, ich traue meinen Augen nicht. Da drüben stehen ungefähr zwanzig Männer, die alle als Teufel verkleidet sind.

„Ja, was ist denn das? Was soll denn dieser Aufzug?"

Mein Chef schlägt sich die Hände vors Gesicht. Dann poltert er wütend rüber zu den Teufeln. Ich eile im Stechschritt hinterher.

„Ja seid ihr denn von allen guten Geistern verlassen?", brüllt er sie an.

Die Männer, die uns alle gerade noch den Rücken zugewendet haben, drehen sich erschrocken um. Ich kenne alle, denn alle sind bei der Bürgerwehr, die sich gegen den Brandstifter gebildet hat.

„Was ist denn los?“, fragt einer vorsichtig.

Dem Deutler weicht die Farbe aus dem Gesicht. Er schüttelt den Kopf.

„Was soll denn das?“

„Wir wollten den echten Feuerteufel etwas herausfordern“, sagt ein Teufel. Verlegen fährt er mit den Fingern über seinen Dreizack.

„Ich hoffe, dass ihr das nicht bereuen werdet.“

Mit diesen Worten dreht sich Mario Deutler um und verlässt die Turnhalle.

„Was war denn mit dem los?“

„Ich glaube, keiner weiß, wie sehr ihn das belastet. Versteht ihr, hier geht wirklich ein echter Brandstifter um und ihr macht euch über ihn lustig. Ich glaube, er hat das als Häme gegen sich aufgefasst. Weil wir den Feuerteufel noch nicht dingfest gemacht haben.“

Betreten schauen sich die Teufel an. Gegen meinen Willen muss ich lachen. Das sieht wirklich lustig aus.

„Aber Jungs, jetzt lasst euch den Spaß nicht verderben, wir sind doch hier zum Feiern!“

„Ja, da hast du recht. Und gleich kommen Spanferkel und Leberkäse.“

„Dann noch viel Spaß!“

Ich gehe auf die Suche nach meinem Hänsel und entdecke ihn an der Bar. Lächelnd kommt er mit zwei Gläsern Sekt auf mich zu.

„Auf einen unvergesslichen Abend im Märchenwald.“

Wir stoßen an und verziehen uns dann erst mal zum Knutschen auf eine Holzbank zwischen die Bäumchen.

„Hach, Louisa, hier bist du“, reißt mich Barbie mit ihrer quietschigen Stimme aus meiner romantischen Stimmung. Sebastian lacht, aber mir ist gar nicht danach zumute.

„Was ist?“

„Huch, was bist du denn so gereizt? Schauen die Teufelchen nicht einfach hinreißend aus?“

„Und dafür unterbrichst du uns beim Küssen?“

„Ach Louisa, das tut mir leid, das wollte ich gar nicht.“

„Aber du hast doch gesehen, dass wir beschäftigt waren, oder? Geh doch zu Joachim und erzähl ihm irgendwas.“

„Aber was soll ich ihm denn erzählen? Habe ich die Teufelchen nicht toll geschminkt?“

„Ja, ganz prima.“

„Finde ich auch.“

Jetzt setzt sie sich sogar neben mich. Mich wundert es ja schon fast, dass sie sich nicht gleich zwischen Sebastian und mich setzt.

„Ihr wisst doch hoffentlich, was heute für ein Datum ist?“

„Äh, warte mal..“

„Sagt bloß, ihr wisst das nicht? Ich glaube es ja nicht! Ich markiere mir das sogar im Kalender. Heute ist Freitag, der dreizehnte! Na, wenn das mal kein böses Omen ist.“

Ich sende Sebastian einen hilfesuchenden Blick zu. Er versteht mich sofort.

„Larissa, schau mal, ich glaube Joachim sucht dich.“

„Ach je, na dann geh ich mal rüber, tschüssi!“

„Danke. Wie kann man nur so ichbezogen sein?“

„Egal.“

Wir machen da weiter, wo wir aufgehört haben. Keine fünf Minuten später stupft mich jemand an die Schulter. Es ist Harald, der mich sogar entschuldigend ansieht.

„Tut mir leid, dass ich dich störe, aber ich muss dich was Wichtiges fragen.“

„Was gibt’s denn?“

„Glaubst du, also, ganz ehrlich, du musst mir sagen, wenn du meinst, dass es nichts bringt."

„Ja, was denn?"

Ich merke förmlich, wie er all seinen Mut zusammennimmt.

„Meinst du, ich hätte bei deiner Schwester eine Chance?"

Moment. Völlig perplex schaue ich ihn an.

„Bei meiner Schwester? Du meinst Eva? Wie kommst du denn auf die?"

„Na, die steht da drüben."

Sein Finger wandert an meinem Gesicht vorbei und zeigt zur Bar.

„Ich sehe sie nicht."

„Na da, das Rotkäppchen."

Jetzt muss ich mir erst mal die Augen rubbeln.

„Das ist doch nicht Eva."

„Na und ob sie das ist. Ich habe sie doch gerade reinkommen sehen."

Das Rotkäppchen steht mit dem Rücken zu uns, und außerdem verdecken hunderte von Prinzen, Schneewittchen, Wölfe und sonstige Fabelwesen den Blick auf sie.

„Warte mal, ich gehe uns jetzt was zu trinken holen und dann werde ich mich davon überzeugen, dass das da nicht meine Schwester ist."

Entschlossen stehe ich auf. Eva hätte mir doch gesagt, wenn sie vorgehabt hätte hierher zu kommen. Außerdem, wer passt auf die Kinder auf? Andererseits, hat sie mir nicht erst gestern gesagt, dass sie mal wieder einen Mann will? Das hier wäre natürlich eine tolle Gelegenheit, ganz ungezwungen jemanden kennenzulernen.

Ich nähere mich der Gestalt. Nein, das kann unmöglich Eva sein. Diese Frau trägt einen sehr kurzen roten Rock mit Tüll darunter, hat rote Lackstiefel an, die bis zu den Knien reichen und ein kurzer roter Umhang hängt ihr locker über den Schultern. Der Kopf ist von einer Kapuze bedeckt und am rechten Arm hängt ihr ein kleiner Bastkorb, in dem eine Flasche Wein und ein kleiner Laib Brot liegen.

„Entschuldigen Sie bitte", ich drücke mich an dem Rotkäppchen vorbei zur Bar, und mir fallen fast die Augen aus den Höhlen. Vor mir steht meine Schwester!

„Eva?!", rufe ich entgeistert.

„Hallo, gerade wollte ich dich suchen."

„Was machst *du* denn hier?"

„Ich möchte halt auch mal wieder unter Leute."

„Aber warum hast du mir denn nichts gesagt?"

Jetzt lacht sie und zeigt mit dem Finger auf mich: „Na, weil ich genau diesen Gesichtsausdruck sehen wollte!"

„Ja dann, äh, hab Spaß!"

„Danke, das habe ich mir fest vorgenommen."

„Wo hast du denn dieses Kostüm her?"

„Ebay. War ganz günstig."

„Und seit wann hast du denn so eine gute Figur?", rutscht es mir raus, bevor ich nachdenken kann.

Eva wird rot und lächelt.

„Ganz ehrlich, das hab ich mich heute auch schon gefragt. Anscheinend zehrt das Stillen, ganz zu schweigen von den schlaflosen Nächten."

„Hm, das kann sein. Komm doch mit, wir sind da hinten."

„Nein, nein, ich will euch nicht stören."

„Ach was, du störst uns nicht, jetzt komm schon mit."

Ich schleife Eva hinter mir her und bemerke, nicht ohne einen Anflug von Neid, dass ihr einige Kerle hinterherschauen. Gut, dass sie die Kapuze auf hat, so sieht man die halb herausgewachsene Farbe in ihren Haaren wenigstens nicht.

„So, da sind wir."

Harald, der sich bis gerade eben mit Sebastian unterhalten hat, bekommt jetzt den Mund gar nicht mehr zu. Eva steht etwas verloren in der Gegend umeinander.

„Eva, du erinnerst dich doch bestimmt an meinen Kollegen Harald. Harald, du kennst Eva ja."

Ich wedle mit den Händen zwischen den beiden hin und her, bis sie sich die Hände geben.

„Ja, ich erinnere mich."

„Möchtest du was trinken?", fragt Harald wenig geistreich.

„Ich habe mir gerade etwas geholt, aber danke."

Eva klammert sich geradezu an ihr Glas.

„Oh ja, stimmt, jetzt seh ich's. Ähm, möchtest du dann vielleicht tanzen?"

„Ja, gerne."

Eva drückt mir ihr Glas in die Hand und die beiden verschwinden hinter den Bäumchen auf die Tanzfläche.

„Was war das denn?", fragt Sebastian und grinst von einem Ohr zum anderen.

„Das möchte ich aber auch gerne wissen."

„Komm, Gretelchen, küss mich", flüstert er mir ins Ohr und umarmt mich.

Doch wir haben kaum mit dem Knutschen angefangen, als Larissa urplötzlich neben mir auftaucht.

„Hallöchen", brüllt sie mir ins Ohr.

Ich zucke heftig zusammen und beiße Sebastian auf die Zunge.

„Aaaaaaa, was soll das denn?", schreit der und schielt auf seine Zunge, auf der auch prompt meine Bissspur zu sehen ist.

„Tut mir leid, das wollte ich nicht", entschuldige ich mich erschrocken. „Was willst du?", frage ich Larissa in meinem bösesten Tonfall.

Doch die kichert mich nur an.

„Hihihi, oh, Louisa, hihihi, ist diese Party nicht einfach wunderbar?"

Sie umarmt mich und drückt mir ein Bussi auf die Wange. Ich wische mir mit einer unwirschen Handbewegung ihren Lippenstiftabdruck, der zweifelsohne an mir kleben geblieben ist, weg.

„Was soll das?"

„Oh, Louisa, es ist so schön hier. All die Farben und die vielen vielen Leute mit ihrer guten Laune! Es sollte jeden Tag Faschingsball sein!"

„Was denn für Farben?", fragt Sebastian hinter meinem Rücken.

„Na, all die Farben hier. Ach, ich fühle mich so leicht, als könnte ich fliegen. Hihihi, wo ist denn nur Joachim? Ich möchte mit ihm fortfliegen."

„Sag mal, geht's dir noch gut?"

Ich packe Larissa an beiden Handgelenken und versuche, ihr in die Augen zu schauen.

„Was hast du denn schon alles getrunken?"

„Getrunken?"

„Ja, wie viele Cocktails oder Biere oder Schnäpse hattest du schon?"

„Och, das ist gar nicht der Rede wert."

„Nun sag schon!"

„Na so einen Zwergencocktail, hihihi, der schmeckt wirklich lustig, und eine böse Stiefmutter. Oh, ich sag dir, den würde ich nicht trinken, der schmeckt giftig."

Larissa biegt sich jetzt vor Lachen, und die Leute um uns herum werden auf uns aufmerksam. Und mir wird es langsam peinlich.

„Was hat sie denn?", fragt Sebastian besorgt. „Ist sie jetzt schon so dicht?"

„Ich weiß es nicht. Aber normal ist das sogar für sie nicht. Larissa, hauch mich doch bitte mal an."

„Hihihihi, aber immer doch."

Sie haucht mir mitten ins Gesicht. Es riecht definitiv nach Alkohol.

„Ich geh mal kurz zur Bar. Sebastian, halte sie hier bitte mal kurz fest."

Drängelnd schiebe ich mich bis zur Bar vor. Lutz ist ganz in seinem Element und mixt Cocktails.

„Hey, Louisa, was magst?"

„Nichts. Sag mal, hast du Larissa irgendwas in ihren Cocktail gemixt?"

„Natürlich nicht. Ich hab das rein gemixt, was rein gehört, sonst nichts."

„Und wie viel hat sie schon getrunken?"

„Gerade vorhin hat sie die böse Stiefmutter getrunken und davor glaub ich so einen Zwerg. Mehr wüsste ich jetzt nicht."

Ich grüble. Warum ist sie dann so merkwürdig?

„Gut, danke für die Info."

Hätte ich geahnt, dass genau jetzt eine Polonaise anfängt, hätte ich mich hinter die Bar verzogen. So aber möchte ich nichts anderes als zu den beiden zurück zu gehen, aber da packt mich schon einer hinten an den Schultern und brüllt mir „… bis hinter Wuppertal" ins Ohr.

Das ist der Moment, an dem ich Fasching nicht mehr nur nicht leiden kann, sondern ihn abgrundtief zu hassen beginne. Ich versuche, meinen Hintermann abzuschütteln, aber der kneift mir so fest in die Schultern, dass es kein Entkommen gibt. Zu allem Überfluss führe ich auch noch diese blöde Polonaise an. Mir bleiben zwei Möglichkeiten: Entweder ich mache gute Miene zum bösen Spiel oder ich seile mich ab, was ja aber so gut wie unmöglich ist.

„... ja da kommt Freude auf!", brüllt die halbe Turnhalle.

Ich erblicke Xaver, der mir fröhlich vom Knusperhäuschen aus zuwinkt. Wann ist nur dieses doofe Lied endlich rum? Hoppla, fast wäre ich über ein paar Beine gestolpert, die sich mir einfach so in den Weg gestreckt haben, aber mein Hintermann hält mich so eisern fest, dass ich nicht mal fallen könnte, selbst wenn ich wollte. Puh, endlich ertönen die letzten Takte. Doch es kommt noch schlimmer.

„Sooooo, dann folgt sogleich der nächste Klassiker, der allseits beliebte Ententaaaaaaaaanz!"

Bitte, lass sich einfach ein Loch im Boden auftun und mich darin versinken. Schnell will ich davonschleichen, aber mein Hintermann grinst mich an.

„Äh, ich geh dann mal", wage ich zu sagen.

„Ach was, komm, den Ententanz kann man nur zu zweit tanzen", er zwinkert mir zu und ich sehe, wie sich unter seiner Mönchskutte die Armmuskeln anspannen.

„Was bist du eigentlich? Bodybuilder-Geistlicher?"

Er lacht.

„So ungefähr. Mönch passt doch irgendwie immer. Ah, auf geht's!"

Ich habe gar nicht auf die Musik geachtet, aber jetzt packt er mich und wirbelt mich ganz wild im Kreis herum, dass mir fast schlecht wird.

„Sei mir nicht böse", keuche ich, „aber ich muss aufhören, ich mag das nicht."

Er zuckt mit den Schultern und schaut sich schon nach einer anderen Tanzpartnerin um. Ich wanke in Richtung Büfett. Was wollte ich machen, bevor dieser Wahnsinn begonnen hat? Ach ja, zurück zu Barbie und Sebastian.

Aber jetzt, wo ich schon mal beim Büfett bin, kann ich mir ja auch gleich einen Happen mitnehmen. Schaut wirklich alles sehr lecker aus. Die verschiedensten Salate sind gleich neben dem Spanferkel und den Warmhaltewannen für den Leberkäse aufgebaut, da fällt die Auswahl schwer. Bianka steht überglücklich zwischen dem Spanferkel und den Salaten und freut sich wie die Schneekönigin höchstpersönlich.

„Na, läuft's gut?"

„Ja, es läuft wirklich gut! Schau mal, wie viel schon weg ist und weißt du was? Ich hab gehört, wie einer gesagt hat, er ist froh, dass es mal was Handfestes zum Essen gibt, die letzten Jahre war das alles nichts Gescheites, viel zu etepetete. Ist das nicht wunderbar? Und das hab ich alles nur dir zu verdanken!"

Ich winke ab.

„Nicht der Rede wert. Gibst mir ein Stückerl vom Spanferkel?"

„Ja klar."

Sie säbelt mir einen beachtlichen Brocken ab und lotst mich dann wieder zu dem Salattisch, weil der Andrang wieder größer wird. Wenn man diese schreckliche Faschingsmusik ausblendet, ist das hier wirklich toll. Überall glückliche Gesichter, man hört viel Lachen, die Stimmung brummt. Auf meinem Weg zurück komme ich an einem Tisch voller Jugendlicher vorbei, die alle einen seltsam entrückten Eindruck machen.

„Bei euch alles klar?", frage ich im Vorübergehen, und alle schauen mich an, als wäre ich nicht von dieser Welt.

„Hallo, ich bin Gretel!"

Die Jugend von heute, die haben einfach keine Fantasie mehr. Da sehe ich Eva, wie sie Arm in Arm mit Harald das Tanzbein schwingt. Richtig zufrieden sieht sie aus. Ich freue mich für sie. Sie sollte wirklich öfter mal raus, das tut ihr gut.

„Super, hast du uns was zu essen organisiert?"

Sebastian lächelt mich an und will mir den Teller abnehmen. Sehnsüchtig schaue ich auf mein Essen, und er interpretiert das zum Glück richtig und zieht seine Hand zurück.

„Tut mir leid, ich konnte Larissa nicht festhalten. Sie hatte den totalen Höhenflug."

„Was? Wo ist sie denn jetzt?"

„Ich glaube im Knusperhäuschen. Ich hab Joachim da gesehen, dann kann sie ja nicht weit sein."

„Irgendwas stimmt mit ihr nicht. Warte mal."

Jetzt drücke ich ihm doch meinen Teller in die Hand und beeile mich, mir meinen Weg zum Knusperhäuschen zu bahnen. Trotz der lauten Musik kann ich Barbies Lachen schon meterweit vorher hören. Joachim und sie sind im Zelt.

„Larissa", ich reiße das Tuch, das die Tür sein soll, beiseite.

Joachim schaut mich irritiert an. Larissa hängt ihm um den Hals und versucht ihn zu küssen.

„Was ist nur mit ihr los?"

„Ja, das wüsste ich auch gerne."

Ich pflücke ihre Hände von Joachim und zwinge sie mich anzusehen.

„Larissa, hast du was genommen?"

„Ich? Was genommen? Hihihi, nein, wieso?"

„Bitte sag es mir, sonst muss ich dich noch in die Ausnüchterungszelle stecken."

Sie zieht einen Schmollmund.

„Ach nö, ich will noch da bleiben."

„Ich weiß. Dann sag mir ganz ehrlich, ob du irgendwelche Drogen intus hast!"

Ich schaue sie bitterböse an. Sie schenkt Joachim einen beachtlichen Augenaufschlag, doch auch er bleibt ernst.

„Los, sag es uns. So macht das keinen Spaß hier."

„Ach Schätzchen", Larissa fährt mit ihrem Zeigefinger in Joachims Gesicht herum, „ich wollte ein bisschen Spaß haben, aber du sträubst dich."

„Larissa, wir sind hier mitten in der Öffentlichkeit."

„Aber nein, ich habe dich mit in mein Häuschen genommen."

Jetzt gackert sie wieder. Joachim und ich schauen uns an.

„Ich komm schon noch dahinter", sagt er und geleitet Barbie aus dem Knusperhäuschen heraus, wo sie auch schon allen hoheitsvoll wie eine Königin winkt.

Ich schüttle den Kopf. Was ist nur mit ihr los? Mein Weg führt mich wieder am Tisch mit den Jugendlichen vorbei und ich sehe gerade noch, wie einer von ihnen Kekse in einem Rucksack verschwinden lässt.

„Moment mal", ich greife mir den Rucksack.

„Hey, nicht, das ist nicht Ihrer", sagt der, dem der Rucksack wohl gehört, mit schwerer Zunge.

Doch ich bin schneller und ziehe die Tüte mit den Keksen raus.

„Sagt mal, sind das Haschkekse?", frage ich entgeistert.

Sie werfen sich Blicke zu und fangen dann alle auf einmal an zu lachen.

„Habt ihr der bezaubernden Jeannie welche gegeben?"

„Och, nur ein paar. Die war echt lustig!" prustet einer los. Jetzt wird mir einiges klar.

„Gut, eure Kekse sind konfisziert. Ich brauche eure Adressen."

Nur doof, dass ich nichts zum Schreiben dabei habe. Da sehe ich Moritz, den Feuerwehrler, an mir vorbei laufen.

„Moritz, Moment kurz, kannst du mir was zu schreiben organisieren?“

Er schaut mich irritiert an, nickt dann aber.

„Wieso bist du eigentlich nicht als Feuerteufel verkleidet wie die anderen von der Brandwache?“

„Wollte halt nicht.“

Er verschwindet im Getümmel und ich kann nur hoffen, dass er meinen Auftrag nicht vergessen hat. Kurz später taucht er mit einem Blatt und einem Kugelschreiber in der Hand wieder auf.

„Bist aber ein hübscher Prinz“, versuche ich ihm ein Kompliment zu machen, doch ich fange mir nur einen genervten Blick ein.

„Danke für das Schreibzeug.“

„Ja bitte.“

Und weg ist er. Ich nehme die Personalien der Jugendlichen auf, die den Ernst der Lage noch gar nicht begreifen. Ich sollte auch so einen Keks essen, dann würde sich das alles hier vielleicht leichter ertragen lassen. Aber nein, das darf ich natürlich nicht.

Als ich fertig bin, suche ich Sebastian, um ihm diese unglaublichen Neuigkeiten zu erzählen. Ich kann ihn nirgends finden und werfe einen Blick ins Knusperhäuschen. Hier ist erstaunlich wenig los, nur ein Pärchen sitzt knutschend auf der Bank im Inneren. Aber das ist doch…

„Eva?“

Zwei Köpfe drehen sich mir zu.

„Eva, was machst du denn da? Harald?“

„Äh, ja, das siehst du doch.“

„Aber, aber, wieso? Ich meine, ich geh dann mal wieder.“

Hastig ziehe ich das Tuch hinter mir zu. Das war wirklich ein Schock. Das letzte Mal, dass ich meine Schwester knutschend gesehen habe, muss in den neunziger Jahren gewesen sein. Und dann auch noch ausgerechnet mit Harald, meinem Kollegen! Dieser Abend entwickelt sich ja eher zur Rocky Horror Picture Show als zu einem Märchenball.

Ein lautes Wortgefecht reißt mich aus meinen Gedanken. Zwischen zwei Bäumchen steht eine Menschentraube. Mit wichtiger Miene schiebe ich mich durch die Leute.

„Moment, bitte aufpassen, hier kommt die Polizei, auf die Seite bitte!"

Ich quetsche mich durch allerhand Gestalten und stehe urplötzlich Xaver gegenüber, der mit hochrotem Kopf auf Irmgard einredet.

„Des wird dir no leid tun!", keift ihn Irmi gerade an. Ihr Blick ist bitterböse.

„Aber Schatzl, so woar des doch gar net gmeint", versucht Xaver die Wogen zu glätten.

„Was ist denn los?", frage ich den Wolf neben mir.

Er schiebt sich seine behaarte Maske ein Stück hoch und murmelt: „Es geht um den Puff."

„Oh, verstehe."

Aha, heikles Thema. Irmi dreht sich gerade theatralisch um und stapft Richtung Ausgang. Xaver hebt hilflos seine Hände. Er schaut zufällig zu mir her und ich mache eine Handbewegung, die so viel heißen soll wie „los, geh ihr nach". Xaver nickt kaum merklich und folgt Irmi nach draußen.

„Wahnsinn, oder, da ist der Herr Bürgermeister ganz klein mit Hut, wenn seine Frau ihn so zusammenscheißt. Und das auch noch hier beim Ball."

Die Kerle neben mir lachen, und ich muss ihnen Recht geben. Das wirft nicht gerade ein gutes Licht auf Xaver. So langsam löst sich der Pulk wieder auf und ich beschließe, mir etwas zu essen zu holen. Mein Essen von vorhin hat sich wohl jemand anderer einverleibt.

Das Spanferkel ist schon gut abgegrast, wenn man das so sagen darf. Bianka hat mich gesehen und winkt mir zu.

„Sebastian sucht dich schon überall", ruft sie mir entgegen.

„So ein Zufall, ich ihn auch. Wo steckt er denn?"

„Keine Ahnung, ist schon eine Weile her, dass er hier war. Magst du noch was essen?"

„Sehr gern. Was heißt hier noch was? Meinen Teller hat Sebastian verdrückt."

Sie grinst, säbelt mir ein Stück ab und reicht mir den Teller.

„Du strahlst ja so", bemerke ich.

„Die Party ist in vollem Gange, und alle loben mein Essen. Wie könnte ich da nicht strahlen?"

Wir ratschen noch ein bisschen, dann hole ich mir Salate und setze mich an einen Tisch, der gerade frei wird. Da sehe ich Xaver, der sich mir unaufhaltsam nähert.

„Na, alles wieder im Lot?", begrüße ich ihn.

„Louisa, horch zu, i hob a Anliegn."

„Ich höre."

„Vorher der Streit, also, des hot sich a bissl aufgschaukelt. Aber woaßt, die Irmi, die is seit guate zwoa Wochn alle paar Dog obnds weg und i hob koa Ahnung, wo se sich rumtreibt."

Ich stocke. „Das sieht ihr aber gar nicht ähnlich. Ich dachte, ihr erzählt euch immer alles?"

„Jo, normal scho. Und jetzad reitet se ständig auf dera Puff-Gschichtn rum."

Der arme Xaver, jetzt schaut er fast schon verzweifelt aus. Ich klopfe ihm auf die Schulter.

„Und ich soll rausfinden, wo sie sich rumtreibt?"

Jetzt leuchten Xavers Augen wieder.

„Jo genau. Dätst du des für mi mochn?"

„Also ich weiß nicht. Ich bin doch kein Schnüffler. Ich könnte sie höchstens mal drauf ansprechen."

„Ja aber du woaßt doch vo nix."

„Stimmt. Ich lasse mir was einfallen, in Ordnung?"

„Du bist a super Kerl, bist du."

„Weiß ich doch. Hast du übrigens Sebastian gesehen? Ich suche ihn."

„Jo, der is draußn mit dene Feuerteufln. Also woaßt, i find des net guat. Lass den echten Teifl do sei, der fühlt sich doch voll verarscht, oder ned?"

„Bestimmt sogar. Ich glaube, genau das wollen die damit erreichen."

„Na dann dät's mi net wundern, wenn's heit Nocht no brennt. I muaß weita, pfiati, Louisa und dankschee."

„Gerne."

Mein Spanferkel ist jetzt vollends kalt, aber es schmeckt trotzdem ziemlich lecker. Sebastian kann auch noch fünf Minuten länger auf mich verzichten. Genussvoll schiebe ich mir den Kartoffelsalat, der so richtig schön schlotzig ist, in den Mund, als Eva ums Eck kommt.

„Hier steckst du."

„Auch hallo. Na, ausgeknutscht?"

„Äh, nein, eigentlich nicht", Eva kichert. „Ich hätte eine Bitte. Würdest du heute bei Sebastian übernachten? Ginge das?"

„Warum das denn? Ich…. Ach so. Was? Mit Harald?"

„Pscht!“

Eva legt den Finger an ihren Mund und schaut sich um. Als ob jemanden interessieren würde, was sie mir da erzählt.

„Louisa, es ist *die* Chance, endlich mal wieder einen Mann bei mir zu haben. Die Kinder sind heute Nacht bei Oma Inge, wir wären ganz ungestört.“

Ich seufze.

„Na gut. Aber pass auf. Ich will nicht schon wieder Tante werden.“

Jetzt wirft sie mir einen empörten Blick zu.

„So weit will ich doch heute noch gar nicht gehen. Also, geht das klar?“

„Geht klar. Aber mit Harald, Eva, ich bitte dich, er ist mein Kollege.“

„Danke, du bist die Beste!“

Als Eva davontänzelt, beschleicht mich das Gefühl, dass ich heute einfach besser zu Hause einen entspannten Fernsehabend hätte verbringen sollen als hierher zu kommen.

Aber es kommt noch schlimmer. Kaum ist Eva weg, pirscht sich Irmgard von hinten an mich heran.

„Pssssst“, zischt es mir ins Ohr, und die Gabel voll Kartoffelsalat fällt mir gleich wieder zurück auf den Teller.

„Boah, Irmi, sag mal, geht's noch? Wieso schleichst du dich an mich ran?“

„Is der Xaver weg?“

„Ja, ist er. Ich glaube, er sucht dich.“

„So isses recht! So a Saukerl, a greisliger.“

„Was hat er denn verbrochen?“

„Jo da fragst du noch? Des ko doch net woahr sei, dass der überhaupt in Erwägung ziagt, dass da so a Puff her soll!“

„Aber das hat doch nicht er allein zu entscheiden. Das macht doch der Gemeinderat zusammen. Glaub mir, er hat ein ganz schlechtes Gewissen. Ach, übrigens, ich soll dich fragen, wo du abends immer hingehst."

„Des wird der scho no rechtzeitig erfahrn."

„Irmi, ich bitte dich, mach doch aus einer Mücke keinen Elefanten."

„Pfff, ja von wegen! I sig scho, du bist mir a koa Hülfe ned. Pfiati."

„Äh, ja, pfiati."

Sie rauscht beleidigt ab und ich habe keine Ahnung, was sie überhaupt von mir wollte. Jetzt habe ich auch keine Lust mehr auf mein Essen. In der Ferne sehe ich Joachim. Da fallen mir die Haschkekse wieder ein. Ich laufe Slalom und stelle mich breit vor Joachim.

„Wo ist Larissa?"

„Huch, Louisa! Gute Frage. Sie war auf der Suche nach dir. Ich werde gleich mal eine Runde laufen und schauen, dass der Zündler nicht wieder zuschlägt. Ich muss sagen, ich habe schon Muffensausen, dass gerade heute was passiert."

„Ja, ich auch", gebe ich zu.

„Gut, dass du schaust. Übrigens, ich weiß jetzt, warum Larissa so drauf ist. Sie hat sich Haschkekse schenken lassen."

„Und gegessen?"

„Und gegessen."

Er schüttelt den Kopf.

„Ich suche sie gleich, wenn ich zurück bin und bringe sie nach Hause. Aber jetzt geh ich, damit ich schnell wieder da bin, ja. Könntest du sie suchen?"

Der Abend wird ja immer besser!

„Ja klar, ich hab ja sonst nichts zu tun.“

„Bitte, Louisa.“

„Na gut. So kann man sie ja nicht frei herumlaufen lassen.“

„Danke. Bis gleich.“

Joachim entfernt sich und ich halte Ausschau nach Larissa.

„Buh“, macht es da von hinten. Ich zucke zusammen. Hinter mir steht Larissa und grinst mich über beide Ohren an.

„Larissa! Wir suchen dich!“

Sie kichert. Dieses Gekichere geht mir langsam aber sicher gewaltig auf die Nerven.

„Ich weiß. Ich verstecke mich vor ihm. Louisa, ich muss dir was Tolles sagen!“

Mir schwant nichts Gutes.

„Und das wäre?“

Larissa umarmt mich und schaut mir tief in die Augen.

„Ich werde einen Polizei-Mondkalender erfinden!“

Das muss erst einmal sacken.

„Warum das denn?“

„Es ist ja so, du weißt doch, dass manche Tage besser sind fürs Fensterputzen als andere.“

„Ich kann folgen, du hast mir das ja mehr als einmal erläutert.“

Mit Schrecken denke ich an diverse Tage, an denen Barbie mir sämtliche Sternkreiszeichen groß und breit erklärt hat. Eva könnte bestimmt etwas damit anfangen, aber ich doch nicht.

„Schau, an Vollmond müssen wir unbedingt mehr Leute auf der Wache sein, da passieren viel mehr Verbrechen.“

„Larissa, ich glaube, du musst nach Hause. Komm, ich bring dich heim.“

„Ach Louisa, Joachim ist so ein toller Mann. Er ist ja auch Löwe, der muss einfach toll sein. Er ist so stark und so männlich. Ein richtiger Beschützertyp. Ich hab den ganz großen Fang gemacht, glaub mir."

„Ja, ja, ich glaub dir ja. Joachim ist wirklich ganz toll…"

„Aber nicht, dass du ihn mir wegschnappst. Hoppla!"

Jetzt stolpert sie schon beim Stehen über ihre eigenen Füße. Ich stütze sie ab und will sie Richtung Ausgang schleifen, aber sie schaut mich wieder ganz verträumt an.

„Der Joachim, der liebt mich wirklich. Ich weiß das."

„Ja, das merkt man auch."

„Schon, gell?"

„Ja, ganz bestimmt. Komm, ich bringe dich zu ihm."

„Nein, ich will hier noch Party machen!", ruft sie und wirft die Arme in die Höhe. Ich verdrehe die Augen.

„Dann bleib aber bitte in meiner Nähe, ja?"

Noch während ich diese Worte ausspreche, wundere ich mich über mich selbst.

„Hihihi, ich wusste ja gleich, als ich dich zum ersten Mal gesehen habe, dass du meine beste Freundin wirst!"

Sie umarmt mich und drückt mich dermaßen fest, dass ich meine, gleich ersticken zu müssen. Im Augenwinkel sehe ich ein paar Feuerteufel vorbeiziehen.

„Larissa, lass mich mal bitte los, ich muss mal schnell wohin."

Sie drückt mir einen dicken Schmatzer auf die Wange und fängt zu tanzen an. Schnell laufe ich hinter den Teufeln her, Larissa immer im Blick behaltend.

„Hey Jungs, wart ihr mal unterwegs, so brandwachentechnisch meine ich?"

„Ja, gerade eben. Es ist alles ruhig. Nur hier ist was los, sonst sind schon überall die Lichter aus. Dimmelwang bei Nacht eben", sagt einer und zuckt die Schultern.

„Gut, alles klar. Dann noch viel Spaß."

Ich wende mich wieder um und will zu Barbie zurück, da höre ich ihre quiekende Stimme x-mal so laut wie sonst. Es grenzt an einen Albtraum. Jetzt habe ich auch die Quelle ausgemacht. Sie steht auf einem Podest und hält ein Mikrofon in der Hand. Eilig haste ich dorthin, aber sie redet und redet.

„... und dann bekommt der Gewinner einen phänomenalen Preis, also denkt dran, am Sonntag ist es so weit. Und ich werde in der Jury sitzen!"

Die Leute applaudieren und schauen alle zu ihr rauf. Wie kann ich ihr nur möglichst unauffällig das Mikrofon aus der Hand nehmen? Es hilft alles nichts. Ich gehe auf sie zu, steige auf das Podest und reiße es ihr aus ihren manikürten Fingern.

„Was denkst du dir nur dabei?", zische ich ihr zu und schubse sie vor mir her zurück auf den Turnhallenboden.

„Huch, Louisa, aber was machst du denn?"

„Das gleiche könnte ich dich fragen. Was in aller Welt hast du denn da oben auf dem Podest verloren?"

„Na, ich habe unseren Wettbewerb angekündigt."

„Was denn für einen Wettbewerb?"

„Du weißt davon gar nichts? Der Herr Deutler und ich haben das alles besprochen. Wir werden beim Umzug das originellste Kostüm prämieren. Hihihihi, aber du darfst nicht mitmachen, du sitzt in der Jury. Mit mir!"

Sie drückt mich wieder und strahlt mich an. Mir wird ganz heiß in meinem Gretel-Kostüm und ich möchte sofort nach Hause. Was habe ich mir nur dabei gedacht, mich überhaupt in irgendeiner Art und Weise am Faschingswahnsinn zu beteiligen?

„Ich muss jetzt gehen", sage ich mit fester Stimme und befreie mich aus ihrem Griff.

„Aber was ist denn? Komm, lass uns tanzen."

„Nein, ich will nicht tanzen."

„Och, jetzt hab dich nicht so, es ist doch Fasching!"

„Ja eben. Gute Nacht."

Als ich mich durch die Menge in Richtung Ausgang kämpfe, sehe ich in lauter verschwitzte, aber glückliche Gesichter. Bin ich vielleicht anders geartet, weil mir diese ganze gezwungene Fröhlichkeit keinen Spaß macht? Sind vielleicht nicht alle anderen komisch, sondern einzig und alleine ich? Plötzlich rumple ich ganz unversehens mit meinem Chef zusammen.

„Herr Deutler, entschuldigen Sie, ich habe Sie gar nicht gesehen."

Er schaut mich müde an.

„Da sind Sie nicht die Einzige."

„Wie meinen?"

„Ach nichts. Es ist alles ruhig in Dimmelwang, nur hier rufen die Anwohner an und beschweren sich über den Krach. Das Übliche. Aber natürlich gibt es für heute Nacht eine Genehmigung. Ich kann da gar nichts machen."

Seine Augen wandern über die Leute.

„Suchen Sie jemanden?"

„Ach, ich habe mich nur gefragt, ob Frau Frosch noch da ist."

„Ja, laufen Sie einfach da lang, Sie können sie nicht verfehlen. Manchmal steht sie auch auf dem Podest und kündigt irgendwelche Wettbewerbe an."

Ihm ist mein scharfer Unterton nicht entgangen.

„Haben wir Ihnen das gar nicht gesagt?"

„Nein, haben Sie nicht. Aber ist ja auch egal. Ich mache ja selber beim Umzug mit, also können Sie mich getrost aus der Jury streichen."

„Aber nein, der Wettbewerb findet natürlich nach dem Umzug im Festzelt statt."

Auch das noch.

„Ich überlege es mir. Einen schönen Abend noch."

Hastig suche ich nach einem Rückzugsort und erspähe Bianka, die anfängt die leeren Schüsseln wegzuräumen. Eilig laufe ich zu ihr.

„Ein super Abend, findest du nicht?"

„Na, ich weiß nicht. Die Krönung wäre jetzt nur noch, wenn es irgendwo brennen würde."

„Ach, Louisa, jetzt sei doch nicht so. Ich fand alles ganz toll heute."

Ich will ihr ja die Stimmung nicht vermiesen, also nehme ich schweigend fünf leere Schüsseln und trage sie in die Umkleide, wo wir das ganze Geschirr zum Spülen sammeln. Zum Glück ist keiner da und ich kann mich mal einen Moment hinsetzen. In meinem Rock raschelt ein Zettel. Ach ja, die Adressen der Hasch-Jugendlichen. Na, da werde ich morgen gleich mal die Eltern aufsuchen. So viel ich weiß, hat es in Dimmelwang noch nie Probleme mit Drogen gegeben. Vielleicht führt uns das ja in irgendeine Richtung weiter? Oder ist es nur noch ein zusätzliches Ärgernis zu Bankraub und Brandstiftung?

Während ich meinen Gedanken nachhänge, kommt Lutz in die Umkleide.

„Ach, Louisa, du hier?"

„Ja, und glaub mir, die Ruhe tut echt gut."

Er lässt sich schwer neben mich auf die Bank fallen.

„Ja, das glaube ich. Mir tun auch die Füße langsam weh. Aber lustig ist es. Na, sagen wir so, die meisten scheinen ihren Spaß zu haben."

„Wer hat denn außer mir auch keinen Spaß hier?“, frage ich lachend.

„Zum Beispiel der Moritz. Hält sich den ganzen Abend an einer Apfelschorle fest. Kann ich gar nicht verstehen, der wohnt doch gleich ein paar Straßen weiter.“

„Er will eben nicht betrunken sein, falls ein Einsatz ist, war doch an Silvester genau das gleiche.“

„Stimmt.“

Eine Weile sitzen wir schweigend nebeneinander.

„Du, Louisa?“

„Hm?“

„Das hört sich jetzt vielleicht blöd an, aber meinst nicht, dass er der Brandstifter sein könnte?“

„Auf die Idee bin ich auch schon gekommen. Aber ich kann ihm das ja nicht einfach unterstellen, bloß weil er so ein komischer Kauz ist.“

„Aber ein seltsamer Typ ist er wirklich. Du wirst noch an meine Worte denken.“

„Kann sein. Ich wollte ihn auch ein bisschen im Auge behalten, ganz geheuer ist der mir nicht.“

„Schade, dass die Diana nicht da ist.“

Wehmütig schaut Lutz auf den Boden und, ich bin von dem Themenwechsel überrascht.

„Wollte sie kommen?“

„Ich weiß nicht.“

Er scharrt mit seinen Fußspitzen am Boden rum.

„Die Diana gefällt dir, gell?“, ziehe ich ihn auf.

„Ja, schon.“

„Dann schau, dass du dich übermorgen beim Umzug nicht blamierst. Ich glaube, sie mag es, wenn man richtig spielt.“

„Ich hab extra geübt", erklärt er mir stolz.

„Das wird auch gut sein. Schaust ihr halt nicht so arg auf den Ausschnitt."

Ich muss bei dem Gedanken lachen. Der Lutz ist so ein lieber Kerl, dem würde ich wirklich gönnen, dass er mal eine Freundin bekommt.

„Lad sie doch mal ins Kino ein. Meinst nicht, dass sie mitgehen würde?"

„Hm, ich weiß nicht."

Lutz ist halt ein ganz ein Schüchterner. Vielleicht kann ich da ja was drehen, mal sehen.

„Komm, wir gehen wieder in diese Märchenhölle. Eigentlich will ich nur Sebastian finden und heim gehen."

Wir machen uns auf den Weg. Mittlerweile ist es schon fast zwei Uhr und die Party ist in vollem Gange. Meinen Hänsel habe ich glücklicherweise schnell gefunden und er gibt mir seinen Wohnungsschlüssel. Er selbst möchte noch eine kleine Runde mit seinen Teufeln drehen.

Beim Nachhauseweg fällt mir nichts Verdächtiges auf und ich bin froh, als ich endlich auf Sebastians Couch liege und meine Ruhe habe.

Dimmelwang, Sonntag, 15. Februar, Tag des Gaudiwurms

Ganz Dimmelwang steht Kopf. Endlich ist der große Tag gekommen und der Gaudiwurm schlängelt sich durch unsere Marktgemeinde.

Mein roter Pulli, die blaue Hose und blaue Mütze liegen schon bereit – meine Panzerknacker-Verkleidung. Ich bin ja mal gespannt, wie die Leute so auf unseren Wagen reagieren. Das hier ist mein erster Dimmelwanger Gaudiwurm und deswegen habe ich in der Früh noch keine Ahnung, was mich heute wirklich erwartet. Und dieser Tag wird meine kühnsten Erwartungen übertreffen, aber das weiß ich in der Früh um sieben natürlich noch nicht, als ich zu den Mädels zum Frühstücken runtergehe.

Evas Augen leuchten, Jasmin hüpft fröhlich in der Küche herum und auch Rebecca scheint heute blendende Laune und kein Bauchweh zu haben. Sie sitzt quiekend und jauchzend in ihrem Hochstuhl und schmiert sich ihren Brei ins Gesicht.

„Einen wunderschönen guten Morgen", ruft mir Eva entgegen und wischt Rebecca im Vorbeigehen den Mund ab.

„Na, hast du den gestrigen Tag verkraftet?", fragt sie mich.

Ich darf gar nicht an gestern denken. Glücklicherweise hat mein Dienst erst um zehn Uhr begonnen, ich war also einigermaßen ausgeschlafen. Dann stand natürlich auf dem Programm, die Eltern der Jugendlichen davon in Kenntnis zu setzen, dass ihre Juniors Drogen nehmen.

Das war kein Spaß. Eine Mutter ist völlig zusammengebrochen – gleich die erste, bei der wir waren. Das könne gar nicht sein, ihr Dennis nehme doch nie im Leben Drogen. Er habe das bei ihrer Schwester gesehen, dass das nur ins Verderben führt. Sie hätten keinen Kontakt mehr zu ihr, und diese Geschichte würde das alles wieder aufwirbeln und so weiter und so fort. Ich habe mir die ganze Lebensgeschichte anhören müssen, während Harald sich den Sohn zur Brust genommen hat. Natürlich hat er damit gerechnet, dass das Konsequenzen nach sich ziehen würde, aber wenn er verspricht, nie wieder Haschkekse mit seinen Freunden zu backen, ob wir nicht doch ein Auge zudrücken könnten?

Harald und ich waren froh, als wir da draußen waren. Nachdem wir bei allen sechs Familien waren, sind wir in Sachen, woher sie die Drogen überhaupt hatten, keinen Schritt weitergekommen.

Der Dealer halte sich sehr versteckt, er lege ihnen immer an unterschiedlichen Orten ein Päckchen mit Stoff hin und vertraue ihnen so sehr, dass sie ihm das Geld an genau diesem Platz dann hinterließen. Eine sehr mysteriöse Geschichte, das Ganze.

Jedenfalls ist mir jetzt im Moment nicht danach, über gestern nachzudenken, ich will jetzt fröhlich sein und lustige Faschingslieder spielen.

Nein, will ich eigentlich nicht. Aber ich lasse mich dann doch irgendwie von der guten Laune meiner Musikerkollegen mitreißen, die durch die Bank ganz wild auf diesen Umzug sind, und möchte kein Spielverderber sein.

„Geht so", antworte ich deswegen und lasse Haferflocken in meine Müslischüssel rieseln.

„Kopf hoch, lass dich nicht entmutigen!"

Eva hat heute wohl ein Dauergrinsen abonniert.

„Ach, weißt du, ist ja kaum was los hier in Dimmelwang. Bankraub, Brandstifter und Jugendliche, die Drogen konsumieren. Das ist doch ein Klacks für mich", sage ich mit sarkastischem Unterton, der meiner Schwester wohl völlig entgeht.

„Das mag ich so an dir, du bist immer so optimistisch!"

„Nein, bin ich nicht."

„Bist du doch. Und jetzt iss dein Müsli, ihr trefft euch doch schon um acht."

Da hat sie Recht. Die allerletzten Vorbereitungen müssen getroffen werden.

Sebastian und ich holen beim Oldtimerverein den Traktor ab, den sie uns freundlicherweise zur Verfügung stellen. Und da der Besitzer ein alter Zausel ist, dem nur acht Uhr recht war, müssen wir eben um acht Uhr dort sein. Eva trällert ein Lied und hält Jasmins Bärenkostüm hoch.

„Gut, das Loch sieht man kaum, oder?"

Ich sehe nur braunes Fell, also schüttle ich den Kopf.

„Ist das nicht toll? Heute ist mal richtig was los hier! Oh, entschuldige, so habe ich das nicht gemeint. Wird schon nichts passieren heute."

„Na, dein Wort in Gottes Ohr!"

„Und weißt du, was das Beste ist?"

„Hm?"

„Harald holt uns nachher ab. Wir gehen zusammen zum Umzug!"

Ich verschlucke mich fast an meinem Müsli.

„Aber ich dachte, also, das mit euch zwei, das war eine einmalige Sache?"

„Tja, Denken ist Glückssache, Schwesterlein! Ich glaube, ich habe mich in ihn verliebt."

Jetzt schaut sie ganz verträumt.

„In Harald?"

„Natürlich in Harald! Er küsst unglaublich gut."

„Harald?"

„Ja, Harald."

„Ich glaub, ich geh jetzt."

„Aber Louisa, freust du dich gar nicht für mich?"

„Doch, doch, natürlich. Ganz arg sogar. Pfiati."

Um Punkt acht Uhr stehen Sebastian und ich vor der Garage eines gewissen Herrn Hackmann, der stolzer Besitzer eines Old timer-Traktors ist.

Den ganzen Weg hat mich Sebastian geimpft, ich solle ja freundlich zu dem Herrn sein, er sei ein alter Bekannter seiner Eltern und dafür bekannt, recht eigenbrötlerisch zu sein.

Umso überraschter bin ich, als Herr Hackmann uns sehr freundlich empfängt und uns mit einem Lächeln im Gesicht den Schlüssel für seinen heiligen Traktor überreicht. Er freue sich, hilfreich sein zu können und er wisse ja, dass beim Zink-Sprössling sein wertvoller Oldtimer gut aufgehoben sei.

Winkend tuckern wir wenig später vom Hof. Das Gefährt macht einen Höllenlärm und stinkt ganz fürchterlich. Schwarze Rauchwolken entsteigen dem Auspuff, und ich bin heilfroh, als wir endlich am Feuerwehrhaus ankommen und den Motor ausschalten können.

„Wer fährt den denn heute eigentlich?"

Sebastian zuckt mit den Schultern.

„Keine Ahnung. Ich mache die Ansagen, und Andi, der die letzten Jahre den Traktor gefahren hat, möchte dieses Mal bei der Kapelle mitlaufen. Frag doch gleich mal, wer sich dafür bereit erklärt. Mist, da hätten wir auch früher dran denken können."

Ich merke, wie Sebastian von Minute zu Minute nervöser wird. Dieser Gaudiwurm ist ja aber auch sein Baby, er hat sich die letzten Monate so sehr in die Vorbereitungen gestürzt, da möchte er natürlich, dass alles perfekt ist, wenn die Zuschauer kommen.

„Mach dir mal keine Gedanken, ich finde schon jemanden."

Wir schauen in die Halle, wo unser Festwagen steht. Ich muss zugeben, ich bekomme Gänsehaut. Der Wagen ist perfekt geworden. Ein riesiger Bankautomat steht hinten drauf, und Niclas, der Feuerspuckerfreund, hat die Tür so präpariert, dass alle paar Minuten eine kleine Explosion stattfindet und die Tür dann aufbricht. Er selbst ist dafür verantwortlich, die Tür dann wieder zu schließen und die nächste Explosion vorzubereiten. Dafür haben wir in dem „Bankautomaten“ extra Platz für ihn eingebaut. Ist zwar ziemlich eng da drin, aber es lässt sich für zwei Stunden aushalten. Bei jedem Knall werden Konfetti, Bonbons und Mustergeldscheine in die Menge geschleudert. Alles ist mehrfach getestet worden und funktioniert einwandfrei.

„Hallöchen“, höre ich da Barbies Stimme ziemlich nah an meinem Ohr. Da kommt mir eine Idee.

„Sag mal, Larissa, was machst du eigentlich heute beim Umzug?“

„Ich? Nun ja, ich wollte zuschauen. Warum fragst du?“

„Was meinst du, möchtest du unseren Wagen fahren? Draußen steht der Traktor, den kannst sogar du fahren. Wäre das was für dich?“

Sie klatscht freudig in die Hände. Dann schlingt sie ihre Arme um mich und drückt mich ganz fest.

„Louisa, ich bin so froh, dass du meine beste Freundin bist! Ich wollte schon immer mal bei so einem Umzug mitmachen!“

„Prima“, keuche ich unter ihrer Umarmung und löse vorsichtig ihre Arme von mir.

„Dann ist das also abgemacht. Komm, wir hängen den Hänger an.“

„Ach, mach du das mal lieber. Ich bin im rückwärts Fahren nicht so gut.“

Ihr obligatorische Kichern hallt durch die Halle. Also gehe ich zum Traktor raus, während sie Joachim die frohe Botschaft verkündet.

„Louisa, wir haben eine kleine Planänderung", ruft mir Lutz zu. „Und zwar will die Brandwache auch mitlaufen bei uns. Jetzt haben wir uns gedacht, dass die sich wieder als Feuerteufel verkleiden, wir uns nur zur Hälfte als Panzerknacker und die andere Hälfte als ganz normale Musiker geht."

„Wieso das denn? Versteh ich nicht, was das soll."

„Das soll so ein Symbol sein, dass es hier auch noch normale Bürger gibt, die nichts anzünden und ausrauben."

Ich hoffe, ich mache ein unmissverständliches Gesicht. Seit wann geht man zum Faschingsumzug in Musikertracht?

„Du, ich weiß nicht, ob das so eine tolle Idee ist", will ich widersprechen, aber da schaut mich der Lutz an und sagt: „Es war der Diana ihre Idee. Ich finde die wirklich gut."

Alles klar. „Lass mich raten, die Diana trägt ihre Tracht?"

Lutz wird bis zu den Ohren rot und nickt.

„Also gut. Dann geh ich auch in Tracht und überrede noch ein paar. Aber nur, dass du ihr in den Ausschnitt schauen kannst, also wirklich. Ich hab was gut bei dir, mein Freund, das ist dir schon klar?"

„Du bist echt ein Kumpel, Louisa."

„Weiß ich doch."

Ich knuffe Lutz in den Arm und mache mich dann auf die Suche nach weiteren Musikern. Schnell sind ein paar gefunden, die ganz froh sind, sich nicht als Panzerknacker verkleiden zu müssen. Während ich mich noch mit Rudi unterhalte, kommt Rolf auf mich zu.

„Louisa, wer ist denn für euren Wagen zuständig?“

„Wieso, was brauchst du denn?“

„Ach, ich wollte nur fragen, ob es vielleicht die Möglichkeit gibt, dass ich da oben mitfahren kann?“

„Auf dem Hänger?“

„Ja genau.“

„Ich denke schon. Man wird schon jemanden brauchen, der von oben noch ein paar Süßigkeiten runterwirft und hilft, falls mal was nicht funktioniert. Aber ich dachte, das hast du schon längst geklärt?“

Er schüttelt bedauernd den Kopf.

„Das ist in der allgemeinen Aufregung irgendwie untergegangen.“

„Dann frag am besten mal den Xaver“, rate ich ihm.

Er bedankt sich und eilt weiter. Rolf Wengener ist mir auch ein Rätsel. Warum möchte er jetzt unbedingt auf dem Wagen mitfahren? Ich suche Sebastian und erzähle es ihm.

„Was weiß ich, lass ihm doch den Spaß.“

Er ist sehr beschäftigt, irgendwie braucht jeder noch was von ihm.

„Mist, jetzt schneit's schon wieder“, ruft einer.

Mein Blick wandert zum Fenster. Dicke graue Wolken hängen unheilschwanger über Dimmelwang und werfen ein paar Flocken ab. Jetzt können wir nur noch hoffen, dass die sich bis in ein paar Stunden verzogen haben. Es reicht schon der wadenhohe Schnee, der bereits liegt.

Gut, dass Jasmin als Bär geht, so ist ihr wenigstens schön warm, wenn sie durch die Kälte stapft. Da fällt mir ein, ich habe Eva ja versprochen, Jasmin zum Umzugswagen vom Kindergarten zu bringen. Das trifft sich ganz gut, weil ich ja noch nach Hause muss, um mich umzuziehen. Schnell versichere ich mich noch bei Diana, dass wir wirklich zur Hälfte in Tracht gehen, dann beeile ich mich, heim zu kommen.

Dicke Flocken fallen vom Himmel, so dicht, dass ich mir den Weg direkt bahnen muss. Über die Einfahrt, die Eva zweifelsohne heute früh freigeschippt hat, legt sich schon wieder ein dicker Schneeteppich. Ich verfluche diesen Winter. So viel hat es schon seit Jahren nicht mehr geschneit, warum ausgerechnet jetzt? Jasmin erwartet mich schon ganz hibbelig vor lauter Vorfreude in ihrem Bärenkostüm und sieht wirklich richtig niedlich aus.

„Tante, Tante", schreit sie mir entgegen und umarmt mich stürmisch, als ich mir noch den Schnee von den Schultern klopfe.

„Wo warst du denn so lange? Wir müssen bald los", raunzt mich Eva an.

„Entschuldige mal, es gab noch so einiges zu besprechen und zu tun. Jetzt muss ich mich erst mal umziehen."

„Harald ist jeden Moment hier. Ich könnte ja ihn bitten, Jasmin zum Umzug zu bringen."

„Was? Nein, das mache ich schon. Wir haben doch noch massig Zeit."

So weit kommt's noch, dass Harald meine Nichte wohin bringt! Ich stürme nach oben, schlüpfe in meine Tracht und ziehe mir noch dicke Wollstrumpfhosen drunter.

In dem Moment klingelt es. Ich eile nach unten und renne fast Harald über den Haufen, der sich auch den Schnee abschüttelt.

„Servus Louisa."

„Hallo", entgegne ich kühl.

„Komm, Jasmin, gehen wir."

Etwas gröber als beabsichtigt nehme ich ihre Hand.

„Aber Tante, ich brauch noch Schuhe."

„Ach so, ja, natürlich."

„Oh, Eva, du siehst bezaubernd aus."

Was? Habe ich mich da gerade verhört? Verstohlen schaue ich in Richtung Eva, während ich Jasmin die Schuhe zubinde. Eva hat ein blaues Kleid an, das ich noch nie zuvor an ihr gesehen habe. Ich sollte mal darauf achten, welche Klamotten sie so trägt.

„Äh, Eva, als was gehst du nochmal?", frage ich ganz unauffällig.

„Aber das sieht man doch", antwortet Harald an Evas Stelle, „sie ist die Eiskönigin, und zwar die allerschönste, die ich überhaupt kenne."

Wie aufs Stichwort setzt Eva ein kleines Krönchen auf und schenkt Harald ein Lächeln. Das Problem ist, ich mag den Harald ja sehr gern. Aber eben nur als Kollegen. Dass er sich so an meine Schwester ranmacht, damit habe ich wirklich ein Problem.

„Oh, na klar, Eiskönigin, sehr originell. Ich wette, auf die Idee ist bei diesem Wetter sonst niemand gekommen. Und deine halbroten Haare sehen echt toll dazu aus."

Eva hatte sich im Sommer die Haare rot gefärbt, damit ihr Ex keinen Gefallen mehr an ihr findet, und jetzt ist das Rot schon bis über die Ohren rausgewachsen. Aber Harald hat anscheinend eine dermaßen rosarote Brille auf, dass ihm das überhaupt nicht auffällt. Ich verpasse Jasmin noch Handschuhe und eine dicke Wollmütze, dann sind wir bereit.

„Wir lassen euch Turteltäubchen mal allein. Vergiss Rebecca nicht. Wir sehen uns beim Umzug."

Jasmin hüpft zur Tür hinaus und freut sich wahnsinnig über die dicken Schneeflocken, die ihr um die Nase wirbeln. Beim Schließen der Haustür erhasche ich unabsichtlich noch einen Blick auf meine knutschende Schwester. Eigentlich sollte ich ihr ihr Glück ja gönnen, aber warum muss es ausgerechnet Harald sein? Er ist ein so unkomplizierter Kollege, und ich fürchte, diese Geschichte könnte das ganz schnell ändern.

Jasmin lenkt mich von meinen Gedanken ab, indem sie mir einen Schneeball an den Kopf wirft. Wir machen bis zum Feuerwehrhaus eine kleine Schneeballschlacht und haben ganz rote Gesichter, als wir ankommen. Ein paar von meinen Musikerkollegen sind schon da. Giuseppe sieht in seiner Panzerknackerverkleidung richtig lustig aus. Er steht gerade vor einem Spiegel und malt sich mit einem schwarzen Schminkstift die Augenbinde hin.

„Buon giorno, siehst du, Louisa, isse gar nicht so einfach, alleine zu machen. Schaue aus wie Comedy-Einbrecher, was sagste du?"

Ich lache und nehme ihm den Stift aus der Hand. Fünf Minuten später sind wir fertig und Giuseppe strahlt mich an.

„Biste eine liebe ragazza, Louisa, binne froh, dass du da biste bei uns."

Er streicht mir über die Wange.

„Ich bin auch froh, dass ich bei euch gelandet bin, wir sind schon eine tolle Truppe."

„Ja, und schauste du das Hänger an, isse super geworden, was?"

Das ist er allerdings. Ich freue mich auf die Reaktionen des Publikums.

„Wie lange haben wir denn noch Zeit? Oh, in einer halben Stunde ist Aufstellung. Na, dann wärmen wir uns noch auf, draußen ist es eiskalt."

„Ja, machste du. Schau mal, deine bambina wird bestimmt mal Feuerwehrfrau."

Giuseppe zwinkert und zeigt auf Jasmin, die gerade Helm und Jacke von Sebastian anprobiert. In meine Vorfreude mischt sich so langsam auch ein anderes Gefühl. Ich hoffe, dass alles gut geht, dass der Feuerteufel nicht gerade heute zuschlägt, wenn der Umzug ist. Ich werde auf alle Fälle die Augen offen halten. Mario Deutler hat für heute Verstärkung angefordert, es werden also genügend Polizisten vor Ort sein. Und dennoch lässt mich die Angst nicht los.

„Juhu!"

Die Tür wird aufgerissen und Barbie kommt herein, gefolgt von Joachim.

„Ach, wie freue ich mich!", ruft sie, erblickt mich und kommt zielstrebig auf mich zu. „Louisa, endlich ist es so weit!"

„Äh, ja. Sag mal, als was gehst du denn heute?"

„Sieht man das nicht?"

Ich schaue sie mir von oben bis unten an. Sie trägt Stiefel, die ihr bis übers Knie reichen, einen äußerst gewagten Minirock, ein weißes Hemd und einen Blazer. Außerdem hat sie eine Brille auf der Nase und die Haare hochgesteckt.

„Komm, sag's mir, ich komm nicht drauf."

„Ich bin die sexy Bankangestellte! Das wollte ich immer schon mal sein. In dem Rock sieht mein Hintern nämlich sehr sexy aus."

Sie dreht sich einmal um sich selbst und schaut mich dann ganz verzückt an.

„Warum hast du denn dein Dirndl an?"

„Frag nicht", winke ich ab. Ich fühle mich völlig fehl am Platz.

„Du weißt aber schon, dass es draußen ziemlich kalt ist?"

„Na logo, aber es ist doch Fasching, das geht schon mal. Und sonst kann mich Joachim ja wärmen."

Sie kichert wieder dämlich und stöckelt dann rüber zu den Feuerwehrlern, die sie allesamt anstarren. Aber Larissa liebt ja solche Auftritte.

Nach und nach trudeln alle ein. Biankas Mama, die gute Seele, hat uns einen Korb voll selbst gebackener Krapfen vorbeigebracht, die wir Musiker noch zusammen essen, bevor wir uns langsam aber sicher auf den Weg zum Aufstellen machen. Die Kindergartenkinder laufen nur zwei Nummern vor uns, was sehr praktisch ist. Ich liefere Jasmin also bei ihrer Gruppe ab und unterhalte mich noch kurz mit Frau Kreuther.

„Die Kinder sind alle furchtbar aufgeregt. Aber sie müssen ja nichts weiter machen als zu laufen."

„Und das werden sie bestimmt schaffen. Schön ist der Wagen geworden."

Ein bunter Hänger voller gebastelter Blumen und Girlanden leuchtet richtiggehend neben uns.

„Ich hoffe nur, dass es bald zu schneien aufhört. Das überleben unsere Papierblumen nicht lang."

Liebevoll richtet sie ein paar von ihnen zurecht.

„Gut, wir sehen uns. Jasmins Mama holt sie dann nachher ab. Viel Spaß!"

„In Ordnung. Ich wünsche auch viel Vergnügen."

„Brrr, es ist eiskalt", Susanne hüpft von einem Bein aufs andere und reibt sich die Hände.

Sie ist nicht die einzige. Zwar schneit es nicht mehr so sehr wie noch vor einer halben Stunde, aber es wird immer kälter. Das lange Warten macht es auch nicht besser.

„Do schaugts her, i hob no wos zum Aufwärmen", ruft der Xaver und hält zwei Thermoskannen hoch. „Des is der Irmi ihr söiba gmochta Glühwein. Wer oanen mog, soll herkemma."

Sofort stürzen sich sämtliche Männer auf Xaver, die Frauen beäugen das Ganze kritisch.

„Also wirklich, am Ende können die nicht mehr gescheit marschieren", brüskiert sich Marlies.

„Awa, mit ein bisschen Alkohol im Blut geht das noch viel

geschmeidiger. Meint ihr nicht?", zwinkert ihr Lutz zu.

Diana, die bei den Klarinettistinnen steht, lacht. Wenn sie sehen könnte, wie rot Lutz jetzt wird. Xaver nähert sich mir unauffällig. Er bleibt bei mir stehen und schaut geheimnisvoll nach links und rechts, gerade so, als würde uns jemand belauschen.

„Was ist denn los, Xaver?"

„Du, mei Irmi verhält sich heut so komisch. Und von zehn bis hoibe zwölfe woar se weg."

„Und du weißt nicht, wo sie war?"

„Naa, eben net. Louisa, do is wos im Busch. Aber wos?"

Ich zucke ratlos die Schultern.

„Ich habe nicht die geringste Ahnung."

Ich merke, wie Xaver das mitnimmt. Er mag eben keinen Streit mit Irmgard, und offensichtlich kriselt es momentan bei ihnen. Niclas und Joachim nehmen mich zur Seite.

„Also, es ist alles so weit. Wir werden ungefähr alle fünf Minuten den Tresor explodieren lassen, also keine Panik, wenn es knallt."

„Gut, Niclas, du bist ja immer auf dem Wagen, oder?"

„Klar, ich bin im Tresor versteckt. Es hat alles funktioniert, wir haben alles auf Herz und Nieren getestet."

„Der Rolf kommt auch noch auf den Wagen. Aber der wird vorne stehen und Bonbons und Konfetti werfen. Dem müsst ihr halt sagen, welchen Sicherheitsabstand er einhalten muss."

„Der soll sich bloß ganz vorne hinstellen, dass nichts passiert."

„Ja, sagt ihm das bitte. Joachim, du läufst bei uns mit, oder?"
„Ich werde neben dem Wagen herlaufen, für den Fall der Fälle. Wenn Niclas Hilfe braucht, wenn die Tür klemmt oder so was."

„Perfekt. Dann kann ja nichts mehr schief gehen."

Wie aufs Kommando kommt Rolf. Er steckt in einem Anzug und könnte gut und gerne als Bankdirektor durchgehen.

„Servus. Gerade haben wir von dir gesprochen“, begrüße ich ihn.

„Ich hoffe, nur Gutes.“

„Klar. Horch zu, die beiden erklären dir jetzt, wo du auf dem Wagen hindarfst, damit es nicht zu gefährlich ist, okay?“

„Alles klar. Ich freu mich schon, dass es bald los geht. Hast du Udo schon gesehen?“

„Herrn Schropp? Nein.“

Jetzt schaut er fast ein bisschen enttäuscht drein.

„Ich schau mal wieder zu den Musikern. Bis gleich.“

Die Stimmung ist schon deutlich besser geworden. Andi, Berti und Lutz singen „Money, Money, Money“, aber so dermaßen falsch, dass es sogar schon Pfiffe von dem Wagen hinter uns hagelt.

Diana entzündet ihre Fackel. Das wird dann ihr Tambourstab sein. Lutz, der diese Idee hatte, steht hilfsbereit neben ihr und gibt fachmännische Tipps, wie sie die Fackel in dem Schneegestöber am besten zum Brennen bringen kann.

Rudi, unser Schlagzeuger, sitzt auf einer Trommel und schaut nachdenklich zum Himmel.

„Dieser verflixte Schnee. Hört das irgendwann mal zu schneien auf?“

Ich setze mich auf die Trommel hinter ihm und schüttle den Kopf.

„Schaut nicht so aus.“

„Halt mal kurz“, Diana drückt Rudi die brennende Fackel in die Hand und hilft Lutz dann beim Zuknöpfen seines Mantels. Rudi und ich grinsen uns an.

„Schau, in zwei Stunden sitzen wir im Zelt und lassen uns mit Irmis Glühwein volllaufen. Da müssen wir jetzt durch. Und es steckt so viel Arbeit dahinter, lass es uns genießen.“

„Ja, schon. Aber es ist wirklich eisig heute. Hoffentlich kommen wenigstens ein paar Zuschauer."

„Bestimmt. Hey, ich dachte, Dimmelwang ist berühmt für seinen Gaudiwurm!"

„Ist es ja auch. Also gut, dann lass uns mal schauen, wann wir uns endlich aufstellen dürfen."

Rudi erhebt sich und drückt Diana die Fackel wieder in die Hand. Da ertönt ein krachender Böllerschuss wie am Volkstrauertag.

„Ah gut, habt ihr gehört, der Startschuss ist gegeben, in ein paar Minuten geht es los. Also gut, dann lasst uns denen mal zeigen, dass wir hier Spaß verstehen und Gaudi machen können in Dimmelwang!"

Diana läuft herum, und so langsam nehmen alle ihre Plätze ein. Rolf steht übers ganze Gesicht grinsend auf dem Hänger, und Larissa thront auf dem Traktor. Joachim scheint ihr noch ein paar Anweisungen zu geben und sie kann ganz offensichtlich nicht die Augen von ihm lassen. Und zum ersten Mal heute bin ich froh, dass es schneit, dann sieht man zumindest auf den ersten Blick nicht gleich, wie kurz ihr Minirock tatsächlich ist. Sie sitzt aber auch unvorteilhaft auf dem Sitz. Ich muss gleich den Kopf schütteln.

Da bedeutet uns einer von den Ordnungskräften in Position zu gehen, der vierte Wagen vor uns setzt sich soeben in Bewegung. Es geht also los. Diana dreht sich zu uns um, die Fackel hoch erhoben.

„Also Leute, wir fangen mit dem Banküberfall an, danach ABBA. Oh, es geht los! Viel Spaß euch allen."

Sie dreht sich um und marschiert los. Wir folgen ihr und stimmen „Ba-Ba-Banküberfall" an. Da gibt es einen lauten Knall hinter uns. Hoppla, das ist aber ein bisschen früh für die erste Explosion. Ich wage einen Blick über meine Schulter, aber es ist gar nicht der

Bankautomat, der so knallt, sondern der Auspuff des Traktors. Barbie hustet und eine schwarze Rauchwolke erhebt sich düster über ihr. Qualmend und einen Höllenlärm von sich gebend setzt sich der Traktor samt Hänger endlich in Bewegung. Ich kann Larissa über den Krach jubeln hören.

Wir kommen zum Refrain, und jetzt sehe ich die Zuschauer dicht gedrängt am Straßenrand stehen. Sie winken uns zu und ich sehe viele mit dem Finger auf uns zeigen. Offenbar kommen wir gut an. Irgendetwas bei uns hört sich aber komisch an. Ich lausche und versuche herauszuhören, was es sein könnte. Ist den Instrumenten zu kalt? Es wäre kein Wunder bei dieser Eiseskälte.

Während der zweiten Strophe komme ich drauf, dass sich die Trommel dumpfer anhört. Rudi hat ein rotes Tuch um sie gebunden, sehe ich von hinten, aber das kann ja wohl kaum den Klang verändern. Da knallt es hinter uns, und jetzt ist es die Tresortür, die es zum ersten Mal aufsprengt.

Aus den Augenwinkeln sehe i ch die Reaktionen der Zuschauer und bin sehr zufrieden. Nach einem kurzen Schreckmoment lachen und klatschen die meisten, nur ein paar Leute schauen recht kritisch aus ihrer Winterwäsche. Ich versuche, neben dem Spielen auf die Besucher zu achten, ob mir irgendeine Reaktion auffällt, was gar nicht so einfach ist. Ich hätte doch die Lieder auswendig lernen sollen, aber darin bin ich leider gar nicht so gut. Jetzt ärgere ich mich, dass ich es nicht einmal versucht habe.

Von irgendwoher kann ich Trillerpfeifen hören. Leider bin ich gar nicht dazu gekommen, mir die anderen Wägen anzuschauen. Aber dafür würde sich ja später noch die Gelegenheit bieten. Als hätte Lutz meine Gedanken erraten, tippt er mir auf die Schulter, als wir zwecks Stau stehen bleiben müssen und nicht spielen, und sagt: „Du, ich bin ja gespannt auf die anderen Hänger. Und weißt du was? Weil doch Richtung Ketterschwang die Baustelle ist, haben sie umdisponiert und der Zug wird umdrehen und uns die Fichtenallee entlang entgegenkommen. Hat mir vorhin der Dr. Rolf erzählt. Cool, oder?“

„Hey, das finde ich prima. Gerade habe ich mir gedacht, dass ich die anderen Wägen gar nicht gesehen habe. Sehr schön. Oh, es geht weiter.“

Diana hat ihren Fackelstab erhoben und wir spielen „Money Money Money“. Zum Glück hat es aufgehört zu schneien. Aus den Augenwinkeln sehe ich, wie sich die Leute in ihre Kostüme kuscheln und die Hände aneinander reiben. Da erblicke ich Eva am Straßenrand. Besser gesagt erblicke ich Harald und Eva. Und Harald hält Rebecca auf dem Arm! Ich verspiele mich gleich, so sehr schockt mich dieser Anblick. Ich mag es mir in diesem Moment nicht eingestehen, aber mein Problem ist nicht, dass ich fürchte, mit Harald als Kollegen nicht mehr so klar zu kommen, sondern dass ich befürchte, dass Eva mich rauswerfen wird, wenn sie erst wieder einen Mann an ihrer Seite hat. Ich starre die drei an und zucke fürchterlich zusammen, als es hinter mir wieder kracht.

Wir sind an der Hauptkreuzung angekommen, wo die meisten Leute stehen, und nach dem ersten Schreck ernten wir einen Riesenapplaus. Ich höre Rolf über das Getöse des Traktors jubeln, und mir fliegen sogar ein paar Bonbons in mein Tenorhorn, die er völlig enthusiastisch über die Menge wirft. Da sehe ich auch schon den Grund dafür: Völlig unmaskiert steht Udo Schropp mit blassem Gesicht an einem Essensstand und ballt die Fäuste. Oha, das schaut nach Ärger aus. Was haben die beiden nur für ein Problem miteinander?

Wir stehen wieder. Eva winkt mir wie wild zu und sieht richtig glücklich aus. Harald wirft Rebecca in die Luft und sie lacht. Das versetzt mir einen weiteren Stich, aber ich lasse mir nichts anmerken. Es geht weiter. „Ich wär so gerne Millionär“ von den Prinzen ist jetzt an der Reihe. Ich ärgere mich über ein paar Teenager, die ihre Kleinen-Feiglinge-Flaschen einfach auf die Straße werfen. Unmöglich ist das, wirklich.

Zwei der Jugendlichen kenne ich sogar, es sind Jenny und Leopold, und Jenny macht einen ziemlich betrunkenen Eindruck auf mich. Ein paar hundert Meter weiter erreichen wir die Fichtenallee. Tatsächlich, wir müssen ganz rechts laufen, weil uns der erste Zug entgegen kommt. Der obligatorische Pappwurm läuft voraus. Die armen Kerle, die da drinnen stecken. Man sieht nur lauter bunte Strumpfhosen, die offensichtlich in Männerbeinen stecken.

Lutz hinter mir fängt während des Spielens laut zu prusten an. Er kriegt sich gar nicht mehr ein. Ich muss ihn nachher unbedingt fragen, warum er so lachen musste. Es geht weiter. Eine Musikkapelle folgt, dann eine Jongleurgruppe, eine Trommlergruppe, die ganz im Afrika-Style gekleidet ist, die Veteranen mit ihrem wirklich sehr einfallsreichem Wagen. Sie sitzen alle gemütlich auf Bierbänken im Hänger, und jeder hält einen Bierkrug in der Hand. Ich dachte, die hatten so eine tolle Idee?

Dann folgt wieder eine Musikkapelle und dann reißt es die halbe Kapelle, als wir erkennen, was es mit dem nächsten Wagen auf sich hat.

Vorneweg läuft, die Trillerpfeife im Mund, pfeilgrad die Frau vom Bürgermeister, unsere liebe Irmgard. Das wäre ja noch nicht so spektakulär, aber sie trägt kniehohe Lederstiefel und einen Plüschbademantel, der Einblick in ihr mit Spitze verhülltes Dekolletee freigibt.

Ihr folgen an die zwanzig andere, ebenfalls schon etwas betagtere Damen, die sich ebenfalls in sexy Outfits geworfen haben und wie wild in ihre Trillerpfeifen blasen. Und anstatt sich um ihren Essensstand zu kümmern, thront Margarete als Fahrerin auf dem Traktor, der einen Hänger zieht, auf dem nackte Schaufensterpuppen an Marterpfählen festgebunden sind. Hinter den Puppen prangt ein riesiges Schild, auf dem steht:

Ein Puff im Dorf, nein danke schön!!!
Zu Haus gibt's viel Besseres zu seh'n
und du kannst da deinen Mann steh'n!

Die Prinzen mögen es uns verzeihen, aber wir sind nicht fähig, bei diesem Anblick weiterzuspielen. Einer nach dem anderen lässt sein Instrument sinken, und die Reaktionen sind komplett unterschiedlich. Die einen machen sich vor Lachen fast in die Hose, andere, zumeist Frauen, stimmen lautstark zu und der Xaver, der rennt gleich zur Irmi rüber und wird knallrot.

„Irmi, wos mochst'n du do? I liab doch nur di!"

Irmgard zeigt ihm die kalte Schulter und bläst ihm sogar noch mit ihrer Pfeife ins Ohr. Sie bedeutet ihm, wieder zu uns zurückzugehen. Er drückt ihr noch ein Bussi auf die Wange und schleicht sich dann zu uns.

Der Anti-Puff-Wagen ist schon längst an uns vorbeigezogen, aber wir schaffen es einfach nicht, uns wieder zusammenzureißen. Am schlimmsten ist Diana. Sobald sie ihren Arm hebt, durchschüttelt sie wieder ein Lachanfall.

„Jo, da lacht's ihr alle", mault der Xaver uns an, „aber für mi dahoam ziagt se nie so was o!"

Wir müssen alle, wenn überhaupt möglich, noch mehr lachen. Irgendwann schaffen es doch die meisten sich zusammenzureißen, und wir marschieren zu den Klängen von „Money for nothing" bis zum Ende der Fichtenallee, wo wir dann ganz abenteuerlich eine Wendung hinlegen müssen, damit wir umdrehen können.

Wer hat sich denn so einen Schmarrn ausgedacht? Ganz hinten, direkt da, wo wir die Richtung wechseln müssen, steht Mario Deutler mit offenem Mund. Ich folge seinem Blick. War ja klar, er hat Larissa in ihrem Minirock erblickt und hat jetzt nur noch Augen für sie. Er soll doch die Augen offen halten!

Aber ich werde durch den obligatorischen Knall hinter mir wieder aus den Gedanken gerissen. Ich werde mich wohl heute nicht mehr daran gewöhnen, dass entweder der Traktor oder der Tresor so einen Höllenlärm veranstaltet. Wir müssen wieder stehen bleiben. Während wir warten, schweift mein Blick über hunderte von Zuschauern. Meine Finger fühlen sich mittlerweile wie Eisklötze an, und auch meine Musikerkollegen haben allesamt schon ganz rote Nasen und zum Teil tränende Augen von der Kälte.

Es geht weiter. Wir nähern uns wieder der Hauptkreuzung, und ich höre Sebastians Stimme durch die Lautsprecher hallen.

„... wie schön die Kinder alles vorbereitet haben, da freuen wir uns, dass auch schon die kleinsten Dimmelwanger an unserem Gaudiwurm teilhaben. Einen Riesenapplaus für die Kindertagesstätte!"

Mein Herz geht auf, als ich ihn auf seinem Podest stehen sehe. Ich verspiele mich gleich, was mir einen belustigten Blick von Andi einbringt.

„Wir freuen uns, dass wir dieses Jahr ...", doch weiter kommt Sebastian nicht.

Hinter mir ertönt wieder eine Explosion, doch dieses Mal spüre ich eine richtige Erschütterung. Ich drehe mich um und habe das Gefühl, jemand hat alles auf Zeitlupe gestellt. Rolf, der ja fröhlich Bonbons vom Wagen in die Menge geworfen hat, wird durch die

Wucht der Explosion förmlich vom Hänger geschleudert. Aus dem Tresor schießt eine wahre Flut aus Flammen, Schreie ertönen ringsum und Larissa bricht über dem Lenkrad zusammen. Ohne nachzudenken, drücke ich schnell mein Tenorhorn einem verdutzten Darth Vader in die Arme, renne los und springe auf den fahrenden Traktor.

„Aua, was war das denn?"

„Drück auf die Bremse, drück auf die Bremse!", brülle ich sie an. Doch sie fährt sich durch die Haare und schaut dann ungläubig auf das Blut an ihrer Hand.

„Ich bin verletzt!", kreischt sie. „Mich hat was am Kopf getroffen!"

„Halt jetzt die Klappe und halte diesen Traktor an!"

Plötzlich ist sie sich dann doch der Lage bewusst, in der wir sind und hält den Traktor an. Keine zwei Meter vor uns stehen die Zuschauer und starren uns völlig schockiert aus schreckgeweiteten Augen an. Ich schaue mich um. Der Hänger steht lichterloh in Flammen. Lutz kommt angerannt, die anderen können gar nicht fassen, was hier gerade passiert.

„Niclas ist noch drin!", schreit Joachim.

Ich springe vom Traktor und renne zur Hintertür des Tresors, die er gerade einzutreten versucht.

„Da klemmt was!"

Wir rammen beide abwechselnd gegen die brennende Tür. Da endlich gibt sie nach.

Niclas, der in dieser Flammenhölle gefangen war, fällt uns entgegen. Sein Mantel brennt. Ich werfe ihn sofort auf den Boden, reiße mir meinen eigenen Mantel vom Leib und versuche die Flammen zu ersticken. Erst jetzt werde ich meiner Umgebung gewahr. Panik bricht aus, die Zuschauer schreien und die Schaulustigen drängen sich zusammen, dass die, die Angst haben, gar keine Chance haben wegzukommen.

„Wir brauchen einen Arzt!“, rufe ich so laut ich kann.

Lutz kniet neben mir nieder und erstickt mit seinen bloßen Händen die Flammen, die in Niclas' Haaren züngeln. Niclas windet sich vor Schmerzen.

„Gleich kommt der Arzt“, versuche ich ihn zu beruhigen. Er sieht wirklich böse aus, seine Haut ist im Gesicht und am Hals verbrannt, ich will gar nicht daran denken, wie es unter seinen Klamotten aussieht. Die Hitze vom brennenden Hänger macht es nicht besser. Lutz und ich schleppen Niclas gemeinsam ein Stück weg und winken den Sanitätern, die versuchen, sich einen Weg durch die Menge zu bahnen.

„Bleib du bei ihm“, fordere ich Lutz auf, der mir zunickt.

Ich muss unbedingt einen kühlen Kopf bewahren.

„Bringt die Kinder in Sicherheit“, schreie ich vor, wo ich den bunten Wagen vom Kindergarten ausmachen kann.

Ich hoffe und bete, dass sie die Kinder schnell wegbringen. Ich sehe wie Joachim Larissa vom Traktor hilft und sie in Sicherheit bringt. Rolf liegt am Boden. Andi, Marlies und Xaver knien neben ihm und helfen ihm auf die Beine.

Da gibt es eine weitere Explosion. Ich werde durch die Wucht zu Boden gerissen und halte mir schützend die Hände über den Kopf. Brennende Holzteile werden durch die Luft geschleudert, und ich höre durch das Prasseln des Feuers ängstliche Schreie. Ich rapple mich auf und mache eine scheuchende Handbewegung.

„Lauft, geht weg!“, rufe ich in das Publikum hinein. „Wer weiß, ob es noch eine Explosion gibt. Bringt euch in Sicherheit!“

Meine Augen brennen von dem Rauch, und ich höre mehr meine Kollegen als dass ich sie sehen kann. Die haben aber wirklich lange gebraucht, bis sie hier waren. Wofür haben wir denn die Verstärkung angefordert?

„Bitte folgen Sie uns, bleiben Sie ruhig, nur keine Panik."

Einige Uniformierte führen die Umzugsteilnehmer, darunter auch meine Musikerkollegen und vor allem die kleinen Kinder aus der Gefahrenzone. Joachim steht plötzlich neben mir.

„Wo bleibt denn die Feuerwehr? Wir müssen versuchen, das Feuer zu löschen!"

Wild entschlossen schaut er mich an, als würde ich einen Feuerlöscher aus meinem nicht vorhandenen Hut zaubern können.

„Wir haben keine Chance!"

„Da!"

Er deute mit dem ausgestreckten Zeigefinger hinter mich. Ich höre nur Schritte, der Rauch beißt mir in die Augen.

„Wie konnte das nur passieren?"

„Ich weiß es nicht, aber schau, da kommt die Feuerwehr."

Ich habe keine Ahnung, wie sie es geschafft haben, durch die in Panik geratene Menge zu gelangen, aber da kommt tatsächlich ein Feuerwehrauto angefahren. Joachim schubst mich zur Seite, und fassungslos schaue ich mir das Chaos an. Ich habe Tränen in den Augen, und daran ist nicht nur der Rauch schuld. In meinem Kopf dröhnt es. Jemand muss am Hänger herumgepfuscht haben, muss etwas so präpariert haben, dass er in die Luft fliegt.

„Ihr habt doch noch mal alles überprüft", wende ich mich an Joachim, der hilflos neben mir steht und in die Flammen starrt. Er schüttelt den Kopf.

„Ich kann das nicht glauben. Wer macht so etwas?"

„Da kommt Sebastian."

Ja, da kommt er angelaufen. Kurz nimmt er mich in den Arm.

„Ist mit dir alles in Ordnung?"

„Ja, alles in Ordnung. Sebastian … wie konnte das passieren?“

„Ich weiß es nicht. Ich helfe jetzt den Brand zu löschen, und dann sehen wir weiter. Joachim? Bleibst du bitte bei Louisa, ja?“

„Ehrensache.“

Für einen kurzen Moment bleiben wir da und schauen zu, wie die Feuerwehr ihre Schläuche ausrollt. Mir kommt es vor, als wären Stunden vergangen, seitdem ich nichtsahnend die Straße entlang marschiert bin, dabei kann es sich um nicht mehr als zehn Minuten handeln.

„Louisa, LOUISA!“

Langsam drehe ich mich um und sehe hinter dem rot-weißen Band, das als Abgrenzung für die Umzugsbesucher gezogen worden ist, meine Schwester und Harald. Wie in Trance gehe ich zu ihnen hinüber. Harald hält Rebecca fest an sich gedrückt, die Kleine weint.

„Eva, geh und hol Jasmin!“

„Geht es dir gut? Du siehst furchtbar aus. Hier, nimm meinen Mantel.“

Sie hält ihn mir hin, doch ich lehne ab.

„Nein, ist schon gut, mir ist nicht kalt. Geh und hol Jasmin. Und dann geht sofort nach Hause. Ich komme, sobald es geht. Bitte, geh jetzt.“

„Ich bringe sie heim und komme dann.“

Dankbar schaue ich Harald an und bin jetzt verdammt froh, dass er da ist. Er wird wirklich gut auf die drei aufpassen.

Hinter mir plätschert das Wasser, die Feuerwehrler haben es geschafft, den Schlauch am Hydrant anzuschließen. Das grenzt an ein Wunder, da immer noch unzählige Schaulustige so dumm rumstehen, dass sich die Jungs den Weg wahrscheinlich freikämpfen mussten. Ich könnte mich so aufregen!

„Geht endlich weg, seht ihr nicht, dass ihr die Feuerwehr behindert?“, rufe ich in die Menge hinein, aber ich hätte ebenso gut nichts sagen können. Kein Mensch hört auf mich. Leider trage ich meine Uniform nicht, das hätte ihnen vielleicht etwas mehr Respekt eingeflößt.

Eine Gänsehaut scheint meinen gesamten Körper zu überziehen, als ich so dastehe und den Feuerwehrlern zusehe. Auch wenn wir als Polizisten auf solche Situationen vorbereitet werden, wenn man dann selbst drinsteckt, ist das doch noch etwas ganz anderes.

Ein paar Meter von mir entfernt sehe ich Joachim und Larissa. Ein Sanitäter tupft ihr den Hinterkopf ab. Ich gehe rüber und bekomme mit, dass sie zum Nähen ins Krankenhaus gebracht werden muss.

„Das darf doch alles nicht wahr sein!“, jammert sie. „Ich hab ganz schön was abbekommen.“

„Du wirst es überleben.“

Ich klopfe ihr aufmunternd auf die Schulter.

„Komm, mein Schatz, ich begleite dich“, Joachim legt liebevoll einen Arm um sie und führt sie in Richtung Krankenwagen. Sie lehnt sich schwer an ihn.

Ich atme tief durch. Auf der gegenüberliegenden Straßenseite scheint auch jemand verletzt worden zu sein. Dort stehen zwei Sanitäter um einen jungen Kerl herum, der sich als Spiderman verkleidet hat.

Mein Blick wandert weiter. Ist hier irgendjemand mit einem zufriedenen Gesichtsausdruck? Jemand, der wie gebannt in die Flammen starrt? Na, das tun hier ungefähr die Hälfte aller Zuschauer.

Am Eck steht Udo Schropp, der Filialleiter. Sein Blick ist grimmig, seine Arme vor dem Körper verschränkt. Es kann nicht schaden, mal zu ihm zu gehen. Als ich die Straße überquere, sticht mir einer besonders ins Auge: Moritz ist ganz vorne im Angriffstrupp der Feuerwehr mit dabei. Sein Gesichtsausdruck zeigt Entschlossenheit, er kämpft an vorderster Front. Ist das nicht besonders auffällig? Hätte er etwas manipulieren können, um sich dann als großer Held aufzuspielen? Möglich ist es. Auf einmal ist Joachim wieder neben mir.

„Wie geht es Larissa?“

„Sie wird grad ins Krankenhaus gefahren. Sie muss genäht werden.“

„Warum bist du nicht bei ihr geblieben?“

„Aber Louisa, wir müssen den Feuerteufel finden! Er ist bestimmt hier und lässt sich dieses Schauspiel nicht entgehen.“

Ich stutze. Wo ist denn Herr Schropp hin? Gerade stand er doch noch hier?

„Sag mal, siehst du Herrn Schropp irgendwo?“

Vor lauter Grübeleien habe ich ihn aus den Augen gelassen. Joachim schaut mich fragend an.

„Wer ist Herr Schropp?“

„Na, der Filialleiter von der Bank, vor einer Minute stand er noch ...“

Meine Worte verlieren sich in einem weiteren ohrenbetäubenden Knall. Irgendetwas trifft mich hart am Arm, und ich gehe zu Boden.

„Louisa, komm, weg hier!“

Joachim zerrt mich weiter. Mein Arm pulsiert und tut höllisch weh.

„Was war das?“

Doch meine Frage erledigt sich, als ich die Überreste vom Hänger sehe. Diese letzte Explosion hat den Kasten, der als Tresor gedient hat, völlig auseinander genommen.

„Verdammt, schau, die Feuerwehr!“

Joachim rennt los, direkt auf den Flammenherd zu. Jetzt sehe ich es auch. Durch die Wucht sind die vordersten Männer an den Schläuchen zurückgeworfen worden. Einer von ihnen blutet stark am Bein, ein anderer liegt am Boden und hält sich den Kopf. Der Wasserschlauch wirbelt hin und her, jetzt wirft sich einer auf ihn und bekommt ihn wieder unter Kontrolle.

Ich versuche, die Schmerzen in meinem Arm zu ignorieren und stolpere Joachim hinterher. Der zieht den am Bein Verletzten vorsichtig weg und winkt die Sanitäter zu sich. Die armen Kerle wissen gar nicht, wohin sie zuerst gehen sollen.

Ein herumfliegendes Teil ist offenbar in die Schaulustigen geflogen, denn eine Traube hat sich um zwei junge Frauen gebildet, die beide schreien, als wäre die Hölle ausgebrochen. Wenn ich mich hier so umsehe, könnte man das aber auch wirklich meinen. Ich falle neben dem anderen Verletzten auf die Knie. Ich erkenne ihn, er war auch auf meiner Silvesterparty. Verzweifelt sehe ich mich nach einem Sanitäter um. Doch wo ich auch hinschaue, jeder, der irgendwie helfen könnte, hat selber alle Hände voll zu tun. Der Verletzte wimmert. Blut trieft ihm aus einer Wunde an der Schläfe.

„Pscht, ganz ruhig, ist ja gut, ich bring dich hier weg. Kannst du aufstehen?“, frage ich ihn so ruhig wie möglich. Meine Hände zittern. Ich zwinge mich, sie ruhig zu bekommen.

„Ich versuch’s.“

Seine Stimme hört sich sehr rau an. Er legt seinen Arm um meinen Hals und ich versuche, ihn aufzuhieven. Er scheint eine Tonne zu wiegen und hängt mir wie ein nasser Sack an der Seite.

„Ich schaff’s nicht allein.“

Durch einen Tränenschleier sehe ich keine fünf Meter von mir entfernt Leute stehen, verkleidet als Minions, Cowboys oder

Dschungelcamp-Bewohner. Aber keiner hilft mir. Eine riesige Wut steigt in mir auf.

„Ich bin gleich wieder da", vorsichtig nehme ich seinen Arm wieder von meinem Hals und stehe auf. Wütend stapfe ich zum Absperrband.

„Du, du und du, ihr kommt jetzt mit mir mit und helft mir mit dem Verletzten. Habt ihr mich verstanden?"

Die drei Minions schauen sich ratlos an, aber dann endlich beweist einer von ihnen Mumm und duckt sich unter dem Absperrband hindurch. Seine beiden Kumpel ziehen nach und wenig später haben wir den Verletzten aus der Gefahrenzone gebracht.

Da erregt etwas ganz anderes meine Aufmerksamkeit. Zwischen dem hinteren Traktorrad und dem Hänger sehe ich Beine. Da liegt einer! Ich stürze zurück und merke erst, als ich in der direkten Hitze des Feuers stehe, dass mein Arm wirklich ganz schön was abbekommen haben muss. Die Schmerzen stechen mir bei der Hitze nur so ins Fleisch. Ich beiße die Zähne zusammen und gehe um den Traktor herum. Da kommt mir Joachim entgegen gelaufen.

„Oh nein, hast du ihn auch gesehen?", ruft er und zeigt auf den Mann, der am Boden liegt. Es ist kein anderer als Moritz.

„Der schaut übel aus. Wir müssen ihn vorsichtig da unten raus ziehen."

Moritz, der vorhin das Feuer vom Traktor aus bekämpft hat, muss bei der Explosion herunter geschleudert worden sein. Er rührt sich nicht und hat mehrere stark blutende Wunden.

„Er muss ins Krankenhaus. Er scheint innere Verletzungen zu haben."

Ich finde es toll, wie Joachim so ruhig und rational bleiben kann.

„Wir ziehen ihn raus und dann suchen wir schleunigst einen Sanka."

Joachim greift ihm unter die Achseln, ich nehme, so gut es geht, Moritz' Kopf und versuche, ihn gerade zu halten. Hoffentlich hat er sich nicht an der Wirbelsäule verletzt. Wie durch ein Wunder gelingt es uns, ihn vollständig zwischen Hänger und Traktor herauszuziehen und ihn sogar noch ein paar Meter weiter zu schleifen.

„Moritz", ich tätschle ihm vorsichtig die Wange. „Wach auf! Moritz, na komm schon."

Er reagiert nicht. Joachim ist derweil weggerannt, um irgendwo einen Sanitäter samt Trage aufzutreiben.

„Louisa", höre ich da Sebastian rufen.

„Was machst du denn da? Warte mal, ist das Moritz?"

Jetzt kann ich mich nicht mehr beherrschen und lasse den Tränen freien Lauf. Sebastian nimmt mich in den Arm. Sofort fühle ich mich wohler. Die Schreie dringen dumpf an mein Ohr, der Schreck lähmt mich sekundenlang.

„Er lebt, Louisa, keine Angst, er wird wieder."

Sebastian fühlt Moritz' Puls und versucht ihn nun ebenfalls wach zu bekommen.

„Weg da, weg da!"

Zwei Sanitäter kommen, eine Trage zwischen sich, auf uns zugerannt. Joachim läuft neben ihnen her.

„Basti, gut, dass du da bist. Was für ein Chaos."

„Der Brand ist unter Kontrolle. Die Leute verziehen sich auch langsam. Spätestens bei der letzten Explosion haben sie gespannt, dass es hier wirklich gefährlich ist."

Wir lassen unsere Blicke schweifen. Es stimmt, es stehen nur noch ein paar Leute am Straßenrand, und erst jetzt merke ich, dass ich völlig durchnässt bin. Klar, die Feuerwehr war direkt neben mir aktiv.

„Du schlotterst ja am ganzen Körper."

„Nein, nein, geht schon."

„Deine Lippen sind schon ganz blau. Mensch, Louisa, du stehst hier im Dirndl!"

Sebastian zieht sich seine Jacke aus und hängt sie mir um. Da bemerkt er meine Verletzung.

„Was ist denn da passiert? Du musst ja selber ins Krankenhaus!"

Einer der Sanitäter, die zu unseren Füßen um Moritz knien, hat uns wohl zugehört, denn er sagt: „Sie kann gleich mit uns mitfahren. Könnt ihr uns schnell helfen, ihn in den Sanka zu bringen?"

Das lassen sich Sebastian und Joachim nicht zweimal sagen. Voller Erleichterung sehe ich keine zwanzig Meter von uns entfernt einen Krankenwagen stehen. Gemeinsam tragen sie Moritz dorthin. Er regt sich, was mir das Herz gleich noch ein wenig leichter macht.

„Also los, kommen Sie mit", fordert mich der Sanitäter auf.

Ich zögere. Hier gibt es noch jede Menge zu tun.

„Ach wissen Sie was? Ich komme gleich nach."

Verdutzt schaut mich der Sanitäter an, aber als Sebastian nickt und mich mit sich zieht, nickt er ebenfalls und schließt die Tür hinter sich. Der Krankenwagen fährt mit Blaulicht los.

„Und nun?"

Wir schauen uns um.

„Was ist denn mit Rolf?"

„Den hat vorhin auch ein Sanka mitgenommen. Die Marlies ist mitgefahren. Ich hab sie gesehen", sagt Sebastian. Vorsichtig fährt er mir übers Haar.

„Bin ich froh, dass dir nicht mehr passiert ist. Tut dein Arm sehr weh?"

„Geht schon. Aber mir ist kalt."

Da fällt mir wieder etwas ein.

„Vorhin habe ich Herrn Schropp gesehen. Ich wollte zu ihm, aber er war auf einmal weg."

„Was? Der Typ von der Bank?"

„Genau der. Da drüben hat er gestanden."

Ich deute hin. Jetzt steht da niemand mehr. Meine Polizeikollegen haben durchgegriffen und die Schaulustigen vertrieben. Ich sehe, wie ein paar von ihnen am schon fast gelöschten Hänger hantieren.

„Meinst du, das war der Feuerteufel?"

Sebastian schaut mich nachdenklich an.

„Ich fürchte fast schon. So etwas passiert nicht einfach so, wenn ein Profi wie Niclas alles kontrolliert hat."

Er zögert.

„Ihr kamt ja gerade die Straße rauf, als es passiert ist. Ich weiß nicht, ob das wichtig ist, aber ..."

„Aber was?"

Sebastian scheint mit seinen Gedanken woanders zu sein.

„Rolf ist ganz kurz vor der Explosion nach hinten gegangen. Und hat ihm Niclas nicht eingeschärft, er soll vorne im Wagen bleiben, damit er aus der Gefahrenzone raus ist?"

Ich starre ihn an.

„Meinst du, er hat da was manipuliert oder gezündet?"

Ich kann das gar nicht glauben.

„Nun ja, es ist ein bisschen sehr zufällig, meinst du nicht auch?"

„Aber er wurde verletzt. Meinst du, wenn er der Brandleger wäre, würde er das Risiko auf sich nehmen, verletzt zu werden?"

„Das kann auch Tarnung sein", mutmaßt Sebastian.

Mitten in unsere Unterhaltung platzt Rudi rein.

„Louisa", schnauft er.

Er muss hergerannt sein. Und er hat immer noch seine Trommel umhängen.

„Rudi, was ist denn mit dir los? Beruhig dich erst mal."

„Louisa, ich muss dir unbedingt was zeigen!"

„Rudi, du darfst hier gar nicht sein!"

„Bitte, es ist wirklich wichtig. Schau mal, was ich gerade entdeckt habe."

Ich werde langsam ungeduldig.

„Hat das keine Zeit bis nachher?"

„Nein, hat es nicht. Schau doch!"

Jetzt wird Rudi laut. Er hält mir seine Trommel unter die Nase und schüttelt sie wie wild.

„Herrgott, Rudi, was soll ich denn mit deiner Trommel?"

„Rudi, bitte, wir müssen schauen, dass wir hier helfen können", sagt Sebastian mit nachdrücklichem Ton.

„Mensch, checkt ihr's nicht? Jetzt macht mal eure Augen auf und schaut in meine Trommel rein!"

Sebastian und ich seufzen gleichzeitig, tun Rudi aber den Gefallen und werfen einen Blick in seine Trommel. Und was wir da sehen, das ist einfach unglaublich. In Rudis Trommel sind haufenweise Geldscheine versteckt.

Eine knappe halbe Stunde später sitze ich eingewickelt in eine Decke auf der Wache. Rudis Trommel steht vor mir auf dem Tisch. Mario Deutler kommt herein und stellt mir eine Tasse mit dampfendem Tee hin.

„Patrick kommt gleich. Also wenn das das Geld aus dem Tresor ist, also nein, das ist doch unmöglich, ist doch das."

Er schüttelt den Kopf. Hannes kommt, gefolgt von Sebastian, herein.

„Du musst ins Krankenhaus, deinen Arm verarzten lassen."

„Ich kann doch jetzt nicht weg!"

Natürlich tut mir mein Arm saumäßig weh, aber ich lächle tapfer.

„Lass mich mal sehen."

Sebastian beugt sich über meinen Arm.

„Ich hole mal den Erste-Hilfe-Kasten."

Er verschwindet. Ich höre Stimmengewirr, und Patrick Wolf, unser Spurensicherer, betritt den Raum.

„In der Trommel?", fragt er ungläubig.

Wir nicken alle. Er linst in die Trommel und pfeift leise. Die Trommel umspannt ein Fell, das einen undurchsichtigen äußeren und einen durchsichtigeren inneren Ring bildet, und durch eben diesen inneren Ring kann man deutlich Geldscheine erkennen.

„Der Schlagzeuger hat auf dieser Trommel heute gespielt, stimmt das?", fragt Patrick.

Wir nicken wieder.

„Heute war doch der Gaudiwurm."

„Ach, echt? Hab ich gar nicht mitbekommen", schmunzelt Patrick, der gerade von den Überresten des Hängers kommt. „Und er hat nichts bemerkt?"

Mir fällt plötzlich etwas ein.

„Beim Umzug, also als wir gespielt haben, da hab ich mir noch gedacht, dass die Trommel heute so dumpf klingt. Aber ich habe mir darüber keine weiteren Gedanken gemacht, weil ich dachte, ich höre bloß nicht richtig, weil vielleicht die anderen Instrumente wegen der Kälte auch nicht ganz gestimmt haben."

„Gut, aber das würde ja beweisen, dass das Geld während des Umzugs schon drin war und nicht erst danach darin versteckt wurde."

„Nein, das sowieso nicht. Rudi hatte die Trommel ja dauernd umhängen."

„Und er hat da kein einziges Mal reingeschaut?"

„Offenbar nicht. Aber es gab auch heute wirklich genug anderes zu sehen."

„Na gut, lassen wir das mal so hingestellt. Auf alle Fälle muss das Geld ja irgendwann mal da reingekommen sein."

Er zieht seine Digitalkamera heraus und fotografiert die Trommel von jeder nur erdenklichen Ansicht. Dann fährt er vorsichtig mit den Fingern an dem Fell entlang, tastet sich von Schraube zu Schraube weiter, die das Fell spannen.

„Hier ist eine frische Kerbe", stellt er fest, als er sich eine der Schrauben näher ansieht. „Da hat anscheinend jemand mit einem Schraubenschlüssel herumhantiert."

Er holt eine Lupe aus seiner Tasche und beäugt die Stelle genauer. Er schießt wieder Fotos.

„Wann können wir die Trommel öffnen?", fragt Mario Deutler.

Wir brennen alle darauf zu erfahren, ob es sich wirklich um das gestohlene Geld aus der Bank handelt.

„Gleich. Einen kleinen Moment noch."

Sebastian hat inzwischen meinen Arm notdürftig desinfiziert und verbunden, wir warten also schon eine ganze Weile. Jetzt endlich macht sich Patrick daran, die Trommel zu öffnen. Ganz vorsichtig schraubt er Schraube für Schraube auf. Dann nimmt er das Fell ab. Mario Deutler will schon reingreifen, da haut ihm der Patrick auf die Finger.

„Moment noch."

Während er weiter Spuren sichert, schlürfe ich meinen Tee, und langsam wird mir wieder richtig warm. Ich schaue an mir runter. Mein Dirndl ist blutverschmiert und zerrissen. Mein Arm brennt höllisch, seitdem Sebastian das Desinfektionsspray darauf gesprüht hat. Aber ich will um nichts in der Welt verpassen, was hier passiert. Jetzt endlich gibt Patrick sein Okay und unser Chef kippt den Inhalt der Trommel auf den Tisch.

„Boah, so viel Geld auf einem Haufen hab ich ja noch nie gesehen", staunt Hannes.

Nach einer Viertelstunde haben wir das Geld auf Stapel geordnet. Es sind über fünfundsiebzigtausend Euro. Es besteht kaum ein Zweifel daran, dass es sich um das Geld aus der Bank handelt.

„Herr Schropp sagte, das Geld wird eingescannt. Wir müssten doch die Unterlagen haben, in denen die Nummern stehen, oder?"

„Natürlich. Moment, ich gehe sie holen."

Mario Deutler verschwindet in sein Büro und kommt wenige Sekunden später zurück.

„Hier auf dem Stick ist die Datei, die mir Herr Schropp gegeben hat."

Umständlich pfriemelt er den USB-Stick in den Rechner.

„Wir suchen einfach stichprobenmäßig nach den Nummern."

Er pflückt sich einen Schein vom Stapel und diktiert die Nummer, die ich eingebe. Sie wird sofort gefunden. Nach den nächsten neun Scheinen ist sonnenklar, dass es sich hier wahrhaftig um das Geld aus dem Automaten handelt.

„Jetzt fehlt nur noch der Bankräuber", sagt Sebastian.

„Allerdings", stimmt ihm Mario Deutler zu.

„Dann macht euch mal auf die Suche. Ich pack's jetzt. Ich gebe euch dann sofort Bescheid, wenn ich mit den Auswertungen fertig bin."

Patrick macht sich auf den Weg zu seinem Labor.

„Ich bring dich jetzt ins Krankenhaus."

Sebastian schaut mich besorgt an.

„Nein, das ist doch nur ein Kratzer, und du hast mir den Arm ja schon so schön verbunden, schau, er tut auch gar nicht mehr weh."

Wie zum Beweis hebe ich ihn, und ein stechender Schmerz jagt mir durch bis zu den Fingerspitzen.

„Na gut, ein bisschen weh tut er schon noch", füge ich hinzu, als ich Sebastians zweifelnden Blick sehe. „Ich muss nach Hause und schauen, ob es Eva und Rebecca gut geht. Morgen früh bin ich hier, Herr Deutler, versprochen."

„Haben Sie von Frau Frosch schon etwas gehört?", fragt er mit beunruhigtem Unterton.

„Nein, tut mir leid. Vielleicht behalten sie sie ja eine Nacht zur Überwachung da? Es könnte durchaus eine Gehirnerschütterung sein, die sie davongetragen hat."

„Ich werde sofort im Krankenhaus anrufen und nachfragen." Mario Deutler verlässt den Raum. Es bleiben nur noch Sebastian und ich zurück.

„Ich bring dich jetzt nach Hause und weiche bis morgen früh nicht mehr von deiner Seite", sagt er liebevoll und hängt mir wieder seine Jacke um.

Zu Hause sitzen Eva und Harald am Küchentisch.

„Louisa, na endlich! Ich wollte auf die Wache kommen, aber mir war nicht wohl dabei, Eva mit den Mädchen hier alleine zu lassen."

„Danke, das war sehr nett von dir."

Erschöpft setze ich mich zu ihnen. Sebastian tut es mir gleich. Eine Weile sagt keiner von uns etwas.

„Du siehst wirklich furchtbar aus", Eva streicht mir eine Haarsträhne aus der Stirn.

„Zieh dir doch endlich was anderes an und wasch dir das Blut aus dem Gesicht."

Ich schüttle den Kopf.

„Ich fühle mich so machtlos. Es wird immer schlimmer und wir können gar nichts dagegen tun! Das ganze Polizeiaufgebot hat nichts gebracht. Wer konnte schon ahnen, dass der Hänger manipuliert wird?"

„Aber dann muss das ja jemand gemacht haben, der beim Hänger-Bauen dabei war, oder?"

„Nicht zwingend. Im Prinzip hätte es jeder sein können, das Feuerwehrhaus war heute die ganze Zeit offen, weil ständig noch jemand irgendwas am Wagen gemacht hat. Jeder hätte genug Gelegenheit gehabt, sich am Hänger schaffen zu machen. Leider."

Ich merke, wie sich Tränen in mir aufstauen, aber ich möchte sie nicht raus lassen. In dem Moment klingelt mein Handy. Es ist Larissa.

„Louisa, du musst mir helfen!", ruft sie ohne Begrüßung.

„Was ist denn los? Wie geht es dir?"

„Es geht so. Die Wunde musste genäht werden und die haben mir doch tatsächlich die Haare an der Stelle wegrasiert!"

Ich höre ihre Empörung durchs Handy und stelle sie mir bildlich vor. Ich bin ja mal gespannt, wie sie das kaschieren wird.

„Was wolltest du denn jetzt eigentlich?"

Die anderen lauschen wie gebannt.

„Weißt du, wo Joachim steckt?"

„Ich dachte, der ist bei dir?"

„Ja, war er ja auch. Aber jetzt ist er schon seit einer halben Stunde weg und ich erreiche ihn nicht."

„Ach je, schon eine ganze halbe Stunde?"

Larissa überhört wie gewöhnlich den Sarkasmus in meiner Stimme.

„Ja! Ist das nicht seltsam?"

„Ich glaube, er wird einfach nur nach Hause gefahren sein und sich eine heiße Dusche gönnen."

Stille.

„Das kann sein. Aber Louisa, ich habe Angst, dass er sich allein auf die Suche nach dem Brandstifter macht."

„Das glaube ich nicht. Er weiß, wie gefährlich das ist. Vielleicht ist er auch in Sachen Brandwache unterwegs, kann auch sein."

„Aber das hätte er mir doch gesagt!"

„Larissa, ganz im Ernst, er ist ein erwachsener Mann, der sich bei dir nicht abmelden muss. Es wird schon nichts passiert sein."

„Ich mache mir solche Sorgen. Louisa, könntest du bitte nach ihm suchen?"

„Nein, das werde ich nicht. Ich bin doch nicht sein Kindermädchen!"

Ich höre ein undefinierbares Geräusch.

„Larissa? Ist alles o. k. bei dir?"

Jetzt erkenne ich, was das ist. Sie schluchzt. Ich seufze.

„Also gut, wir werden ihn suchen. Aber melde dich bei mir, sobald du was von ihm weißt, ja?"

„Das werde ich dir nie vergessen. Niemals!"

„Ist ja schon gut. Ciao."

Ich lege auf.

„Wir müssen Joachim suchen. Er ist seit einer halben Stunde weg und Larissa erreicht ihn nicht."

„Das ist jetzt aber nicht dein Ernst? Du bist verletzt und es ist schon spät."

„Ich ziehe mir nur schnell meine Uniform an."

„Diese Frauen immer mit ihrem Sturkopf", höre ich Sebastian zu Harald sagen.

Sebastian kommt natürlich mit und gemeinsam laufen wir in Richtung Marktplatz. Schon von Weitem sehen wir Blaulicht, denn natürlich sind die Rettungskräfte noch am Aufräumen. Gut, dass wir nicht mit dem Auto gefahren sind. Wir wären hier niemals durchgekommen.

Der ausgebrannte Hänger steht noch da, den Traktor haben sie schon weggebracht. Ich möchte gar nicht an den alten Herrn Hackmann denken, von dem wir uns den Traktor ausgeliehen haben. Er ist bestimmt nicht begeistert davon, dass sein wertvolles Stück in einen Brand verwickelt worden ist. Und wie es der Zufall so will, läuft uns Joachim in die Arme.

„Da bist du ja“, rufe ich ihm entgegen.

Er zuckt zusammen und kommt dann auf uns zu.

„Ach, ihr seid es. Ich hab euch gar nicht erkannt im Dunkeln.“

„Was machst du denn noch hier?“

„Na das, was jeder macht. Nach irgendwelchen Hinweisen suchen, die uns endlich auf die Spur des Täters bringen.“

„Überlass das bitte der Polizei“, sage ich mit scharfem Unterton, der ihm anscheinend nicht entgeht.

„Ja, natürlich, nur lässt mir das hier natürlich keine Ruhe.“

Er fährt sich nervös durch die Haare.

„Larissa hat uns geschickt, damit wir dich suchen. Sie erreicht dich nicht“, erklärt Sebastian ungefragt unsere Anwesenheit.

„Was? Oh, ich muss mein Handy im Auto liegen gelassen haben. Ich rufe sie gleich an. Wie geht es ihr?“

„Sie musste genäht werden.“

„Ja, das weiß ich. Am besten fahre ich gleich zu ihr hin. Vielleicht darf sie ja doch heute noch das Krankenhaus verlassen.“

„Ich glaube kaum, dass die nach zweiundzwanzig Uhr noch jemanden entlassen.“

„Stimmt auch wieder. Dann ruf ich sie an. Da hinten steht übrigens Udo Schropp, der schaut schon die ganze Zeit zu.“

Ich werde hellhörig. „Wie? Seit wann ist er denn da?“

„Seit ich wieder hier bin, also seit einer guten Dreiviertelstunde, ist er bestimmt schon da. Davor weiß ich es natürlich nicht.“

„Ich gehe zu ihm rüber. Und du melde dich bitte endlich bei Larissa.“

Ich lasse Udo nicht aus den Augen. Das passiert mir nicht noch einmal, dass er mir entwischt. Ich nähere mich ihm von der Seite. Der Rauch seiner Zigarette steigt mir in die Nase, als ich vor die Säule trete, an die gelehnt er die Szene beobachtet.

„Guten Abend, Herr Schropp.“

Erschrocken fährt er zusammen und tritt dann rasch seine Zigarette aus.

„Habe ich Sie erschreckt? Das wollte ich nicht“, beginne ich das Gespräch.

„Nein, nein“, erwidert er hastig, „ich habe nur niemanden hier erwartet, das ist alles.“

„Was tun Sie überhaupt noch hier?“

„Auf mich wartet niemand zu Hause. Da dachte ich, ich kann genauso gut da bleiben.“

„Es ist ein bisschen kalt, um einfach draußen rumzustehen, finden Sie nicht?“

Misstrauisch sieht er mich an. Dann zuckt er mit den Schultern.

„Ich bin warm angezogen.“

Ich beschließe, in die Vollen zu gehen.

„Herr Schropp, was haben Sie sich heute eigentlich gedacht, als Sie unseren Wagen gesehen haben?“

Sein Blick wird hart, er starrt auf seine ausgetretene Kippe.

„Was soll ich mir schon gedacht haben?“

Dieser Mann ist mir ein Rätsel. Ich habe ihn als korrekten, aber ängstlichen Herrn kennen gelernt, der sich nach eigenen Aussagen heroisch verhalten würde, wenn es um seine Bank geht. Jetzt steht er vor mir, Schultern nach vorne gesunken, wortkarg, ganz anders als ich ihn eingeschätzt hätte.

„Ich dachte, Sie haben sich vielleicht geärgert", will ich ihm auf die Sprünge helfen.

Sein Blick verdüstert sich noch mehr.

„Ja, ich habe mich geärgert. Am meisten habe ich mich darüber geärgert, dass Rolf auf dem Wagen gestanden ist. Was hat der denn bitte mit der Bank zu tun? Mich hätten Sie fragen sollen, mich!"

Oha. Da drückt ihn der Schuh.

„Nun ja, er ist im Faschingsverein, Sie nicht."

Mehr fällt mir im Moment als Verteidigung nicht ein.

„Ach, ist ja auch egal."

Er kickt seinen Zigarettenstummel weg.

„Ich werde jetzt nach Hause gehen. Es wird tatsächlich langsam frisch."

Frisch? Es hat gefühlte minus dreißig Grad!

„Na dann, einen guten Nachhauseweg, und schlafen Sie gut."

Ich höre nur noch ein Gemurmel als Antwort. Nachdenklich schaue ich ihm hinterher. Irgendetwas an ihm gefällt mir ganz und gar nicht. Er ist einfach undurchschaubar für mich.

Wie ich so dastehe, merke ich erst, wie erschöpft ich bin. Gerade kommt der Tieflader ums Eck, der den ausgebrannten Hänger abschleppen soll. Sebastian weist ihn ein, und ein paar andere Feuerwehrler postieren sich um den Hänger.

Ich gehe rüber zu ihnen und warte geduldig und mit schlotternden Knien, dass sie endlich fertig sind. Ich sehne mich nach meinem Bett.

Als der Tieflader wieder wegfährt, dieses Mal mit Hänger obendrauf, unterhält sich Sebastian noch angeregt mit einem Feuerwehrmann, den ich nicht kenne.

„Moritz kann von Glück reden, dass er seine Feuerwehrausrüstung anhatte", erklärt er mir wenig später. „Dietmar war vorhin im Krankenhaus und hat nach ihm gefragt. Er hat anscheinend zwei gebrochene Rippen und ein gebrochenes Schlüsselbein. Es sind Gott sei Dank keine inneren Organe verletzt worden, aber gebrochene Rippen sind natürlich auch kein Spaß. Außerdem hat er eine Gehirnerschütterung und muss für mindestens eine Woche im Krankenhaus bleiben."

Das wirft meine Theorie, dass Moritz der Brandstifter ist, doch etwas über den Haufen. Aber es wäre auch eine gute Tarnung, wenn er selbst verletzt wird. Ich behalte meine Gedanken aber vorerst für mich.

„Gehen wir nach Hause, du zitterst ja schon."

Es stimmt, mir ist eiskalt und mein Arm brennt höllisch. Schweigend laufen wir nebeneinander her. Es ist nicht weit, aber der Weg kommt mir heute unendlich lang vor.

„Das kann doch nicht so weitergehen. Dieser Kranke versetzt ganz Dimmelwang in Angst und Schrecken! Sogar der Gaudiwurm ist nicht vor ihm sicher. Wir müssen ihn finden."

Sebastian ist immer lauter geworden.

„Ja, das müssen wir. Nur wie? Er ist ein Phantom."

„Aber kann es nicht sein, dass ihn doch irgendwann irgendwo mal jemand gesehen hat? Vielleicht wusste derjenige es zu diesem Zeitpunkt ja auch nicht, aber hat etwas beobachtet, was euch weiter bringen könnte."

Sofort kommt mir Herr Wolters in den Sinn. Ihm sind ja zumindest schon einmal die Kanister aufgefallen. Wäre es möglich, dass er mehr gesehen hat? Er hat schon den Eindruck gemacht, dass er ehrlich ist. Er hätte uns doch gesagt, wenn er noch etwas bemerkt hätte. Oder nicht?

Ich bin froh, als wir zu Hause ankommen. Nur im Wohnzimmer brennt noch die Salzsteinlampe, die ich Eva zu Weihnachten geschenkt habe. Sie muss wohl vergessen haben, sie auszuschalten. Auf halbem Weg zu ihr sehe ich sich etwas auf der Couch bewegen. Ich erschrecke fast zu Tode und lasse einen Schrei los. Dann schreit auf einmal noch jemand. Dann geht das große Licht an und ich sehe meine Schwester halbnackt auf der Couch liegen. Das allein wäre ja noch nicht so schlimm, aber Harald liegt auf ihr drauf und bedeckt nun notdürftig Evas nackte Brust.

„Entschuldigung, ich bin schon wieder weg", rufe ich und gehe rückwärts aus dem Zimmer. Sebastian, der das Licht angeschaltet hat, lacht aus vollem Halse, und Harald wird knallrot.

„Das ist eine gute Idee, wir machen euch das gleich mal nach", kichert er und macht das Licht wieder aus.

„Heute ist kein guter Tag", murmle ich und folge Sebastian nach oben.

Dimmelwang, Montag, 16. Februar

An Schlaf war kaum zu denken. Am Morgen quäle ich mich aus dem Bett. Mir tut jeder Knochen weh und mein Arm schmerzt mehr als ich mir eingestehen möchte. Ich nehme mir fest vor, heute zum Arzt zu gehen.

Sebastian liegt mit verstrubbelten Haaren im Bett. Er schläft tief und fest. Ich gönne ihm seinen Schlaf, er hat gestern auch viel durchgemacht und ist erst gegen vier Uhr eingeschlafen. Ich bin wach gelegen und habe auf seinen regelmäßigen Atem gehorcht, in der Hoffnung, dass ich auch endlich einschlafe. Jetzt ist es halb acht.

Der Verband, den Sebastian mir gestern noch um den Arm gebunden hat, muss gewechselt werden, man sieht eine blutige Stelle durchschimmern. Leise suche ich meine Uniform zusammen und tapse nach unten, wo Eva schon am Küchentisch sitzt.

„Du siehst furchtbar aus!", ruft sie bei meinem Anblick.

„Dir auch einen guten Morgen. Ich fühle mich auch nicht gut."

Schwer lasse ich mich auf meinen Stuhl sinken und bitte sie, mir den Verband zu wechseln. Jasmin kommt im unpassendsten Moment herein, nämlich als sich Eva meine wirklich übel aussehende Wunde ansieht. Jasmins Augen sind schreckgeweitet und ich sehe ihr an, dass sie gleich in Tränen ausbrechen wird.

„Mäuslein, hab keine Angst, es ist gar nicht so schlimm", versuche ich sie zu beruhigen und zucke gleichzeitig zusammen, als Eva an meiner Wunder herumdrückt.

„Aua, was machst du denn da?"

„Du musst unbedingt zum Arzt. Das sieht gar nicht gut aus."

„Ja, ja, mach ich schon, binde ihn mir einfach wieder zu, ja? Los, mach, ich muss auf die Wache."

„Tante, was ist mit deinem Arm passiert?“

Tja, jetzt erzähl mal einem Kind, wie das zugegangen ist!

„Ich war wo gestanden, wo was runtergefallen ist. Eva, ich muss jetzt wirklich gehen.“

„Ja, ich bin fertig. Versprich mir, dass du das einen Arzt anschauen lässt!“

„Versprochen. Bis heute Abend!“

Schon von Weitem kann ich sehen, dass auf der Wache die Hölle los ist. Leute stehen vor der Tür und reden sehr laut miteinander. Ich höre nur Wortfetzen: „Feuerteufel“, „Handwerk legen“, „endlich was unternehmen“, und so weiter.

„Frau Städele, da sind Sie ja endlich“, ruft mir Mario Deutler zu, kaum, dass ich zur Tür herein bin. „Ich brauche hier dringend Ihre Unterstützung.“

Rasch gehe ich zu ihm und kümmere mich mit ihm gemeinsam um die ganzen Leute, die uns alle Wichtiges mitzuteilen haben.

„Wissen Sie“, sagt eine ältere Dame zu mir, „ich habe mir gleich gedacht, dass was nicht stimmt, das lag doch in der Luft.“

„Haben Sie etwas Konkretes beobachtet?“, frage ich höflich.

„Nun, das nicht, aber Sie müssen wirklich schleunigst etwas unternehmen, dass dieser Feuerteufel geschnappt wird. Der treibt hier schon viel zu lang sein Unwesen.“

„Sie haben also keinen Hinweis für uns?“

„Ich wollte eben persönlich herkommen und mich dafür stark machen, dass der Täter endlich geschnappt wird!“

„Gut, danke, das habe ich vernommen. Wie Sie sehen, sind hinter Ihnen noch jede Menge Leute. Dürfte ich Sie bitten, den Nächsten zu mir vorzuholen?“

„Natürlich.“

Missmutig schlürft sie davon und schickt mir den Nächsten in der Schlange vor. Das einzig Gute an diesen vielen Menschen ist, dass mir nicht auffällt, wie müde ich eigentlich bin.

Ich arbeite einen nach dem anderen ab und keiner hat auch nur irgendetwas beobachtet, was uns weiterhelfen könnte. Die meisten wollen sich nur beschweren, dass der Täter noch nicht geschnappt ist.

Gegen Mittag sind dann alle weg. Herr Deutler und ich schauen uns kopfschüttelnd an.

„Frau Städele, so kann das nicht weitergehen. Natürlich sind die alle sauer, ich verstehe sie ja. Aber wo sollen wir suchen?"

„Aber es muss doch irgendjemand gesehen haben, was am Wagen passiert ist. Da waren so viele Zuschauer, ist da niemandem etwas aufgefallen?"

Mario Deutler zuckt mit den Schultern.

„Ich hatte keinen brauchbaren Hinweis dabei."

Ich überlege.

„Moment mal", da kommt mir etwas in den Sinn. „Herr Deutler, vielleicht hat ja jemand vorher schon was bemerkt?"

„Was meinen Sie?"

„Ich denke an Herrn Wolters. Er hat uns nur von den Kanistern erzählt. Irmi meinte, er ist verdächtig oft hin- und hergefahren. Es könnte doch sein, dass er mehr gesehen hat. So oft er an dem Haus vorbeigefahren ist, kann es doch gut sein, dass er eine Person, aber vielleicht keinen Zusammenhang gesehen hat. Was, wenn da jemand in der Nähe mit seinem Hund spazieren war? Das ist doch völlig unverfänglich. Wir müssen ihn noch einmal befragen."

„Na gut, wenn Sie meinen, dass uns das weiterbringt, dann fahren Sie zu ihm. Äh, könnten Sie aber noch ein bisschen warten, ich würde gern Frau Frosch im Krankenhaus besuchen."

„Sie ist Ihnen sehr wichtig, habe ich Recht?", frage ich mit einem Zwinkern im Auge.

„Frau Städele, das ist ein rein dienstliches Verhältnis, das wir haben."

„Oh ja, natürlich. Dann fahren Sie zu, ich komme schon allein klar. Hannes kommt ja jeden Moment."

„Gut, dann bis in ungefähr einer Stunde."

Als sich die Tür hinter Herrn Deutler schließt, bemerke ich, dass es in meinem Arm pocht. Ein brennender Schmerz zieht sich bis zu meine Fingern, als ich ihn anhebe. Hoffentlich kommt Hannes bald, dann kann ich zum Arzt. Aber zuerst rufe ich Herrn Wolters an. Es klingelt lange, dann geht die Mailbox ran.

„Ich bin die Woche beim Skifahren in Österreich. Wenn ihr was wollt, hinterlasst eine Nachricht. Wenn ich nach dem Après-Ski noch Lust habe, rufe ich euch zurück."

Das darf doch nicht wahr sein! Ich hinterlasse ihm eine Nachricht, dass er sich schnellstmöglich bei mir melden soll.

Da höre ich die Tür. Ich schaue auf und sehe Irmgard, die mit hochroten Wangen aufgeregt mit irgendeinem Papier herum wedelt.

„Jo, Liesl, schau her, wos i gfundn hob! Des is unglaublich! Des is, des is, da föillt mir goar koa Wort ned ei!"

Mir tut jeder Schritt weh, als ich zu ihr gehe.

„Jessas, Liesl, wos is'n mit dir bassiert? Du schaugst ja goar ned guad aus."

„Ach, Irmi, es ist alles in Ordnung. Was hast du denn da?"

Sie erinnert sich wieder an ihren Zettel und hält ihn mir aufgeregt unter die Nase.

„Jetzad schau dir des o! Is des ned a Frechheit, a bodnlose Unverschämtheit?"

Ich erkenne überhaupt nichts, was auf dem Blatt steht.

„Irmi, jetzt halt mir das doch nicht so nah hin, ich sehe ja gar nichts!"

„Jetzt stell dir vor, wie dia des Etablissmo nennen wolln?"

Ich schaue sie erwartungsvoll an.

„Woaßt es no ned?"

„Irmi, jetzt mach kein Geheimnis daraus, sondern sag es mir einfach."

„Feuer und Flamme!" Jetzt ist es raus. „Jo, is des ned völlig kloar, wos do gspuilt werd?"

Ich weiß nicht, ob es an dem Schlafmangel oder an meiner allgemeinen schlechten körperlichen Verfassung liegt, aber ich kann ihr im Moment nicht ganz folgen. Das sage ich ihr auch.

„Liesl, des is da Feierteifl! Der Mo, dem dis Etablissmo ghörn wird! I bin mir gonz sicha!"

Ich kann nur immer wieder über Irmis Gedankengänge staunen.

„Ja, aber warum denn?"

„Jo, weil des ‚Feuer und Flamme' hoaßn wird!"

Jetzt ist bei mir der Groschen gefallen.

„Ach so, das meinst du!" Ich klatsche mir auf die Stirn. „Zeig mir doch bitte mal den Zettel, den du da hast."

Auf den ersten Blick erkenne ich, dass es sich um ein offizielles Schreiben vom Bauausschuss handelt.

„Irmgard?"

„Hm?"

„Sag mal, woher hast du das denn überhaupt?"

„Äh, wieso?"

„Irmi, ich weiß, dass du die Frau vom Bürgermeister bist. Aber das berechtigt dich nicht, irgendwelche Unterlagen an dich zu nehmen, die dich eigentlich gar nichts angehen. Hm, Irmi?"

„Ja mei, woaßt, i hob halt sauber gmocht in dem Xaver seinem Büro, und nochad is des halt so rumglegn."

„Völlig offen", vermute ich.

„Jo genau", stimmt sie mir zu.

„Aha. Verstehe. Gut, ich werde dir jetzt sagen, dass du das genau dorthin zurück legst, wo du es gefunden hast. Hast du mich verstanden?"

„Jo", murmelt sie kleinlaut und langt nach dem Papier.

„Ich finde es toll, dass du mir das gleich mitgeteilt hast."

Sie wächst wieder ein Stück.

„Und ich werde mir das gedanklich notieren."

Sie sieht sehr zufrieden mit sich aus.

„Aber ich muss dich auch ermahnen. Es geht weder dich noch mich etwas an, was der Gemeinderat hinter verschlossenen Türen erfährt und beschließt. Ich hoffe, ich habe das deutlich genug gesagt?"

Sie schrumpft wieder ein wenig.

„Jo, scho kloar. I hob bloß denkt, des is doch wirklich die Höh, is doch des, oda findst ned a?"

Innerlich gebe ich ihr schon Recht. Es ist ein starkes Stück, ein Etablissement, welches auch immer es sein mag, so zu benennen, wenn hier seit Monaten ein Pyromane sein Unwesen treibt. Aber trotzdem geht es uns nichts an.

„Irmgard, ich muss das alles ganz sachlich betrachten, und die dürfen sich benennen wie sie möchten. Der Name ist für dieses Gewerbe ja auch nicht völlig unpassend."

Irmi schnaubt wie ein Ochs.

„Dieses Gewerbe! Pah, jo wie hört sich denn des o? A Puff soll des wern, jawoll, a Puff!"

„Deine Freundinnen und du haben am Umzug ja kundgetan, was sie davon halten, ich glaube, ganz Dimmelwang weiß das jetzt. Wir müssen halt abwarten, was sich da tut."

„Also wenn der Xaver mi jemals in so am Dessous segn mog, nochad woaß er scho, wofür oder wogegn er stimmen muaß!"

Mit diesen Worten reißt sie mir das Papier aus der Hand und rauscht hinaus. Ist das nun wirklich verdächtig? Oder macht sich der Besitzer nur einen Spaß daraus, sein Etablissement so zu benennen?

Zurück an meinem Schreibtisch, den ich nach Essbarem durchsuche, weil mich langsam ein gar nicht mal so kleiner Hunger überkommt, suche ich noch einmal Herrn Hoffmanns Zusammenfassung über unseren Gesuchten. Wir suchen jemanden, der sich profilieren will, der auffallen möchte, den Nervenkitzel sucht. Na, den hatte er am Umzug ja definitiv.

Ich höre wieder die Tür. Es ist Hannes, der zwei Pizzakartons vor sich trägt.

„Ich dachte, du hast vielleicht Hunger", sagt er, als er mir einen herrlich duftenden Karton auf den Schreibtisch stellt.

„Oh, du bist ein Schatz, danke."

Gemeinsam essen wir unsere Pizzen. Ich berichte ihm, was heute hier schon los war – von den vielen Leuten in der Früh bis hin zu Irmis Verdacht.

„Aber du, so ganz abwegig finde ich das nicht. ‚Feuer und Flamme', das ist wirklich eine Provokation. Und wann soll dieser Laden fertig sein?"

„Das weiß ich gar nicht. Ich schätze mal nächstes Jahr irgendwann."

„Wo ist denn der Chef? Ich hab ihn noch gar nicht gesehen."

„Besucht Barbie", sage ich mit vollem Mund, und mein Blick

fällt auf die Uhr. Er ist schon fast zwei Stunden weg. „Vor einer Stunde wollte er wieder hier sein."

Wir lachen beide und denken wohl dasselbe. Gerade, als ich mir das letzte Stück Pizza in den Mund schiebe, geht wieder die Tür auf.

„Ah, das wird der Chef sein", vermutet Hannes und steht auf.

„Oh, hallo, was kann ich für dich tun?"

Er geht vor und ich blicke ihm neugierig nach. Vorne am Tresen steht ein Jugendlicher, den ich von irgendwoher kenne. Ich ignoriere den Schmerz in meinem Arm, der unbarmherzig in ihn schießt, als ich den Pizzakartondeckel schließe. Braucht ja nicht jeder sehen, dass wir hier Brotzeit machen.

Hannes scheint mit dem Jungen nicht so recht weiterzukommen, denn er dreht sich zu mir um und zuckt ratlos mit den Schultern. Ich gehe mal vor und schaue, ob ich helfen kann.

„Hi, na, was können wir für dich tun?"

Mit glasigem Blick schaut er mich an und schaut doch durch mich durch. Seine Augen wandern hinter uns, mir kommt es fast vor, als würde er etwas suchen.

„Hallo?", Hannes wedelt ihm mit der Hand vor dem Gesicht herum. „Ist mit dir alles o.k.?"

Jetzt lächelt der Junge und kommt zu uns hinter den Tresen.

„Äh, Moment mal, hier dürfen nur Befugte hin."

Hannes stellt sich vor ihn, aber er schiebt ihn einfach zur Seite und läuft zielstrebig nach hinten. Ungläubig starren wir ihm beide hinterher und wissen gar nicht so recht, was wir jetzt machen sollen. Er hat noch kein Wort mit uns gewechselt und scheint irgendwie ganz woanders mit seinen Gedanken zu sein.

„Was zum Teufel macht er denn da?", fragt Hannes mich leise.

„Ich habe keine Ahnung. Ui, schau mal, was er jetzt macht!"

Ich traue meinen Augen kaum. Der Jugendliche hat die Trommel, die immer noch bei uns steht, hochgehoben und kommt nun mit ihr im Arm auf uns zu.

„Ja sag mal, geht's dir noch gut?", ruft Hannes und stellt sich ihm wieder in den Weg.

Er versucht, ihm die Trommel abzunehmen, aber der Kerl hat sich so in sie eingekrallt, dass Hannes gar keine Chance hat, seinen Griff zu lockern.

„Moment mal", gehe ich dazu und lege dem Jungen die Hand auf den Arm.

„Sag uns doch einfach, was du mit der Trommel willst."

Ich schaue ihn eindringlich an und habe das Gefühl, dass er nicht mehr so ganz durch mich hindurchschaut. Ich schüttele ihn ein wenig und klatsche ihm vorsichtig auf die Wange.

„Hörst du, was ich sage?"

Vielleicht ist er ja taubstumm und kann mich wirklich nicht hören?

„Louisa, schau mal seine Pupillen an", raunt mir Hannes ins Ohr.

Jetzt sehe ich es auch. Sie sind stark geweitet.

„Der Kerl hat Drogen genommen."

„Das weiß ich auch. Aber warum will er dann die Trommel holen?"

Der Jugendliche schaut uns jetzt aufmerksam an und verfolgt unseren Dialog. Dann beugt er sich zu uns vor und schaut uns mit schief gelegtem Kopf an.

„Der Papa braucht doch seine Trommel wieder", sagt er mit kratziger Stimme.

„Was? Du bist Rudis Sohn? Wusste ich doch, dass ich dich irgendwoher kenne!", rufe ich triumphierend. „Aber dein Papa weiß doch, dass wir die Trommel noch brauchen."

Er lächelt uns an.

„Weiß ich nicht, ob der Papa das weiß."

„Wie heißt du überhaupt?"

„Ihr dürft Sammy zu mir sagen", sagt er großzügig.

„Auf alle Fälle möchte ich, dass du dich erst einmal hier hinsetzt."

Ich will ihn zu einem Stuhl führen, aber er winkt ab.

„Nö, ich mag mich gar nicht setzen. Weißt du, ich will nur die Trommel mitnehmen, dann bin ich auch schon wieder weg."

„Junge, das glaubst du ja wohl selbst nicht, dass wir dir ein Beweisstück mitgeben. Wenn wir wollen, können wir dich mit Gewalt hier festhalten, das ist dir schon klar, oder?", blafft Hannes ihn an.

Überrascht schaut er uns an.

„Aber ich will doch nur Papas Trommel holen."

„Sag mal, meinst du, wir sind doof, oder was? Man sieht doch zwölf Kilometer gegen den Wind, dass du Drogen intus hast. Also setz dich jetzt und wir nehmen dir Blut ab, ist das klar?"

Sammy fängt an zu lachen. Hannes drängt ihn auf den nächsten Stuhl und hält ihn fest.

„Los, wir brauchen Blut."

Ich eile davon und hole alles Nötige für den Drogentest. Mario Deutler kommt mir entgegen.

„Ah, Frau Städele, ich freue mich, ich soll Ihnen allen ganz liebe Grüße von Frau Frosch ausrichten, es geht ihr schon viel besser."

„Das freut mich. Wir haben da hinten einen Jugendlichen unter Drogeneinfluss, wenn Sie so nett wären und ihm das Blut abnehmen würden, mir tut nämlich mein Arm so weh."

„Wie bitte? Das ist ja ein Ding. Wo haben Sie denn den her?"

Er linst ums Eck und sieht Sammy, der immer noch die Trommel umklammert hält.

„Sie werden es nicht glauben, aber er ist hier hereinspaziert und wollte die Trommel holen. Er ist übrigens der Sohn von Herrn Blüml, dem die Trommel gehört."

„Nicht zu fassen. Und er will sie einfach mitnehmen?"

Ich starre Herrn Deutler an. Dann haue ich mir mit der flachen Hand auf die Stirn.

„Aber natürlich! Herr Deutler, er will nicht die Trommel, er will das Geld holen! Er hat das Geld darin versteckt oder weiß, dass das Geld in der Trommel war!"

Ich stürze zu Sammy und Hannes. Mein Herz klopft und ich versuche mich zu konzentrieren. Mit welcher Taktik bekomme ich am meisten aus diesem bekifften Jungen raus?

„So, Sammy, hör mir mal zu", beginne ich, unsicher, was ich sagen soll. Wieder sieht er mich neugierig mit schief gelegtem Kopf an.

„Ich bin gestern beim Umzug mitgelaufen, gleich hinter deinem Papa. Und soll ich dir was sagen? Die ganze Zeit habe ich mir gedacht, dass sich heute irgendetwas anders anhört als sonst."

Ich sehe, wie Herr Deutler und Hannes sich fragende Blicke zuwerfen.

„Ich bin dann auch drauf gekommen, an was das lag. Es war die Trommel von deinem Papa. Sie hat sich anders angehört als sonst. Weißt du, woran das gelegen hat?"

Ich komme mir vor wie eine Grundschullehrerin, die einem Erstklässler etwas völlig Offensichtliches entlocken will. Aber Sammy verhält sich nun mal auch nicht gerade so, wie man es von einem Kerl in seinem Alter erwarten würde. Er nähert sein Gesicht dem meinen und hält mir einen Zeigefinger an die Schläfe.

„Soll ich dir das wirklich verraten? Aber das ist doch ein Geheimnis."

„Ich wüsste es wirklich gern. Weißt du, wir haben so viel geprobt für den Umzug, ich denke, ich habe ein Recht darauf zu wissen, warum es sich so komisch angehört hat.“

Er scheint angestrengt nachzudenken, dann lacht er.

„Mensch, guck doch mal rein in die Trommel!“

Bingo, ich habe ihn!

„Warum soll ich denn in die Trommel reingucken?“

„Na, da ist jede Menge Geld drin!“

Er muss jetzt so sehr lachen, dass er sich den Bauch halten muss und die Trommel los lässt. Zufrieden schaue ich zu meinem Chef und Hannes.

„Sag mal, Sammy“, ich nehme seinen Kopf zwischen meine Hände und beiße die Zähne zusammen, weil mein Arm höllisch brennt.

„Du hast nicht zufällig eine Klausenmaske? Du weißt schon, so eine mit Zotteln dran, die so richtig unheimlich aussieht?“

Er blinzelt und ich hoffe, er bleibt weiterhin so redselig.

„Ich? Nein! Der Benny hat so eine. Der sieht wirklich lustig mit ihr aus. Die ganzen Mädels haben schreckliche Angst, wenn der maskierte Benny kommt und sie holen will.“

Seine Augen sind riesengroß. Er könnte gerade gut und gerne als Gruselgeschichtenerzähler durchgehen.

„Welchen Benny meinst du denn?“

„Na, den Benny Schimke, das ist mein bester Kumpel.“

Ich sehe aus den Augenwinkeln, dass Hannes Notizen aufnimmt.

„So, der Benny. Hat der öfter diese Maske auf?“

„Nö, nur am Nikolaustag, beim Klausentreiben.“

„Und sonst nicht?“

„Da musst du ihn schon selber fragen.“

Plötzlich schlägt er mir mit der Faust ins Gesicht, schnappt sich die Trommel und will nach draußen rennen. Ich sehe für einen Moment nur Sterne, und meine Nase fühlt sich an, als wäre sie gebrochen. Warmes Blut sprudelt aus ihr heraus, er hat mich volle Breitseite erwischt.

Ich höre wie Herr Deutler und Hannes ihm nachsetzen und kurz darauf sitzt Sammy schon wieder neben mir. Hannes bringt mir einen Eisbeutel und Taschentücher, mit denen ich versuche, die Blutung zu stoppen.

„Das war aber nicht nett von dir", näsele ich mit in den Nacken gelegtem Kopf.

Da fängt Sammy zu weinen an. Was heißt weinen? Er heult wie ein Schlosshund. Ich habe das Gefühl, er kommt langsam wieder zu sich, registriert, in was für eine Lage er sich bugsiert hat.

„Sie werden doch meinen Eltern nichts sagen, oder?", flehend schaut er Herrn Deutler an.

„Aber natürlich! Junge, gehe ich richtig in der Annahme, dass du die Bank ausgeraubt hast?"

Jetzt ist Sammy nur noch ein Häuflein Elend.

„Stimmt das?", brüllt der Deutler.

„Also, wie soll ich dir das jetzt erklären", Sammy legt die Stirn in Falten und sieht wirklich so aus als würde er angestrengt nachdenken.

„Du sollst mir nichts erklären, du sollst gestehen!"

Mario Deutler ist jetzt schon knallrot und bedrohlich nah an Sammy dran.

„Aber ich war's ja gar nicht."

Perplex starrt der Deutler ihn an.

„Wie, du warst es gar nicht? Aber wer war es denn dann?"

„Hm, das darf ich dir, glaub ich, nicht verraten."

Hannes, der sich bislang doch ziemlich diskret im Hintergrund gehalten hat, schießt hervor, packt Sammy am Kragen, reißt ihn vom Stuhl hoch und drückt ihn gegen die Mauer hinter ihm.

„So, mein Freundchen, jetzt hörst du mir mal zu. Ich werde dir jetzt deine Haare abschneiden und einen Drogentest veranlassen. Dabei wird rauskommen, dass du seit Monaten Drogen konsumierst. Wir werden deine DNA mit der abgleichen, die wir in der Bank gefunden haben und werden herausfinden, dass du da warst. Wir werden Speichelproben von all deinen Freunden nehmen und euch alle drankriegen. Das alles wird sehr viel Staub aufwirbeln und jeder hier in Dimmelwang wird Bescheid wissen. Deine Eltern werden sich weder beim Metzger noch beim Bäcker noch im Café Breitschuh noch irgendwo sonst blicken lassen können. Hast du eine Ahnung, was das bedeuten wird? Es wird der Horror für eure Familien. Wenn du uns sagst, wer dabei war, habt ihr eine Chance, dass alles im Stillen geregelt wird. IST DIR DAS KLAR?“

Uiuiui, so kenne ich Hannes gar nicht. Aber es scheint zu wirken. Sammy will Hannes' Hand von seiner Jacke pflücken, aber Hannes' Griff ist eisenhart. Nur widerwillig lässt er los, als Herr Deutler ihm von hinten die Hand auf die Schulter legt.

„Lassen Sie ihn.“

„Wie kann man nur als Jugendlicher auf die Idee kommen die Bank auszurauben?“

Hannes dreht sich verachtungsvoll weg und ich kann endlich wieder geradeaus schauen, weil die Blutung nachlässt.

„Aber, ey, schau mal, das war echt nur eine Notlösung“, windet sich Sammy.

„EINE NOTLÖSUNG?“, brüllt ihn Hannes an.

„Mann, es war nicht mal meine Idee. Ja echt!“, betont er noch, als wir alle ihn ungläubig anschauen.

„Na gut, wessen Idee war es denn dann?", frage ich und meine Stimme hört sich wegen der blutverkrusteter Nase ziemlich nach Ente an.

„Du, ich glaube, meine Kumpels sind jetzt nicht so happy, wenn ich ihre Namen ausplaudere."

„Das ist mir gelinde gesagt scheißegal!", fährt Hannes mit hoch erhobenem Zeigefinger herum. „Du wirst mir jetzt sofort ein paar Namen nennen, haben wir uns verstanden?"

Sammy scheint mit sich zu ringen.

„SOFORT!"

„Ja, ist ja gut."

„Wie viele wart ihr bei dem Raub?"

„Nur drei."

„Ach, nur drei, na, da bin ich ja beruhigt. Gut, dieser Benny, du und wer noch?"

„Benny? Ja, stimmt. Der hat erst mal die Kamera angesprüht. Die Maske hat ihn voll gejuckt. Er hatte einen richtigen Ausschlag."

Sammy kichert.

„Gut, ich sehe, du zeigst dich kooperativ. Das wird dir zugute kommen. Wer war noch dabei? Einer fehlt noch."

„Na, die Idee hatte eigentlich Leo."

„Du meinst doch nicht Leopold Schmitz?"

„Ja, genau den. Seine Schwester hat gekniffen. Aber sie hat uns wenigstens nicht verpetzt."

Also doch! Ich wusste doch gleich, dass mit dem was nicht stimmt!

„Wie lange habt ihr denn den Raub schon geplant?"

Sammy lacht. „Ich glaube, wir haben das gar nicht geplant. Das war eher eine Spontanaktion. An Silvester war das. Wir haben gechillt, und dann kam Leo auf die Idee. Coole Sache."

„Coole Sache?", fragt Mario Deutler ironisch.

„Ja, irgendwie war alles da. Die Maske, das Spray, das Gas, die Lunte, ein großer Koffer für das Geld …"

„Apropos Geld. Wie ist das eigentlich in die Trommel gekommen?"

„Ey, das war ich!", sagt Sammy stolz.

„So, du hast also das Geld in der Trommel versteckt?"

„Klar. Das Versteck war bombensicher."

Ihm scheint etwas aufzugehen.

„Na gut, so sicher war es ja dann doch nicht."

Ich lächle ihn an.

„Nein, dein Papa ist doch nicht doof."

„Ne, ist er nicht."

„Sammy, du weißt doch, dass das jetzt ganz erhebliche Folgen für euch haben wird?", belehrt ihn Mario Deutler. „Ganz zu schweigen von den Strafen, die ihr für die Brandstiftung erhalten werdet."

Auf einen Schlag scheint Sammy hellwach zu sein.

„Mit den Bränden haben wir nichts zu tun!"

Wir drei schauen uns an. Ich glaube ihm sofort, so wie ihn die Anschuldigung aus seinem Drogenrausch aufgeweckt hat. Hannes mustert ihn skeptisch, und Herr Deutler scheint hin- und hergerissen zu sein.

„Wirklich, wir haben nichts angezündet. Der Bankraub, das war so eine, na ja, so eine Schnapsidee. Aber dann war es schon passiert und wir hatten das Geld, und Sie würden es doch auch nicht mehr hergeben, wenn Sie es schon haben."

„Ach, sieh an, du kannst uns ja siezen!"

„Bitte, glauben Sie mir, es tut mir wirklich leid. Ich will nicht in den Knast, wirklich nicht!"

Fast flehend sieht er von einem zum anderen.

„Du wirst auf alle Fälle dem Jugendrichter vorgeführt werden. Und deine feinen Freunde auch. Herr Grünecker, wenn Sie sich bitte um die anderen beiden kümmern würden, ja? Und nehmen Sie Herrn Lausser mit."

„Selbstverständlich, Chef. Ich fahre sofort los."

Hannes wirbelt hinaus. Kaum ist die Tür hinter ihm zugefallen, da wird sie schon wieder aufgerissen.

„Ich bräuchte bitte noch die Adressen der beiden", sagt er kleinlaut.

Während wir auf Hannes und Harald warten, nutze ich die Gelegenheit, mir erst einmal die Nase zu säubern. Ich werde hier noch zum Invaliden! Sammy, der richtig Samuel Blüml heißt, sitzt mit hinter dem Rücken gefesselten Händen auf seinem Stuhl. Ziemlich angesäuert setze ich mich vor ihm.

„Sag mal, was meintest du vorhin damit, dass es eine Notlösung war, die Bank auszurauben?"

Er legt den Kopf schief und schaut mich ziemlich begriffsstutzig an.

„Habe ich das gesagt?"

„Ja, hast du. Also, was meintest du damit?"

„Ach, Sie wissen schon, als Teenie hat man doch nie Kohle."

„Na gut, ich sage dir mal was. Als du gerade vorhin hier hereingekommen bist, da konnten wir kilometerweit und durch den ganzen Schnee durch riechen, dass du auf Drogen warst. Also, sag schon, ihr habt das Geld für Drogen gebraucht, oder?"

„Ach verdammt, ja, wir kiffen ab und zu. Aber wirklich nicht viel."

„Das hab ich gemerkt. Und woher habt ihr das Zeug?"

„Das weiß ich nicht so genau."

„Wie meinst du das?“

„Na, da ist so ein Typ, der legt uns was hin, wenn wir ihm da Geld hinlegen.“

„Und wo legt ihr das hin?“

Meine Güte, dem Jungen muss man wirklich alles aus der Nase ziehen!

„Na, da beim Parkplatz.“

„Beim Pendlerparkplatz?“

Es gibt am nördlichen Ende von Dimmelwang einen etwas größeren Parkplatz, der eigentlich nur ein Stück Wiese ist, auf dem Pendler sich treffen, um gemeinsam zum Bahnhof oder sonst wohin zu fahren.

„Aha und da habt ihr eine Stelle, an der praktisch der Übergabepunkt ist.“

„Kann man so sagen, ja.“

Jetzt wird mir einiges klar. Dorthin waren Leopold und Jenny an Weihnachten unterwegs! Deswegen sind sie den Umweg über die Weidgasse gelaufen.

„Und ihr habt den Typ noch nie gesehen?“

„Noch nie.“

„Wie kommt ihr dann überhaupt darauf?“

Er schaut mich nachdenklich an.

„Das weiß ich gar nicht so genau. Leo hat gewusst, dass man da was kaufen kann.“

„Na gut. Wie lang geht das denn schon?“

„Puh, da muss ich jetzt überlegen.“

Sammy schließt die Augen. Dann grinst er.

„Müsste so Oktober gewesen sein. Ich hatte grad mit Simone Schluss gemacht.“

„Aha. Ein genaueres Datum weißt du nicht?“

„Ja, so Mitte Oktober."

„Wer hat denn alles mitgemacht?"

„Nur wir drei."

„Bist du dir sicher?"

„Klar. Wir haben immer abwechselnd das Geld hingebracht und die Drogen mitgenommen."

Ich denke an die Jungs vom Faschingsball.

„Und du weißt auch nicht, ob euer Dealer hier noch mehrere Kunden hat?"

„Keine Ahnung. Wirklich", setzt er noch hinzu, als er meinen misstrauischen Blick sieht.

Mitten in unser Gespräch platzt Hannes. Er hat Leopold im Schlepptau.

„Wir bringen ihn in die Zelle, damit die beiden sich nicht absprechen."

Leopold wirft mir bitterböse Blicke zu. Es scheint mir so, als wäre er hier der Drahtzieher. Ich folge den beiden.

Hannes drückt Leopold aufs Bett. Da sitzt er jetzt mit hoch erhobenem Kopf.

„Ich habe keine Ahnung, was Sie von mir wollen", giftet er uns an.

„Leugnen ist zwecklos. Wir wissen bereits alles", erwidert Hannes betont lässig.

Ein Hauch von Unsicherheit ist in Leopolds Augen zu erkennen, aber er fängt sich schnell wieder.

„Ich habe nichts getan, und Sie können mir deswegen auch nichts nachweisen."

„Und ob wir das können. Wir brauchen nur eine Speichelprobe von dir. Oder noch besser eine Haarprobe."

„Gar nichts werden Sie von mir bekommen."

Theatralisch dreht er sich weg. Hannes und ich seufzen gleichzeitig und müssen darüber lachen.

„Was lachen Sie jetzt? Lachen Sie mich aus?"

„Hey, immer schön cool bleiben", beruhigt ihn Hannes. Wir verlassen die Zelle, sperren zu und ignorieren seine Rufe.

„Gut, ich fahre dann mal diesen Benny suchen. Hoffentlich ist er zu Hause. Aber was sollte ein Jugendlicher in den Ferien sonst machen außer lang ausschlafen?"

Ich schaue auf die Uhr.

„Da würde er aber lang schlafen, es ist schon nach drei!"

„Und du gehst jetzt mal zum Arzt, hast du mich verstanden?"

„Ja, ja, ich geh schon", murmle ich Hannes hinterher, der schon aus dem Revier eilt.

Durch meinen Arm schießen immer wieder Stiche, die ich tapfer ignoriere, aber je mehr ich mich jetzt darauf konzentriere, desto mehr tut er weh. Na gut, dann werde ich jetzt eben zum Arzt gehen.

„Herr Deutler", ich klopfe an seine Tür, die offen steht.

Er sitzt völlig in Gedanken versunken an seinem Schreibtisch und dreht einen Stift zwischen den Fingern.

„Ach, Frau Städele, was gibt es denn?", fragt er abwesend.

„Ich wollte nur Bescheid geben, dass ich jetzt zum Arzt gehe. Ist das in Ordnung?"

„Was? Ach so. Ja, natürlich. Gehen Sie ruhig."

Er schaut wieder auf seinen Stift.

„Herr Deutler, stimmt etwas nicht mit Ihnen?", frage ich vorsichtig.

Er sieht mich eine Weile an, und gerade als ich wieder etwas sagen will, sagt er: „Frau Städele, Sie sind doch eine Frau. Können Sie mir sagen, warum manche Frauen es nicht sehen, wenn der Richtige vor ihnen steht?"

Ach du meine Güte, was ist denn heute mit dem Chef los?

„Äh, nun ja, das ist aber auch schwierig zu beurteilen, ob einer der Richtige ist …“, antworte ich vage.

„Aber sie muss doch sehen, dass er der Falsche ist.“

Jetzt redet er mehr zu sich selbst als zu mir. Ich möchte mich aus der Affäre ziehen und deute auf meinen Arm.

„Der tut wirklich ziemlich weh. Ich fahre dann mal, ja?“

„Frau Städele, bitte schauen Sie doch noch bei Frau Frosch vorbei und bringen Sie ihr ein paar Blumen mit, ja? Würden Sie das für mich tun?“

Er kramt in der Hosentasche nach seinem Geldbeutel und zieht einen zerknitterten Zwanziger heraus.

„Nehmen Sie etwas Fröhliches, etwas Buntes. Einfach etwas, was sie aufheitert, ja, machen Sie das?“

„Na klar. Bis nachher.“

Schnell ziehe ich mich zurück und verlasse das Revier. Der Deutler ist ja so was von liebeskrank, das ist ja kaum noch auszuhalten. Und dabei passen Joachim und Larissa doch so wunderbar zueinander. Nicht ohne Neid habe ich gesehen, wie sie sich immer wieder verliebte Blicke zugeworfen haben, sei es nun, als sie bei uns zum Fondue-Essen waren oder beim Herrichten des Umzugswagens oder auch beim Umzug selbst, natürlich noch vor der Katastrophe.

Nach einem kurzen Zwischenstopp beim Blumenladen stehe ich endlich vor der Arztpraxis.

Eine gute Stunde später bin ich fertig, mein Arm ist fachgerecht desinfiziert und verbunden, und ich bin für die nächsten zwei Wochen krank geschrieben. Ich darf den Arm nicht belasten und muss mich schonen. Das passt mir ja gar nicht in den Kram. Am besten erwähne ich das auf der Wache erst gar nicht. Mir fällt mein

Auftrag wieder ein und ich fahre zum Krankenhaus, obwohl der Arzt mir verboten hat, Auto zu fahren.

„Hiiiii“, kreischt mir Larissa entgegen, kaum dass ich die Tür geöffnet habe.

„Larissa, servus, wie geht es dir?“

Sie langt sich theatralisch an den Kopf, den ein Verband ziert.

„Ach du, es wird schon. Ich habe ein Nickerchen gemacht und jetzt habe ich zum ersten Mal keine Kopfschmerzen mehr.“

„Das freut mich. Schau mal, was ich dir mitgebracht habe“, ich ziehe hinter meinem Rücken den Blumenstrauß hervor.

„Ach, wie nett!“, quietscht sie und reißt ihn mir aus der Hand. „Rote und gelbe Rosen, wie schön. Ach, Joachim ist so süß.“

„Der ist nicht von Joachim.“

„Was? Ist er nicht?“

„Er ist vom Chef. Mit den besten Grüßen an dich.“

Ein Hauch von Enttäuschung huscht über ihr Gesicht.

„Oh, das ist natürlich auch nett. Aber er war doch vorher erst da und hat mir Pralinen gebracht.“

Sie deutet auf ihren Nachttisch, auf dem drei Packungen teuer aussehender Pralinen stehen.

„Larissa, der Chef mag dich wirklich und ihm ist sehr daran gelegen, dass du wieder auf die Füße kommst. Und bis dahin möchte er einfach, dass es dir gut geht.“

Ich verschweige ihr wohlweislich, dass er schwer verliebt in sie ist.

„Wie lang musst du denn noch hier bleiben?“, lenke ich das Gespräch in eine andere Richtung. Jetzt strahlt sie mich an.

„Der Arzt vorhin meinte, ich kann Ende der Woche wieder nach Hause. Ich muss mich nur viel ausruhen. Ich freue mich schon, wenn ich das nachher Joachim erzähle. Da wird er bestimmt staunen. Er ist sehr besorgt um mich, weißt du."

Das glaube ich gern.

„Ich muss mich auch schonen", lächle ich sie schwach an und zeige auf meinen Arm.

„Um Himmels Willen, Louisa, was ist denn mit dir passiert?"

Ich erzähle ihr alles, und sie schlägt die Hände vors Gesicht.

„Habt ihr denn schon eine Spur?"

Kurz berichte ich ihr von den Jugendlichen und ihren Machenschaften. Sie kommt aus dem Staunen nicht heraus.

„Und die haben wirklich nichts mit den Bränden zu tun?", fragt sie ungläubig.

Ich zucke mit den Schultern.

„Ich glaube nicht, aber zu hundert Prozent wissen wir es natürlich nicht. Aber dieser Sammy hat sofort alle Schuld von sich gewiesen, als es um die Brände ging."

Es klopft an der Tür. Dann steckt Joachim seinen Kopf herein.

„Hallo mein Schatz!"

Sein Kopf verschwindet wieder, dann winkt ein großer rosaroter Teddybär mit der Pfote, und Joachim grinst dahinter hervor.

„Ich dachte, der könnte dich aufmuntern."

„Oooooooh, Joachim! Du bist ein Goldstück! Der Bär ist ja süüüüüß."

Ich muss mich beherrschen, mir bei dem Gekreische nicht die Ohren zuzuhalten. Joachim stürmt auf Larissas Bett zu, umarmt sie und küsst sie zärtlich auf den Mund.

Neugierig beobachte ich die Schneeflocken, die draußen am Fenster vorbei wirbeln. Bei dem Geknutsche mag ich nicht zuschauen.

„Oh, Louisa!" Joachim scheint auf mich aufmerksam geworden zu sein. „Hallo, ich habe dich gar nicht gesehen."

„Ich saß ja auch nur hier am Bett“, werfe ich sarkastisch ein, doch er hat nur Augen für Larissa.

Und da ich merke, wann ich überflüssig bin, verabschiede ich mich schnell und flüchte aus dem Zimmer. Was der Deutler nur an ihr findet? Ich muss ihm sagen, dass er seine Hoffnungen begraben muss, so leid es mir tut.

Wie versprochen mache ich noch einen Abstecher auf die Wache. Mittlerweile hat Hannes Benny Schimke ausfindig gemacht und ihn ebenfalls in Gewahrsam genommen. Gerade ist er dabei, seine Aussagen zu protokollieren. Benny ist ein unscheinbarer Junge mit wahnsinnig vielen Sommersprossen im Gesicht. Er entspricht nicht gerade meinem Bild eines typischen Bankräubers. Seine Stimme ist leise und zaghaft, sein Blick scheu. Ich ziehe mich wieder zurück, ich glaube meine Anwesenheit macht ihn nur noch unsicherer.

„Ah, Frau Städele“, Mario Deutler fängt mich direkt vor der Tür ab. „Waren Sie bei Frau Frosch? Wie geht es ihr denn?“

„Ich glaube, es geht ihr nicht viel anders als heute Vormittag“, antworte ich spitz.

„Wie? Ach so, ja natürlich, ich war ja vorhin schon bei ihr. Meinen Sie, ich könnte sie noch einmal besuchen? Nachher hätte ich Zeit.“

„Herr Deutler, wenn Sie meine ehrliche Meinung wissen möchten: nein. Joachim ist gerade bei ihr, da hatte ich schon das Gefühl, ich störe, ich weiß nicht, wie es Ihnen da so ergehen wird. Sie können ja morgen wieder bei ihr vorbeischauen.“

Die Enttäuschung ist ihm vom Gesicht abzulesen.

„Hat sich vielleicht Herr Wolters gemeldet?“, lenke ich das Gespräch in eine andere Richtung.

„Herr Wolters.... Ach ja, der Herr, dem die Kanister aufgefallen sind. Ja, er hat sich tatsächlich gemeldet."

„Ja und?"

„Ich habe ihm gesagt, er soll hier vorbeikommen, wenn er zurück ist."

Ich beiße mir auf die Lippen. Ich hatte mir mehr erhofft. Ich habe so eine Ahnung, dass Herr Wolters mehr weiß als er uns gesagt hat. Und ich wüsste wahnsinnig gern, was das ist.

„Ich versuche es noch mal bei ihm."

„Machen Sie, was Sie nicht lassen können. Er hat gemeint, er kommt am Samstag zurück."

Ich seufze. Das sind noch fünf Tage. Ich wähle seine Nummer. Es tutet lange.

„Wolters", meldet er sich schließlich energisch.

„Herr Wolters, ich grüße Sie, Städele hier von der Polizeiinspektion Dimmelwang."

„Ah, Frau Städele, habe die Ehre. Ich habe doch vorhin bereits Ihren Kollegen zurückgerufen."

„Das war mein Chef, um genau zu sein. Herr Wolters, ich habe gehört, Sie kommen erst am Samstag wieder zurück."

„Stimmt genau. Wir haben hier ein super Hotel, das ist der Hammer."

„Nun ja, ich hätte noch ein paar Fragen an Sie."

„Schießen Sie los."

„Ist Ihnen wirklich keine Person aufgefallen, die sich in der Nähe der Kanister herumgetrieben hat?"

„Das habe ich Ihnen doch schon gesagt."

„Ja, aber vielleicht war ja jemand völlig Unauffälliges in der Nähe, den Sie mit Brandstiftung gar nicht in Verbindung bringen würden."

„Sie meinen so was wie eine alte Dame mit grauem Wollmantel, ihrem Dackel und einer Spiritusflasche unterm Arm?“

„Ja, genau so jemanden“, sage ich aufgeregt.

„Nein, tut mir leid, habe ich nicht gesehen.“

„Herr Wolters, veräppeln Sie mich bitte nicht, das ist eine ernste Angelegenheit. Sie sind doch ziemlich lange hin und her gefahren, stimmt's?“

„Ja, schon.“

„Und da war nirgendwo ein Mensch zu sehen? Das finde ich schon ungewöhnlich.“

Schweigen.

„Herr Wolters, bitte sagen Sie mir, wenn Sie etwas gesehen haben, es könnte uns wirklich weiterbringen.“

„Ich überlege gerade.“

Ich warte.

„Es kann schon sein, dass da jemand unterwegs war, aber ich weiß beim besten Willen nicht mehr, wie die ausgesehen haben“, druckst er herum. „Bitte entschuldigen Sie mich, aber ich möchte meine Mädels nicht länger warten lassen. Ich komme vorbei, sobald ich wieder im Lande bin.“

Ich will noch etwas erwidern, aber er hat schon aufgelegt. Kann ich ihm nun glauben? Aber bevor ich weiter überlegen kann, wirbelt mein Chef herein.

„Frau Städele, jetzt hab ich gar nicht gefragt, wie es Ihnen geht. Was macht denn Ihr Arm?“

Einen ganz kurzen Moment erwäge ich ihn vollzujammern, denn mein Arm tut höllisch weh.

Aber meine Tapferkeit siegt und ich sage: „Ach, ist doch nur ein Kratzer!“

„Gut, das höre ich gern. Haben Sie Herrn Wolters erreicht?“

Ich berichte ihm kurz und knapp von unserem Gespräch und meinen Zweifeln.

„Tja, Näheres erfahren wir wohl erst, wenn er wieder da ist. Sie möchten jetzt aber bestimmt nach Hause, Ihren Arm ein bisschen ausruhen, auch wenn es nur ein Kratzer ist."

Er schaut auf die Uhr.

„Dann sollen morgen Herr Grünecker und Herr Lausser die ganzen Jugendlichen, die wir hier beherbergen, dem Jugendrichter vorführen."

Er zwinkert mir zu, und ich nehme sein Angebot dankbar an.

Auf dem Nachhauseweg erreicht mich eine SMS von Barbie.

„Hallöchen! Louisa, ich bin schrecklich aufgeregt. Joachim hat eine Überraschung für mich geplant, sobald ich das KH verlasse. Ist das nicht supi?! ;-) Larissa"

Warum kann sie so etwas nicht einfach für sich behalten? Was interessiert es mich denn, was Joachim mit ihr vor hat, wenn sie wieder zu Hause ist? Ich verzichte darauf zu antworten und stapfe missmutig durch die Kälte und Dunkelheit nach Hause. Daheim umfängt mich sofort ein herrlicher Kuchenduft.

„Eva, das riecht ja toll", rufe ich in Richtung Küche und sehe nicht meine Schwester, sondern Harald, den Kopf durch die Tür stecken.

„Oh, danke, wir dachten, wir backen einen Schokokuchen."

Ich will es ja nicht zugeben, aber ich sehne mich nach den Zeiten zurück, als ich wusste, was mich zu Hause erwartet. Und das war definitiv kein Mann.

„Tanteeeeee", Jasmin kommt angestürmt und drückt mich ganz fest mit ihren dünnen Ärmchen. „Komm mit, kommt mit, die Fanzi is da!"

Sie zerrt mich ins Wohnzimmer. Da sitzen Eva, Sabine, Franziska und mittlerweile auch Harald mit Rebecca auf dem Schoß um den Tisch.

„Oh, hallo."

„Och, Louisa, na endlich biste da. Komm, setz dich doch, der Kuchen is echt lecker."

Sabine klopft einladend auf den Platz neben sich. Warum nur wundert es mich nicht, dass da noch keiner sitzt?

„Ach du, lass gut sein, ich glaube, ich lege mich oben hin, mein Arm tut mir weh …"

„Papperlapapp, wir ham den Kuchen extra für dich jebacken", grinst mich Sabine an.

Eva wirft mir einen Blick zu, der mich allein schon zwingt, den von Sabine angebotenen Platz einzunehmen. Artig setze ich mich. Harald schneidet mir ein großes Stück von dem wirklich lecker aussehenden Schokoladenkuchen herunter und nimmt sich selber gleich auch noch eines. Es war nicht gelogen, mein Arm schmerzt in der Tat ziemlich und mit Müh und Not kann ich der Unterhaltung folgen, die sich zwischen Eva und Sabine entspinnt.

„Weeste, ich kuck jetzt ooch immer zweemal ums Haus, ob da auch ja nischt brennt. Man kann nich vorsichtich jenug sein."

„Da hast du leider Recht", stimmt Eva zu. „Ich bin froh, wenn dieser Typ endlich gefasst ist. Harald, was meinst du, wann schnappt ihr den denn mal?"

„Wenn das so einfach wäre, hätten wir ihn vermutlich schon lange. Wir geben unser Bestes, stimmt's nicht, Louisa?"

„Natürlich tun wir das. Wir werden ihn schon kriegen."

Langsam glaube ich selber nicht mehr an meine Worte. Meine Hoffnung ist ja, dass doch die Jugendlichen dahinter stecken und es nur noch nicht zugeben wollen. Ich denke über Sammy nach, auch darüber, was Rudi wohl zu seinem Sohn sagen wird. Was würde ich denn in so einem Fall zu meinem Kind sagen? Rudi, dieser grundehrliche Kerl, hat einen Sohn, der die hiesige Bank ausraubt. Es ist eigentlich unglaublich. Wortfetzen dringen in mein Bewusstsein vor.

„… so würde ich das auf alle Fälle machen."

„Was hast du gesagt?"

Sabine sieht mich überrascht an.

„Ich?"

„Ja, du. Du hast doch gerade etwas gesagt, was du so machen würdest."

„Ach so. Na, wenn ich wüsste, wer der Feuerteufel is, dann würde ich den erpressen und mir so 'nen Batzen Geld zur Seete schaffen."

Ich springe auf.

„Was haste denn?"

Alle schauen mich völlig perplex an.

„Nichts, ich muss nur schnell mal noch weg."

„Aber wo willst du denn hin? Es ist doch schon Abend."

Eva stellt sich mir in den Weg.

„Ich bin in einer halben Stunde wieder da. Versprochen", setze ich noch hinzu, als ich ihren zweifelnden Blick sehe.

„Was hat se denn?"

„Ich habe keine Ahnung."

Mehr höre ich schon nicht mehr.

Eisiger Wind umfängt mich, als ich vor die Haustüre trete. Ich stapfe in Richtung Wache. Das könnte es sein! Die ganze Zeit habe ich mir schon gedacht, dass Herr Wolters vielleicht mehr weiß als er uns sagt. Könnte es nicht sein, dass er versucht, den Brandstifter zu erpressen? Es ist mehr als wahrscheinlich, dass er irgendetwas oder irgendjemanden gesehen hat. Auf dem Revier treffe ich Hannes, der mir entnervt entgegenkommt.

„Was machst du denn hier? Ich dachte, du bist daheim?"

„Da war ich auch."

Kurz erläutere ich ihm meine Vermutung.

„Das kann natürlich schon sein. Mensch, Louisa, das wär's ja, wenn er den Täter kennt, dann haben wir ihn!"

„Es ist eine reine Vermutung, aber als ich das mit der Erpressung gehört habe, da hat es Klick gemacht. Ich glaube, wir sind auf einer guten Spur. Ich rufe gleich mal bei Herrn Wolters an."

Minutenlang lasse ich es klingeln. Er hat offenbar seine Mailbox ausgeschalten, aber er nimmt auch nicht ab.

„Ich schreib mir die Nummer ab und versuche es immer wieder mal. Ich muss ihn unbedingt erreichen."

„Ist gut. Ich habe gleich Feierabend und morgen muss ich die Jungs zum Richter bringen."

„Stimmt. Gut, dann kümmere ich mich um Herrn Wolters."

Ich hätte ja nie im Leben gedacht, dass mich Sabine jemals auf so eine gute Idee bringen würde. Da sieht man wieder mal, man sollte keine Vorurteile haben!

Dimmelwang, Dienstag, 17. Februar

Ich träume, dass mein Handy klingelt. Ich gehe ran, aber es klingelt einfach weiter. Irgendwann realisiere ich, dass das gar kein Traum ist. Vom Schlaf noch völlig benommen lange ich zu meinem Nachtkästchen rüber und taste nach meinem Handy. Ich bekomme meine Augen noch gar nicht richtig auf, aber irgendwie schaffe ich es doch, abzuheben.

„Hm, ja?", murmle ich.

„Louisaaaaa, bist du es?"

Ach du Schreck, es ist Larissa, die mir so ins Ohr quäkt.

„Ja, ich bin's."

Was für eine doofe Frage, wenn sie doch meine Nummer gewählt hat!

„Was willst du denn so früh von mir?"

Mein Radiowecker zeigt kurz nach sechs Uhr an.

„Ich sterbe hier vor Langeweile. Und ich erreiche Joachim nicht."

„Aber das ist doch nicht mein Problem."

Ich drücke sie weg und mummel mich wieder in meine Decke ein. Da klingelt es schon wieder. Ich werfe mir mein Kissen über den Kopf und versuche dieses nervige Geräusch zu ignorieren. Ich stöhne auf und hangle mir mit den Fingerspitzen mein Handy wieder.

„Jaaaa?"

„Louisa, da war wohl gerade ein Funkloch, du warst auf einmal weg."

„Funkloch, genau."

„Na, jedenfalls wollte ich dich fragen, ob du mich besuchen kommst?"

„Nein, ich komme dich nicht besuchen."

„Ach, Louisa, mir ist wirklich schrecklich langweilig."

„Ich schlafe eigentlich noch."

„Aber wir reden doch miteinander."

„Larissa, bitte, ich liege im Bett und …"

„Du, was meinst du denn, welche Überraschung hat mein Schatz für mich?"

„Ich habe wirklich überhaupt keine Ahnung. Bitte Larissa, lass mich noch eine Stunde schlafen."

„Schaust du nachher bei mir vorbei?"

„Meinetwegen. Aber ich kann dir nicht versprechen, dass ich es vormittags schaffe, ja?"

„Du bist einfach ein Schatz! Bringst du mir mein Shampoo mit?"

Ich verdrehe die Augen.

„Welches Shampoo denn?"

„Du weißt doch, ich habe so empfindliche Haare und habe ein besonders pflegendes Shampoo von meiner Friseurin."

„Meine Güte, ich bring dir irgendeins mit. Im Krankenhaus musst du nicht so schön sein."

„Nein! Dann brauche ich wieder Wochen, bis sich meine Haare erholt haben. Bitte, ich habe dir doch mal meinen Wohnungsschlüssel für den Fall der Fälle gegeben."

Stimmt, mir dämmert da was.

„Aber ich kann doch nicht einfach in deine Wohnung gehen!"

„Aber warum denn nicht? Ich erlaube es dir ja. Bitte, mein Shampoo steht auf Augenhöhe in der Dusche. Es ist in einer blauen Flasche. Louisa, du bist doch meine beste Freundin, bitte mach das für mich, ja?"

Warum kann sie nicht Herrn Deutler fragen? Der ist doch immer ganz scharf drauf ihr zu helfen.

„Sag mal, darfst du dir überhaupt schon die Haare waschen? Ich dachte, sie haben dir eine Stelle am Kopf rasieren müssen?“

Kurzes betretenes Schweigen. Sie scheint nachzudenken.

„Da hast du Recht. Aber ich kann sie mir ja wenigstens untenrum waschen“, quiekt sie freudig.

Ich gebe mich geschlagen und willige ein.

„Also gut. Ich bring dir dein Shampoo.“

„Du bist die Beste! Würdest du es mir bitte jetzt bringen? Ich dusche gleich.“

Mühsam schäle ich mich aus meinem kuscheligen Bett und verfluche die neumodische Technologie. Dann verfluche ich mich selbst, dass ich mein Handy nicht ausgeschaltet oder wenigstens auf lautlos gestellt habe.

Wenn ich nur wüsste, wo ich Larissas Schlüssel hingelegt habe. Denn es stimmt, in einem Anflug von Panik, wer ihr denn nur helfen kann, wenn sie einmal ohnmächtig werden sollte und niemand einen Schlüssel zu ihrer Wohnung hat, hat sie mir ihren zweiten Schlüssel überlassen. Sobald ich Joachim sehe, werde ich ihn ihm übergeben. Wo kann er nur sein? An meinem Schlüsselbrett hängt er jedenfalls schon mal nicht. Und ich würde ihn bestimmt erkennen, denn ein rosa Fuchsschwänzchen hängt als Schlüsselanhänger daran.

Jetzt weiß ich, wo ich ihn zuletzt gesehen habe! Jasmin hat ihn Rebecca in den Laufstall gelegt, weil er so schön flauschig ist. Ich ziehe mich rasch an und eile nach unten. Mein Arm macht sich wieder bemerkbar, es fühlt sich an, als würden viele kleine Nadeln in ihn piksen. Ich muss verrückt sein, dass ich zu Larissa fahre und mir nicht etwas Ruhe gönne. Larissas Zweitschlüssel liegt tatsächlich in Rebeccas Laufstall. Ich bin so früh wach, dass noch niemand anderer im Hause wach ist, das erlebe ich sonst auch nicht.

Als ich im Auto sitze, fällt mir auf, dass ich zwar weiß, wo Larissa wohnt, ich aber noch nie in ihrer Wohnung war. Neugierig bin ich ja schon, wie es da so aussieht, aber ganz wohl ist mir bei der Sache auch nicht. Ich gehe nicht gern in eine fremde Wohnung, ohne dass der Bewohner dabei ist.

Larissas Wohnung ist nur ein paar Straßen vom Kindergarten entfernt. Nur wenige Leute sind unterwegs, kein Wunder bei der Uhrzeit. Ich schließe die Haustür auf und steige die Stufen bis in den zweiten Stock hinauf. Larissas Haustür ist unmöglich zu verfehlen. Ein riesiges „Herzlich Willkommen"-Schild prangt daran. Es ist lila mit rosa Schrift. Ich zögere. Mag ich wirklich sehen, wie es im Inneren aussieht, wenn schon das Äußere so krass ist? Ich hole tief Luft und sperre auf.

Der erste Eindruck ist eigentlich gar nicht so schlecht. Gut, wenn man das Regal mit den vielen Plüschtieren und den lebensgroßen Pappaufsteller von Johnny Depp mal außer Acht lässt, könnte zumindest der Eingangsbereich als relativ normal durchgehen. Natürlich hängt ein riesiger Spiegel gleich neben der Tür, aber das ist ja bei vielen Leuten so. Ich wage mich weiter vor. Wo könnte denn das Bad sein? Auf gut Glück öffne ich die erstbeste Tür und schließe sie auch gleich wieder. Das war wohl das Schlafzimmer. Wie hält Joachim das nur aus? Die rosa Bettwäsche muss doch auch im Dunkeln leuchten!

Nächste Tür. Bingo! Überrascht stelle ich fest, dass die Fliesen nicht rosa, sondern hellblau sind. Auf manchen kleben Post-Its mit wichtigen Informationen. „Gebrauchte Wattepads nie in den Müll unter dem Waschbecken", hängt da zum Beispiel oder „Bitte im Sitzen pinkeln". Alles klar, das sind Background-Infos für Joachim. Bei näherer Betrachtung scheint es mir, als hätte sich Joachim hier schon ziemlich häuslich eingerichtet. Auf einem kleinen Frisiertischchen, das ich in dieser Form nur aus alten Filmen kenne, ist längst nicht der ganze Platz von Damenutensilien belegt, sondern mehr als die Hälfte von Rasierschaum, After-Shaves, Männer-Deo, Eau de Toilette for Men und so weiter und so fort. Wie lange sind die beiden schon ein Paar? Zwei Monate? Vielleicht bin aber auch ich da nur so, dass ich einen Mann nicht sofort mein Bad oder mein Leben vereinnahmen lasse. Warum war ich noch einmal hier? Ach ja, das Shampoo für extra empfindliche Haare. In der Dusche werde ich fündig. Ich packe das wertvolle Shampoo in meine Tasche und schaue, dass ich hier wieder weg komme.

„Louisa, du bist ein Engel!"

Freudestrahlend nimmt Larissa ihr heiliges Shampoo entgegen und drückt es an ihre Brust.

„Ach du, ich habe ganz vergessen, dass du mir auch meinen roten BH hättest mitbringen können."

„Wozu das denn? Du sollst doch sowieso ruhig liegen."

Jetzt kichert sie ganz schelmisch.

„Ich glaube, ich möchte nicht wissen, warum du so lachst."

„Ich wollte gern mit Joachim ein paar Doktorspiele spielen", erklärt sie mir mit funkelnden Augen.

„Bitte, behalte das für dich."

„Oh, glaubst du, ihm gefällt das nicht?"

„Doch, bestimmt, aber was auch immer du mit Joachim anstellst, geht mich doch gar nichts an."

„Aber wenn ich es dir nicht erzählen kann, wem denn dann?"

Ich seufze.

„Ich muss jetzt wirklich los. Du bekommst bestimmt bald Besuch. Mach's gut!"

Sehr enttäuscht blickt sie mich von der Seite an.

„Na gut. Bis dann."

Ich kenne dieses Gesicht schon, deswegen kann ich guten Gewissens ihr Zimmer verlassen. Alles nur Mache und nichts dahinter.

Wenn ich schon mal da bin, kann ich ja genauso gut bei unseren drei Verletzten nachsehen. Als erstes frage ich nach Rolf Wengeners Zimmer. Ich bin mir nicht sicher, ob bei der ganzen Aufregung, die es in den letzten beiden Tagen gegeben hat, überhaupt schon einer meiner Kollegen bei ihm war. Das werde ich nun nachholen. Ich klopfe und lausche.

Nach einem leisen „Herein" trete ich ein. Rolf liegt wie ein Häuflein Elend im Bett.

„Louisa, schön, dass du mich besuchst."

Seine Stimme klingt kratzig.

„Wie geht es dir?"

„Ich habe eine üble Rippenprellung und kann mich kaum rühren. Das ist wirklich unangenehm."

„Darf ich mich zu dir setzen?"

„Nur zu."

„Rolf, ich möchte dich etwas fragen. Warum war es dir so wichtig, dass Udo Schropp dich sieht?"

Rolf verzieht das Gesicht.

„Eigentlich ist er allein schuld an der Misere."

„Wie meinst du das?"

Er legt den Kopf in den Nacken und starrt ein paar Sekunden an die Decke.

„Udo war mit mir in der Schule. Wir kennen uns schon eine Ewigkeit."

Er will sich aufrichten, zuckt aber zusammen und lässt sich wieder in die Kissen fallen.

„Aua, so eine Rippenprellung ist kein Spaß. Na jedenfalls hatte der Udo schon immer was gegen mich. Ich habe keine Ahnung, warum, aber er hat mir das Leben in der Schule an manchen Tagen regelrecht zur Hölle gemacht."

Ich habe Schwierigkeiten, mir das vorzustellen. Der kleine Herr Schropp und der stattliche Rolf?

„Ich will dir ja nicht zu nahe treten, aber konntest du dich nicht wehren? Herr Schropp ist doch viel kleiner als du", frage ich.

„Gegen die Rowdies, mit denen er immer rumgehangen ist, hatte ich überhaupt keine Chance. Und ich habe mir geschworen, dass ich es ihm zeigen werde. Irgendwann werde ich ihm seine Gemeinheiten heimzahlen."

Er ballt die Fäuste, und seine Mundwinkel verhärten sich.

„Aber was hat das mit dem Umzug zu tun?"

Er lacht ein freudloses Lachen.

„Es klingt vielleicht albern, aber es war wirklich eine Genugtuung für mich, als ich erfahren habe, dass seine heilige Filiale ausgeraubt worden ist. Und dann kam mir die Idee mit dem Wagen. Ich dachte, wenn ich da oben stehe und er sieht mich, dann kann ich ihm damit richtig eins reinwürgen."

„Oh ja, das hast du geschafft."

Ein Lächeln, dieses Mal ein echtes, wandert über sein geplagtes Gesicht.

„Ich weiß, es war kindisch. Aber ich wollte ihn da treffen, wo es weh tut. Und das ist nun einmal seine Bank."

Würde Rolf so weit gehen und den Hänger anzünden, nur damit er Herrn Schropp eins reinwürgen kann? Aber da waren ja auch noch die ganzen anderen Brände. Ich betrachte ihn und kann mitfühlen. Dieser Schmerz scheint tief zu sitzen, und wenn es ihn glücklich gemacht hat, von einem Faschingsanhänger Bonbons in die Menge zu werfen, dann sei ihm das vergönnt. Ich tätschele seine Schulter und wende mich zum Gehen.

„Ich danke dir für deine Offenheit. Kurier dich gescheit aus. Ich komm mal wieder vorbei."

„Ich sage danke für deinen Besuch. Ich würde mich freuen, wenn du wieder mal nach mir siehst."

Ich hebe die Hand zum Abschied und verlasse sein Zimmer. Als nächstes möchte ich bei Niclas vorbeischauen, doch die Stationsschwester erklärt mir, niemand dürfe zu ihm hinein, er sei erst gestern operiert worden und noch zu schwach für jegliche Art von Besuch. Zu seinem Zustand darf sie mir nichts sagen, also frage ich nach Moritz.

Zu ihm werde ich vorgelassen. Als ich eintrete, wendet er nicht einmal den Kopf zu mir.

„Hallo Moritz", sage ich freundlich.

Er grüßt mich nicht, starrt nur an die Decke.

„Ich war gerade hier, da dachte ich, ich sehe mal, wie es dir so geht."

Ich stehe jetzt an seinem Bett.

„Geh weg", schnieft er.

„Tut mir leid, ich wollte dich nicht ärgern. Ich möchte nur wissen, ob du bald wieder auf den Beinen bist."

Sehe ich da Tränen in seinen Augen?

Als er spricht, ist seine Stimme brüchig: „Das dauert alles. Die Knochen müssen erst wieder zusammenwachsen."

„Oh nein, du hast dir was gebrochen?"

„Mein Schlüsselbein hat's voll erwischt. Und zwei Rippen sind angebrochen. Ich kann nichts alleine machen!"

Jetzt erst fällt mir auf, dass er in einem so genannten Rucksackverband liegt und sich tatsächlich kaum rühren kann.

„Das tut mir leid. Ich habe gesehen, dass du an vorderster Front beim Löschen warst. Das war wirklich mutig von dir."

Doch mein Aufheiterungsversuch wird im Keim erstickt.

„Ich möchte lieber alleine sein."

Ich seufze.

„Alles klar. Ich wünsche dir gute Besserung."

Er nickt knapp und ich gehe.

Als ich auf der Wache ankomme, ist von den drei Jugendlichen keine Spur mehr zu sehen. Hannes ist mit einem Kollegen und ihnen zum Jugendrichter gefahren.

„Wissen Sie denn etwas von Frau Frosch?", fragt mich Herr Deutler sofort.

„Ja, ich war gerade bei ihr, sie kommt diese Woche wahrscheinlich noch raus."

„Oh, da bin ich aber erleichtert. Ich werde nachher mal bei ihr vorbeischauen."

„Machen Sie das. Hat Leopold noch war rausgelassen, was uns auf die Spur des Dealers bringen könnte?"

„Wir arbeiten mit Hochdruck daran. Glauben Sie's, vorhin war der Herr Blüml da. Er ist völlig aufgelöst und hat sich tausendmal bei mir entschuldigt."

„Der arme Rudi, den wird diese ganze Geschichte arg mitnehmen."

„Er ist mit aufs Gericht gefahren."

„Wir werden sehen, was bei der Sache rauskommt."

„Frau Städele", druckst Herr Deutler rum, „dürfte ich Sie mal was Persönliches fragen?"

Schon wieder?

„Na klar."

„Wie finden Sie denn diesen Joachim?“

Das musste ja mal kommen.

„Warum fragen Sie?“

„Nun, es scheint mir, er hält Frau Frosch etwas von der Arbeit ab.“

Ich verkneife mir ein Lachen.

„Joachim ist wirklich ganz nett. Es war seine Idee, eine Bürgerwehr zu organisieren. Er ist da sehr engagiert.“

Mario Deutler hat sich offensichtlich eine andere Antwort erwartet.

„Was macht eigentlich Ihr Arm?“, lenkt er ab.

„Wird schon. Morgen muss ich zum Verbandwechseln.“

Ich verschweige ihm, dass ich eigentlich krankgeschrieben bin und mache mich wieder an meine Arbeit.

Zum wiederholten Male lese ich mir nun schon Herrn Hoffmanns Täterprofil durch. Einige Worte bleiben mir besonders im Gedächtnis. Geltungstrieb, Befriedigung, Zwang, Trieb, Interesse an Feuer. Wenn wir nur irgendeinen Verdacht hätten! Es macht mich wahnsinnig, dass wir keine Spuren haben.

Nach einer ziemlich ereignislosen Mittagszeit kehrt gegen vierzehn Uhr Hannes zurück. Er hat ein breites Grinsen im Gesicht.

„Das hätte man filmen sollen!“, ruft er. „Die drei ach so coolen Jungs sind vor dem Richter fast auf den Knien herumgerutscht. Du glaubst nicht, was für Kinder das in Wirklichkeit noch sind.“

„Erzähl, was ist rausgekommen?“

„Erst mal wird natürlich alles noch genauer untersucht. Sammy hatte wohl am meisten die Hosen voll und hat geschworen, alles bis auf den letzten Cent zurückzuzahlen. Lustig fand ich, als er meinte, er streicht dann auch die Bank neu. Die Farbe zahlt er übrigens auch. So hat er es dem Richter gesagt. Seine beiden Freunde haben sich kaum geäußert. Tja, man wird sehen. Sie sind ja alle drei noch unter achtzehn Jahren und geständig. So hart wird das Urteil schon nicht ausfallen."

„Und wir haben unsere Bankräuber."

„So schaut's aus. Ich bin mir immer noch nicht sicher, ob die nicht auch die Feuer gelegt haben."

„Nein, da bin ich mir fast sicher, dass sie das nicht waren. Meine Vermutung ist ja, dass es nur einen Feuerteufel gibt."

„Aber wer ist es?"

„Das, wenn ich wüsste. Ich war bei Moritz im Krankenhaus. Sein Schlüsselbein ist gebrochen und zwei Rippen sind angebrochen. Weißt du, er kam mir, als ich ihn kennen gelernt habe, schon so komisch vor. Er war auch beim Faschingsball als einziger nicht als Feuerteufel verkleidet. Und er hat auf meiner Silvesterparty keinen Alkohol angerührt, damit er einsatzbereit ist. Das ist löblich, ich weiß schon, aber trotzdem grenzt er sich da total aus."

„Ich weiß, was du meinst. Hm. Meinst du, er ist unser Täter?"

„Ich weiß es nicht. Er reagiert manchmal recht seltsam auf ganz normale Dinge, finde ich. Vielleicht weiß er ja irgendwas? Ich glaube, er ist schon scharf drauf, beim Löschen ganz vorne mit dabei zu sein. Und gerade habe ich Herrn Hoffmanns Profil noch einmal gelesen und mir Moritz dabei vorgestellt. Ich finde, das würde schon zu siebzig Prozent auf ihn passen."

Hannes schaut mich nachdenklich an.

„Aber jetzt ist er verletzt. Also hatte er ja definitiv nichts mit dieser üblen Explosion zu tun, oder?"

„Das kann auch Tarnung sein, dass er absichtlich verletzt wird, um den Verdacht von sich abzulenken."

„Ich weiß nicht so recht. Was schlägst du vor, was wollen wir denn jetzt machen?"

„Wir können ja nichts machen, außer ihn nochmal zu befragen. Ach ja, und dann ist da auch noch unser Dr. Rolf."

Ich berichte Hannes kurz und knapp, was Rolf mir anvertraut hat.

„Macht ihn das nicht auch verdächtig? Ich meine, vielleicht waren die ganzen Brände nichts weiter als ein Ablenkungsmanöver für diesen einen für ihn wichtigen Brand bzw. die Explosion? Und er hätte auch die Scheune mit dem Avatar-Anhänger anzünden können, damit ein neuer Wagen gebaut werden muss. Wer hatte denn die Idee, dass man den Bankautomaten auf dem neuen Hänger bauen könnte? Das war Rolf. Und er war beim Bauen auch öfter anwesend. Es wäre doch ein Leichtes für ihn gewesen, da was zu manipulieren. Außerdem ist der Hänger genau da explodiert, wo Udo gestanden ist. Das sind schon einige Zufälle, die da aufeinandertreffen, findest du nicht?"

„Das ist ja ein Ding, das wusste ich noch gar nicht."

Mir gefällt die Idee immer besser.

„Das ist natürlich noch kein Beweis. Aber wir sollten dran bleiben."

„Ach, Sie sind beide da", Mario Deutler steckt den Kopf zur Tür herein.

„Dann besuche ich mal eben unser Fräulein Frosch. Bis nachher."

Wir grinsen uns an.

Nach einem Nachmittag voller Spekulationen verabschiede ich mich gegen Abend und gehe nach Hause. Als ich unseren zugeschneiten Gartenweg betrete, kläfft mich was schräg von der Seite an. Es ist schon dunkel, weshalb ich zuerst einmal nicht erkenne, welches Ungetüm da jenseits des Zaunes auf sich aufmerksam macht. Dann erkenne ich etwas Rattenähnliches immer wieder aus dem wadentiefen Schnee hüpfen.

„Ja, was wirst denn du, wenn du mal groß bist?", frage ich den kleinen Kläffer.

„Hasso?", ruft da die Nachbarin laut in die Dunkelheit. „Hasso, da kommst her!"

„Guten Abend", grüße ich über den Zaun.

„Ach, Louisa, hallo. Ich sehe, du hast schon Bekanntschaft mit unserem neuesten Zuwachs gemacht."

„Ja, habe ich."

„Wir dachten, wir legen uns einen Wachhund zu. Hasso gibt so schön Laut, wenn sich jemand nähert, da können wir beruhigter schlafen."

Ich nicke und gucke mir Hasso ganz genau an.

„Wie groß wird er denn, wenn er ausgewachsen ist?"

Ein klitzekleiner Hundekopf lugt immer noch bellend aus dem Schnee hervor.

„Wie meinst du? Hasso ist drei Jahre alt, der ist schon ausgewachsen. Er ist ein Russkiye Toy, die werden nicht größer."

Ich muss zugeben, dass ich von dieser Rasse noch nie etwas gehört habe, aber so nervig wie der bellt, vertreibt er bestimmt sämtliche Arten von Einbrechern und Feuerlegern.

„Prima, dann kann Hasso ja auch auf unser Haus ein Auge haben."

„Das wird er", lächelt sie mich an und hebt den klitzekleinen Hasso aus dem Schnee.

Eva begrüßt mich überschwänglich und hängt mir sogar die Jacke auf.

„Harald ist da, er wird mit uns essen."

„Ich geh dann eh zur Musikprobe, dann könnt ihr rummachen, so viel ihr wollt."

„Er isst doch nur mit uns. Jetzt gönn mir doch ein bisschen Glück."

„Tu ich ja."

Sie verschwindet wieder in die Küche. Harald liegt neben Rebecca auf der Krabbeldecke und spielt mit ihr. Sie gluckst vor Freude. Wenigstens Jasmin interessiert es, dass ich nach Hause komme. Sie rennt auf mich zu und knuddelt mich ganz fest.

„Hast du den Hasso schon gesehen?", fragt sie mich mit leuchtenden Augen. „Der ist soooo süß! Ich darf mal mit dem spazieren gehen!"

Gar kein Problem. Da muss ich wenigstens keine Angst haben, dass er ihr an der Leine den Arm ausreißt.

„Das freut mich. Komm, Essen ist fertig."

Einträchtig sitzen wir um den Tisch. Eva kocht sehr viel besser, seitdem Harald mit uns isst, also kommt mir das doch zugute. Harald greift öfter nach Evas Hand, aber sie zieht sie immer mit einem Seitenblick auf mich zurück.

„Oh, schon so spät, ich geh dann mal zur Probe. Gute Nacht, ihr kleinen Mäuse, einen schönen Abend noch."

Ich hole mein Tenorhorn und will mich auf den Weg machen, da fängt mich Jasmin an der Haustür ab.

„Tante?"

„Was ist denn?"

„Wird der Harald jetzt mein neuer Papa? Heiratet der die Mama?"

„Würde es dich freuen, wenn er die Mama heiratet?"

„Ich weiß nicht", ihre braunen Kinderaugen schauen mich ganz groß an.

„Ich glaub nicht. Ich mag, dass du immer da bleibst."

Ich muss schlucken.

„Mach dir darüber keine Gedanken. Ich bin doch immer da, wenn du mich brauchst."

Sie drückt mich ganz fest an sich und gibt mir einen sehr feuchten Kuss auf den Mund.

„Ich hab dich lieb, Tante."

„Ich dich auch."

Als ich das Musikerheim betrete, höre ich meine Kollegen oben schon spielen. Ich ärgere mich, dass ich zu spät bin. Aber ich freue mich aufs Musik machen, das brauche ich jetzt als Ausgleich ganz dringend. Ich schlupfe zur Tür herein und schleiche mich an meinen Platz.

„Auch schon da?", flüstert mir Lutz augenzwinkernd zu.

Ich zeige ihm meinen erhobenen Daumen und packe mein Tenorhorn aus.

„So, Louisa, auch schon da?", ruft Diana über alle Köpfe hinweg.

„Ja, entschuldigt, dass ich zu spät bin."

„Macht nichts, wir haben gerade erst angefangen."

Gemurmel erhebt sich.

„Bitte, Ruhe, wir können nachher wieder über alles reden."

„Was ist denn los?", raune ich Andi neben mir zu.

„Ach du, hier gab es einen Riesentumult wegen dem Umzug. Diana hat dann sofort mit der Probe angefangen, ich glaube ihr ist es unangenehm, dass sie dieser Bankautomatenidee für den Festwagen zugestimmt hat. Oh, es geht weiter."

Diana, die auf ihrem Podest steht, klopft wie wild auf ihr Notenpult.

„Was ist denn mit den Flöten los? Das klingt ja grauenhaft."

So kenne ich Diana gar nicht. Normalerweise ist sie ja die Freundlichkeit in Person und immer gut drauf. Heute wirkt sie sehr angespannt. Wahrscheinlich hat Andi Recht und sie will das Desaster beim Umzug überspielen.

„Los, jeder spielt nacheinander mal ein a."

Saskia setzt die Querflöte an den Mund und lässt ein zaghaftes a erklingen.

„Gut, etwas leise, aber gut. Annette, jetzt du!"

Annette bläst in ihre Querflöte, aber es hört sich nur nach heißer Luft an.

„Ups."

Erschrocken schaut sie auf. Dianas Wangen färben sich rot. Sie ist anscheinend um Selbstbeherrschung bemüht.

„Kann es sein, dass dein Putzer noch in der Flöte steckt?"

Annette fummelt peinlich berührt an ihrer Flöte herum und zieht unter den Blicken aller ihren Putzer heraus.

„Gut, ich hoffe, jetzt hört es sich dann besser an."

Ein paar lachen.

„Weiß jemand, wo Rudi steckt?"

Ich schaue mich im Raum um. Die meisten zucken mit den Schultern. Niemand scheint etwas von Rudis Junior mitbekommen zu haben und ich werde den Teufel tun, ihnen etwas zu verraten.

„Wir spielen gleich die Ouvertüre, am Marsch müssen wir nachher feilen. Also, Konzentration, auf geht's!"

Sie beginnt den Dirigierstab zu schwingen und wir setzen ein. Es herrscht eine seltsame Stimmung hier. Ich finde, sie schwelt richtiggehend. Natürlich haben alle Redebedarf, das kann ich nur zu gut verstehen.

Wir ziehen das Stück gut durch, aber kaum einer ist mit Herzblut dabei. Ich sehe Diana an, dass sie das auch bemerkt. Ihre Bewegungen werden fahriger, ihr Gesichtsausdruck zeigt Entschlossenheit. Jetzt kommt gleich der Part mit dem Fortissimo, und ich gebe mein Bestes, ignoriere den Schmerz in meinem Arm und halte die Töne so gut wie selten. Auf einmal höre ich ein seltsames Geräusch. Ich blicke von meinen Noten auf. Diana hat wohl beim Dirigieren etwas übertrieben, denn die Partitur hängt nun aufgespießt auf ihrem Dirigierstab.

„Aaaarg, was ist denn heute los?", brüllt sie und fuchtelt mit ihrem Stab herum, was die Partitur noch ein gutes Stück weiter einreißen lässt.

„Ich glaube, wir sollten heute einfach nicht proben", schlägt Rüdiger vor. „Der Umzug steckt uns allen noch in den Knochen."

„In nicht einmal zwei Monaten haben wir unser Frühjahrskonzert. Wir *müssen* proben!"

Dianas Worte kommen einem Befehl gleich. Ich erkenne sie nicht wieder. Lutz gibt seine Zustimmung kund, und schon proben wir wieder. Beim nächsten Stück bricht Diana schon nach ein paar Takten ab.

„Bitte beachtet die Vorzeichen!"

Sie wirft den Posaunen einen bösen Blick zu. Berti schaut verwirrt auf sein Notenblatt.

„Aber da sind ja gar keine Vorzeichen."

„Keine Vorzeichen sind auch Vorzeichen", ermahnt Diana.

Berti malt sich mit einem Bleistift irgendwas in seine Noten, was ihm wieder einen vorwurfsvollen Blick von Diana einbringt.

„Also Diana, jetzt sei doch nicht so. Wir können doch auch nichts dafür, dass der Fasching so schief gelaufen ist", ereifert sich Sepp.

Diana stützt sich auf ihr Notenpult und lässt ihren Blick über uns schweifen.

„Ich weiß das doch. Es tut mir auch leid, dass ich heute so drauf bin, aber ich bekomme diese Bilder einfach nicht aus dem Kopf. Und Musik hat mich bisher immer gut abgelenkt, wenn was war. Aber so etwas habe ich natürlich auch noch nicht erlebt."

„Reißen wir uns zusammen und machen Musik", meldet sich Lutz zu Wort. „Diana hat Recht, Musizieren tut doch der Seele gut."

Diana lächelt Lutz an, was ihn sich hinter seiner Tuba verstecken lässt. Wir fügen uns und machen uns spielbereit.

„Den Marsch, wenn ich bitten darf."

Oh nein, ich hoffe, Lutz konzentriert sich auf seine Noten, sonst ist der nächste Ärger schon wieder vorprogrammiert. Bis zur Hälfte schaffen wir ihn ganz passabel, aber dann schmeißen wir das Stück innerhalb von drei Takten um.

„Was ist denn das für ein Gemurkse?"

Wütend knallt sie ihren Dirigierstab hin. Es ist mucksmäuschenstill.

„Entschuldigung", flüstert Marlies.

„Nein, ich muss mich entschuldigen." Diana streicht sich eine widerspenstige Haarlocke aus der Stirn. „Mich macht das total fertig. Wir leben hier in ständiger Angst. Ist es nicht so?"

Zustimmendes Gemurmel.

„Ich glaube, es macht heute wirklich keinen Sinn zu proben, oder?"

Müde schaut sie jeden einzelnen von uns an.

„Doch, wir proben jetzt", sagt Lutz mit fester Stimme. „Das tut uns doch allen gut."

Wie aufs Kommando nehmen wir unsere Instrumente rauf und schauen Diana an.

„Und wehe, jetzt geht es nicht", lächelnd erhebt Diana wieder ihren Stab.

Wir bemühen uns alle und es klingt gar nicht mal so schlecht. Gegen Ende des Stückes macht es einen Riesenrumpler. Wir alle starren nach vorne, wo eben noch Diana gestanden hat.

„Es ist alles in Ordnung“, kommt da von vorne unten, wo sie liegt. „Bin nur vom Podest gefallen.“

Und das ist ein richtiger Befreiungsschlag. Wir lachen laut los, bis manchen von uns die Tränen von den Wangen kullern. Was für eine verrückte Probe!

„Schluss für heute“, ruft Diana.

Natürlich bedeutet das nicht, dass wir jetzt alle nach Hause gehen, ganz im Gegenteil. Wir stellen ein paar Tische zusammen und sitzen und reden noch bis tief in die Nacht. Leider ist keinem von meinen Musikern etwas Verdächtiges aufgefallen. Wie könnte es auch, wir sind ja vor dem Wagen hergelaufen. Manch einer hat eine kleine Schramme abbekommen, aber im Großen und Ganzen sind alle unverletzt geblieben.

Wie es Rolf geht, wollen sie wissen. Ich erinnere mich, dass sich ein paar meiner Musiker um Rolf gekümmert haben. Ich berichte, was ich weiß.

„Na dann hoffen wir mal, dass er bald wieder auf den Beinen ist“, sagt Andi, und alle nicken zustimmend.

„Ich hätte eine Idee“, ruft da Rüdiger in die Runde. „Wir gehen Schlitten fahren!“

Wir schauen uns fragend an.

„Wie? Jetzt?“, fragt Diana ungläubig.

„Na klar! Am Schlittenberg ist doch eine Laterne, hell hätten wir’s!“

„Ich finde die Idee super“, ruft Lydia. „Das bringt uns alle mal auf andere Gedanken.“

„Und wo bekommen wir die Schlitten her?“

„Hey, wir haben Poporutscher in rauen Massen, wisst ihr nicht mehr, die haben wir uns doch vor ein paar Jahren für den Winterausflug angeschafft!", ruft Bianka.

„Stimmt!"

„Gehen wir!"

„Das wird lustig!"

Ich weiß gar nicht, wie mir geschieht, auf einmal befinde ich mich in einem Pulk von Musikern und werde raus in die Garderobe geschoben, wo sich alle in ihr Winteroutfit werfen. Ein paar gehen in den Keller und kehren mit unglaublich vielen Poporutschern in allen erdenklichen knallbunten Farben zurück.

Gemeinsam marschieren wir zum Schlittenberg, der seinen Namen eigentlich gar nicht verdient hat. Er liegt am Ortsrand, gleich beim Bendiger ums Eck. Johannes läuft voraus und führt uns mit den Klängen des „Bozener Bergsteigermarsches" auf seiner Trompete an. Und da es, zumindest für Dimmelwangs Verhältnisse, schon mitten in der Nacht ist, werden Türen geöffnet, und die Leute stecken verwundert und auch ärgerlich die Köpfe heraus.

„Los, kommt alle mit, wir gehen Schlitten fahren!"

Manche zeigen uns den Vogel, aber ein paar schließen sich uns auch ganz spontan an. Nach zehn Minuten Fußmarsch kommen wir beim Schneehügel an. Die jüngeren von uns machen sich gleich daran, ein paar Schanzen zu bauen, wir anderen laufen den Hügel rauf.

„Musst mich aber schon gescheit anschupfen, sonst komm ich ja nur ein paar Meter weit", ruft Andi Lutz zu, der mit roten Wangen und fest schnaufend oben ankommt.

„Ich schupf dich schon an, wirst sehen!"

Innerhalb weniger Minuten rutschen die ersten gestandenen Mannsbilder auf quietschorangen und -grünen Poporutschern den Hügel hinab und haben eine Riesengaudi. Hoffentlich sieht uns der Feuerleger, denke ich so bei mir, dann merkt er, dass wir uns von ihm die Laune nicht verderben lassen.

Marlies und ich rutschen jetzt runter und es macht wirklich einen Heidenspaß, auch wenn die Abfahrt in wenigen Sekunden vorbei ist. Johannes spielt jetzt die „Vogelwiese", und wir lachen, als Berti meint, es wäre doch schön, wenn der Herr Pfarrer uns jetzt mit seiner klangvollen Stimme begleiten würde. Letztendlich spielen sie zu fünft, während wir anderen im Schnee tollen.

Lutz baut am Rande der Piste einen Schneemann, und Diana schielt immer wieder zu ihm hinüber. Auf einmal werden wir von einem hellen Licht geblendet, das sich als Scheinwerfer eines Traktors entpuppt. Lorenz Bendiger hält vor uns und grinst uns an.

„Na, ihr seid's mir ja so a Gsellschaft. I hab mir dacht, i bring euch was vorbei."

Krummbeinig springt er vom Traktor und hievt eine Kiste Bier herunter.

„Des war der Josefine ihre Idee."

Er zwinkert mir zu.

„Eine prima Idee", Andi nimmt sich eine Flasche raus und stößt mit dem Bendiger an.

Die übrigen Flaschen haben auch schnell den Weg aus der Kiste gefunden und ich finde es unbeschreiblich, wie wir alle zusammen mitten in der Nacht in einer Eiseskälte beisammen sind und einfach nur Spaß haben.

Ich höre Lutz und Diana laut lachen, als sie gemeinsam dem Schneemann die dritte Kugel aufsetzen. Möglichst unauffällig beobachte ich die beiden aus den Augenwinkeln. Na, wenn sich da mal nichts anbahnt! Ich wette, in spätestens einer Woche sind die ein Paar.

Bendigers Trutscherl kommt mit einem großen Korb im Arm angelaufen.

„Tut mir leid, dass es so lang gedauert hat, ich hab eben noch schnell ein paar Brezen aufgebacken. Ich hab zum Lorenz gesagt, du, da müssen wir hin, das schaut nach einem Fest aus."

Sie lacht in die Runde, und ich verstehe jetzt, dass der Bendiger so umgänglich geworden ist. Sie ist ja wirklich ganz eine Liebe. Eifrig verteilt sie die noch warmen Brezen und bekommt dafür ein kleines Standkonzert, was sie sehr verlegen macht.

„Wo ist denn der Lutz?", fragt mich Annette irgendwann.

„Keine Ahnung."

Ich zucke mit den Schultern.

„Ich schau mal, wo er steckt."

Meine eiskalten Füße tragen mich zum Schneemann. Vorsichtig linse ich um ihn herum. Lutz und Diana sitzen händchenhaltend im Schnee. Diskret ziehe ich mich zurück und sage Annette, dass ich nachher noch mal nach Lutz suchen werde, ich würde jetzt lieber mit ihnen zusammen Party machen. Ja klar, das versteht sie.

Und das machen wir auch. Bis weit nach Mitternacht lachen, musizieren und rutschen wir den Hügel hinunter, bis irgendwann jemand sagt, dass es doch schon ewig spät sein muss. Murrend stellen wir die leeren Bierflaschen in die Kiste zurück und sammeln die Poporutscher ein. Lutz kommt mit knallrotem Kopf angelaufen und drückt sich schnell seine Mütze auf den Kopf.

„Na, alles klar bei dir?", frage ich ihn scheinheilig.

„Mit mir? Ja klar, warum fragst du?"

„Ach, nur so. War lustig, findest du nicht?"

„Ja ja, doch, richtig lustig. Das sollten wir öfter mal machen."

Jetzt muss ich doch lachen. Diana kommt ganz unauffällig den Hügel herunter gestolpert und gesellt sich zu uns.

„War ein netter Abend, gell?"

„Oh ja, sehr nett!"

Ich grinse ihn an. Verlegen schaut er Diana an, die seinen Blick auffordernd erwidert.

„Lutz, wir sollten mal über deine Läufe bei dem Marsch reden, die klappen nicht so gut."

„Oh ja, er könnte gut mal etwas Nachhilfe gebrauchen", ich zwinkere den beiden zu und laufe dann rasch den anderen hinterher, die sich schon auf den Rückweg gemacht haben.

Dimmelwang, Mittwoch, 18. Februar

Als ich am nächsten Morgen auf die Wache komme, begrüßt mich mein Kollege Hannes ganz überschwänglich. Vor ihm steht eine Frau, ich schätze sie auf Mitte sechzig, und redet auf ihn ein.

„Ach, schauen Sie, da kommt ja meine geschätzte Frau Kollegin Städele! Einen schönen guten Morgen! Wenn Sie ihr doch das alles erklären würden, sie versteht das bestimmt viel besser, sie ist ja auch eine Frau."

Die Dame wendet sich zu mir um und lächelt mich an.

„Ja, das ist vielleicht wirklich besser. Aber vielen Dank trotzdem für Ihr offenes Ohr."

Hannes zeigt mit dem Daumen nach oben und verschwindet, so schnell kann man gar nicht schauen, an seinen Schreibtisch.

„Wie kann ich Ihnen denn nun helfen?", frage ich freundlich, denn ich habe ja noch keine Ahnung, was mich erwartet.

„Wissen Sie, mein Nachbar, der hat in seinem Garten ein Hochfrequenzgerät aufgestellt, und das fiept jetzt die ganze Zeit so. Meine Hunde möchten seitdem nicht mehr in den Garten gehen."

Ich frage mich, was in aller Welt denn ein Hochfrequenzgerät sein soll und denke mir, das könnte ich auch gut gegen den kleinen Hasso gebrauchen. Aber ich komme gar nicht weiter zum Überlegen, denn sie redet schon weiter.

„Und dann habe ich meinen Kartenleger angerufen. Wissen Sie, der legt mir immer nur am Telefon die Karten."

Das kann ich mir vorstellen. Wahrscheinlich schaut er nebenzu fern.

„Der meinte dann, dass ihm schon längst klar war, dass so etwas passieren wird, da Kreuz-Ass neben Karo-Sieben liegt."

Ich nicke, hoffentlich verständnisvoll, mit dem Kopf.

„Jedenfalls hat er mir geraten, Spiegel aufzustellen, damit die die Schallwellen zurückwerfen."

Jetzt verstehe ich nur noch Bahnhof. Wie sollen denn Spiegel Schallwellen zurückwerfen?

„Sie haben das dann doch wohl nicht gemacht, oder?", frage ich sicherheitshalber nach.

„Aber natürlich!", antwortet sie entrüstet. „Und seitdem gehen Lumpi und Cassandra auch wieder in den Garten. Ich muss aber immer mit raus, ich denke, sie sind noch ziemlich verunsichert und fürchten, dass das Ganze wieder anfangen könnte. Wissen Sie, mein Feng-Shui-Berater hat den Garten extra so konzipiert, dass darin nur positive Schwingungen herrschen."

„Und was sagt dann Ihr Feng-Shui-Berater dazu, wenn Sie Spiegel aufhängen?"

Sie legt die Stirn in Falten.

„Ach je, das hatte ich noch gar nicht bedacht. Ich werde ihn gleich konsultieren."

Das hoffe ich. Und ich hoffe auch, dass die Dame endlich zum Punkt kommt, ich habe ja nicht ewig Zeit.

„Ach, er wird das schon befürworten, wenn es hilft, dass die Hunde wieder raus gehen. Wissen Sie, er hat mir auch dazu geraten, eine aus Draht gebogene Acht unters Bett zu legen, damit die bösen Erdstrahlen abgewendet werden."

Sie nickt gewichtig mit dem Kopf.

„Oh ja, die bösen Erdstrahlen, vor denen ist ja niemand sicher", ich nicke jetzt auch mit dem Kopf.

„Ja, das meinen Sie doch auch! Und seitdem ich die Acht unter meinem Bett habe, kann ich viel beruhigter schlafen. Aber mein Lumpi …"

„Louisa, Telefon für dich", ruft Hannes von hinten.

„Oh, würden Sie mich bitte einen Augenblick entschuldigen?", frage ich höflich, und die Dame nickt großzügig.

„Aber natürlich."

Ich eile zu Hannes.

„Wer ist es denn?"

„Larissa."

„Hallo Larissa", melde ich mich.

„Louisa, na endlich! Du, ich wollte nur Bescheid sagen, dass ich aus dem Krankenhaus entlassen worden bin."

Sie gibt einen Freudenquietscher von sich, der so schrill ist, dass ich mir gleich den Hörer vom Ohr weghalten muss.

„Das freut mich. Und deswegen rufst du an?"

„Na klar! Nicht, dass du mich besuchen willst."

„Sag mal, telefonierst du während dem Fahren?", frage ich, weil ich im Hintergrund Fahrgeräusche ausmachen kann.

„Aber nein", lacht sie, „Joachim hat mich abgeholt. Er fährt. Oh, Louisa, ich bin so aufgeregt, welche Überraschung er für mich hat!"

„Na dann mal viel Spaß mit deiner Überraschung, ich muss wieder arbeiten."

„Tschüssi."

„Pfiati."

Ungläubig schaue ich Hannes an.

„Warum hat sie jetzt eigentlich angerufen?"

Er zuckt auch nur mit den Schultern und deutet auf die Dame, die geduldig vorne steht.

„Oh ja, ich gehe mal zu ihr."

„Viel Spaß."

„Du bist mir was schuldig", flüstere ich ihm zu, bevor ich wieder zu ihr gehe. „Gut, wo waren wir stehen geblieben?"

„Na, dass mein Lumpi nicht gut schläft."

„Müssen Sie ihm halt auch eine Acht aus Draht biegen und unter sein Körbchen legen“, schlage ich vor und bin richtig stolz auf mich, dass mir dieser Geistesblitz gekommen ist.

„Meinen Sie, das hilft bei Tieren auch?“

„Aber natürlich. Wenn es bei uns hilft, warum denn dann nicht auch bei unseren vierbeinigen Freunden?“, sage ich scheinheilig und hoffe, dass sie entweder geht oder endlich sagt, was sie von uns will.

„Ich bin ja froh, dass ich das Problem mit dem Hochfrequenzgerät so gut gelöst habe“, lobt sie sich. „Und wissen Sie, was das Beste ist?“

Fragend schaut sie mich an.

„Nein …“

„Wenn mein Nachbar die Spiegel kaputt schmeißt, hat er sieben Jahre Pech!“

Ich bin fassungslos. Wo haben sie denn die rausgelassen?

„Zuerst habe ich ja versucht, diese ganze negative Energie mit schamanischen Räucherstäbchen zurückzuwerfen. Das hat mir eine Bekannte auf Facebook geraten. Aber wissen Sie, was da passiert ist?“

„Da komme ich im Leben nicht drauf“, vermute ich.

„Das Räucherstäbchen ist immer wieder ausgegangen.“

Die letzten Worte waren nur mehr ein Flüstern.

„Ach du Schreck“, ich schlage die Hände vor den Mund.

„Aber wissen Sie, was ich herausgefunden habe?“

„Verraten Sie’s mir!“

„Wenn ich *zwei* Räucherstäbchen anzünde, dann brennen beide!“

„Ist nicht Ihr Ernst?!“

„Doch, ich lüge Sie nicht an.“

Ihr Blick wird sorgenvoll.

„Ich hoffe, das ist kein schlechtes Omen."

„Bestimmt nicht."

„Das meint mein Kartenleger auch."

„Waren Sie schon einmal in der Salzgrotte?"

„Bisher noch nicht", gebe ich zu.

„Da sollten Sie unbedingt einmal hingehen", rät sie mir. „Ich bekomme immer noch Gänsehaut, wenn ich daran denke, was passiert ist, als ich zum ersten Mal dort hingegangen bin."

Sie erwartet jetzt wohl, dass ich nachfrage, was denn der Grund für ihre Gänsehaut ist. Ich tue ihr den Gefallen.

„Was war denn?"

Sie beugt sich zu mir.

„Der Mann in der Salzgrotte hat mich gesehen und gerufen: ‚Auf Sie habe ich mein Leben lang gewartet!' Es war wie ein Wiedererkennen aus einem früheren Leben, sage ich Ihnen."

„Puh, das muss man auch erst einmal erleben", sage ich und überlege fieberhaft, wie ich aus dieser Nummer heraus kommen könnte.

„Wenn ich so nachdenke, dann hat alles mit meiner Gruppe der Anonymen Alkoholiker angefangen. Sie müssen wissen, ich war starke Trinkerin. Aber ich bin seit drei Jahren und einhundertundeinundsiebzig Tagen trocken."

„Respekt."

„Danke. Und dort habe ich erst gelernt, dass man negative Energien durchaus in positive Energien verwandeln kann."

„Was Sie nicht sagen!"

„Doch, man braucht nur ganz wenig dazu. Wenn ich mir vorstelle, wie ich früher jeden Tag ohne meine Meditation überstehen konnte …"

Sie lässt den Satz in der Luft hängen und ich ergänze ihn für sie.

„... mit Alkohol."

Sie sieht mich an, als würde ihr ein Licht aufgehen.

„Sie haben vollkommen Recht!"

Ein Jammer, dass Larissa nicht da ist. Die hätte mit dieser Dame stundenlang fachsimpeln können.

„Ähm, dürfte ich Sie fragen, weshalb Sie eigentlich auf die Wache gekommen sind?"

„Wie meinen Sie das?"

„Nun, was kann ich denn für Sie tun?"

Verwundert blickt sie mich an und scheint dann ganz angestrengt nachzudenken.

„Sie haben Recht, ich hatte ja einen Grund hierher zu kommen. Ach ja, ich wollte meinen Nachbarn anzeigen wegen dem Hochfrequenzgerät, das er bei sich aufgestellt hat."

Jetzt kommen wir der Sache schon näher.

„Gut, dann würde ich Sie bitten, mir Ihre Daten zu geben."

Ich fische mir unter dem Tresen unser Formular heraus. In diesem Moment geht die Tür auf. Herr Wolters kommt herein und stampft sich den Schnee von den Schuhen. Hannes eilt zu ihm. Ich schnappe leider nur Wortfetzen wie „hat mir keine Ruhe mehr gelassen", „musste einfach herkommen" auf und kann mich gar nicht mehr auf die esoterischen Gedankengänge der Dame gegenüber konzentrieren.

„Entschuldigen Sie bitte", sage ich deshalb zu ihr, „dürfte ich vielleicht morgen zu Ihnen kommen und mir das Ganze mal vor Ort ansehen?"

Verzückt lächelt sie mich an.

„Aber selbstverständlich! Dann braue ich Ihnen auch einen ganz besonderen Tee aus Kräutern aus meinem eigenen Garten.

Ich habe sie an Vollmond gepflückt und genau nach Anleitung aus einem alten Kräuterbuch getrocknet. Sie werden sehen, durch diesen Tee wird Ihr inneres Selbst wachsen!"

Wahrscheinlich hat sie auch noch nackt bei Vollmond im Wald Fliegenpilze gesammelt und Stückchen mit reingemischt. Ich schüttle diesen Gedanken schnell ab, lasse mir ihre Adresse geben und vertröste sie auf morgen. Zum Abschied hebt sie ihren Hut. Sie ist noch nicht einmal zur Tür hinaus, da haste ich schon zu Hannes und Herrn Wolters.

„Ich freue mich, dass Sie heute schon da sind, so früh hatten wir gar nicht mit Ihnen gerechnet."

„Wissen Sie, mir war nicht wohl bei der Sache, dass die Polizei mich sprechen möchte und ich gar nicht da bin. Da hat mein schlechtes Gewissen letztlich über das Après-Ski gewonnen."

Ich finde ihn eigentlich ganz sympathisch. Auf eine Zuhälter-Art-und-Weise ist er unleugbar ziemlich nett.

„Herr Wolters", beginne ich, „ich habe mich gefragt, ob Sie nicht doch etwas gesehen haben, als Sie so oft an dem Haus mit den Kanistern vorbei gefahren sind."

„Ja, das hatten Sie mir am Telefon bereits gesagt", meint er.

„Ich weiß schon. Aber wissen Sie, das hört sich jetzt vielleicht seltsam an, aber eine Bekannte meinte letztens, wenn sie wüsste, wer der Feuerteufel ist, dann würde sie ihn erpressen und eine Menge Geld damit machen."

Es ist nur ein ganz kurzer Augenblick, und ich bin mir nicht einmal sicher, ob ich ihn mir nicht sogar nur eingebildet habe, aber mir kommt es so vor, als wäre etwas in seinen Augen aufgeblitzt.

„Und Sie meinen jetzt, ich würde das auch so machen."

Das ist eine Feststellung, keine Frage. Er hält meinem Blick stand.

„Sagen wir es einmal so, es ist eine Möglichkeit, die wir nicht außer Acht lassen dürfen. Ich weiß, dass Sie einige Male an diesem Haus vorbei gekommen sind, und da will es mir nicht in den Kopf, dass Sie da gar niemanden gesehen haben wollen."

Nach endlos erscheinenden Sekunden senkt er endlich seinen Blick. Er scheint mit sich zu hadern.

„Bitte, Herr Wolters, sagen Sie uns, wenn Sie etwas wissen!"

Er seufzt schwer. Hannes wirft mir einen langen Blick zu. Ich merke, dass er etwas weiß. Und ich will es unbedingt herausbekommen.

„Herr Wolters", spreche ich ihn nun eindringlich an. „Lassen Sie uns einen Deal machen. Wenn ich Ihnen zusichere, dass sich Ihre Aussage, ganz egal, was Sie vorhatten, strafmildernd auswirken wird, wenn diese Sache erst einmal ausgestanden ist, könnten wir dann ins Geschäft kommen?"

Er zögert, hadert mit sich selbst.

„Ich habe Ihnen doch schon gesagt, dass da Leute unterwegs waren, aber ich könnte da jetzt keinen näher beschreiben. Und dann habe ich eben nur die Kanister gesehen. Was heißt die Kanister, dann war es ja nur noch einer."

Überzeugend spricht er ja schon, aber ich glaube ihm trotzdem nicht.

„Mehr wollten Sie nicht von mir?", fragend sieht er Hannes und mich an.

„Darf ich Sie bitten, vorerst erreichbar zu bleiben?"

„Aber klar doch. Skifahren kann ich auch hier, so viel Schnee wie hier liegt."

Unsere Augen wandern unisono zum Fenster. Draußen ist es dunkel, es hängen wieder einmal dicke Wolken am Himmel, die scheinbar nur darauf warten, ihre Flocken auf die Erde zu entladen.

„Da haben Sie wohl Recht. Na gut, dann entlassen wir Sie. Wenn Ihnen doch noch irgendetwas einfällt, melden Sie sich bitte."

Herr Wolters erhebt sich und tippt sich an seinen Hut. Ich laufe vor ihm her. Da fällt mir noch etwas ein und ich drehe mich zu ihm um. Wir sind gerade auf Höhe von Larissas Schreibtisch, und Herr Wolters' Blick scheint auf irgendetwas auf ebendiesem Schreibtisch festzuhaften.

„Herr Wolters?"

Er scheint wie hypnotisiert. Dann schüttelt er den Kopf.

„Das glauben Sie mir jetzt bestimmt nicht", murmelt er.

„Was denn?"

Er deutet auf den Bilderrahmen auf Larissas Tisch.

„Das ist der Kerl."

„Was?"

Ich greife mir das Bild. Joachim lächelt mir entgegen.

„Ich fürchte, ich verstehe nicht ganz …"

Hannes' Augen sind riesengroß.

„Na, den hab ich bei den Kanistern gesehen."

Ich glaube, mein Herz bleibt kurz stehen.

„Sind Sie sich sicher?"

„Also ehrlich, ich wollte es Ihnen ja sagen …"

„Egal, Sie sagen es uns ja jetzt. Los, raus damit!", fordere ich ihn auf.

„Beim ersten Mal habe ich nur einen großen schlanken Mann gesehen. Ich habe mich gewundert, warum er Kanister ums Haus trägt. Aber da habe ich mir noch nicht wirklich was dabei gedacht."

Das glaube ich ihm sogar.

„Aber beim nächsten Mal habe ich gesehen, wie er einen ausgeschüttet hat, da bin ich natürlich misstrauisch geworden. Ich hab angehalten und wollte ihn zur Rede stellen. Er hat mich gesehen und hat das Weite gesucht. Aber sein Gesicht, das hab ich mir gemerkt. Und das ist es."

Er zeigt wieder auf Joachims Foto. Ich kann das gar nicht glauben!

„Warum haben Sie uns das nicht gleich gesagt?", fragt Hannes.

Er zuckt mit den Schultern.

„Ich wollte da nicht in was verwickelt werden", sagt er vage.

„Sie bleiben hier, ich rufe sofort Herrn Deutler an."

Ich stürze zum Telefon und klingle beim Chef durch. Ich erwische ihn, als er sowieso schon fast bei der Wache ist. In zwei Minuten sei er da.

„Wir dürfen jetzt nichts überstürzen", warne ich Hannes.

„Oh mein Gott", mir fällt etwas ein, was mir die Knie ganz weich macht.

„Larissa hat doch vorhin angerufen. Sie ist jetzt gerade bei Joachim!"

Hannes wird kalkweiß.

„Und jetzt?"

„Das wenn ich wüsste."

Ich grüble.

„Ich könnte doch ganz unverfänglich bei ihr anrufen, was meinst du?"

„Ist das nicht arg auffällig?"

„Wieso denn? Sie weiß doch von nichts. Und Joachim weiß auch nicht, dass wir ihm auf die Schliche gekommen sind."

Der Gedanke mag sich noch gar nicht in meinem Kopf festsetzen. Joachim soll der Feuerteufel sein? Es ist mir unbegreiflich. Ich sehe ihn vor mir, wie er beim Fondue-Essen die Bürgerwehr ins Leben gerufen hat. Ich will mir nicht ausmalen, wie Larissa das aufnehmen wird. Ein größerer Teil von mir ist momentan davon überzeugt, dass es sich um einen Irrtum handelt. Und wer weiß? Vielleicht war Joachim nur zur falschen Zeit am falschen Ort? Aber dann hätte er doch etwas gesagt!

„Ja, ruf sie mal an. Frag, wo sie ist."

Hannes hält mir den Hörer hin.

„Ich weiß doch ihre Nummer nicht auswendig."

Ich krame mein Handy hervor und tippe dann ihre Nummer ein. Es tutet dreimal, dann ertönt ihr unverwechselbares

„Hallöchen!"

„Hey, Larissa."

Mir wird ganz heiß. Ich hätte mir wirklich vorher überlegen müssen, was ich ihr sagen will.

„Ja? Was brauchst du denn von mir?"

„Äh, ich wollte dich fragen, woher du dein Shampoo nochmal hast?"

„Oh, hast du Spliss? Ich wollte es dir nicht so direkt sagen, aber du solltest deine Haare mehr pflegen", tadelt sie mich. „Es ist ein Spezialshampoo, das es nur bei meiner Friseurin gibt. Geh einfach zu ihr, sie berät dich bestimmt ganz prima."

„Oh ja. Wo bist du denn gerade?"

Ich höre ein Kichern, dann Joachims Stimme im Hintergrund. Eine Riesenwut schwillt urplötzlich in mir auf. Wenn er Larissa auch nur ein Haar krümmt …

„Das kann ich dir gar nicht sagen. Joachim entführt mich doch gerade."

Sie kichert.

„Wir fahren jetzt zu meiner Überraschung, und dann weiß ich endlich, was mein Schatz für mich vorbereitet hat. Sei mir nicht böse, aber ich muss jetzt aufhören."

„Larissa, nein!"

Wie kann ich ihr möglichst unauffällig mitteilen, dass sie sich in großer Gefahr befindet?

„Warte mal, ist die Überraschung nicht hier?“

Was für eine doofe Frage. Sie hat es mir doch gerade gesagt!

„Nein, wir fahren in die Berge. Joachim sagt, wir müssen jetzt aufhören. Ich melde mich wieder bei dir, ja?“

„Larissa“, sage ich flehend, doch es tutet nur noch.

„Mist, Mist, Mist! Sie könnten überall sein!“

Mario Deutler kommt atemlos herein gestürmt.

„Dieser Schnee macht mich noch ganz verrückt.“

„Herr Deutler, wir glauben, wir wissen, wer der Feuerteufel ist.“

„Was?“

Kurz und knapp berichte ich ihm, was wir herausgefunden haben.

„Wusste ich es doch, der Typ war mir von Anfang an verdächtig!“

Ich verkneife mir einen Kommentar.

„Wir müssen Frau Frosch retten. Frau Städele, Sie sind doch ihre beste Freundin. Wo könnten sie stecken?“

„Das weiß ich doch nicht. Berge gibt es hier ringsum viele!“

Da fällt mir etwas ein.

„Moment, Sebastian ist doch ein ziemlich guter Freund von Joachim, vielleicht hat er ihm etwas erzählt.“

Die Zeit drängt, der Verbindungsaufbau dauert mir viel zu lang. Nach quälend langen Sekunden geht Sebastian endlich ran.

„Servus!“

„Hör zu. Hast du eine Ahnung, was Joachim mit Larissa vor hat?“

„Nicht so schnell, was ist los?“

Ich kläre Sebastian kurz auf und er scheint atemlos zuzuhören.

„Aber das ist doch nicht möglich! Ich kenne Joachim seit vielen Jahren!“

„Bitte überleg, ob er dir gegenüber etwas erwähnt hat, welche Überraschung er für Larissa geplant hat. Anscheinend sind die beiden schon seit einer ganzen Weile mit dem Auto unterwegs in Richtung Berge. Bitte Sebastian, überleg, ich habe wirklich Angst um Larissa.“

„Er würde ihr bestimmt nichts antun. Er liebt sie doch.“

„Ja, das sagt er.“

„Hm. Ich weiß, dass seine Familie eine Hütte in den Bergen hat. Was heißt in den Bergen, ich war selbst schon ein paar Mal dort. Die Hütte ist gleich hinter Nesselwang.“

„Findest du hin?“

„Ich denke schon.“

„Dann komm her. Es ist unsere einzige Chance!“

„Sie können sonst wohin unterwegs sein!“

„Vielleicht ist seine Überraschung ja, ein paar romantische Tage mit ihr in den Bergen zu verbringen? Bitte komm und zeig uns, wo diese Hütte ist.“

Er bemerkt meinen drängenden Tonfall und willigt ein. Mario Deutler tigert umher.

„Wir müssen uns auf alles vorbereiten. Dieser Mann ist gemeingefährlich!“

„Noch ist doch gar nicht bewiesen, dass er wirklich der Täter ist.“

„Aber Herr Wolters hat ihn einwandfrei identifiziert.“

„Noch gab es keine Gegenüberstellung.“

Warum verteidige ich Joachim eigentlich?

„Ich hatte die ganze Zeit ein ungutes Gefühl. Der Typ war mir noch nie sympathisch.“

Ich möchte ihm jetzt ungern die Wahrheit sagen. Er kann Joachim nur nicht ausstehen, weil er Larissas Freund ist.

„Kommen Sie, wir packen alles zusammen. Sebastian müsste gleich da sein.“

Ich greife mir meine Waffe und kontrolliere, ob sie geladen ist. Gleichzeitig schicke ich ein Stoßgebet gen Himmel mit der Bitte, sie gar nicht erst einsetzen zu müssen. Ich verstaue die Waffe im Halfter. Mario Deutler verschwindet in sein Büro und kehrt kurz darauf mit einem Koffer zurück.

„Gehen wir. Ich kann hier nicht warten.“

Wir bläuen Hannes ein, uns sofort zu informieren, sollte er irgendetwas Wichtiges erfahren. Er ist immer noch ganz blass, nickt aber dienstbeflissen.

Herr Wolters, der alles schweigend beobachtet hat, setzt sich auf die Besucherbank. Er wirkt sehr angespannt. Na, wenn das mal kein Nachspiel für ihn haben wird! Wir treten vor die Tür und werden von einem eiskalten Wind begrüßt.

„Es wird gleich wieder schneien“, mutmaße ich.

Mario Deutler wirkt wie versteinert.

„Wenn er ihr irgendwas antut … Ich hoffe, wir kommen nicht zu spät.“

„Aber Chef, ganz ehrlich, er wird ihr nichts antun. Er hat keine Ahnung, dass wir hinter ihm her sind. Und *ihr* tut er noch am wenigsten an.“

Er scheint nicht im geringsten von meinen Worten überzeugt zu sein, entbehrt aber jedes weiteren Kommentars, da Sebastian um die Ecke gebogen kommt.

„Los, steigt ein!“, fordert er uns auf, aber Herr Deutler schüttelt den Kopf und zeigt auf unser Zivilfahrzeug.

„Wir fahren damit. Sie können hier im Hof parken.“

Und los geht es. In meinem Arm kribbelt es, als würden tausend Ameisen darauf herum krabbeln. Tapfer ignoriere ich den Drang zu kratzen und beuge mich nach vorne.

„Wo genau ist denn diese Hütte?"

„Oberhalb vom Sonnenbichl, da haben wir meistens geparkt und sind von da aus rauf gelaufen. Ganz in der Nähe von der Hütte, etwas talwärts ist ein kleiner Wasserfall, zu dem sind wir im Sommer immer zum Abkühlen runter gegangen", informiert mich Sebastian. „So ganz genau kann ich es dir jetzt nicht sagen, ich muss die Gegend sehen, dann weiß ich es wieder."

Mario Deutler starrt geradeaus.

„Und ihr seid sicher, dass er der Feuerteufel ist?", wendet sich Sebastian mir zu.

„Wir haben einen Zeugen. Auf alle Fälle müssen wir ihn finden, bevor noch etwas passiert."

Er schüttelt den Kopf.

„Joachim ist einer meiner ältesten Freunde, ich hätte doch was merken müssen!"

„Nicht unbedingt. Solche Leute haben ein Riesentalent, sich zu verstellen", erklärt mein Chef. „Frau Städele, würden Sie Fräulein Frosch bitte noch einmal anrufen?"

„Was soll ich ihr denn sagen?"

„Ich will nur wissen, ob es ihr gut geht."

Ich spüre seine Besorgtheit bis nach hinten.

„Sie wird merken, dass ich im Auto sitze."

„Dann fahren Sie eben gerade Streife! Nun machen Sie schon, rufen Sie sie endlich an!"

Panik scheint in ihm aufzukeimen. Ich nehme mir einen kurzen Moment, um darüber nachzudenken, was ich ihr sagen möchte. Dann atme ich tief durch und rufe Larissa an. Es tutet und tutet.

Niemand geht ran, nicht einmal ihre Mailbox. Und dabei hat sie sie doch so witzig besprochen.

„Sie geht nicht ran."

Ich merke wie Herr Deutler aufs Gas drückt. Links und rechts neben uns türmen sich wahre Schneeberge, und ich hoffe, wir erreichen unser Ziel, ohne dass erneuter Schneefall einsetzt. Wir durchqueren Marktoberdorf und biegen ab in Richtung Nesselwang.

„Und was genau habt ihr vor?", fragt Sebastian in die Stille hinein. Ich sehe, wie mein Chef die Zähne zusammenbeißt.

„Wir müssen natürlich erst einmal die Lage erfassen", sagt er nach einer Weile.

„Am besten wäre es, wenn wir ihn überraschen könnten."

„Nehmen Sie ihn dann fest?"

„Selbstverständlich!"

Sebastian linst zu mir hinter. Ich schaue ratlos zurück.

„Ich glaube, das Wichtigste ist, dass es Larissa gut geht. Wobei ich immer noch glaube, dass er ihr kein Haar krümmen wird."

„Das macht er bestimmt nicht", stimmt mir Sebastian zu.

„Da vorne ist das Dörfchen Wald", bemerkt Herr Deutler überflüssigerweise, weil wir sind ja nicht blind und sehen es genauso gut wie er selbst. Kleine Flocken setzen sich als Vorboten zum richtig dicken Schnee auf unsere Scheibe.

„Auch das noch! Wann hört es endlich auf zu schneien", flucht mein Chef. „Jetzt müssen Sie mir sagen, wo ich lang fahren muss", fordert er Sebastian auf.

„Ein Dorf müsste noch kommen, dann erst sind wir in Nesselwang."

Nach endlosen Minuten erreichen wir endlich Rückholz, das nächste Dorf. Unsere Nerven sind zum Zerreißen angespannt. Es ist fast unerträglich, hier zu sitzen und nichts tun zu können. Der Schnee fällt nun dichter, und die dicken Wolken lassen den Tag wie die Nacht erscheinen. Wir schweigen. Der Scheibenwischer fährt wie verrückt über die Frontscheibe. Dann endlich erblicken wir das Ortsschild von Nesselwang.

„Hier müssen wir dem Schild zur Alpspitz-Bahn folgen", Sebastian zeigt auf die Hinweisschilder vor uns. Wir bleiben auf der großen Straße und fahren in den Ort hinein.

„Und da vorne dann links, ja, ich erinnere mich! Als ich das letzte Mal hier war, lag auch ziemlich viel Schnee."

Herr Deutler lenkt den Wagen und schlittert um die Kurve. Mir bleibt kurz das Herz stehen.

„Bitte, machen Sie langsam. Es ist keinem geholfen, wenn wir jetzt einen Unfall bauen", mahne ich ihn zur Vorsicht.

„Das ist mir auch klar", erwidert er schroff.

„Okay, da vorne müssen wir wieder links fahren. Wir können noch ein Stückchen rauf fahren."

Sebastian lotst uns auf eine schmale, mehr schlecht als recht geräumte Straße, bis er irgendwann sagt: „Ab da vorne können wir nur noch zu Fuß weiter. Lassen wir das Auto am besten hier am Feldweg stehen. Die Hütte ist mitten in dem Wald da."

Er setzt sich seine Mütze auf.

„Das wird ein kalter Aufstieg."

Hier liegt, wenn überhaupt möglich, noch mehr Schnee. Wir wickeln unsere Schals fest um unsere Hälse und verlassen das Auto.

„Herr Zink, ich glaube, es ist besser, Sie bleiben im Auto", wendet sich Mario Deutler an Sebastian.

„Aber ohne ihn finden wir diese Hütte doch niemals!"

„Da haben Sie auch wieder Recht. Also gut, machen wir uns auf den Weg. Aber sobald wir die Hütte sehen, bleiben Sie aus dem

Gefahrenbereich raus, haben Sie mich verstanden?“, schärft mein Chef ihm ein.

„Ist in Ordnung.“

Wir stapfen durch den fast kniehohen Schnee. Dieser Wanderweg wurde wohl schon wochenlang nicht mehr geräumt. Es ist dunkel, als wäre es schon Abend, aber es ist gerade erst Mittagszeit. Wahrscheinlich werde ich Alpträume von diesen dicken Schneeflocken bekommen. Man sieht kaum einen Meter weit.

„Da!“, ruft Sebastian auf einmal und deutet auf etwas vor uns.

„Was ist das?“, frage ich laut, damit er mich durch den Schal auch hören kann.

„Da steht Joachims Auto. Es muss wohl noch eine Straße hierher geben. Seht, die Spuren kommen von da drüben.“

„Dann hatten wir den richtigen Riecher. Weiter!“, drängt Mario Deutler.

Plötzlich habe ich ein ganz flaues Gefühl in der Magengegend.

„Was ist, wenn er doch nicht der Feuerteufel ist? Wir blamieren uns bis auf die Knochen!“

Wir bleiben im Schutz einer großen Fichte stehen.

„Darüber habe ich mir auch schon Gedanken gemacht“, meint Sebastian.

„Wie wäre es, wenn du alleine zuerst gehst? Als Larissas beste Freundin wäre das doch am unauffälligsten.“

„Nein, das ist gar keine gute Idee. Damit könnten wir sie in Gefahr bringen. Ich würde vorschlagen, wir gehen erst einmal bis zu der Hütte und sehen dann weiter. Auf alle Fälle müssen wir schnell zuschnappen.“

Wir setzen unseren Weg fort.

„Es kann nicht mehr weit sein“, schnauft Sebastian, denn es ist wahnsinnig mühsam, sich in diesen Schneemassen fortzubewegen. Mir war für einen kurzen Moment so, als hätte ich ein Licht gesehen. Ich zupfe Sebastian am Ärmel.

„Guck mal, da, leuchtet da was?“

Er blickt angestrengt mit zusammengekniffenen Augen in die von mir gezeigte Richtung.

„Ja, ich sehe auch was. Herr Deutler!“

„Ja?“

Wir teilen ihm unsere Beobachtung mit und halten Kriegsrat.

„Es hilft alles nichts, wir müssen zunächst einmal herausfinden, was das ist. Der dichte Schneefall kommt uns jetzt zu Hilfe. Man kann ja die Hand kaum vor den Augen erkennen. Gehen wir näher ran. Aber Vorsicht.“

Wir setzen uns wieder in Bewegung.

„Das ist doch lächerlich“, murmelt mir Sebastian ins Ohr. „Ich soll mich vor einem Freund in Acht nehmen.“

Ich zucke nur mit den Schultern, was mich wieder vehement daran erinnert, dass es meinem Arm alles andere als gut geht. Aber das Bild, das sich urplötzlich vor mir auftut, lässt mich alles vergessen. Keine zwanzig Meter von uns brennt auf einer kleinen Lichtung ein riesiges Herz. Lichterloh brennende Fackeln weisen einen Weg dorthin. Davor kniet Joachim, und Larissa steht mit einem völlig überwältigten Gesichtsausdruck vor ihm.

Und dann geht alles ganz schnell. Mario Deutler sprintet mit gezückter Waffe auf Joachim zu. Der wirbelt herum, dreht ihm den Arm auf den Rücken, so schnell kann ich gar nicht schauen und schlägt ihm mit dem Ellbogen ins Gesicht. Bei diesem Gefecht fliegt die Waffe in hohem Bogen davon. Herr Deutler geht ächzend zu Boden. Er bleibt regungslos im Schnee liegen.

„Was zur Hölle war das denn?“, fragt Joachim.

„Ach Gott, Schatz, schau, das ist ja mein Chef!“

„Was?"

Ich schäle nun auch unbemerkt meine Waffe aus dem Halfter und sage leise zu Sebastian: „Bleib dicht hinter mir."

„Was sollen wir denn jetzt tun?", raunt er zurück.

„Warum ist er denn hier? Woher weiß er, dass wir hier sind?", ruft Joachim und beginnt, sich hektisch umzuschauen.

„Wir müssen ihn irgendwie dazu bewegen, mit uns zu kommen."

Sebastian löst meine Hand von seinem Arm und geht ganz ruhig auf ihn zu.

„Hey Kumpel", ruft er. Joachim schaut, woher die Stimme kam und erkennt Sebastian.

„Was willst du denn hier?"

„Sie haben Lawinengefahr gemeldet hier in den Bergen", improvisiert er. Ich atme tief durch und laufe Sebastian hinterher.

„Louisaaaaa", schreit Larissa, als sie mich entdeckt hat. „Das ist ja supi, schau mal, was für eine tolle Überraschung der Joachim sich für mich ausgedacht hat!"

Mit einer weit ausholenden Geste umfasst sie das Flammenherz.

„Oh ja, ich sehe schon. Prima."

Mein Herz rast. Allein das kann einem schon die Augen öffnen. Joachim muss lange an diesem Feuerspektakel gearbeitet haben, dass es sogar diesen Schneesturm unbeschadet übersteht.

„Warum seid ihr wirklich hier?", fragt Joachim misstrauisch.

„Also gut", fängt Sebastian an, „Louisa hat erzählt, dass Larissa aus dem Krankenhaus entlassen wurde. Sie hat sie angerufen, und Louisa hat gemerkt, dass sie im Auto sitzt. Das hat sie mir erzählt, und dass du eine Überraschung für sie geplant hast. Ich habe kurz davor im Radio von heftigen Schneestürmen gehört und mein erster Gedanken war ‚Er wird doch nicht mit ihr ausgerechnet bei so einem Wetter in die Berge gefahren sein?‘ Also habe ich ihr meine Bedenken mitgeteilt, und weil sie gerade in der Arbeit war, hat sich ihr Chef bereit erklärt, mit uns zu kommen. Larissa ist ihm ja schließlich untergeordnet und er hat sich für ihre Sicherheit verantwortlich gefühlt.“

Ich merke Joachim sofort an, dass er ihm kein Wort glaubt. Aus den Augenwinkeln sehe ich, dass sich Herr Deutler regt. Mir bricht der kalte Schweiß aus. Was sollen wir nur tun?

„Ach Schatz, wenn sie doch nun schon einmal hier sind, dann können sie doch auch gern bleiben. Du hast so viel zu essen eingekauft, das reicht locker noch für drei mehr.“

Joachim dreht sich zu Larissa um und nimmt ihre Hände.

„Larissa, es tut mir so leid, ich hatte das ganz anders geplant.“

„Aber Schatz, ich freue mich doch so sehr über dein Herz, das so in Flammen steht für mich.“

Ach herrje, sind wir jetzt in einem Schnulzenroman?

„Liebling, beim Wichtigsten waren wir ja noch gar nicht.“

Joachim hat jetzt nur noch Augen für sie. Was ist denn das für ein komischer Typ? Sebastian nimmt meine Hand und wirft mir einen ungläubigen Blick zu.

„Er wird doch nicht etwa …?“

Doch bevor ich fragen kann, was er denn nicht etwa wird, hat sich Joachim wieder vor Larissa hingekniet und ergreift ihre Hand.

„Larissa, du bist der wichtigste Mensch in meinem Leben. Für dich gehe ich durchs Feuer. Ich habe immer nur auf dich gewartet und ich möchte mit dir alt werden. Willst du meine Frau werden?“

„Neeeeeeiiiiiiiinnnnnnnn!“

Doch es ist nicht Larissa, die das voller Inbrunst schreit, sondern mein Chef, der sich unbemerkt aufgerappelt hat und nun auf Joachim losgeht.

„Du elendiger Feuerteufel, du!“, brüllt er und zieht ihm seine Waffe über den Schädel, dass es nur so knirscht.

Dieses Mal ist es Joachim, der ausgeschaltet wird und am Boden liegen bleibt. Aus einer Platzwunde am Kopf tröpfelt dunkles Blut in den Schnee.

„Herr Deutler, was machen Sie da nur?“, kreischt Larissa und kniet sich neben Joachim.

„Bleiben Sie weg, Frau Frosch, er ist der Feuerteufel!“

„Waaaaas? Mein Joachim? Nie im Leben!“

Sie nimmt Joachims Kopf in ihre Hände und streichelt seine Wangen. Er öffnet benommen die Augen und sieht sie an.

„Larissa, mein Liebling.“

„Ich bin hier, keine Angst.“

„Was ist denn los?“

„Das ist alles nur ein Irrtum“, besänftigt sie ihn.

„Nein, ist es nicht!“ Mario Deutler baut sich vor ihr auf und richtet die Waffe auf ihn. Da reißt Joachim Larissa zu sich hinunter und hält ihr ein Messer an den Hals.

„Wenn ihr auch nur einen Schritt näher kommt, hat ihr letztes Stündlein geschlagen.“

„Aber Joachim, was tust du denn da?“

Völlig verwirrt dreht Larissa ihren Kopf zu ihm, was zur Folge hat, dass sich die Messerspitze in ihren Hals bohrt. Ungläubig langt sie sich an die verwundete Stelle und betrachtet dann ihre blutigen Finger. Ihre Augen sind schreckgeweitet.

„Kommen Sie keinen Schritt näher“, droht Joachim.

Seine Augen blitzen gefährlich. Ich muss etwas unternehmen! Es ist kaum auszuhalten, einfach da zu stehen, wenn sich eine Kollegin in Todesgefahr befindet. Aber würde Joachim, der ihr ja erst vor wenigen Augenblicken einen Heiratsantrag gemacht hat, sie wirklich ernsthaft verletzen? Diesem Typ ist alles zuzutrauen, muss ich mir eingestehen.

„Ihr lasst mich jetzt gehen“, ruft Joachim.

„Den Teufel werden wir!“, brüllt Mario Deutler zurück.

„Ach ja? Gut, ich nehme Larissa mit.“

„Joachim, lass das“, versucht Sebastian ihn zu beruhigen. „Was hast du denn davon, wenn du abhaust?“

„Ihr versteht das alles nicht. Ich bin nicht der Feuerteufel. Deswegen lasst ihr mich ja jetzt auch gehen, verstanden?“

Er rappelt sich auf und hält dabei Larissa fest umklammert. Die wimmert in seinen Armen: „Wie kannst du nur so etwas Abscheuliches tun?“

„Mein Schatz, ich nehme dich mit. Zusammen fahren wir bis ans Ende der Welt.“

Was für eine bizarre Szene, der wir hier beiwohnen. Das brennende Herz fackelt ab und ist an einer Seite schon ausgegangen, Schnee fällt wie ein Vorhang herunter, am Boden Joachims Blut. Ein Verrückter flüstert meiner Kollegin Liebesschwüre ins Ohr.

„Wir müssen was tun!“, zische ich Sebastian zu, der immer noch meine Hand hält.

Mein Chef steht wie versteinert da. Uns geht wahrscheinlich allen der gleiche Gedanke durch den Kopf: nur ja nicht Larissa verletzen! Mario Deutler hält seine Waffe umklammert und zielt auf die beiden.

„Lass die Waffe fallen, sonst bring ich Larissa um!“, brüllt Joachim, der sich jetzt Schritt für Schritt nach hinten bewegt, den Fackelweg entlang. Mario Deutler lässt seine Waffe fallen.

„Da hinten ist die Hütte. Meinst du, er will sich mit ihr da verschanzen? Zum Auto schafft er es doch unmöglich so, oder?“, fragt mich Sebastian leise.

Mein Gehirn rattert.

„Ich versuche, mich von hinten zu nähern. Kannst du ihn irgendwie ablenken?"

„Was? Nein, auf keinen Fall. Louisa, mach das ja nicht!"

„Aber ich muss doch Larissa helfen!"

Er seufzt und blickt dann zu Mario Deutler hinüber, der sich keinen Zentimeter bewegt hat.

„Also gut. Aber sei vorsichtig. Hast du deine Waffe da?"

„Logo."

Joachim hat sich mittlerweile mit Larissa bis zur letzten Fackel zurückgezogen.

„Was meinst du damit, du bist nicht der Feuerteufel?", ruft Sebastian ihm zu. Joachim stockt.

„Na, ich bin's nicht. Ich weiß gar nicht, wie ihr auf mich kommt. Das ist völlig absurd! Ich hab doch sogar die Bürgerwehr ins Leben gerufen!"

„Aber warum reagierst du dann so? Du hast doch nichts zu befürchten!"

„*Ihr* habt *mich* doch angegriffen!"

Joachim ist nun völlig auf Sebastian konzentriert, weshalb er aber trotzdem den Griff um Larissa keinesfalls lockert. Ganz langsam schleiche ich mich immer weiter in den Schutz der Bäume. Sebastian hingegen geht ein Stück vorwärts, auf Joachim zu.

„Mein Freund, du bringst dich in richtige Schwierigkeiten, wenn du Larissa entführst."

„Ich will nur, dass ihr mich gehen lasst. Ich habe nichts verbrochen."

„Dann lass Larissa frei."

Joachim zögert. Eine Weile fällt kein Wort, und ich habe es geschafft, aus seinem Blickwinkel zu gelangen, ohne dass es ihm aufgefallen ist. Ich schaue mich um. Wenn ich einen großen Bogen laufe, könnte es mir gelingen, mich Joachim und Larissa von hinten anzunähern. Ich nehme all meinen Mut zusammen und schlüpfe zwischen den Bäumen hindurch. Schon nach wenigen Schritten erkenne ich ein kleines Holzhaus. Bingo, das muss es sein. Ich höre Stimmen.

Vorsichtig umrunde ich eng an die Wand gedrückt das Blockhaus und kann tatsächlich Joachim von hinten erkennen. Unscharf kann ich dahinter sogar noch die Fackeln brennen sehen.

Die Bäume, die hier wieder dichter stehen, ächzen und knarren unter dem vielen Schnee. Zum Glück kommt hier im Wald der Wind nicht so durch. Mit festem Griff umklammere ich meine Waffe und entsichere sie. Aber was will ich machen? Ihn niederschießen?

Ich luge ums Eck und wäge meine Chancen ab, ihn ins Bein zu treffen. Von hier ist die Gefahr groß, dass ich versehentlich Larissa treffe. Ich verstehe nicht, was Joachim redet, aber er scheint ziemlich in das Gespräch vertieft zu sein. Ich muss die Gunst der Stunde nutzen und mich von hinten an ihn ranschleichen. Ein gezielter Schlag auf den Kopf sollte ihn erst einmal außer Gefecht setzen. Langsam pirsche ich mich näher an sie heran, bis ich Larissas Schluchzer hören kann.

Jetzt oder nie.

Ich nehme die Waffe in die linke Hand und hebe meinen Arm zum Schlag. In diesem Moment schaut mich Sebastian kurz an. Joachim bemerkt, dass er hinter ihn sieht und dreht sich wie in Zeitlupe zu mir um. Er stößt Larissa in den Schnee und wirft mich zu Boden, bevor ich auch nur bis eins zählen kann. Stechender Schmerz durchfährt meinen lädierten Arm, meine Waffe fällt mir aus der Hand, und ich schreie auf.

„Noch besser!“, ruft Joachim und zerrt mich nach oben. „So, Sebastian, ich nehme *deine* Freundin mit. Wir werden bestimmt viel Spaß miteinander haben, oder was meinst du, Louisa?“

Ich kann nicht antworten, da ich um Luft ringen muss. Grob packt er mich am Arm, genau an der verletzten Stelle, was mir die Tränen in die Augen treibt. Jetzt spüre ich das kalte Messer an meinem Hals. Wo steckt nur der Chef?

Joachim schleift mich rückwärts, bis wir das Haus erreicht haben. Ich kann keinen klaren Gedanken fassen. Joachim lockert seinen Griff um keinen Deut, und ich fürchte, wenn das so weiter geht, werde ich noch ohnmächtig. Da kracht auf einmal ein Schuss und wir beide werden zur Seite geschleudert. Benommen liege ich am Boden.

Durch den Schnee sehe ich, wie Larissa etwas aufhebt. Dann kommt sie mit gezückter Waffe auf uns zu. So habe ich sie ja noch nie gesehen! Sie könnte glatt als Tomb Raider durchgehen, nur eben in blond. Da ist der Moment schon wieder vorbei, und sie schaut verwundert auf die Pistole in ihrer Hand.

„Aber ich habe doch gar nicht geschossen?!“

Sie steht jetzt direkt vor mir.

„Aber ich!“, ruft Mario Deutler.

Er steht hinter dem nächsten Baum und kommt auf uns zu. Da segelt Larissa auf einmal zu Boden und lässt einen markerschütternden Schrei los. Joachim, den wir außer Gefecht vermutet haben, hat ihr den Fuß ins Knie gerammt und sie so zum Fallen gebracht. Er angelt sich das Messer, das ihm aus der Hand geflogen ist und setzt es ihr wieder an den Hals.

Geht dieser Alptraum denn niemals zu Ende? Mir wird schwarz vor Augen und nur mit Not kann ich meine Umgebung noch wahrnehmen. Sebastian steht hilflos ein paar Meter vor uns. Schwerfällig hebe ich meinen Kopf. Larissa strampelt mit den Beinen. Da gellt jäh noch ein Schuss durch die Luft.

Ich spüre, wie Joachim neben mir zusammenzuckt. Sebastian kommt auf mich zugerannt und hilft mir auf die Beine. Joachim protestiert heftig, während Mario Deutler ihm die Handschellen anlegt. Dann fällt er vor Larissa auf die Knie.

„Ist mit Ihnen alles in Ordnung?“, fragt er atemlos.

„Herr Deutler, Chef, Sie haben mir das Leben gerettet!“

Larissa umarmt ihn und bricht in Tränen aus. Ich kann sie verstehen, mir ist nach Abfallen dieser Anspannung selbst auch nach Heulen zumute, kann mich aber gerade noch beherrschen. Sebastian hat Joachims Messer an sich genommen und schaut verachtend auf ihn herab.

„Wie konnte ich dich nur für meinen Freund halten?“

Joachim hält sich seine linke Schulter. Seine Augen funkeln böse.

„Ich habe überhaupt nichts verbrochen!“

„Das werden wir ja noch sehen. Komm, steh auf!“

Larissa und Herr Deutler stehen immer noch in enger Umarmung beisammen, und Sebastian und ich grinsen uns an. Joachim gibt verächtliche Laute von sich. Offenbar hat Herr Deutler ihn mit einem Schuss voll in die Schulter getroffen.

„Ich suche seine Autoschlüssel, dann fahre ich sein Auto zurück.“

Sebastian verschwindet ins Haus und kehrt kurz darauf mit zwei Taschen, von denen ich eine dank rosa Glitzersteinchen eindeutig als Larissas identifizieren kann, und zwei Schlüsselbunden zurück.

„Komm mal bitte und sieh dir das an.“

Ich folge ihm in die Blockhütte.

„Riechst du das auch?“

Ich schnüffele, und tatsächlich, hier riecht es nach Spiritus.

„Schau, ich habe auch die Ursache gefunden."

Er deutet auf das Bett, das ziemlich mittig im Raum steht.

„Sag bloß …?"

Ich gehe näher ran und kann erkennen, dass etwas – vermutlich der Spiritus – auf den Boden tropft.

„Er muss ja die komplette Matratze getränkt haben!"

„Schaut ganz so aus. Anscheinend wollte er das Haus in die Luft jagen."

„Da wird sich die Spurensicherung freuen. Komm, gehen wir, ich hab genug von diesem ganzen Zeug."

Wir gehen hinaus und atmen erst einmal die gute Luft ein.

„Und du willst mein Freund sein?", kommt da spitz von der Seite.

„Dito", gibt Sebastian zurück.

„Also los, fahren wir zurück … Äh, Herr Deutler?"

Doch der hört uns gar nicht. Larissa und er knutschen wie verrückt miteinander.

„Da sieht man mal, die Weiber …", gibt Joachim seinen Senf dazu.

„Du sei nur ganz ruhig!"

Im Schneckentempo fahren wir nach Hause. Sebastian fährt in Joachims Auto vor uns her, und wir vier sitzen im Zivilfahrzeug. Joachim starrt aus dem Fenster.

„Das wird euch noch leid tun", sagt er immer mal wieder, worauf ich nur ein „Ja, ja" erwidere.

Es ist fast siebzehn Uhr, als wir die Wache erreichen. Hannes und Harald führen Joachim in die Zelle und hören sich aufmerksam unseren Bericht an.

„Wo ist denn eigentlich Herr Wolters?“

„Im Café Breitschuh. Ich ruf ihn gleich mal an und bitte ihn herzukommen.“

„Machen Sie das. Der Arzt ist verständigt?“

„Müsste jeden Moment hier sein.“

Der erste Tumult legt sich langsam wieder. Larissa sitzt gedankenverloren an ihrem Schreibtisch.

„Na, alles in Ordnung mit dir?“

„Ach Louisa“, seufzt sie, „ich dachte wirklich, Joachim liebt mich.“

„Ich glaube, das hat er auch, auf seine Weise.“

„Zum Glück war Mario da. Wer weiß, was sonst noch alles passiert wäre. Ohne ihn wäre ich jetzt vielleicht tot. Und du auch!“

Sie reißt ihre Augen weit auf.

Wer ist Mario?

„Du meinst Herrn Deutler?“

Ein Lächeln huscht über ihr Gesicht.

„Ja, natürlich, Herrn Deutler.“

„Darf ich dich mal was fragen?“

„Ja klar.“

„Was läuft da zwischen dir und dem Chef?“

„Oh Louisa, ich verrate dir jetzt was, aber das ist noch ein Geheimnis.“

„Da bin ich aber gespannt.“

„Du erzählst es doch auch niemandem, oder?“

„Natürlich nicht.“

Ich muss schmunzeln. Was kann das denn für ein wichtiges Geheimnis sein?

„Als Mario mich vor Joachim gerettet hat und wir da zusammen standen …“

„Eng umschlungen?“

„Ja, genau da, also, aber du verrätst es wirklich keinem, ja?“

„Ehrenwort!“

„Er hat um meine Hand angehalten!“, kreischt sie.

Sämtliche Köpfe wenden sich in unsere Richtung.

„Upsi, das mit dem nicht verraten hat sich wohl erledigt“, kichert sie.

„Vermutlich. Und was hast du gesagt?“

„Ich habe natürlich ja gesagt. Er hat mir das Leben gerettet! Und weißt du was? Mir ist auf einmal klar geworden, dass er immer für mich da war und sich um mich gekümmert hat. Glaubst du, ich mache das Richtige?“

Für meine ehrliche Meinung ist sie zu euphorisch, deswegen specke ich sie ein bisschen ab.

„Hm, mein Fall wäre es nicht. Ich würde schon erst ein paar Jahre mit einem Mann zusammen sein wollen, bevor ich ihm mein Eheversprechen gebe. Aber wenn du meinst, dass er der Richtige ist, dann machst du bestimmt auch das Richtige.“

Sie umarmt mich und drückt natürlich genau auf meine Wunde.

„Aaaaaauuuuaaa“, jaule ich, aber sie ignoriert das völlig, gibt mir ein Bussi auf die Wange und wuselt dann davon in Richtung Chefbüro. Ich kann nur noch mit dem Kopf schütteln. Ich verziehe mich an meinen Platz und wähle Herrn Hoffmanns Nummer.

„Hoffmann“, meldet er sich knapp.

„Städele, Polizeidienststelle Dimmelwang hier. Hallo Herr Hoffmann.“

„Ah, Frau Städele, was kann ich für Sie tun?“

„Wir haben vermutlich den Brandstifter festgenommen.“

„Sie haben was?“, sein Tonfall hat sich von dienstlich in überrascht gewandelt.

„Ich wollte fragen, ob Sie so schnell wie möglich kommen und ihn verhören können? Er leugnet, dass er es ist. Wir haben aber einen Zeugen und nun bräuchten wir Ihr psychologisches Wissen und Können."

„Aber natürlich. Das ist ja ein Ding. Erst vorhin habe ich an Sie gedacht. Ich kann in einer Stunde bei Ihnen sein, nein, warten Sie, bei den Straßenverhältnissen wohl erst in eineinhalb Stunden."

„Ist mir auch Recht. Fahren Sie vorsichtig. Und danke fürs Kommen."

Hinter mir ist es laut geworden. Herr Wolters ist da. Hannes führt ihn nach hinten. Ich bleibe erschöpft sitzen und strecke meine immer noch kalten Beine aus. Der Verband um meinen Arm ist blutgetränkt, ich hatte noch keine Zeit, ihn zu wechseln.

„War das ein Tag!" Sebastian setzt sich zu mir. „Bin gespannt, was da jetzt rauskommt. Hoffentlich hat sich Herr Wolters nicht verschaut. Sag mal, stimmt es, dass euer Chef Larissa heiraten will?"

„Woher weißt du denn das?"

„Ich hab doch Ohren am Kopf!"

„Stimmt, sie hat es ja laut genug rausgebrüllt. Ja, ich denke, sie wollen ernst machen."

„Prima, sie sind ja auch schon ewig ein Paar, da wird es schon langsam Zeit."

Wir müssen beide lachen. Wie aufs Stichwort kommt mein Chef ums Eck.

„Frau Städele, ich muss mit Ihnen sprechen."

Ich hieve mich auf, bedacht darauf, meinen wehen Arm nicht zu belasten. Er schließt die Tür.

„Zunächst einmal möchte ich mich für Ihren Einsatz bedanken. Ich weiß, dass ich mich auf Sie verlassen kann, und das ist wirklich ein Segen. Ich bin froh, dass wir Sie hier haben und das meine ich ganz ehrlich."

„Oh … danke. Aber das ist doch selbstverständlich."

„Ist es nicht. Jedenfalls wollte ich Sie fragen, ob Sie schon einmal daran gedacht haben, die Kommissarenlaufbahn einzuschlagen? Sie haben innerhalb nicht einmal eines Jahres bewiesen, wozu Sie fähig sind. Erst der Fall mit Herrn Hagenbach und dem armen Dominik und nun der Feuerteufel. Übrigens hat Herr Wolters ihn zweifellos identifiziert. Wie ich hörte, haben Sie schon Herrn Hoffmann informiert?"

„Ja, er kommt heute noch vorbei."

„Gut, denn Herr Gleixner behauptet immer noch steif und fest, dass er nicht der Feuerteufel ist."

„Da kann uns Herr Hoffmann bestimmt helfen."

„Ich denke auch."

„Nun, und da wäre noch eine Sache …", druckst er herum.

„Nur raus damit!"

„Ich habe im Eifer des Gefechts, nun, ich war völlig überwältigt von meinen Gefühlen in diesem Moment, also da habe ich Frau Frosch gefragt, ob sie meine Frau werden will."

Er schaut konzentriert auf seine Tastatur.

„Ja, das hat sie mir erzählt."

„Hat sie?"

Jetzt schaut er mich halb ängstlich, halb erwartungsvoll an.

„Ja, und sie hat mich gefragt, ob ich meine, dass es ein Fehler war, ja zu sagen."

Er lacht. „Das wollte ich Sie auch gerade fragen."

„Herr Deutler, lassen Sie sich doch noch etwas Zeit miteinander. Sie müssen doch nicht gleich heiraten. Seien Sie erst einmal ein Paar. Alles Weitere kommt dann schon, wenn es so sein soll."

Er seufzt erleichtert.

„Sie haben Recht. Ich hoffe nur, sie sieht das auch so."

„Bestimmt. Man kann schon mit ihr reden."

„Ich hatte schreckliche Angst um sie. Ich hätte alles getan, um sie vor diesem Kerl in Sicherheit zu bringen."

„Das haben Sie doch auch! Kommen Sie, wir müssen das alles erst einmal sacken lassen."

„Sie haben vermutlich Recht. Danke für Ihre Zeit. Und jetzt gehen Sie bitte und lassen sich Ihren Arm neu verbinden."

Sebastian wartet schon mit frischem Verbandszeug auf mich.

„Was meinst du, hätte ich das Zeug zur Kommissarin?", teile ich mit ihm meine Gedanken.

„Aber klar!"

„Ich muss mir das gut überlegen."

„Vorsicht, jetzt desinfiziere ich."

Ich zucke zusammen.

„Autsch."

„Entschuldige."

„Du könntest dir auch noch was überlegen", sagt er und umwickelt meinen Arm mit dem neuen Verband.

„Was denn?"

„Ich wollte dich das schon länger fragen. Was meinst du, wir könnten uns doch eine gemeinsame Wohnung nehmen, oder?"

Verlegen guckt er mich an.

„Aber ich kann doch Eva nicht mit den Mädchen alleine lassen."

Das ist tatsächlich mein erster Gedanke.

„Ich dachte, ich frag dich einfach mal."

„Ja, kannst du ja. Ich überlege es mir. Ich muss auf alle Fälle mit Eva darüber reden."

„Versteh ich."

„Gut."

Schweigend sitzen wir eine ganze Weile da. Hannes hat mittlerweile Pizza für uns organisiert, und als sie dampfend vor uns steht, bemerke ich erst, was für einen Bärenhunger ich habe.

In der Zwischenzeit ist auch Herr Hoffmann eingetroffen und ist nun dabei, Joachim zu befragen. Draußen schneit es immer noch. Sebastian schüttelt immer wieder den Kopf und fragt sich, wie er sich nur so in Joachim täuschen konnte. Wir müssen die Geschehnisse erst einmal sacken lassen, noch ist alles zu frisch, um es wirklich zu begreifen.

Dann kommt Larissa völlig aufgeregt angelaufen.

„Stellt euch vor, der Herr Hoffmann ist gerade dabei, Joachim zu knacken."

„Wirklich?"

„Wenn ich es doch sage! Harald kam raus, er ist ja mit Herrn Hoffmann bei ihm, und er meinte, so Psychologen hätten da ganz eigene Methoden, Dinge aus Verdächtigen herauszubekommen. Ich hoffe nur, er reißt ihm nicht die Fingernägel raus!"

Der Gedanke lässt sie erbleichen.

„Aber nein, bei uns wird doch keiner gefoltert", beruhige ich sie.

„Wie geht es denn dir jetzt damit, dass dein Freund, oder soll ich besser sagen, dein Ex-Freund, der Feuerteufel ist?"

„Ach, irgendwie kam er mir eh manchmal komisch vor mit seinen Grillanzündern, obwohl gar nicht Grillsaison ist."

Sie zuckt mit den Schultern und geht zu Herrn Deutler.

„Oh ja, ganz komisch", Sebastian verstellt seine Stimme und quietscht: „Der Joachim ist mein absoluter Traummann!"

Der Stundenzeiger geht schon gut auf dreiundzwanzig Uhr zu, da kommt Herr Hoffmann endlich aus dem Vernehmungszimmer.

Ich bin zwischenzeitlich eingenickt, wollte aber unbedingt bleiben und wissen, was bei der Befragung herausgekommen ist.

„Das ist wirklich ein interessanter Fall. Wenn mein Urteil irgendjemanden interessiert, dann würde ich vorschlagen, er soll in eine psychiatrische Anstalt."

Wir setzen uns alle um Herrn Deutlers Schreibtisch und hören zu, was er zu berichten hat.

„Herr Gleixner ist vorhin völlig zusammengebrochen. Zuerst hat er alle Vorwürfe strikt von sich gewiesen. Ja, anfangs sah es nicht so aus, als würde er irgendwann aufgeben."

Harald nickt bestätigend.

„Das war fast schon unheimlich."

„Eine Frage nach seinen Eltern hat schließlich die Wahrheit ans Licht gebracht", fährt Herr Hoffmann fort. „Wussten Sie, dass sie bei einem Wohnungsbrand ums Leben gekommen sind, als er gerade einmal sieben Jahre alt war?"

„Ach je, der Ärmste!", ruft Larissa.

„Er selbst ist damals mit Müh und Not gerettet worden und war wochenlang im Krankenhaus. Sein Bruder war schon eine Weile im Kinderheim, bevor sie wieder zusammen sein konnten."

„Er hat einen Bruder?", fragt Sebastian mit hochgezogenen Augenbrauen. „Er hat mir nie etwas von einem Bruder erzählt."

„Wie lange kennen Sie ihn schon."

„Das muss jetzt fast zwölf Jahre her sein, dass wir uns kennen gelernt haben."

„Das kommt hin. Mit Anfang zwanzig hat er sich mit seinem Bruder entzweit. Der gab ihm nämlich die Schuld am Tod der Eltern, hat behauptet, er hätte verbotenerweise in der Wohnung gezündelt."

„Oha!"

„Ja genau. Ob das nun tatsächlich so war, weiß niemand – außer er selbst. Wenn Sie mich fragen, lag sein Bruder mit dieser Anschuldigung gar nicht so verkehrt. Es scheint mir so, als hätte sich Herr Gleixner eine Art mentalen Schutzschild um sich herum aufgebaut. Irgendwann flammte aber dann im wahrsten Sinne des Wortes das Interesse am Feuer wieder in ihm auf. Er hat erzählt, dass er sich jahrelang zügeln und bremsen konnte, aber dann hatte er ein Schlüsselerlebnis. Er war auf der Autobahn unterwegs und am Seitenstreifen stand ein brennendes Auto. Er hat minutenlang erzählt, wie langsam er daran vorbei gefahren ist und wie schön es war, die Hitze zu spüren, wie schön die Flammen waren."

Er hält inne.

Harald fügt hinzu: „Das war dann wohl der Moment, als er beschlossen hat, selbst Feuer zu legen. Er hat gemeint, das würde ihm so viel Macht verleihen."

Herr Hoffmann nickt.

„Das ist ein typisches Merkmal eines Pyromanen. Es geht ihm in keinster Weise darum, etwas zu zerstören, sondern er durchlebt große Erregung und Freude am Feuer. Es liegt in seiner Macht, wie groß das Feuer werden soll. Erinnern Sie sich noch, als ich Ihnen das Profil gemacht habe?"

Wir nicken.

„Das war mein Eindruck. Der Schaden, den er anrichtete, wurde jedes Mal größer. Aber das war fast egal, es ging ihm um die Größe des Feuers, nicht darum, welchen Wert er damit zerstört."

„Und was war mit dem Umzugswagen?", frage ich in die Stille hinein.

„Tja, das war dann schon die nächste Stufe. Ich sage Ihnen, wir können froh sein, dass er hinter Riegeln sitzt und dass es in Anführungsstrichen nur Verletzte gab. Das wäre in ganz anderen Dimensionen weitergegangen. Mittlerweile reichte es ihm nämlich nicht mehr, einfach nur ein Feuer zu legen, nein, er wollte sich auch als Retter aufspielen. Er hat mir gesagt, er wollte seiner Freundin beweisen, dass er der beste Mann ist, den sie sich vorstellen kann."

Erschrocken schlägt Larissa die Hände vor den Mund.

„Dann bin ich an allem Schuld?"

Mario Deutler legt seinen Arm um sie.

„So weit ich das verstanden habe, nicht. Er ist krank, verstehst du?"

„Dann kann er gar nichts dafür?"

„Nun", ergreift Herr Hoffmann wieder das Wort, „ich würde sagen, die Verkettung unglücklicher Umstände hat ihn zu dem gemacht, der er jetzt ist. Aber ihm kann mit der richtigen Unterstützung durchaus geholfen werden."

„Was geschieht jetzt mit ihm?", fragt Larissa leise.

„Zunächst einmal wird er dem Richter vorgeführt. Er muss sich für die Brände genauso wie für die schweren Körperverletzungen verantworten. Dann wird ein Psychologe zu Rate gezogen. Es müssen Gutachten erstellt werden, das ganze Pipapo."

Larissa seufzt. „Ich hätte es merken müssen!"

„Niemand macht Ihnen einen Vorwurf. Aber eines möchte ich Sie noch fragen: Hat er sich selbst viel Platz eingeräumt in Ihrem Leben?"

„Wie meinen Sie das?"

Sofort fällt mir Larissas Badezimmer ein.

„Denk doch nur mal an dein Bad. Ich finde, er hat sich da ziemlich ausgebreitet", sage ich zu Larissa gewandt.

Sie überlegt.

„Nun ja, er ist schon ein sehr vereinnahmender Mensch, wenn Sie das meinen."

„Ja, das meine ich. Hat er sich wichtig gemacht?“

„Seine Bürgerwehr war ihm sehr wichtig“, sagt sie zögernd.

„Diese Brandwehr? Alles klar. Ich möchte Ihnen nicht zu nahe treten, aber haben Sie ihm Dienstliches verraten?“

Schuldbewusst blickt Larissa zu ihren Füßen.

„Kann schon sein, dass ich das ein oder andere mal etwas ausgeplaudert habe, ja.“

Wie ein Häuflein Elend sitzt sie da.

„Ich habe mich schon gewundert, woher er so manches wusste“, meint Harald, und Herr Hoffmann nickt.

„Ja, es hat sich teilweise so angehört, als hätte er selbst mit ermittelt.“

„Stimmt.“

„Nun gut, ich komme morgen wieder, wenn er dem Richter vorgeführt wird. Wirklich ein interessanter Fall.“

Herr Hoffmann nickt in die Runde und macht sich auf den Weg. Ich bin auch hundemüde und möchte nur noch ins Bett.

Wir treten in die eiskalte Nacht hinaus, und zum ersten Mal seit Wochen ist der Himmel wolkenlos und sternenklar.

„Wow, so viele Sterne“, sage ich und zeige nach oben.

„Wahnsinnig schön“, sagt auch Sebastian, und Arm in Arm und mit zum Himmel geneigten Köpfen laufen wir nach Hause.

Dimmelwang, Donnerstag, 19. Februar

Ich traue meinen Augen kaum, als ich sie aufschlage und der Wecker mir kurz nach zwölf Uhr Mittag anzeigt. Sebastian liegt lächelnd neben mir.

„Guten Morgen, du Schlafmütze."

Ich gähne herzhaft.

„War das alles ein Traum?"

Er lacht.

„Nein, war es nicht. Der Feuerteufel, mein Freund Joachim, sitzt im Gefängnis. Verrückte Geschichte. Aber jetzt brauchen wir keine Angst mehr zu haben."

„Wir sollten ins Café Breitschuh gehen und uns laut darüber unterhalten, dann weiß ganz Dimmelwang innerhalb einer halben Stunde Bescheid."

„Gute Idee, komm, das machen wir!"

Mein Magen knurrt schon ganz gewaltig, als wir beim Café ankommen. Frau Breitschuh kommt schlürfenden Schrittes auf unseren Tisch zu.

„Was darf ich denn bringen?"

„Eine heiße Schokolade zum Aufwärmen und einen Strammen Max", bestellt Sebastian.

„Mir dasselbe."

Frau Breitschuh entfernt sich.

„Schade, hier ist gar nichts los, da können wir uns lange unterhalten, das kriegt niemand mit."

Irgendwann bringt Frau Breitschuh unsere Essen. Ich befürchte ja schon, dass es kalt wird, bis sie zu uns rüber gelaufen ist, aber alles ist noch erstaunlich warm. Während wir genüsslich unsere

Strammen Mäxe verzehren, fiept mein Handy. Larissa schickt mir eine Nachricht.

„Wir sollen ins Rathaus kommen. Um vierzehn Uhr ist da so eine Art Pressekonferenz. Oh, wir haben noch knapp zwanzig Minuten Zeit."

Beim Rathaus ist die Hölle los. Alles, was in Dimmelwang Rang und Namen hat, oder es zumindest meint, ist da. Und natürlich laufe ich bei meinem Glück sofort der Irmgard in die Arme.

„Liesl, jo wos is des? Ihr hobt's den Feierdeifl gfongn? Des is ja großartig!"

Aha, schon wieder bestens informiert, die Frau Bürgermeister. Ich bahne mir den Weg in den großen Sitzungssaal, wo mich Herr Deutler zu sich winkt.

Er, Larissa, Hannes und Herr Hoffmann sitzen vorne an zwei aneinander geschobenen Tischen und sehen sich Unterlagen durch.

„Frau Städele, gut, dass Sie da sind. Wir haben ganz spontan eine Pressekonferenz anberaumt, damit jeder weiß, dass der Kerl hinter Schloss und Riegel sitzt."

Ich setze mich zu ihnen ans Tischende und lasse meinen Blick durch die Menge schweifen. Der Saal ist brechend voll. Ich frage mich, ob die nicht alle in der Arbeit sein müssten an so einem Donnerstag Nachmittag. Aber gut, man muss eben Prioritäten setzen, und wenn es in Dimmelwang schon einmal eine Pressekonferenz gibt, geben die Chefs ihren Angestellten bestimmt gerne frei.

Ich sehe ein paar von meinen Musikern in einer Gruppe beisammen stehen und winke hinüber. Sie winken zurück, und dann geht es auch schon los. Xaver tritt zu uns vor und bittet um Ruhe.

„Jetzad seid's hoit alle amoil ruhig!", brüllt er in den Raum.

Prima, der Xaver, der braucht keine Trillerpfeife oder Klangschale, dass Ruhe herrscht, der schreit einfach rum. Aber es wirkt. Jetzt richten sich alle Augen auf uns.

„I doarf vermöidn, dass unsere Bolizei wieder amoi an subber Erfolg erzielt hot. Der Feierdeifl is gfosst!"

Er wendet sich uns zu und klatscht in die Hände. Der Applaus breitet sich aus, alle jubeln uns zu. Fast fühle ich mich ein bisschen, als würde ich als Weltmeister nach Hause zurückkehren.

„Guat, dann losst's uns hearn, wos do bassiert is."

Xaver macht eine weit ausholende Geste, und Herr Deutler räuspert sich.

„Wie Herr Hartmann bereits mitgeteilt hat, ist es uns gelungen, den Täter zu überführen. Ich bin ganz besonders stolz darauf, dass unser Team so gut zusammengearbeitet hat und wir nun diesen Erfolg verbuchen können."

Mann, hört sich das auswendig gelernt an!

„Und wer ist der Feuerteufel?", ruft jemand.

„Darüber dürfen wir natürlich keine Auskünfte geben", weicht Herr Deutler aus.

„Und der Bankraub? Haben Sie den auch aufgeklärt? War das derselbe Täter?"

Herr Deutler denkt kurz nach, bevor er antwortet, und ich sehe Rudi, der inmitten der Musiker steht und todunglücklich dreinschaut. Er ist bestimmt auch gespannt, wie Herr Deutler auf diese Frage antworten wird.

„Ja, der Bankraub ist ebenfalls aufgeklärt. Die Ermittlungen laufen noch. Sie können ab sofort wieder beruhigt schlafen."

Wieder brandet Applaus auf. Anschließend beantwortet mein Chef noch einige Fragen. Wann es denn so weit gewesen ist, wie man ihm auf die Spur gekommen ist und so weiter und so fort. Auf die meisten Fragen kann er nur Wischi-Waschi-Antworten geben, aber es scheint die Leute ungemein zufrieden zu stellen. Ich sehe ringsum nur glückliche Gesichter.

Da meldet sich ein junger Kerl und fragt: „Was ist jetzt eigentlich mit dem Bierzelt? Beim Gaudiwurm ist ja dann alles abgesagt worden. Gibt es dafür einen Ersatztermin?“

Daran hatte ich bisher noch gar keinen Gedanken verschwendet. Es ist wahr, beim Gaudiwurm wäre anschließend eigentlich Bierzelt angesagt gewesen. Natürlich ist das aufgrund der Vorkommnisse abgesagt worden. Xaver reißt das Wort an sich.

„Oiso, i däd amoi sogn, dass mia des auf den Bockbierobnd schiebn. Die erste Hoibe geht auf mi. Soboid der gonze Schnee fuat is, moch ma a Festl und feiern, doss der Feierdeifl gfongn is. Wenn des koa Grund zum Feiern is, nochad woaß i a ned.“

Ich bin mir sicher, mit dieser Aussage sichert sich Xaver das nächste Jahrzehnt als Bürgermeister. Auf so einen hat Dimmelwang gewartet: Ein Mann der Tat, der zum richtigen Zeitpunkt das Richtige tut. Nach Monaten der Angst kommt so ein Fest gerade recht. Alle freuen sich und klatschen wieder.

„Guat, nochad is des bschlossene Soch, und jetzad is a die Pressekonferenz rum.“

Ganz langsam leert sich der Saal. Wir fünf bleiben noch sitzen.

„Hat sich in Sachen Drogendealer was ergeben?“, frage ich Herrn Deutler.

Der schüttelt bedauernd den Kopf.

„Das wäre ja ein Hattrick gewesen, wenn wir den auch noch geschnappt hätten! Aber leider haben wir überhaupt keine Anhaltspunkte. Die Halbstarken haben bei der Befragung auch gesagt, dass sie erst seit ein paar Monaten und auch nur sehr unregelmäßig Drogen konsumiert haben. Richtig süchtig ist zum Glück keiner von ihnen. Der Dealer kann von sonst woher kommen. Die Tüten, in denen der Stoff war, haben sie auch immer gleich weggeworfen, also hat Patrick nichts zum Analysieren."

„Wäre ja auch zu schön gewesen", meine ich. „Aber vielleicht schnappen wir ihn ja doch noch."

„Wie geht es denn inzwischen den dreien, die noch im Krankenhaus liegen?", frage ich. „Ist Niclas wieder bei Bewusstsein?"

„Oh ja, ich habe ihn vorher besucht", quietscht Larissa fröhlich. „Das mit seiner verbrannten Haut wird noch dauern und es sieht wirklich gar nicht hübsch aus, aber er wird wieder."

„Hast du ihn zu Joachim gefragt?"

„Nein. Hätte ich sollen?"

„Na, es wäre doch interessant gewesen, ob ihm irgendwas aufgefallen ist."

„Ach so. Das habe ich total vergessen. Hihihi, aber er hat sich über meinen Besuch gefreut."

„Da bin ich mir sicher. Und Rolf und Moritz? Warst du bei denen auch?"

„Ich war bei ihnen", sagt Hannes. „Rolf darf morgen raus. Moritz muss noch mindestens eine Woche drin bleiben, aber er wird auch ohne langfristige Folgen davonkommen."

„Da bin ich wirklich erleichtert."

Wir plaudern noch ein wenig, dann verlassen wir das Rathaus. Draußen stehen noch Grüppchen beieinander.

Um einen älteren Herren stehen mindestens zwanzig Leute und hören ihm gebannt zu. Ich gehe näher und erkenne Herrn Hackmann, von dem wir uns den Oldtimer-Traktor für den Umzug geliehen haben. Doch anstatt, wie ich von ihm erwartet hätte, herumzuschimpfen, dass sein wertvoller Oldtimer-Traktor jetzt total demoliert ist, prahlt er in den höchsten Tönen, dass es sein Traktor war, der den brennenden Hänger gezogen hat. Außerdem freut er sich schon riesig drauf, ihn wieder ordentlich herzurichten Na dann ist's ja gut. Von diesem Gaudiwurm hat jeder noch Generationen lang zu erzählen. Da stupft mich Rudi von hinten an.

„Danke, dass ihr nichts gesagt habt."

„Ist doch selbstverständlich."

Ich nehme ihn kurz in den Arm.

„Was passiert denn jetzt mit Sammy?"

„Du, ganz ehrlich, das Wichtigste ist für mich, dass er die Finger von den Drogen lässt und das wird er nach dieser Geschichte definitiv. Wahrscheinlich muss er Sozialstunden ableisten, aber Genaueres weiß ich noch nicht. Auf alle Fälle wollte ich mich bei dir bedanken, dass alles so abgelaufen ist und nicht anders."

Ich knuddle ihn noch einmal und suche dann Sebastian. Als ich Ausschau nach ihm halte, sehe ich Herrn Wolters an die Mauer gelehnt da stehen.

„Wie geht es Ihnen?", frage ich ihn.

„Gut, danke. Und selbst?"

„Auch gut. Ich bin so froh, dass diese Sache ausgestanden ist. Darf ich Sie etwas fragen?"

„Nur zu."

„Hatten Sie wirklich vor, den Brandstifter zu erpressen? Oder war das eine reine Vermutung von mir?"

Ihm ist definitiv nicht ganz wohl bei der Frage.

„Also gut, ja, es stimmt schon. Ich wollte mir einen kleinen Profit rausschlagen bei der Sache. Aber ich hatte auch nicht mehr als ein Gesicht. Ich hätte bestimmt nicht lang nach ihm gesucht und es dann aufgegeben."

„Also doch. Aber warum haben Sie uns nicht gleich geholfen? Wir hätten ein Phantombild anfertigen können. Sie haben doch gemerkt, wie dringlich es war."

„Ich mache mir ja auch Vorwürfe deswegen, das können Sie mir glauben. Sie sind mir doch nicht nachtragend, oder?“

Er lächelt mich schief an.

„Wir hätten uns wirklich einiges erspart, wenn Sie uns früher Hinweise geliefert hätten. Ich habe Sie doch so oft gefragt, ob Sie jemanden gesehen haben. Drei Leute liegen im Krankenhaus, es gab noch mehr Verletzte, der Sachschaden geht in die Tausende! Das alles hätte durch ein Wort von Ihnen verhindert werden können! Aber schlussendlich haben Sie uns den entscheidenden Hinweis geliefert. Also haben Sie doch wesentlich dazu beigetragen, dass der Täter gefasst wird. Wie dem auch sei, das letzte Wort hat dann immer noch der Staatsanwalt.“

Zerknirscht schaut er mich an.

„Ja, ich weiß. Das tut mir wirklich sehr leid.“

„Jetzt kann man das auch nicht mehr ändern. Aber ich hoffe, es war Ihnen eine Lehre.“

„Auf alle Fälle war es das. Übrigens werden wir uns jetzt wahrscheinlich öfter sehen. Wir ziehen hierher.“

„Na dann, willkommen in Dimmelwang.“

Wir geben uns die Hände, und ich halte weiter Ausschau nach Sebastian. Ich finde ihn schließlich bei Harald und Eva.

„Ich wusste gar nicht, dass du auch hier bist.“

„Wir haben gerade schon mit Sebastian gesprochen. Louisa, wir möchten mit dir reden.“

„Das hört sich aber gar nicht gut an.“

„Wir haben überlegt, dass es doch viel besser wäre, wenn Harald zu mir zieht. Er ist sowieso mehr bei uns als bei sich und, du weißt schon …“

Fassungslos schaue ich von einem zum anderen. Ich kann gar nicht glauben, was ich da gehört habe.

„Was willst du mir denn damit jetzt sagen? Soll ich ausziehen oder was?“

„Nein, nein, du kannst natürlich oben wohnen bleiben“, beschwichtigt mich Eva. „Aber Sebastian meinte, er hat dir schon vorgeschlagen, dass ihr beide doch auch zusammenziehen könntet.“

„Das stimmt doch auch“, sagt er. „Ich würde furchtbar gern mit dir zusammenwohnen.“

Er nimmt mich in den Arm.

„Stell dir vor, nur wir beide.“

„Nur wir beide und dein Piepser.“

Er lacht.

„Ja, und mein Piepser.“

Verlockend klingt es ja schon. Ich könnte schlafen, so lange ich will, kein Kindergeschrei am frühen Morgen, kein Lego, auf das ich barfuß trete. Andererseits liebe ich dieses Leben. Ich bin gern für Eva und die Mädels da.

„Ich überlege es mir.“

Eva und Harald sehen sich verliebt an. Ich gönne ihnen ja von Herzen ihr Glück. Aber ich muss mir das trotzdem noch einmal durch den Kopf gehen lassen und möchte nicht vor vollendete Tatsachen gestellt werden.

„Wisst ihr was? Wir gehen jetzt nach Hause und bereden das Ganze.“

„Einverstanden!“

Eva hakt sich bei mir unter und wir laufen heim.

Dimmelwang, Freitag, 13. März

Ein langer, harter Winter geht endlich dem Ende zu. Die letzten Tage waren erstaunlich mild und man konnte das fröhliche Gluckern in den Regenrinnen hören, durch die das Tauwasser abgeflossen ist. Am Morgen, wenn ich das Rollo raufkurble, lacht mir die Sonne entgegen und meine Laune ist dadurch schon ein gutes Stück besser als bei dunklem, wolkenverhangenem Himmel. Beschwingt springe ich die Treppe hinunter, da höre ich Eva.

„Louisa, kommst du bitte mal?"

Ihr Tonfall ist schwer zu deuten. Klang das streng? Verärgert? Genervt? Was habe ich jetzt schon wieder angestellt? Unten in der Küche wird mir einiges klar. Eva steht vor der Terrassentür und deutet mit ausgestrecktem Zeigefinger nach draußen.

„Kannst du mir bitte mal erklären, was das da soll?"

Oh Mist, das hatte ich ja völlig vergessen! Im Garten schälen sich Flaschen, ausgebrannte Feuerwerkskörper und sonstiger Müll aus dem tauenden Schnee.

„Upsi."

„Ja, upsi! Das räumst du mir nachher alles schön weg, ja?"

Ich weiß gar nicht, woher meine Schwester diesen oberstrengen Gesichtsausdruck her hat. Meine Eltern haben mich nie so angeschaut.

„Ja, mach ich. Aber jetzt muss ich erst mal auf die Wache, bin schon spät dran. Pfiati."

Sie schimpft noch hinter mir her, bis die Haustür ins Schloss fällt.

Endlich herrscht wieder normaler Betrieb auf der Wache. Es hat lang gebraucht, bis die Wogen um den Feuerteufel geglättet waren.

Jetzt können wir uns in aller Ruhe wieder um die alltäglichen Dinge wie Strafzettel verteilen kümmern.

Entspannt sitze ich an meinem Computer und schreibe einen Bericht, da kommt Larissa mit dem Chef im Schlepptau auf mich zu.

„Louisa“, zwitschert sie.

Oh oh. Was hat das wieder zu bedeuten?

„Jaaaa?“

Mario Deutler räuspert sich.

„Wir wollten Ihnen etwas mitteilen.“

„Ich hoffe, ich muss nicht auf eine andere Dienststelle?“, scherze ich.

„Nein, nein.“

Larissa kichert in sich hinein.

„Mario und ich haben beschlossen, dass wir es wagen und uns ins Abenteuer Ehe stürzen wollen, und zwar gleich dieses Jahr noch! Ist das nicht toll?“

Sie gibt einen lauten Quietscher von sich und umarmt mich stürmisch.

„Und das Beste ist … tatatataaaaa“, brüllt Larissa und schaut mich freudestrahlend an.

Jetzt kommt's!

„Du bist meine Trauzeugin!“

Womit nur habe ich das verdient?

Leute in und um Dimmelwang

Louisa Städele
Mittlerweile bin ich neunundzwanzig, kein Single mehr, sondern fest vergeben. Auch habe ich beschlossen, dass neunundzwanzig so eine schöne Zahl ist, dass ich die noch ein paar Jahre als Alter behalten möchte. Außerdem fragt man Frauen sowieso nicht nach ihrem Alter. Wie Otto schon immer sagt: Männer sind so alt wie sie sich fühlen, Frauen so alt wie sie sich anfühlen. Oha, das war jetzt aber irgendwie verkehrt gedacht …

Eva Städele
Meine Schwester lässt mich immer noch bei sich wohnen, ist ja klar, ich bin ja auch ein günstiger Babysitter. Auf alle Fälle besteht sie immer drauf, dass wir alle brav unser Gemüse aufessen, ist also sozusagen unsere Gesundheitspolizei.

Jasmin Städele
Fühlt sich im Kindergarten St. Michael in Dimmelwang pudelwohl. Bastelt am liebsten mit Franzi in der Malecke, wobei sie unter Basteln Rummatschen mit Kleister versteht. Wir beide verstehen uns saugut, und wenn ich eine Kuscheleinheit brauche, gehe ich einfach zu ihr, sie knuddelt mich für ihr Leben gern.

Rebecca Städele
Der jüngste Spross unserer Familie. Nach einer ziemlich anstrengenden Ich-habe-Hunger-aber-gleich-Bauchweh-wenn-ich-was-getrunken-habe-Zeit jetzt ein ganz ein netter Boll. Kullert sich oft am Boden herum, dass ich mir angewöhnen musste aufzupassen, wo ich hintrete.

Sebastian Zink
I proudly present: mein fester Freund! Am letzten heißen Tag im August hat's am Badesee geschnackelt. Seitdem sind wir ein Paar. Er ist Kommandant bei der Feuerwehr und Häuptling im Faschingsverein, überall dabei und behält immer die Ruhe, vor allem, wenn sie mir fehlt.

Joachim Gleixner
Laut Larissa ein unglaublich gut aussehender Mann. Außerdem einer von Sebastians besten Freunden und begeisterter Fondue-Esser.

Christopher
Immer noch Evas Ex und immer noch ein Depp.

Oma Inge
Christophers Mama, was eigentlich unglaublich ist, weil sie so eine nette und hilfsbereite Person ist, ganz im Gegensatz zu ihrem Sohn. Ich habe festgestellt, dass sie ein wahres Repertoire an alten Hausmittelchen in petto hat. Ihr Tipp, wie ich die Sauce Bolognese aus meiner weißen Bluse kriegen soll, hat wunderbar funktioniert. Ich wünsche jedem so eine Oma Inge.

Diana Bosch
Unsere neue Dirigentin, gelernte Posaunistin, die Optimistin in persona. Ganz ehrlich, ich habe noch nie jemanden kennen gelernt, der notorisch gute Laune hat. Wer sie persönlich treffen mag, kommt bitte einfach am Dienstag Abend um halb acht in Dimmelwang zum Musikerheim in die Probe.

Sepp Bichler
Unser erster Trompeter, nachdem der Toni ja irgendwie ersetzt werden musste. Und obwohl er immer erster Trompeter werden wollte, merkt man ihm an, dass er sich in dieser Position doch nicht so wohl fühlt, wie er es wahrscheinlich getan hätte, wenn alles ganz normal zugegangen wäre letzten Sommer.

Johannes Götz
Trompeter, ist ein kleiner Choleriker, der sich ganz urplötzlich über irgendwelche unwichtigen Sachen aufregen kann. Ansonsten aber ein ganz ein lieber Kerl.

Andreas Hartmann
Flügelhornist, Xavers Cousin. Manchmal glaube ich ja, er ist neidisch auf den Xaver. Er hätte halt auch gern ein bisschen mehr Macht als nur über die Jugendkapelle.

Rüdiger Merk
Flügelhornist, Lydias Bruder, hat sich ein Go-Kart für Erwachsene gekauft, mit dem er manchmal im Dunkeln durch Dimmelwangs Straßen fährt. Er freut sich riesig auf den Frühling, weil dann die Straßen wieder schneefrei sind.

Adalbert (Berti) Maier
Posaunist, möchte unbedingt ein Mittel erfinden, mit dem man Blechblasinstrumente winterfest machen kann. Hat sich dafür extra ein Buch von der Hobbythek zugelegt und mischt jetzt Salben und Pasten in allen Variationen.

Xaver Hartmann
Der wichtigste Mann in Dimmelwang – unser Herr Bürgermeister. Macht seine Sache auch richtig gut und steht immer mit Rat und Tat zur Seite. Würde gern bürgermeisterliche Entscheidungen treffen, hat aber immer seine Irmi im Nacken, die leider manches so ganz anders sieht als er.

Irmgard Hartmann
Sie hat ihren Traumstatus erreicht und ist die Frau vom Bürgermeister. Nimmt sich sehr wichtig, hat aber das Herz auf dem richtigen Fleck und das Wohl der Dimmelwanger immer vor Augen. Greift auch mal zu außergewöhnlichen Mitteln, wenn's sein muss. Hat sich extra neue Dessous gekauft, die aber so lange im Schrank bleiben, bis der Xaver das Etablissement nicht genehmigt.

Lydia Merk
Querflötistin, Rüdigers Schwester, betreut im Fasching die Minigarde. Hat dank Kontaktanzeige einen Mann kennen gelernt, von dem sie dachte, er ist der Mann ihrer Träume. Das war aber, bevor er ihr nackt und nur mit Faschingshütchen auf dem Kopf die Tür geöffnet hat.

Rudi Blüml
Schlagzeuger, genervter und fast schon verzweifelter Vater eines Teenagers.

Lutz Schneider
Tubist und Stammgast im Poseidon. Dank ihm gibt es dort nicht nur Spareribs, sondern auch noch die dazugehörige Flatrate dazu. Jeden Donnerstag von achtzehn bis zweiundzwanzig Uhr so viele

Spareribs wie man essen kann. Er ist bis über beide Ohren in unsere Dirigentin verliebt, was man seinem Tubaspiel auch anmerkt.

Saskia Daurer
Querflötistin, Dauerstudentin, die sich nach zwei Semestern immer wieder für etwas anderes entscheidet. Fängt wahrscheinlich mit vierzig mal zu arbeiten an. Jetzt ist sie dreiundzwanzig.

Annette Schreckenbach
Querflötistin, hat sich richtig gemacht im letzten halben Jahr und reift langsam von der pickligen Teenagerin zur Frau. Das mag auch an ihrem Freund liegen, der Philosophiestudent ist und ihr nach jeder zweiten Vorlesung wieder ganz neue Theorien erklärt, wie die Welt funktioniert.

Miriam Zink
Querflötistin, Sebastians Schwester, versucht gerade aufs Bariton umzusteigen. Ich hoffe, sie bleibt dabei, weil wir bisher keines in der Kapelle haben.

Susanne Kühnlein
Klarinettistin, hat einen Laden entdeckt, in dem es Klamotten gibt, die aussehen als wären sie vom Designer, sind sie aber gar nicht. Verrät niemandem, wo dieser Laden ist, geht aber ihren Erzählungen nach zu urteilen jeden zweiten Tag dort einkaufen.

Marlies Dietz
Klarinettistin, ist endlich mit dem Studium fertig und beruft sich beim zu spät in die Probe Kommen immer auf ihre akademische Viertelstunde.

Bianka Haug
Klarinettistin, erfüllt sich ihren Traum und übernimmt das Café Breitschuh. Gerät schnell in Panik und läuft dann wie eine kopflose Henne durch die Gegend, lässt sich aber genau so schnell auch wieder beruhigen.

Giuseppe Franchelli
Genialer Aushilfsmusiker, spielt am liebsten bei der Jugendkapelle mit, weil er die Jugend von heute formen möchte. Rät jedem zweiten nach Italien auszuwandern, weil es da viel wärmer und sowieso viel schöner ist.

Mario Deutler
Kriminalhauptkommissar und Dienststellenleiter der Polizeiinspektion Dimmelwang. Macht manchmal, wenn ihn nachts die Einsamkeit überkommt, bei zweifelhaften Online-Rollenspielen mit und spielt da am liebsten den Zauberer.

Patrick Wolf
Spurensicherer, ein lustiger Kerl, hat seit neuestem seine Begeisterung für Afrika entdeckt und sammelt jetzt Elefanten und Giraffen aller Art. Vielleicht liegt das an der neuen, rassigen Bewohnerin in der Wohnung unter ihm, aber man weiß es nicht.

Larissa Frosch
Meine liebe Kollegin. Hält mich für ihre beste Freundin. Hat mir mein Horoskop erstellt und fährt auf Löwe-Männer ab. Beklebt für ihr Leben gern ihre Handtaschen und Geldbeutel mit Glitzersteinchen.

Harald Lausser
Mein Kollege. Wir verstehen uns blind, möchte ich fast schon sagen. Ich weiß, dass ich mich auf ihn hundertprozentig verlassen kann.

Hannes Grünecker
Auch ein Kollege. Immer, wenn ich ihn in der Freizeit treffe, trägt er ein anderes grünes T-Shirt. Ich finde, das könnte man als Fimmel bezeichnen. Ist seit einiger Zeit Single, und ich frage mich gerade, ob er nicht jemand für Lydia wäre?

Herr Hoffmann
Der Mann ohne Vornamen. Ganz ehrlich, ich habe keine Ahnung, wie er mit Vornamen heißt. Er erstellt Täterprofile und würde wahnsinnig gerne einmal mit Helene Fischer auf der Bühne stehen.

Pfarrer Schwenninger
Unser lieber Herr Pfarrer. Freundet sich immer mehr mit Diana an, weil sie für seine außergewöhnlichen Liederwünsche stets ein offenes Ohr hat. Möchte nie in den Ruhestand gehen, weil er dann nicht mehr so oft zu Kaffee und Kuchen eingeladen wird (meint er zumindest).

Margarete Diller
Ist beim Gaudiwurm für das leibliche Wohl, sprich die Essensstände, verantwortlich. Fühlt sich ohne ihre beste Freundin Anne Fehner oft schrecklich allein. Es ist ja auch eine große Umstellung, wenn man nach sechzig Jahren auf einmal keine beste Freundin am Ort hat, mit der man über die Mitbürger herziehen kann.

Edith Kreuther
Leiterin der Kindertagesstätte St. Michael. Eine Frau, die für diesen Job wie geschaffen ist. Behält die Ruhe, wenn andere nervös werden und steht wie ein Fels in der Brandung. Jasmin findet sie ganz toll und möchte auch einmal eine Frau Kreuther werden, wenn sie groß ist.

Dr. Rolf Wengener
Der Direktor der hiesigen Grundschule. Musste immer viel arbeiten, um auch nur annähernd so gut zu sein wie seine Mitschüler, hat sich aber nun durch viel Fleiß das Amt des Direktors erkämpft. Ich nenne ihn immer Dr. Rolf, was er ganz lustig findet.

Georg (Schorsch) Schwarz
Er ist der Vorsitzende der Veteranen und trauert immer noch den Sechzigerjahren hinterher, als alles noch viel besser war. Findet, dass Frauen eigentlich nicht hinters Steuer, sondern eher in die Küche gehören.

Ingolf Brückmann
Chef im Maibaumverein. Ist eng mit Michael Unger befreundet und hat mit ihm die legendäre Wette abgeschlossen.

Michael Unger
Trainer und Vorsitzender beim Fußballclub Dimmelwang SC. Hat mit Ingolf gewettet, dass Deutschland bei der WM 2014 gegen Brasilien ausscheidet. Wer verliert, muss beim Public Viewing durch den Dorfbrunnen laufen. Da die Stimmung pro Tor immer weiter gestiegen ist, waren dann alle so gut drauf, dass sie Michael pro Treffer ein Kleidungsstück abgenommen haben, bis er schließlich

nackt war und sie ihn wie Gott ihn schuf durch den Brunnen gejagt haben. Er konnte seine Freunde nur durch Bestechung davon abhalten, das Video auf YouTube hochzuladen.

Daniel Graf
Meisterschütze im Schützenverein und Organisator des Faschingsballs. Macht sich ab April schon wieder Gedanken, unter welches Motto man den nächsten Ball stellen könnte.

Moritz Grabner
Ein verdruckster Typ, der kaum seinen Mund aufbringt, wenn man mit ihm redet, aber ein sehr engagierter Feuerwehrler.

Udo Schropp
Filialleiter der Dimmelwanger Bank. Hat einen ganzen Schrank voller Marvel-Comics zu Hause und träumt davon, wie ein Leben als Spiderman wohl wäre. Rein äußerlich ist er von Spiderman und Konsorten aber meilenweit entfernt.

Lorenz Bendiger
Großbauer in Dimmelwang, war früher ganz ein zwiederer Kerl, hat jetzt aber ein Trutscherl und ist richtiggehend aufgeblüht. Man kann jetzt sogar mit ihm lachen.

Trutscherl
Wir wissen jetzt, dass sie Josefine heißt. Kümmert sich rührend um ihren Lorenz und dreht selber auch gern mal eine Runde mit dem Traktor, aber nur auf dem Hof, mehr erlaubt ihr der Lorenz bei aller Liebe dann doch nicht.

Sabine Hanke
Kommt leider immer öfter zu uns zu Besuch und lässt sich nur sehr schwer wieder vor die Tür setzen. Ich habe keine Ahnung, was Eva an dieser penetranten Frau findet. Sie drängt sich uns förmlich auf und hat meines Erachtens keinerlei Sinn dafür, wann sie gehen sollte. Am besten wäre es, sie würde gar nicht erst zu Besuch kommen.

Franziska Hanke
Jasmins allerbeste Freundin. Gemeinsam schaffen die beiden alles, auch, dass der Wasserhahn im Mädchenklo im Kindergarten tagelang mit Kleister verstopft ist.

Kevin-Pascal Hanke
Der kleine Thronfolger, endlich ist er da. Ich kenne ihn eigentlich nur im Tragetuch an Sabine dranhängen, deswegen kann ich zu ihm gar nicht mehr sagen.

Elisabeth Breitschuh
Eigentümerin des Cafés Breitschuh. Geht auf die achtzig Jahre zu und hat endlich beschlossen, das Café in jüngere Hände zu übergeben. Macht den besten Strammen Max in ganz Dimmelwang.

Samuel Blüml
Sohn von Rudi, unserem Schlagzeuger. Ein typischer Jugendlicher, der eben Bock auf gar nichts hat. Ist ja schon schwer genug, mit seinen Hormonen zurechtzukommen.

Dennis Notzki
Fährt mit seinem großen Bruder in jeden Ferien nach Amsterdam.

Warum, das ist mir ein Rätsel … Seiner Tante haben die Drogen jedenfalls mal nicht so gut getan.

Benjamin Schimke
Verklemmter Jugendlicher. Hatte noch nie eine Sechs in der Schule, aber auch noch nie eine Freundin. Wenn er so weiter macht, wird er auch nie eine haben.

Friedhelm Maier
Papa von Berti, sein einziger Herzenswunsch war es, dass eines seiner Kinder Klarinette lernt. Sein Vater war ein Gründungsmitglied des Musikvereins und er erzählt jedem, der es nicht wissen will, dass er der beste Klarinettist der Weltgeschichte ist. Ich vermute, das ist auch der Grund dafür, warum keines seiner Kinder Klarinette gelernt hat.

Leopold Schmitz
Bruder von Jenny, ein verschlagenes Bürschchen. Ich frage mich immer, was man als Eltern macht, wenn man so einen Sohn hat.

Jennifer Schmitz
Leopolds Schwester. Im Gegensatz zu ihrem Bruder ist sie ruhig und schüchtern. Aber wehe, man lässt sie auf eine Spielkonsole los, dann ballert sie gnadenlos alles um, was sich ihr in den Weg stellt.

Jonathan Schmitz
Vater von Leopold und Jennifer. Verfechter der antiautoritären Erziehung. Langsam merkt er, was er davon hat.

Ramona Biehl
Steht auf Heavy Metall, was sie auch immer zum Bügeln volle Pulle aufdreht. Nach außen wirkt sie eher wie ein Hausmütterchen.

Peter Hubert
Lebensgefährte von Felicitas Menkert. Möchte seiner Felicitas jeden Wunsch von den Augen ablesen und muss mit ihren Launen zurecht kommen. Ist ziemlich frustriert, dass sie ihn nicht heiraten will.

Felicitas Menkert
Lebensgefährtin von Peter Hubert, hat schon zwei Heiratsanträge von ihm abgelehnt. Sie betont in ihrem Freundeskreis immer, wie wichtig es doch gerade für eine Frau sei, ihre eigene Identität zu bewahren.

Matthias Stucker
Ein durchschnittlicher Durchschnittsbürger. Könnte eigentlich Max Mustermann heißen, dann wüsste wenigstens gleich jeder, mit wem er es zu tun hat.

Tom Wolters
Zuhältertyp ersten Grades, zumindest was das äußere Erscheinungsbild vermuten lässt. Trägt zu Hause am liebsten seine flauschigen Pantoffeln in Hundeform mit so süßen Öhrchen dran.

Niclas Bernsauer
Ein wahrer Meister seines Faches, tritt regelmäßig bei Mittelalterfestivals als Feuerschlucker und -speier auf. Allerdings hat er eine regelrechte Spinnenphobie.

Frau Giesemann
Ex-Alkoholikerin, hat nun ihr gesamtes Leben der Esoterik gewidmet und trägt seit neuestem sogar einen als Acht geformten Kupferdraht als Schutz gegen die bösen Erdstrahlen in ihrer Handtasche. Außerdem hat sie ihren Hut mit Alufolie ausgekleidet, damit die Außerirdischen nicht immer ihre Gedanken lesen können. Liebt ihre beiden Hunde Lumpi und Cassandra abgöttisch und hat jedem extra einen eigenen Sessel gekauft, damit sie es beim Fernsehen bequemer haben.

Edeltraut Hinterwanger
Inhaberin der örtlichen Metzgerei und immer für einen Plausch zu haben. Ist stets bestens über sämtliche Geschehnisse in Dimmelwang informiert und gibt ihr Wissen auch gerne weiter. Spendiert uns regelmäßig Leberkässemmeln, damit wir genug Energie zum Ermitteln haben.

Herr Hackmann
Stolzer Besitzer eines Oldtimer-Traktors, den er wie seinen Augapfel hütet. Jeden zweiten Sonntag poliert er ihn und fährt eine Ehrenrunde durch Dimmelwang. Das nervt die Anwohner der Hauptstraße ziemlich, weil der Traktor so laut knattert, dass man meinen könnte, jemand lässt Kanonenböller los.

Dietmar
Kenne ich nur als Feuerwehrkollegen von Sebastian. Scheint ein netter Typ zu sein. Sollte ich den mal Lydia vorstellen?

Krasser Mönchstyp vom Faschingsball
Ganz ehrlich? Wie kann man nur so faschingsfanatisch sein? Wie

kann man den ganzen Abend Polonaise laufen und Ententanz tanzen wollen? Fragt den Typ in der Mönchskutte, der kennt sich damit bestens aus.

Hasso
Klitzekleiner, nervtötender und äußerst hässlicher Hund unserer Nachbarin. Muss unbedingt Frau Giesemanns Nachbarn fragen, woher er dieses Hochfrequenzgerät hat, wegen dem die Hunde nicht mehr in den Garten wollen. Damit würde ich der Menschheit in unserer Straße einen außerordentlichen Dienst erweisen.

Danksagungen

Da mein „Über mich“ schon so lang ausgefallen ist, möchte ich mich kurz halten.

Mein erster Dank geht an Marcus, Emilie, Manuel und Jakob. Es war toll, mit euch am Meer zu sitzen, mich von euch im warmen Sand eingraben zu lassen und danach erst einmal eine halbe Stunde im Meer zu schwimmen, bis der ganze Sand wieder abgegangen ist. Mit euch erlebe ich täglich den ganz normalen Wahnsinn (im positiven Sinne) und ich bin sehr froh, dass ich euch habe!

Mama und Papa, ihr seid echt coole Eltern, und jetzt hat Jakob doch endlich herausgefunden, dass ich so gut Pizza backen kann, weil ich es von euch gelernt habe! Danke für alles!

Liebe Moni, es ist schön, so eine Schwester wie dich zu haben. Ich weiß, dass ich mich immer auf dich verlassen kann.

Evi und Stefan – herzlichen Dank, dass ihr euch als Models zur Verfügung gestellt habt. Hey, ihr ziert ein Buchcover! Das kann auch nicht jeder von sich behaupten. :-)

Daran anhängen möchte ich noch ein Dankeschön an Photo Ruth, dass das Coverfoto-Schießen jedes Mal so problemlos klappt!

Danke, danke, danke an alle da draußen, die mich unterstützen, mir ihre Hilfe anbieten (die ich auch gerne annehme), die für mich recherchieren, ständig für mich zu erreichen sind und/oder einfach nur saugute Freunde sind! Es ist schön, dass es euch gibt!

Zu guter Letzt schicke ich ein herzliches Dankeschön an meine Leser raus! Dank Ihnen darf ich weiter schreiben und weiter schreiben und weiter schreiben. Ich freue mich, dass Sie an Dimmelwang teilhaben!

Ausgeblasen

Sonja Wölfle

„Jetzt hat der Toni ausgeblasen.“

...redet der Sepp so lapidar daher. Das Blöde ist jetzt bloß, dass der Toni tatsächlich tot im Klohäusl liegt und das ausgerechnet auch noch beim Dimmelwanger Bezirksmusikfest.

Aber wer möchte ihn aus dem Weg haben? Polizistin Louisa Städele ermittelt und stößt dabei auf allerlei Allgäuer Sturköpfe und erfährt das ein oder andere pikante Detail von ihren neuen Musikerkollegen. Zu allem Überfluss ist ihr „gescheiter“ Kollege aus München auch nicht gerade eine große Hilfe. Dann passiert noch ein weiteres Verbrechen und es ist klar: In Dimmelwang geht ein Mörder um!

Mit den Originalstimmen aus Dimmelwang – jetzt hinter jedem QR-Code!

ISBN: 978-3-943037-26-5
Broschiert: 377 Seiten
Preis: 15,90

Der Schicksalsschreiber

Sonja Wölfle

Eine Frau bekommt ein handgeschriebenes Buch. Sie kennt weder den Absender noch die Person, die dieses Buch geschrieben hat. Beim Lesen fallen ihr viele Parallelen zu ihrem eigenen Leben auf. Schließlich ist sie sich sicher, dass es ihre Lebensgeschichte ist, die da jemand aufgeschrieben hat. Wer weiß das alles über sie? Und warum sind die letzten Seiten in diesem Buch angebrannt?

ISBN: 978-3-943037-20-3
Broschiert: 526 Seiten
Preis: 16,80